半生流泪终不悔
——郑晋鸣笔下的新闻人物

郑晋鸣 著

光明日报出版社

图书在版编目（CIP）数据

半生流泪终不悔：郑晋鸣笔下的新闻人物 / 郑晋鸣
著. -- 北京：光明日报出版社，2018.3
　　ISBN 978-7-5194-4195-1

　　Ⅰ. ①半… Ⅱ. ①郑… Ⅲ. ①新闻报道－作品集－中国－当代 Ⅳ. ①I253

中国版本图书馆 CIP 数据核字(2018)第 091771 号

半生流泪终不悔：郑晋鸣笔下的新闻人物

BANSHENG LIULEI ZHONG BUHUI：ZHENGJINMING BIXIA DE XINWEN RENWU

著　者：	郑晋鸣		
责任编辑：	李　娟　李月娥	封面设计：	喜　鹊
责任校对：	慧　眼	责任印制：	曹　诤

出版发行：光明日报出版社
地　　址：北京市西城区永安路 106 号，100050
电　　话：010-67072197（咨询），010-63131930（邮购）
传　　真：010-67078227，67078255
网　　址：http://book.gmw.cn
E-mail：liyuee@gmw.cn
法律顾问：北京德恒律师事务所龚柳方律师

印　　刷：北京德富泰印务有限公司
装　　订：北京德富泰印务有限公司
本书如有破损、缺页、装订错误，请与本社联系调换，电话：010-67019571

开　本：	170mm×240mm	印张：	23
字　数：	415 千字		
版　次：	2019 年 3 月第 1 版	印次：	2019 年 3 月第 1 次印刷
书　号：	ISBN 978-7-5194-4195-1		

定　价：78.00 元

版权所有　翻印必究

开卷语

手捧滚烫故事　传递楷模精神

　　4年前，第一届"好记者讲好故事"，我用8分钟时间，重点讲了5位好人的故事。这5位里面，其中有一位，就是开山岛守岛英雄王继才。

　　这一次，我还用8分钟，只讲王继才一个人的故事，可惜他再也听不到了。

　　今年的7月27号，王继才在开山岛巡逻的时候，不幸去世。28号一大早，我开车从南京冒着大雨三个半小时赶到了灌云县，辗转在灌云县的人民医院太平间，见了王继才最后一眼。

　　下午，我陪同他的老婆王仕花和儿子王志国到灌云县公墓，给王继才选了一块墓地。这一天晚上辗转反侧，一夜没有睡觉。第二天，我再一次上到了开山岛。算起来，4年多的时间，这是我第9次登上开山岛，前面8次，都有王继才的陪同，这一次，再也见不到他了。这一天，也是32年来，开山岛唯一无人值守的一天，整个小岛在哭泣。

　　望着岛上熟悉的一草一木，睹物思人，含泪命笔。第二天《坚守32年王继才永远留在了开山岛》见报了，这篇报道得到了中央领导的肯定，受到了全国人民的点赞。

　　说心里话，不是稿子写得好，是王继才事迹感人。

　　回想起来，自从2014年8月5号，我带了5个学生第一次登上开山岛，住了5天。后来在《光明日报》写了一个头版头条叫《王继才夫妇28年孤岛守海防》，写了一个长篇通讯《两个人的五星红旗》，从此，王继才走入了人民大众心中。

　　那么这个岛为什么要守呢？首先这是黄海前线的第一岛。1939年，日本人侵略连云港，就在这个岛上歇的脚。王继才说："当年如果我们有人值守，有旗帜，侵略者就上不来。"整整32年，11680天，王继才、王仕花夫妻俩每天过的都是同一天的日子。其中28年，没有淡水没有电，一盏煤油灯、一台煤炭炉子、一部收音机，就是他们的家当。

　　每天早晨，夫妻俩扛着红旗到后山去升旗。男的升旗，女的敬礼，没有国歌，没有奏乐，也没有人观看。升完旗后，寂寞无聊，到海滩上去数鹅卵石。过去别人不知道这个岛上有人，后来经过宣传，大家知道了这儿住着一对夫妻，所有路过这儿的船只，都会主动鸣笛三声，跟王继才打招呼。王继才跟我讲，每次听到汽笛声，他都激动："全国人民没有忘记我！"在这个岛上32年，王继才夫妇升旗用坏了200多面旗帜、60多根旗杆，听收音机听坏了19部。

如此艰苦，我说，王继才你为什么要守呢？王继才总是一句话：总得有人啊！他告诉我，他的二舅曾经是一名军人，在这个岛上和日本人打过仗。二舅临死的时候跟他母亲讲，说每个人心中都有一盏灯，这个灯能亮多久，人就能走多远。所以这个成为王继才的一个心结，也成为一种信念。

王继才说："你看我这个岛小不？我这个岛很艰苦吗？我只要站在这个地方，我共和国的雄鸡版图不缺胳膊不少腿。我只要升起五星红旗，我这个岛就有了颜色，出海的渔民只要看到我升的五星红旗，他们就回家了。"

就凭着这种信仰和信念，王继才用一个民的本分完成了兵的职责。

算起来，我认识王继才整整14年的时间，前面10年，没有上岛。后来由于运动了脚力，4年多时间、9次上岛，我了解了真实的王继才、真正的开山岛；由于开动了眼力，我看到了王继才在岛上生活的苦辣酸甜；由于调动了脑力，我在思考，一个平凡英雄背后的初心和伟力；当然由于很好地应用了笔力，写出了全国人民信服的佩服的英雄王继才。

"世上的路总被诗人写作山高水长，世上的人总被追问要过怎样的一生。"按照我们山西老家的规矩，我今年60虚岁，讲完王继才的故事也该退休了。10年前父亲去世，我没有赶上；今年的中秋节，我硬是挤出时间，回到山西老家陪85岁的老母亲过了离开山西40年来第一个中秋节。母亲说，或许是她的最后一个中秋节了。常有人说大半辈子奔波，不值啊！同志们，听完王继才的故事，我想问大家，人的一生究竟怎样度过才值！

谢谢。

（本篇系2018年11月18日第五届央视"好记者讲好故事"的演讲稿，是为开卷语）

郑晋鸣

2019年2月

半生流泪终不悔

33年前我选择了记者，23年前选择了光明日报，我非常庆幸自己的选择。这条路很艰辛，但也很纯粹。

20年前，我陪孔繁森走完了他生命的最后14天，我问他："为什么要二进西藏？"他笑着告诉我："艰苦的地方更需要人呐！"

6年前，我第一个报道了抗震救灾英雄机长邱光华，我说："老邱啊！你已经退居二线了，干吗要玩命地飞啊？"邱光华说："我是周总理亲定的第一代少数民族飞行员，面对如此灾难，我能不飞吗？"

也是在6年前的汶川大地震，我见到这样一位父亲。当通知他来认领女儿尸体的时候，他趴在女儿的脸上深深地亲了一口，两行热泪掉在女儿脸上，没有痛哭，也没有责怪，把女儿绑在带来的木板上，背起来就走。40分钟的车程，这位父亲整整走了13个小时，走一走，停一停，哭一哭，笑一笑，他要把一肚子的酸甜苦辣讲给女儿听。我在想，这不正是我们中华民族坚韧不拔、传统美德的真实写照吗？

今年的8月5日，我带了5个学生到江苏连云港，一个叫开山岛的小岛上住了5天。这个岛距最近的海岸12海里，只有两个足球场大，全是石头。没有淡水、没有电，当然也没有网络，也不通手机。但是一对叫王继才、王仕花的夫妻在这个岛上，一守就是28年。每天早晨，夫妻俩扛着红旗到后山去升旗。男的升旗，女的敬礼。我问王继才："干吗要这么认真啊？"王继才拉着我指着东面说："当年日本鬼子侵略连云港时，就在这个岛上歇的脚，如果当时我们有旗帜，有人值守，鬼子就上不来。"28年，10220天，夫妻俩每天过着同一天的生活。

不久前，他的大女儿结婚，化了五次妆都被泪水打湿。刚好遇到台风，父母亲下不来，第六次化妆后走进结婚礼堂，一步三回头。她告诉我："我走得慢一点，或许我爸爸妈妈能赶上我的婚礼。"

我们都为人父母啊！这个时候，王继才、王仕花两口子站在岛上，看到台风肆虐的大海，心里该是什么滋味啊！这就是职责。王继才说："家就是岛！岛就是国！守岛就是卫国！"同志们，我在想，我们共和国还有多少无人值守的小岛啊！

　　我这一路写好人。4年前，我写了江苏科技大学教授景荣春，他一辈子就做了一件事——教书育人。然而他将这件事做到了极致！骨癌晚期，转移背部，他用左手按着背，右手给学生板书讲课，到最后六件汗衫上，都按出了鸡蛋大的洞。我想起了当年肝癌时期，顶在桌角上工作的焦裕禄。

　　病床上，景荣春贴到我的耳朵讲："我一个放牛娃，能够免费上大学，还能当到教授，全凭了共产党，我的时间不多了，我好想好想入党啊。"随即，一场特殊的入党宣誓仪式，就在病房里举行，当学校党委书记领誓到"永不叛党"四个字时，景荣春高举的右拳还没有放下，便永远地闭上了双眼，两行热泪顺颊而下。

　　这个时间是，2010年8月5日中午12点40分。他的遗体，如愿以偿地覆盖上了鲜红的中国共产党党旗。这一年，景荣春64岁。

　　回想人的一辈子，总会有很多的遗憾，我也有。父亲去世时，我正在全国"两会"采访，等我赶回老家时，他的坟头已经长出了青青的小草；我的第一个孩子在新疆意外死亡，我正好随部队在海南采访，也没能送他一程。上天眷顾，给了我第二个孩子，我见他第一面的时候，他都叽叽喳喳可以叫爸爸了。

　　半辈子写好人，还是没有写完，立志一辈子做一个好记者，依然在路上。我们山西老家有句古训叫："天地生人，有一人应有一人之业；人生在世，生一日当尽一日之勤。"我已经老了，岗位工作的时间越来越少了，但是做人的时间依然很长很长。

　　谢谢大家。

　　（本篇系2014年11月8日第一届央视"好记者讲好故事"的演讲稿，是为开卷语）

郑晋鸣
2019年2月

目 录

时代先锋 —— 那是一束光照耀灵魂

王继才、王仕花

坚守32年　王继才永远留在了开山岛 ……………………………… 003

王强

用生命守望马克思主义阵地
　　——70后教授王强的人生追求 ……………………………… 007
信仰之花永绽放
　　——采访和宣传王强事迹札记 ……………………………… 014
"在我心里，生命之树常青"
　　——孙卫芳写给已逝丈夫王强的167封信 ……………… 021

赵亚夫

五十一年兴农路
　　——记江苏省镇江农科所原所长赵亚夫 ………………… 025
"有他才算过年"
　　——农业专家赵亚夫圈舍田间的大年初一 ……………… 031
在泥土中，叩问生命的意义
　　——记时代楷模、农业科学家赵亚夫 …………………… 034

赵亚夫：深耕土地又一年……………………………………………040
赵亚夫："藏粮于地"又一年…………………………………………042

吴斌

为了24名乘客的安全
　　——"平民英雄"吴斌的生前身后……………………………045
职业道德迸发瞬间光华
　　——主治医生和交巡警回忆吴斌最后时刻…………………050
英雄吴斌是怎样发现的……………………………………………052
生活中不缺少美，而是缺少发现的眼睛
　　——采访"最美司机"吴斌事迹的一些感受…………………058

张雅琴

"跌倒了也要为群众抓把泥"
　　——追记江苏省丹阳市金桥村党总支书记张雅琴（上）……062
一位村支书的最后时光
　　——追记江苏省丹阳市金桥村党总支书记张雅琴（下）……066

人民公仆——百姓冷暖是最大的牵挂

一位村支书的追求
　　——记江苏省常熟市蒋巷村党支部书记常德盛………………070
一位村支书的"大善"
　　——记江苏常熟蒋巷村党支部书记常德盛……………………074
一位74岁老党员的为民情结………………………………………077
生在江南　心在高原
　　——记江苏援藏干部周广智……………………………………080
巾帼模范韩玉凤二三事……………………………………………083

理论工作者徐进的"翻译"生涯……………………………… 086
每一点知识都滋润一寸土地
　　——记江苏丰县农技推广专家渠立强 ……………… 089
百姓冷暖是他最大的牵挂
　　——追记江苏省海门市工房街社区支部书记黄占明 …… 095
从大学生成长为乡村致富能人
　　——江苏仪征大学生郑福源创业的故事 ……………… 098
用心说话　话说心上
　　——记党的创新理论传播者华瑞兴 …………………… 101
生命在泥土里延续
　　——记江苏省灌云县杨集镇农技推广站站长蔡学举 …… 103
身边的焦裕禄
　　——追记张家港赵庄村党总支书记汪明如 …………… 105
武继军：一粒种子带富一座城 …………………………… 111
为30万遇难同胞守灵
　　——记侵华日军南京大屠杀遇难同胞纪念馆馆长朱成山 …… 113

育人楷模 —— 坚守讲台因为爱

朱岳明：对战裂缝30年 …………………………………… 118
一生只为一件事
　　——江苏科技大学教授景荣春的尊严人生 …………… 121
景荣春：像战士一样奉献 ………………………………… 127
一位大学教授的精神境界
　　——记东南大学空间科学与技术研究院副院长郝英立 …… 129
难忘乡间纯洁善良的如兰馨香
　　——记江苏省高邮市闸河小学乡村女教师徐善兰 …… 131
"我的人生乐趣全部来自学生"
　　——记与学生同吃同住40年的教育家蔡林森 ……… 134

"铁人"教授徐铁军 …… 139
坚守讲台，因为爱
　　——听山里娃讲徐其军老师的故事 …… 143
"一切为了儿童的发展"
　　——记儿童教育家、"情境教育"创始人李吉林 …… 147
闵乃本院士：晶体世界的拓荒者 …… 149
尤肖虎教授的人生三部曲 …… 151
大写的人　绵绵的爱
　　——江苏科技大学老教授章明炽带着病妻坚守讲台 …… 153
一位乡村教师的"三不动"
　　——记江苏连云港灌云县穆圩乡下坊中心小学教师曹延标 …… 157
168个残障孩子的"爷爷"
　　——记江苏省南京市溧水特殊教育学校校长葛华钦 …… 162
他将"诺奖"作品翻译到中国
　　——追忆我国第一代西班牙语翻译学者孙家孟教授 …… 167
"拼命三娘"的"向日葵梦想"
　　——记江苏省邳州市邢楼镇耿庄小学教师郁雪群 …… 170
27年与特教学生同吃同住 …… 175
"农民松开的眉头，是对我最好的嘉奖"
　　——记累倒在三尺讲台的河海大学教授彭世彰 …… 178
科研永恒　思念无尽
　　——彭世彰教授事迹在全国引起强烈反响 …… 184
对事业的皈依融入灵魂
　　——缅怀全国劳模彭世彰教授 …… 188
教育根植于爱
　　——记坚守村小15年的"最美江苏教育人"顾晨葵 …… 190
90岁老教师王兰："和学生在一起，我才会感到年轻和快乐" …… 194
一位大学校长的《远东来信》 …… 197

人生为一大事来
　　——记中国植物"活字典"、南京林业大学教授向其柏 …………… 199
坐拥书城为汉学
　　——追忆中国书史和文化史研究泰斗钱存训先生 …………… 204
冯端：人生四境 ………………………………………………………… 208
从"心"入党 …………………………………………………………… 218
将青春与智慧献给祖国
　　——记南京大学教授王欣然 …………………………………… 222
南怀瑾：超越文化局限的人 …………………………………………… 225
用一辈子去实现诺言
　　——记中国科学院院士赵淳生 ………………………………… 231
吕志涛：科研工作也要"文以载道" ………………………………… 233
老教授　新乡贤
　　——记助学扶困教化乡邻20年的方敬教授 …………………… 240
病床上撑起20年琅琅书声
　　——江苏盱眙残疾教师叶海涛义务辅导400名乡村孩子 …… 243

济世医者 —— 悬壶济世写人生

黄土高坡的眷恋
　　——记爱洒延河27载的扬州医生陈宏如 ……………………… 248
33年，103本工作日记
　　——江苏省宿迁市疾控中心副主任沈谨的工作写照 ………… 252
村医黄洪海的41年行医路 …………………………………………… 255
纪凤银"赤脚"47年 ………………………………………………… 259
他踏访了全国500所麻风村
　　——记"国际甘地奖"获得者、麻风防治专家张国成 ……… 262
一位至淡至真的老人走了
　　——追忆现代中医肛肠学科奠基人丁泽民 …………………… 268

一个值得托付生命的人
　　——记晕倒在手术台上的好医生胡远超 ········ 271
手术台上的抉择
　　——记晕倒在手术台上的好医生胡方斌 ········ 273
用生命传递光明
　　——眼科教授陈瑛仁爱济世的故事 ············ 275
草根医生的"金牌匾"
　　——记盐城工学院校医沈慰平的行医路 ········ 277
84岁老人的义诊"长征路" ························ 279
让患者放心的医生
　　——记南京市社区医生续广军 ················ 282
管怀进：为3万名患者带来光明 ···················· 284

平民英雄 —— 一点点烛光，点燃希望

城市因她们而美好
　　——记江苏盐城市环卫女工韦青、陈红拾金不昧的事迹 ··· 292
"我这样老去，才有价值"
　　——南通修车老汉热衷慈善14年捐10.6万元 ······ 295
你走了，但不会孤单 ······························ 298
苦日子锻造"真孩子"
　　——家乡人们追忆90后支教大学生赵小亭 ······· 301
火海中定格的生命姿态 ···························· 305
周江疆：青年的榜样 ······························ 307
"既然捡回了，就没想要抛弃"
　　——拾荒老人严兆彩15年艰辛抚养巧巧的故事 ··· 310
八旬老人的生命坚守
　　——张悍华老人16年义务守护烈士陵 ·········· 313

扛起孩子的未来
　　——农民工颜展红14年扛煤气罐攒钱助学 ······ 315
让残疾人拥有美丽人生
　　——走近江苏省残联系统先进工作者王范永 ······ 317
谢芳丽：残体走出亮丽人生 ······ 320
心强志坚，折翼也可飞翔
　　——记江苏省、市两级"自强自立模范"谢芳丽 ······ 324
一位敬老院院长的孝与忠 ······ 327
一位图书馆馆员的大情怀 ······ 332
"我孝顺娘，孩子孝顺我"
　　——全国道德模范张公兰的新生活 ······ 335
与百岁婆婆的"世纪情缘"
　　——记全国孝老爱亲模范、江苏沛县大屯镇村民张公兰 ······ 337
希望妈妈能拉着我的手出去玩
　　——江苏东海县11岁男孩胡继汕照顾瘫痪母亲6年 ······ 339
"匠心"点亮信号灯
　　——记上海铁路局徐州电务段高铁技师祁超 ······ 342
一名"环保行者"的碧海蓝天梦 ······ 345
周春雷：用书香点亮一座城 ······ 348

时代先锋

那是一束光照耀灵魂

王继才、王仕花：坚守孤岛32载的民兵夫妇

民兵王继才和他的妻子王仕花一直坚守的江苏省灌云县燕尾港开山岛是一处海上哨所，这里没有水电，没有人烟，他们却在这里守了32年。面对偷渡分子的威逼利诱，他们不屈服，不贪图。他们舍小家为大家，用一颗火热的中国心，撑起了一座"两个人的黄海前哨"。

2018年7月27日，全国时代楷模、开山岛守岛英雄王继才在执勤期间突发疾病，经抢救无效去世，生命定格在58岁。坚守32年，王继才永远留在了开山岛。

不平凡的人生华章

坚守32年　王继才永远留在了开山岛

《光明日报》（2018年07月30日04版）

　　7月27日，全国时代楷模、开山岛守岛英雄王继才在执勤期间突发疾病，经抢救无效去世，生命定格在58岁。

　　老王走了？我不敢相信这个消息。虽然老王老王叫惯了，可他比我小啊，怎么说走就走了？从2014年第一次采访王继才开始，我每年都上岛看他。再过两天就是八一建军节了，本想这两天上岛去，没想到还没赶上过节，就已阴阳两隔。驱车赶往连云港灌云县和老王道别，3小时的路程，漫天的大雨随着泪水一起滑下，想起和老王相识、相处的很多事。

　　2014年，也是在酷暑天，我第一次登上开山岛，在岛上和王继才、王仕花共处了5天，被他们夫妻俩28年坚守小岛，只为五星红旗冉冉升起的故事深深感动，写下了长篇通讯《两个人的五星红旗》，引起强烈反响。40天后，当我再次上岛时，我记得王继才给我放了一段他母亲的视频："儿子啊，你是为国守岛，就是我去世的时候你不在身边，我也不怪你。自古忠孝不能两全，但在我心中，尽忠就是尽孝，守海防就是尽大孝。"他哽咽着告诉我，老父亲、老母亲病重时，自己都在执勤，没能回去，"这视频，我反反复复看过几百遍，老母亲的叮咛，一辈子也不会忘记"。为海疆方寸土，置安危于度外，守岛便意味着要经受与亲人生离死别的考验，这一次，老王成了那个别离的人。

　　2015年春节，我上岛和他们夫妻俩一同吃团圆饭、迎新春。王继才当时刚从北京参加完2015年军民迎新春茶话会回来。他兴奋地告诉我，习近平总书记亲切会见了全国"双拥"模范代表，总书记还和他聊了天。"总书记这么关心我们，我们更要守好开山岛，组织交给我的任务，我就要守岛守到守不动为止。"每次问起老王，要守到什么时候，他总这样跟我说，说要守到守不动为止。他没有说空话，这一次，老王看来真的是守不动了。

2016年五一，开山岛上的第30个劳动节，我再次上岛，岛上营房的门上多了副对联："甘把青春献国防，愿将热血化丹青。"王继才乐呵呵地说是自己专门找人写的。岛上的旗杆被海风吹坏了，他急坏了，哪里顾得上睡觉，连夜修好旗杆。我问他："没人要求，没人监督，没有人看，你为什么还要这么较真？""开山岛虽然小，但它是祖国的东门，我必须插上中华人民共和国国旗。"王继才转过身子对我说，"只有看着国旗在海风中飘扬，才觉着这个岛是有颜色的。"我忘不了他当时的认真和他眼中溢满的深情和坚定，可这一次，老王升旗时沙哑却响亮的"敬礼"声却再也听不到了。

一朝上岛，一生卫国。王继才的一生，是以孤岛为家，与海水为邻，和孤独做伴的一生，他和妻子把青春年华献给了祖国的海防事业。1986年，也是在7月，26岁的生产队长兼民兵营长王继才接到任务，第一次登上这个无人愿意值守的荒岛，人们都说，去守岛就是去坐"水牢"，但王继才最终决定服从组织安排，留了下来。妻子王仕花不忍丈夫一人受苦，选择辞去工作，和丈夫一同守岛。整整32年，夫妻俩过了20多年没有水没有电，只有一盏煤油灯、一个煤炭炉、一台收音机的日子。台风大作，无船出海，岛上的煤用光了只能吃生米；没有人说话就在树上刻字或是对着海、对着风唱歌；没有人接生就只能丈夫自己接生；植物都不能在岛上存活，一斤多的苦楝树种子撒下去只长出一棵小苗；儿女在岸上无人照看，家中失火导致孩子差点儿丢命；大女儿结婚时，化了5次妆都被泪水打湿，进礼堂时，一步三回头，可父母却迟迟没有来……生活虽然苦，心里虽然苦，可王继才夫妇几十年如一日守着小岛，升旗、巡岛、观天象、护航标、写日志……每天的巡查日志堆起来已有一人多高，每个凌晨五星红旗都会冉冉升起，每次遭到上岛犯罪分子威胁甚至殴打也从不屈服。为了守岛，夫妻俩尝遍了酸甜苦辣，32年，11680天，枯燥、孤独、无助，每一天都重复着相同的生活，但王继才心中有一个信念：家就是岛，岛就是国，守岛就是卫国。

当王继才夫妇守岛事迹跨过黄海海面，伴随着各级媒体广泛宣传报道，人们才知道了开山岛，认识了王继才和王仕花，来自各方的关切也越来越多。岁月流转中，开山岛也发生着翻天覆地的变化，岛上的情况越来越好，太阳能和风力发电解决了用电难题，电视机、空调等家电一应俱全，6间旧营房做了重新整修，盖上了卫生间和浴室。夫妻俩在岩缝间的"巴掌地"里种活了青菜，栽活了100多株小树苗，把石头岛变成了绿岛。可就在这个和当年上岛时一样炙热的7月,老王却永远离开了。

　　到达灌云,和老王见了最后一面,我心里和他念叨:"你说守到守不动,老王,现在好了,你就好好休息吧!"

　　每次从开山岛上回来,我都在想,人们陆续地来,陪他聊聊天,喝点小酒,但热闹终归属于外面的世界,王继才从没有离开过这个方寸小岛,喧闹走远,寂静和孤独永远是开山岛的脾性,在岛上住两三天,我都急得直抽烟,又有谁能想象、谁能忍受32年的孤独和坚守。

　　大雨还没停,开山岛在哭泣,岛上无人值守……海风吹过,苦楝树哗哗作响,无花果树已结了一树的果子,两只狗还在等主人回来,哨所里的望远镜正静眺远方,老王,礁石上的那4盏灯可还能照亮你回来的路?

　　"两个人的五星红旗"变成了一个人的,我看着掩面哭泣的王仕花,想起老王曾和我说,是妻子的陪伴,冲淡了海水的苦涩腥咸。如今,老王走了,谁来守岛,谁来升旗?

　　老王曾说,因为这面每天飘扬的五星红旗,这么多年的苦和痛都有了意义。我仿佛又看到,当清晨5点的太阳跃出海平面,王继才带着王仕花,扛着旗走向小岛后山,一人升旗,一人敬礼,没有国歌,没有奏乐,却庄严肃穆。

王强：用生命守望马克思主义阵地的优秀教师

  王强，江苏盐城人，盐城师范学院教授。2008年11月，王强因直肠癌晚期住院。频繁的放疗、化疗使他心力交瘁，即便如此，他也从未离开教学岗位。不能上课，他主动要求指导本科生毕业论文，为了节省学生的时间，他每周坚持打车到新校区办公室与学生见面，交流沟通，指导论文的写作。2012年9月8日，因医治无效在盐城市第一人民医院不幸逝世。他是一名高校思想政治理论课教师，是一名倾尽心血浇灌马克思主义信仰之花的青年学者，更是一名用自己的生命光辉点燃众多青年学子理想信念的优秀教师。

★ /时代先锋——那是一束光照耀灵魂/ ★

用生命守望马克思主义阵地

——70后教授王强的人生追求

《光明日报》(2012年10月29日01版)

2009年8月6日,第一阶段化疗后,王强依然坚持在书房撰写《中国共产党"劳资两利"政策研究》(资料照片)

"我希望你替我研究下去，我这儿的资料你用吧。"

这是他临终前发出的一封短信。

"贾老师，我还想写本书，如果我能活下去，我希望我们能合作，如果活不成，我希望你替我研究下去。"

这是他临终前发出的另一封短信。

留下这短信遗言的是王强，江苏省盐城师范学院经济法政学院教授。生前，他的主要研究方向是中共党史和马克思主义中国化理论。遗言里提到的"贾老师"，是盐城师范学院老师贾后明。看到短信，贾后明泣不成声。

王强病逝时，只有42岁，与病魔苦苦抗争4年，把工作延续到了生命的最后一刻。

病榻上的王强常说："我深爱着我们的党、我的研究方向，我现在还有时间，对我们学科建设还可以思考，我的知识不能带到棺材里去，得让它们传承和发展。人的生命是有限的，我要用活着的每一天努力工作。"

就在前不久，他的著作——《中国共产党"劳资两利"政策研究》荣获江苏省第十二届哲学社会科学优秀成果一等奖。

他的妻子孙卫芳抚摸着这本沉甸甸的书，难掩悲伤："王强走得太仓促了，所以整本书有些粗糙，如果老天能再多给王强哪怕是10天时间，这本书还会更精彩。"

王强，这位70后教授，用生命守望马克思主义阵地，诠释了一名共产党人追求真理、忠于党的教育事业的坚守。

一对对爱情和事业忠贞不渝的夫妻

翻开《中国共产党"劳资两利"政策研究》的后记，一行细腻的文字浮现在读者眼前："我要特别感谢我的爱妻孙卫芳一年来为我奔走求医和对我的精心照顾，并直接参与课题研究，与我合作撰写了部分章节的初稿。"

这个从与记者见面开始，就克制着自己的感情，和大家安静交谈的女子，就是王强的爱人孙卫芳。

"我们是徐师大1988级的同班同学。"孙卫芳说这话时，神情像极了所有提及学生时代美好爱情便会甜蜜微笑的姑娘，"见他第一面，觉得踏实。"共同的人生理想让两个年轻人走到了一起。

1992年大学毕业，当王强选择在高等教育相对落后的苏北执起教鞭时，孙卫芳果断放弃家乡已安排好的优越工作，毅然随他来到盐城。人生地不熟，白手共起家。20年的风风雨雨，夫妻俩相濡以沫不言苦和累，更是双双把青春托付给了教育事业。平日下班后的时光，夫妻俩大都是窝在书房看书。家中的书房，目所能及之处皆是中共党史、马克思主义理论的相关书籍，成百上千本，整整齐齐地摆放着。

品茗论道览群书，心有神器济天下。王强喜欢喝着茶，端坐在书房，潜心思考和研究，常常是物我两忘。

但是，这样的日子不幸被打断。2008年11月，王强被确诊患有恶性肿瘤。

孙卫芳痛苦不堪，但她知道：只要他不倒，自己就不能倒！

漫长的住院生活代替了原本温暖的家庭时光。为了完成丈夫编写《中国共产党"劳资两利"政策研究》的心愿，孙卫芳索性把电脑搬到病房，一边照顾爱人，一边把他更新的手稿输进电脑。

所有来看望他的人都吃惊于这张特殊的病床，看不到过多的生活用具和食品，几乎所有空间都让纸张、笔、电脑占据了。

身体状况稍微好些时，王强便会要求妻子送他去学校，指导学生论文。

王强头发脱落。一起生活了这么多年，妻子深知他十分注重自己的形象，总是跑遍大街小巷为他买回来各式各样的帽子。

一天，已经不能发声的王强吃力地在手机上按下"笔"，孙卫芳把笔递到丈夫的右手边，却发现他的手不听使唤地拼命往左伸，她把笔塞在丈夫手里，转头奔出病房。这个坚强的女人再也无法控制内心的伤痛，失声痛哭。

她明白，丈夫的癌细胞又扩散了。

那天夜里，躺在病榻上的王强浑身插满管子，难受得拼命咬住嘴唇。孙卫芳握着丈夫瘦骨嶙峋的手轻轻哼起大学时代两人常听的歌。这个大男人哽咽着，眼角渗出泪水，湿热的泪珠滚落在孙卫芳的手掌上。

从那以后，孙卫芳不分昼夜地扑在《中国共产党"劳资两利"政策研究》上，她坐在爱人的病床前，一遍遍梳理他的手稿，一心念想着出版之日尽快到来。

凭着这份对学术和教育事业的忠诚和执着，终于，2010年8月，《中国共产党"劳资两利"政策研究》出版了。

这本倾注了这对夫妻心血和生命的书，不仅丰富和完善了马克思主义劳资关系理论发展史，系统地勾勒出了马克思劳资关系理论中国化的发展脉络，而且拓宽了中国共产党新民主主义社会理论的研究范围。

这本书通过对中国共产党历史上"劳资两利"政策的研究，展示了从和谐劳资关系角度增强构建和谐社会的历史厚重感和紧迫感，为解决当前私营企业的劳资纠纷与劳资冲突提供有益借鉴，对于协调各种利益关系，充分调动各阶级、各阶层群众的积极性，共同建设社会主义和谐社会，具有一定的推动和促进作用。

正是其丰湛的理论价值和现实的实践价值，赢得了专家学者的充分肯定，顺利获得江苏省第十二届哲学社会科学优秀成果一等奖。

记者去采访时，孙卫芳手捧着这本沉甸甸的书，提及那段时光，反复叹息："时间实在是太短了，如果能再多点时间，我们可以把这本书再仔细校对一下，内容会更精确。"

满腔对教育事业的"傻劲"与"钻劲"

仇春斌是王强的第一批学生中的一个，他至今记得第一次给自己讲课时的王强，面对讲台下的学生和听课教师，紧张得满头大汗。

然而，就是这个起初上课会紧张的小伙子，从站上讲台的那一刻起，就把学生当成了自己的孩子。

班里很多苏南的学生初入大学时吃不惯盐城的饭菜，王强便领着他们到自己家中，亲自下厨开火一周，帮助他们调整饮食；1996年，王强的儿子一出生，他便兴奋地半夜骑着自行车去学生宿舍给班里的孩子们送糖；晚上，总能看到坐在教室最后一排的王老师和班里的学生一同上自习课；越是贫困的孩子，他越是疼爱，冬日里送去自己的棉衣，周末时备上一桌饭菜。即便学生毕业了，他依旧通过网络热情地指导学生写论文，询问他们的近况。

学生总说：人生遇王强老师，足矣！能上王老师的课，简直是上辈子修来的福分。

王强教的是公共政治理论课，他认为，这门课不仅是传授知识，更要教学生做人的道理，因此老师对学生要像父亲对孩子一样掏心掏肺。"本是一门看似枯燥的课，我要让学生知道它的价值。"在家里，王强总是认真地做好备课笔记，一遍遍地念到自己满意才停下；睡觉的时候，他的身体躺下了，可脑子仍在思考问题，一有灵感便立即起身，抓起小字条就记下……王强上课深入浅出，激情洋溢，智慧风趣，风格独特，让他总能在各类教学竞赛和评比中崭露头角。

为了激发学生的学习兴趣，将公共政治理论课程的精髓渗透到学生内心，王强花了很多心思。大家都说王强老师的课堂板书，像是一篇结构严谨的学术论文，从标题的设定到要点的语言组织，对仗工整，读起来十分流畅。在很多人的印象中，只有小学老师才会给自己每次的作业加上批注，王强却一直在坚持。

而在同事们眼里，王强"傻"得让人敬佩。

他常说："我们的学科，得有一批人，才能迅速成长起来。"团队强大、满园芬芳，是他最大的期盼。同事向他寻求帮助时，他从不推辞。

经济法政学院教师王志国请王强帮忙修改自己的博士论文。当王志国第二天打开电脑时，惊呆了：1点、2点、3点，邮箱里静静地躺着三封修改稿。"1点多，他把修改好的稿件发给了我；2点多，他竟没有睡，脑子里有了新的闪光点，便又爬起来给我发邮件；再后来，是3点多……"每提及此事，王志国都十分感动。

王强教学风格独特、钻研深刻、成果丰富，多家单位想挖他，他却从未动心。2010年，中央编译局的专家来校交流，他们对王强的研究方向和独特的思考很感兴趣，想调他去北京。但王强婉言拒绝："我就在这儿教书搞研究，不走！"经济法政学院院长刘德林至今都记得王强曾经的倔强。

在王强的带领下，2008年10月，盐城师范学院"马克思主义中国化研究"获批江苏省重点学科；而王强也获得了教育部人文社会科学基金和国家哲学社会科学基金的项目资助，实现了学校同类项目申报立项零的突破。

2011年10月16日，王强第一次病危。学院党委书记成长春教授立刻赶往医院，处于半昏迷状态的王强用微弱的声音断断续续对他说的第一句话让在场的所有人都掉了泪："我现在还有时间，对我们学科建设还可以思考，科研必须围绕国家的课题来开展工作……"

在生命弱如游丝的时刻，需要多么深厚的情感，多么执着的心志，才能让一个人做出这样的举动。而在他坚强地度过了危险期，稍稍恢复后，王强又迫不及待地投身到此前由自己主持的国家级社科项目研究中。

魂牵梦萦的追求是马克思主义大众化

王强的主要研究方向是中共党史和马克思主义中国化理论，他认为，这些理论不能仅满足于小范围的讲授，更要努力实现大范围传播。

马克思主义大众化是他魂牵梦萦的追求。

化疗使他心力交瘁，可他说："要是能上课我就上课，身体实在坚持不了，把研究的事交给我，动动脑筋还是可以的。"

自2008年住院以来,他以惊人的毅力在《中共党史研究》《党的文献》等专业权威期刊上发表论文17篇,在中文核心期刊上发表论文9篇,完成著作《中国共产党"劳资两利"政策研究》。

"他从不图名利,就这样默默无闻地追求自己的理想,用一生致力于马克思主义大众化理论的学习和传播,逐步成长为马克思主义大众化理论的出色'行者'与'译者'。"成长春书记这样评价王强。

党的十七大召开后,学院成立了深入学习实践科学发展观大学生宣讲团,后来,为将党史、马克思主义理论等传播给更多的人,王强建议学院保留这个宣讲团。从2009年年初成立至今,宣讲团走遍16所二级学院,走进无数社区和机关单位。

枯燥的理论怎样才能被群众掌握?对这个难题,王强有自己的答案:"作为马克思主义大众化理论的传播者,切忌扮成'传声筒'。我们要沉下身去,学好'普通话',说好'家常话'。"

宋敏老师至今都记得,那些日子,王强带着大家收集鲜活的案例、制作精致严谨的PPT,一遍遍修改学生的讲稿。为了让理论通俗易懂,王强还练就了一身基本功:与农民,他会唠种田补贴、邻里关系;与工人聊薪酬待遇、医疗保险;与干部说党建惠民、廉政建设……也正是撷取了这些点点滴滴,王强才能时时迸发出思想的火花。

生病住院后的王强依然时刻关注着团队,每当看到学院网站上更新了团队动态,他都兴奋地给宣讲团的老师和学生送来鼓励和建议。

2008年,学院申报"马克思主义中国化研究"这一省重点建设学科,当时学科组负责人并不是王强,但是组里的任何一位老师都无法否认:"没有他,就没有这一学科的成功批复!"

在申报材料的准备过程中,王强细心至极,他总是将自己负责的板块认真完成后,琢磨整体的进度,一遍遍分析论证、查看材料,提出建设性意见。

一天中午,潜伏已久的病魔悄悄发起了攻击。当时,同事们等他一起接待专家,左等右等,怎么也等不来。终于,王强迟迟出现了,依旧笑容灿烂。同事问怎么回事,他只轻描淡写:"刚才出血不止,现在不怎么出了。没事!"

日历一张张翻过,省重点建设学科被正式批复成立的同时,病魔也在一点一点地侵蚀着王强的身体。在大家的反复催促下,直到11月,王强才去医院做了检查,最终,确诊为恶性肿瘤。

一个人的生命最无法承受的便是天灾人祸,当病痛如恶魔般吞噬和折磨着他,便是断绝了他所有生的希望。

而在那一刻,王强一心想着的竟还是刚刚成立的学科。申报成功了,怎么去建设?怎么去规划?这些问题在他心里反反复复地思考着。他拒绝学院送他去省医院治疗的好意:"重点建设学科刚刚批下来,各项工作任务很重,我走不开。"

当初的这门二级学科已发展到如今的一级学科——"马克思主义理论",而这4年,也是王强与病魔顽强斗争的4年,更是他不顾病痛折磨参与学科建设的4年。

学科组高汝伟老师常去医院与王强探讨工作,也因此,两人成为至交。高汝伟说:"每次我到医院,他期待的眼神和激动的神情,总让我忘了疲惫,浑身充满力量,面对他,我没有理由松懈。"

一次交流中,高老师无意中说到研究工作缺乏诸多材料,他万万没想到,因长期住院治疗而生活拮据的王强,自掏腰包,偷偷买了很多有关马克思主义大众化的书籍送给学科组。

2008年,7个学生;2009年,7个学生;2010年,7个学生;2011年,7个学生……病榻上的4年,王强的马克思主义教学生涯从未停止。

2012年9月8日,王强结束了生命的旅程。"学科建设方面,有了好的选题要集中往上报。关键是围绕方向,要有积累,我的体会是越走越深。"9月10日,盐城师范学院博士生曹明在王强的追悼会上泣不成声,断断续续地念着9月4日王强给他发的短信,"要物色几个有实力的人才,继续研究下去。"

病榻上指导论文,治疗中完成书稿,这种超乎寻常的授课、立说,让师者的风范长久留存在学子的记忆深处,让学者的品格随着书香远播千里……

★ /半生流泪终不悔/ ★

信仰之花永绽放

——采访和宣传王强事迹札记

《光明日报》(2014年04月10日01版)

王强在美国访学期间留影（资料照片）

17个月前,一个青年马克思主义者的名字出现在我的视线。采访他的事迹,我受到意外的震撼,一次又一次心痛,一次又一次落泪。于是,我连夜写下长篇通讯《用生命守望马克思主义阵地——70后教授王强的人生追求》,发表在《光明日报》2012年10月29日头版头条。

17个月里,王强的事迹被人们口口相传。作为第一个报道他的记者,我跟随王强先进事迹报告团,走进江苏的机关、高校,做了10多场报告,向数万人讲述采访的前前后后。他的故事讲到哪里,泪水和力量就在哪里相伴而来。

17个月后,当我再次踏上这片熟悉的土地,追寻王强的足迹时,我发现,王强的名字依旧触动人们的心。在盐阜老区,在江苏大地,在社科界,我亲见亲闻了一个个比事迹本身更意味深长的场景和故事。

悲痛中前行的一家

"今天,我抑制万千悲痛,站在这里讲述你的先进事迹。我要告慰你:你的人生虽然已经谢幕,但你用生命和热血浇灌的马克思主义信仰之花,已经在我们的生命中绽放。"

4月4日,在盐城举行的"王强同志先进事迹报告会"上,孙卫芳再一次以妻子、以同行的身份,站在报告席上。那是一双让人不忍面对的眼睛,充满着血丝,红肿得厉害,长时间的伤痛和失眠使孙卫芳显得异常憔悴。

"矛盾和痛苦无时无刻不在缠绕我。作为妻子,我只想悄悄保留和王强的所有回忆;可作为同行,王强不该是我一个人的,他是大家的。"

2012年10月,王强去世一个月,我带着他刚刚获得江苏省哲学社会科学一等奖的专著《中国共产党"劳资两利"政策研究》,第一次采访孙卫芳。她抚摸着书,就像抚摸着丈夫的脸庞:"如果能再给王强一个月,哪怕10天,这本书会更加完善。"那是一本凝聚着夫妻心血的书,在与病魔抗争的4年里,王强没有停止研究,孙卫芳站在王强的病床前,一遍遍梳理着丈夫的手稿,共同完成著书立说的愿望。

一年多来,我多次和孙卫芳交流。当人们被王强的精神感染之时,孙卫芳超乎常人的坚强让我肃然起敬,我看到了一个和王强一样,对家庭负责、对党的教育事业无比忠贞、对真理执着求索的70后青年马克思主义者。"我要感谢很多人。"孙卫芳说,"特别是老父亲,在最艰难的时期,他给了我无限的力量。"

王强的老父亲是一名老党员，儿子去世后，看着孙卫芳如此痛苦、辛苦，老人抑制住白发人送黑发人的悲痛说："我还有力气，家里的事可以帮忙照顾，你放心工作！"而17个月前的那次采访，面前的老人热泪纵横："我的孩子一直是我的骄傲。"

2013年9月5日，离王强去世一周年只有短短3天，老人突发心肌梗死，离开人世。饭桌上，留下一碗亲手为孙卫芳熬的热百合汤。后来，孙卫芳把百合汤放到冰箱里，直到坏了也舍不得扔。

接连送走两位亲人，孙卫芳觉得天都塌了。"我不愿意去承认，其实我是害怕，我想逃避，但我必须面对。"孙卫芳独自挑起家庭的重担，她最放心不下的，就是儿子昌昌。

在昌昌的记忆里，是父亲宽厚的肩膀、健硕的手掌，背着、牵着他一同走过似水年华。

"爸爸，我也蛮喜欢历史的，你说将来我选文科好吗？"

"好啊！"病中的王强万分惊喜：儿子也对自己的党史研究产生了兴趣。"要是学文，就顺着爸爸的研究走下去，爸爸这些资料你都用得上！"

"你自己不是一直在用吗？为什么给我用？"父亲差点说漏嘴的一句话，让昌昌隐约感觉到，父亲的病并非像家人告诉他的那样简单。

那是2010年，望着病榻前脸色苍白的父亲，昌昌写下《走过》："爸爸，你我走过的日子已深深嵌入了我的成长历程，父爱已融入了我的生命中。离别只是一种常态，若命运真该如此，我相信有勇气独自走过未来的道路。"

2012年9月，死神真的来临了。

理科成绩突出的昌昌最终坚持选择了文科，孙卫芳清楚，懂事的儿子是想为父亲做点什么。

墓碑前，默念碑文：善询常聆，已成往昔，睹物思亲，能勿悲乎！虽勒石立碑，亦不敷旌表。唯先父之言传身教永铭吾心。昌昌轻声对母亲说："妈妈，我想一个人待一会儿。""妈妈在外面等你。"一转身，泪水夺眶而出。

我说："孩子懂事，是好事。"孙卫芳轻轻地摇了摇头："他太懂事，我才更担心。"

17个月过去，一切就像是在眼前。从与王强道别，对这个家庭的考验频频降临。但是，信仰的力量、精神的力量，让一家人悲痛中前行至今。

暗香萦绕人心头

清明。这是我第二次来到王强墓前,青青小草已经长出。我和王强的亲人、师生一起,在墓前深深鞠躬,把一束束鲜花轻轻地放下。

"您的理论课,让浮躁不安的我们静静聆听,至理名言与现实接轨,使我们与信仰之神越走越近。"手抚墓碑,陈万宝念着写给恩师的诗,眼角挂满泪花。

1995年盛夏,盐城师范学院的操场上,两个人顶着烈日站军姿、踢正步,他们是王强和陈万宝。"我开学来迟了,王老师就陪我把军训补上;我得了阑尾炎,王老师就把我背到医院,一切都恍若昨天。"陈万宝说。后来,陈万宝开了个律师事务所,按照王强的建议,他在事务所成立了党支部。他坚信,把党支部的作用发挥好,是对恩师的慰藉。

春风拂起,花香萦绕。盐城师范学院的校园里,一老一少沿着王强生前踏过的路,并肩而行。老者,名为左用章,年过六旬,南京师范大学教授,王强的硕士生导师;少者,名为柴静,正值花样年华,江苏大学硕士生,王强生前最后一届学生。

"以前,逢年过节,王强肯定会给我发信息问候,这一年多,当我再回味的时候,才发现一切都不在了。"左用章感慨。如今,两幅画面一直交替出现在左用章的梦境里:教室里,一个大个子总坐在第一排,认真地听讲,用心地记录——这是14年前,王强在南京师大求学时的场景;病房里,满是书籍,那个大个子咬着嘴唇,在爱妻的陪伴下,写下自己的点滴思绪——这是两年前,王强在医院一边做化疗,一边做课题的场景。梦醒后,常常泪湿枕巾。左用章说:"我了解我的学生,他对马克思主义的热爱是发自内心的,也正是这份真爱,让他对研究魂牵梦萦。我虽为师,但我要向我的学生学习。"

"在他的课堂上,我和他一样感受到马克思主义的魅力,辩证唯物主义令我着迷。"柴静的身上流露着一股对马克思主义的执着和热爱,她挺直腰板说:"我已经决定继续攻读博士学位,想把研究做下去,做像王老师一样的人!"

"落红不是无情物,化作春泥更护花。"王志国,盐城师范学院年轻教师,他以王强为镜,反复告诫自己科研工作要戒除浮躁与功利;贾后明,王强的同事,他接过王强的接力棒,申报了国家级课题——马克思主义经济学中国化历程研究;王强生前倾注无数心血的"马克思主义中国化"

江苏省重点建设学科研究团队，正不断壮大，去年又拿到了4个国家级项目，教授、博士也由8人增至20人，思想政治教育专业已经获批江苏省重点专业。

音乐学院学生陆士国是纪实情景诗画《信仰之光》里的一名舞蹈演员，他说："有一束光，把王老师照亮。王老师也像一束光芒，温和而强大。对我们100多位同学来说，参与演出是一次心灵的洗礼。"经济法政学院刘雪晴同学是王强先进事迹宣讲团的一员，她告诉记者，自己正在准备思想政治教师编制的考试，希望将来自己的课堂能够和王老师的一样，具有巨大的吸引力。

未曾谋面似相识

从事新闻工作30年来，我采访报道过的英雄模范不胜枚举，他们身上都闪耀着暖人心怀的光芒。而在我写过的所有典型人物中，最让我震撼的就是王强。

作为王强事迹的报道者和宣讲团成员，在各地做报告一年来，每每动情之处，我总是哽咽难言，不免泪流满面。随着宣讲的继续和报告的深入，我对这位70后年轻教师有了更多的认识。我无数次思索，究竟是什么让他能够在信仰的战场上，时刻把生命保持在冲锋的状态？

我不得不说，王强是一个有血、有肉、有爱、有恨的平凡人，也是纯粹、顽强、执着的马克思主义者。他身上所折射出的人性光辉，如春雨般润泽心灵。

生于20世纪70年代，成长在改革开放的浪潮中，时代在王强心灵上播下了马克思主义信仰的种子，这颗种子生了根，发了芽，长成了树。他在病榻上指导论文，在治疗中完成书稿，将马克思主义大众化研究延续到了生命的最后一刻。

总有一些人感动心灵，总有一种精神震撼人心。王强的事迹被不断挖掘，走进了全国人民的心中，然而令我感到困惑的是，这样一位坚守马克思主义信仰的精神楷模，居然没有一段完整的影像资料。

寻访王强的师生及家人之后，我才明白"高调做事，低调做人"是王强一贯秉持的原则，他拒绝了任何能够拒绝的采访，也从不张扬自己获得的荣誉与成就。

"我深深热爱着我们的党、我的研究，我现在还有时间，对我们学科建设还可以思考，我的知识不能带到棺材里去，得让它传承和发展。人的生命是有限的，我要用活着的每一天努力工作。"这是王强病重时曾说过的话，他用"板凳甘坐十年冷"的沉默与坚守，折射出一个时代的信仰与精神之光。

王强的同事贾后明至今还保留着王强去世前两天给他发的短信，内容是希望贾老师替自己研究下去。他说："我这儿的资料你用吧。"在回忆王强的文章里，贾后明写道："虽然我只见过他两次面，但我与他有一生之缘。"

记者没有见过王强，一面都没有。

但数十次采访，内心却感觉无比亲近，仿佛与王强已有一世之缘，只恨此生不能见。

身为一个拿笔写字的记者，我和所有参与王强先进事迹宣传工作的人一样，唯一能做的就是讲述这些令人感喟的点点滴滴，让更多的人认识到王强的价值，也让更多的人在信仰的坚守和传承中，一天一天挺拔起来。

如此，无憾、无愧、无悔。

记者短评

使命超越生命

执教20年，他被学生称为"人生的引路人"。身患癌症后，他一如既往地潜心科研，甚至比以前更加勤奋。他是王强，他把毕生精力奉献给了马克思主义理论研究与教学，让短暂的生命燃烧出耀眼的光芒。

生于20世纪70年代，成长在改革开放的浪潮中，时代在王强心灵上播下了马克思主义信仰的种子。他选择扎根苏北，执起教鞭，承担起全校10多个院系、100多个班级的教学任务。

王强是马克思主义的忠诚传播者。他坚持"上好每节课，让每节课都有品味"，让马克思主义理论在青年学生中生根、发芽。他是最受欢迎的思想政治理论课教师，不仅在学习和生活上关心学生，更在思想和理想信念上给予学生真诚的帮助。谈及恩师，学生们常常热泪盈眶。

王强是马克思主义的执着求索者和坚定践行者。他的研究充满了一个知识分子对民生疾苦的关切，体现了一个青年马克思主义者的社会担当。他拖着病躯，坚持帮助同事修改论文和专著。他把病房变成了书房，在病榻上指导论文，在治疗中完成书稿，将探索坚持到生命的最后一刻。他的使命，早已超越了生命。

在王强身上，我们看到了一名优秀共产党员的崇高思想境界和道德情操，看到了当代青年教师的精神风貌和高尚师德，看到了一名理论工作者对马克思主义的坚定信仰和不懈追求。

"士不可以不弘毅，任重而道远。"在培育和践行社会主义核心价值观的今天，我们向王强同志学习，就是要始终坚定中国特色社会主义的道路自信、理论自信、制度自信，在各自的岗位上发光发热，不断前进，为实现中华民族伟大复兴的中国梦而努力奋斗。

"在我心里，生命之树常青"

——孙卫芳写给已逝丈夫王强的167封信

《光明日报》（2015年05月11日04版）

编者按

  王强，江苏省盐城师范学院经济法政学院教授，主要研究方向是中共党史和马克思主义中国化理论。在被查出身患恶性肿瘤后，病榻上指导论文，治疗中完成书稿，把对工作、对马克思主义的热爱延续到了生命的最后一刻。

  2012年10月29日，《光明日报》头版头条刊发《用生命守望马克思主义阵地——70后教授王强的人生追求》，王强同志的先进事迹在全国传播，引起极大反响。教育部和江苏省委在北京师范大学举行王强同志先进事迹报告会，江苏在全省高校系统和社科理论界召开王强同志先进事迹报告会10余场。王强的妻子孙卫芳为报告团成员之一。

  今天，我抑制万千悲痛，站在报告会的讲台上。你走之后，来采访的人络绎不绝……一遍一遍回忆。矛盾和痛苦无时无刻不在缠绕我。作为妻子，我只想悄悄保留和你的所有回忆；可作为同行，我知道，你不是我一个人的。

——摘自孙卫芳写给丈夫的信

  第一个清明，窗外下雨了，一如我的心情。前天去看你，站在你的墓前，一遍遍地擦拭着你的照片，眼泪止不住往下流……

你依然那样微笑地看着我，仿佛在说："不要哭，要坚强，现在什么都要靠你。"

——摘自孙卫芳写给丈夫的信

用生命守望马克思主义阵地的70后教授王强逝世已近三年。夜深人静的时候，妻子孙卫芳就常常来到书房，坐在丈夫曾挑灯备课、著书写作的位子上，把想和丈夫说的话一字一字敲下来，再发到丈夫的邮箱。

她说，一次次与丈夫的心灵对白，支撑着她重拾生活的勇气。

"200多天了，我一刻也没有停止过对你的思念。白天，我尽量把工作安排得满些，让自己累一点，没有时间去想你，阳光、笑脸、坚强，留给家人和同事。可是夜深人静时，我满脑子都是你。"

"我经常梦见你在医院最后一天的情形。'老婆，我要喝水……'说话时的你满眼歉疚，好像在说：'你看，我连喝水都要你帮我。'那日晚上，我坚持要和儿子送你去殡仪馆，我很清楚，这是我们一家三口最后一次在一起了，从此我们将天各一方。和儿子坐在车上，你静静地躺在我身后，我一遍遍地幻想着你能和往常一样，坐在我身边，和我聊学科、聊科研。"

邮箱依然自动回复：邮件已收到，我会尽快给您回信。孙卫芳知道，丈夫一定收到了。

"昨天是端午节，一大早我就去看你了。风很大，墓园里只有我一个人，可能是前两天下雨的缘故，碑前很干净，照片上一点灰尘也没有。默默地看着你，一遍遍抚摸着你的脸，即使一句话都不说，你也能听懂我。还有四天就要高考了，儿子说还想像前两次一样，想让爸爸陪着他，送他进考场……回来时，天上飘起了毛毛雨，不知道是你的泪还是我的泪。我们一起为儿子祈福，加油！"

"昌昌考上大学了，今天是报到的日子，来来往往互送了几个来回，感觉到了儿子的不舍，但还是控制住眼泪把儿子劝走了。回到空荡荡的家，我的心也空落落的，坐在儿子的床边，不知道今晚如何度过？？？"

在孙卫芳写给丈夫的信里，连续的"？"时常出现，无法抑制的思念、无穷无尽的困惑让孙卫芳常常这样询问丈夫。

"昌昌已经开始新的生活，我也要以校为家，慢慢适应一个人的生活。有一件事我还没有告诉你，昌昌最后选择了审计学，是我鼓励他选择自己真正感兴趣的学科，我想你一定是支持他的。"

在孙卫芳眼里，儿子越来越懂事了，但也因此才更加担心。

"半学期过去了,昌儿在成长、进步,如愿考入了 ACCA 专业,顺利通过了英语四级考试,性格也比以前开朗了。这学期 ACCA 的课程将开设,压力和动力并存,你在天堂一定要为儿子祈福!"

当人们为王强的精神所感染时,孙卫芳超乎常人的坚强也让身边的人肃然起敬。身为盐城工业职业技术学院副院长的她,坚持认真工作,用心爱护家庭。人们看到的是一个和王强一样,对家庭负责、对党的教育事业无比忠贞、对真理执着求索的70后青年马克思主义者。

"今天有好消息带给你。贾老师主持的国家社科基金项目成果正式出版了!你们经济法政学院现在的教科研氛围越来越浓,省教学成果奖、省部级以上社科基金项目、省重点教材和专著……数量都在增加。你的团队也更加壮大了,年轻的几个老师都进步很快。听到这些你一定很开心。你念念不忘的就是这些。"

孙卫芳知道,学科建设是王强生前最为牵挂的事。这份牵挂,成了一批青年马克思主义学者为之奋斗的方向。

"今天,我又一次来到你的墓前,快三年了,我给你写了很多信,也常常去师范学院的纪念馆里祭奠你。虽然有时只是只言片语,但一直把它们当作我的精神家园,也是一直以来我与你交流和倾诉的唯一方式。快三年了,还是害怕别人和我谈及你,害怕有人触及我永远的痛。这座城市、这个家,你无处不在……"

"春天来了,绿色多了起来。你也许从未想过,你视之为本分的工作,感染了这么多人。作为你的妻子和同行,我唯一能做的,就是在抚养好孩子的同时,继续完成你未竟的事业。在我心里,生命之树常青。"

距离王强去世整整972天,孙卫芳写下第167封信……

赵亚夫：现代农业的探路人

　　赵亚夫，男，江苏常州人，中共党员。江苏省镇江市人大常委会副主任，镇江市农科所所长、党委书记。自1961年9月参加工作起，赵亚夫把"论文"写在大地上，把致富百姓作为毕生的追求。他先后引进推广种植了180万亩的应时果品，给农民带来25.5亿元的收益，创新产销模式，编写多达百万字的农民科技读物，每年免费为农民上辅导课100多场，累计培训农民达30万人次。他专注农业科技，服务农村发展，为提高农业生产经营水平、带领农民致富、改变农村面貌做出了重要贡献。获得江苏省科技兴农模范、新中国成立以来50位感动江苏人物、中央电视台2007年度"十大三农人物"、全国先进工作者等荣誉。2014年5月，被中宣部授予"时代楷模"荣誉称号。

★ /时代先锋——那是一束光照耀灵魂/ ★

五十一年兴农路

——记江苏省镇江农科所原所长赵亚夫

《光明日报》(2012年08月16日01版)

赵亚夫在剪枝(资料照片)

编者按

本报今天向您介绍农业科学家赵亚夫的事迹。51年来,他始终把一个"农"字装在心头,他所做的一切,就是用自己的知识为农民服务。他把田间地头的累累硕果看得比任何荣誉都重,年过七旬仍然奔忙在田野上。赵亚夫用他的非凡人生告诉我们,广大知识分子只有把祖国的需要和人民的利益与自己的事业紧紧地联系在一起,才能取得更大的成功。

他是一名孔繁森式的共产党员,51年如一日地扎根江苏茅山老区,帮助农民探索致富途径,却从不收农民一分钱。

他是一名袁隆平式的农业科学家,曾24次到日本学习先进技术,2008年汶川地震后,先后18次奔赴四川绵竹,在当地建立高效农业示范园。

他是一名杨善洲式的领导干部,2002年退休后,毅然选择到句容县最穷的戴庄村,把最穷村变成了小康村……

他就是江苏省镇江市原人大常委会副主任、镇江农科所原所长赵亚夫。

"农民需要什么,我就给什么"

花白的头发,黝黑的皮肤,一副厚厚的近视镜,这是赵亚夫给记者的第一印象。

"不管是酷暑还是严寒,都能看到赵主任在田间地头转悠。"戴庄村村民习惯称赵亚夫为"赵主任",村民汤泰云动情地说,"他一心帮着我们致富,他就是我们的致富指路人。"

1961年,毕业于宜兴农林学院的赵亚夫,被分配到镇江农科所工作。51年来,为了帮农民寻找致富路,他进行过3次探索。

第一次探索是把草莓引进句容。1982年,赵亚夫到日本进行为期一年的研修。回国时,他带回20株草莓种苗,在句容白兔镇解塘村试种。第一年,0.9亩示范田共收获600多斤草莓,每亩效益600元,比常规农作物增收两倍。接着,他又成功试验种植冬季草莓,部分农户草莓亩产达到3000多斤,每亩纯收入1万元。到2003年,句容老区成了全国闻名的"草莓之乡",老区第一批楼房拔地而起,当地村民亲切地称之为"草莓楼"。

第二次探索是创新丘陵山区开发思路,调整农业结构。句容10个镇有

6个是全丘陵地区，近3/4的农业人口分布在山区。连绵起伏的荒岭如同一道道坎，阻断了当地百姓的致富路。赵亚夫因地制宜，带领农民们走出了种植果树、蔬菜等现代农业的新路子。

2003年，在赵亚夫的指导下，黄梅镇王巧娣种起了桃子。种下桃树苗后一个月，有一片桃树始终没有发芽。赵亚夫闻讯赶来，二话没说直奔那片桃树苗，跪在地上，扒出底部的泥土，仔细检查原因。

赵亚夫趴在地上捧着泥土的情景，王巧娣至今难忘。"赵主任风里来雨里去，帮着我们赚钱，却从不要我们一分钱，他就是我们句容的孔繁森！"因为激动，王巧娣声音略微发颤，"赵主任比我们的亲人还亲！"

第三次探索是带"最穷村"步入小康。2002年，赵亚夫从镇江农科所退休。当时他可以到大专院校做导师，也可以到科研院所当学科带头人，然而谁也没想到，他却选择了最穷的戴庄村。

有人问他，何必自讨苦吃？赵亚夫说："现在依然还有那么多穷苦农民需要我，我怎么能歇下来？"

凭着这股信念，他把有机农业带到了戴庄村。2011年，戴庄村有机农产品种植面积达4000多亩，农民人均纯收入达到1.25万元，是2003年的4倍。

"农民需要什么，我就给什么。"赵亚夫熬白了头，累弯了腰，但他依然每天拄着拐杖，坚持跑几片稻田地，走几亩桃园……他说，只有这样心里才踏实。

"我们戴庄发了，全靠赵主任"

"做给农民看，带着农民干，帮着农民销，实现农民富。"作为一名农业科学家，赵亚夫一条农业路走到底。

"农民最务实，推广新技术首先要做出样子，让农民见到效益。"赵亚夫口中的"样子"，就是1996年在白兔镇建设的万山红遍农业园。

在这个示范园里，有句赵亚夫的名言——"将失败留给园区，将成功教给农民"。园内种植瓜果菜粮优良品种，示范园的大门天天对农民免费敞开，可以随便进园看，随处跟着学，随手跟着干。在这片园区中，赵亚夫培养出了纪雪宝、王柏生、杨修林等一大批市、省乃至全国劳模，园区"示范"作用辐射到1500亩土地上的5000多个农民。

"带着农民干"，对这句话体会最深的应该是戴庄村村民彭玉和。老彭今年50岁，个人承包了50亩有机水蜜桃，还在桃园里套养了5000只鸡、200只鸭、500只鹅，年产值35万元左右。老彭开口就说，自己能发财，多亏赵主任的"有机"。"当时，赵主任端个小茶杯往台上一站，就开始讲有机农业。那时候不懂什么是'有机'，可赵主任说能赚钱，还说种桃树还能养鸡鹅，我觉得应该是好事儿，就想试试。"可老彭的妻子害怕了："别人帮我们赚钱，哪有这样的好事儿，说不准是个搞传销的。"

彭玉和犹豫了。赵亚夫主动上门来承诺："一年如果赚不了1万，我赔给你钱。"彭玉和一拍大腿，搬着被褥就住进了桃园。第一年，桃子卖到8块钱一斤，赚了3万块。看着一棵棵桃树就像摇钱树，彭玉和乐得合不拢嘴。"赵主任不让打农药，不让施化肥，所有的剪枝、防虫技术都是他手把手教我们。"彭玉和说。

当赵亚夫尽情播撒农业智慧时，却发现，因为农户小面积分散经营，无法与大市场对接，即使种得好，却卖不掉，还是会影响农民的致富。于是，他又开始"帮着农民销"，把农民组织起来，走农民专业合作社道路。

1997年，白兔镇丁庄村成立了首家葡萄协会，百余位种植户组织起来共同经营；2005年，他带领5位农民去日本考察农民专业合作社，句容县相继成立了葡萄、水蜜桃、茶叶等合作社，吸收了5000多家农户统一管理；2006年，他又在戴庄村建立了江苏首家有机农业合作社，并投资建设了"越光"大米加工厂，从除尘、去稻壳到成品打包，整个生产流程都在工厂车间内完成。

年近60岁的戴庄村村民杜中志被太阳晒得黝黑，但干劲十足："没想到我也'老来俏'，我们戴庄发了，全靠赵主任！"

正忙着摘桃子的彭玉和乐呵呵地说："每年都有浙江、宁波的固定客户直接来运货，前几天他们又带了7辆车，后备厢装满了才走的。"说起今年的打算，老彭眯起眼睛慢慢说道："先买辆车，到年底开个农家乐。"

作为农业科学家，赵亚夫没有出过"大部头"著作，然而，他为农民编写的通俗易懂的科普读物却超过百万字。他先后24次到日本学习先进技术，把近百项农业科研成果教给农民；在丘陵山区推广种植了180万亩的应时果品，给农民带来了30多亿元的收益；2008年汶川地震后，他先后18次奔赴绵竹，在当地建立高效农业示范园，"要致富，找亚夫"的说法在四川流传开来。

一次，赵亚夫不幸发生车祸，腰部严重受伤，当时正是灾区调配种子的时节，赵亚夫不听劝，一手拄着拐杖，一手扶着受伤的腰，左脚用力扒着地，右脚吃力地调配种子，实在支撑不住了，就歇一会儿，换只脚继续调配。身负重伤的赵亚夫不喊一声苦，灾区百姓流下了感动的泪水。

"只要帮一把，条件再差的农民也能成为新型农民"

赵亚夫退休后，出人意料地选择了戴庄村。短短几年，这个曾经的"最穷村"实现了小康。接下来，赵亚夫开始探索"农村现代化"的途径——成立有机农业经济合作社。

"一亩有机水稻入一股，每股300元，分3年缴纳。入社后，我们只负责种水稻，灌溉，至于中间的管理到最后收割、加工、销售全部由合作社完成，我们就坐在家里等着分红。"村民汤泰云介绍说，有了合作社，不仅村民种田负担轻了，而且可以有大量的时间出去打工赚钱。

今年57岁的戴庄村村民蓝涛靠养猪致富，蓝涛的致富经，也离不开赵亚夫的"有机"。走进猪圈棚，记者并没有闻到像普通猪圈里的异味，老蓝说，这是赵主任的"有机养殖法"，与一般猪圈不同，这里猪圈铺的不是水泥地板，而是50厘米厚的由木屑、糠和益生菌组成的发酵床，猪会拱着吃发酵床里的东西，这样长大的猪，猪肉健康且肥而不腻。

蓝涛笑着说，赵主任的女儿从小不喜欢吃猪肉，有一次赵主任专程把有机猪肉带给女儿吃，女儿一尝就再没停下筷子。

蓝涛介绍说，当初建设养猪大棚时，是合作社和农户各出一半资金建起来的，赵主任作为合作社顾问，专门带着我们到丹阳学习有机养殖模式，发酵床就是那时候学来的。

赵亚夫带动蓝涛养猪致富，蓝涛打心眼儿里感激赵主任。回想着赵亚夫为自家养殖付出的心血，老蓝激动起来："论级别，赵主任是副厅级领导干部；论资历，他早已是句容科技专家中的'当红明星'；论年龄，已经年过古稀，而且患有慢性病痛，可是赵主任都亲自来手把手教养殖，没有一点官架子。"

听说赵亚夫要试验养殖四季种鹅，蓝涛自告奋勇，主动提出帮赵主任试验养殖600只种鹅。"赵主任为我们付出了那么多，可我没有什么能回报的，我希望这次能帮赵主任一把，就是吃再多的苦，我也要帮他实现愿望。"蓝涛坚定地说。

赵亚夫认为，农业现代化首先要培养现代农民，而培养现代农民不能单纯靠"新农民",更要带动"老农民"一同走入现代化。然而,戴庄村是出了名的"三多"村,文盲多、老人多、痴呆多,务农劳力平均年龄为55.3岁,92.4%的村民为小学、初中文化。赵亚夫说,只有实现老农民的现代化,才能真正实现全省现代化。

戴庄村低保户张乃成妻病、子呆,今年已经68岁的他,说起这几年的生活,竖起了拇指:"这几年日子轻松了不少,是赵主任带给我的。"张乃成指着房屋说,种了有机水稻后,每年能多收入1000多块钱。现在,家里的土坯墙换成了砖瓦房,刚刚粉刷了墙壁;院子里也用水泥铺平了,可以晒小麦。老张说,逢年过节,赵主任还带领导来家里看望他,送来生活用品,现在大儿子已经结婚,自己也算了却了一桩心事。"种好有机稻,多赚钱,为养老做好准备。"

"农村现代化中,只要有人帮他一把,条件再差的农民也能成为新型农民,都能步入现代化,成为懂市场、懂科技的新型农民!"赵亚夫始终坚信,弱势群体依然能搭上现代农业这班车,走上致富路。

记者和赵亚夫谈起他获得的无数荣誉,可他却轻描淡写地说:"都在档案里,具体不记得了。"

在赵亚夫的字典里,只有"农民",没有"荣誉"。其实,他的荣誉早已踏踏实实地写在了田间地头,写在了农民鼓起的钱包上、小康的生活中。

/ 时代先锋——那是一束光照耀灵魂 /

"有他才算过年"

——农业专家赵亚夫圈舍田间的大年初一

《光明日报》（2014年02月01日01版）

赵亚夫（左一）给本报记者郑晋鸣与种植户汪启顺
（右一）讲解柿子树种植知识（本报通讯员龙馨泽摄）

今天是农历大年初一,农业专家、全国人大代表赵亚夫特别高兴,常年在外的两个儿子带着孙子、孙女回来了,还要接他们老两口到城里的新房过年。但与此同时,句容市天王镇戴庄村的3户农民盛情邀请他一起过个团圆年,到底去哪儿过年?赵亚夫犯了难,思考再三后,赵亚夫决定和往年一样,与戴庄村农民一起过年,他割舍不下与村民14年的感情。14年前,赵亚夫从镇江市人大常委会副主任、镇江农科所所长位子上退休后,背着行囊,只身一人来到戴庄村这个全县最穷村,帮助村民致富,却不收农民一分钱,如今,戴庄村成了远近闻名的小康村。

创业大学生的喜庆年

早上9点,记者跟随赵亚夫来到戴庄村,一下车,一个面容清秀的小伙子便迎了上来。"这是汪厚俊,两年前大学毕业后回乡创业。"赵亚夫说。

"赵顾问,快里边请!我们还以为你今年不来了呢。"见到赵亚夫,汪厚俊的父亲汪启顺边请他到屋里坐,边对记者说:"有他才算过年。"作为戴庄村有机农业合作社的顾问,赵亚夫手把手地指导汪厚俊开辟了50亩柿林与核桃林。去年,汪厚俊又搞起了立体农业,利用果林的天然生态优势放养了1000多只赵亚夫培育的"苏禽鸡",短短的3个月不仅收回了果园鸡棚的成本,还赚了1万多块钱。

聊着聊着,已到了午饭时间。汪厚俊的母亲准备了一大桌子菜,还叫来了其他亲戚。见赵亚夫喜欢吃青菜烧豆腐,汪厚俊索性把菜端到他面前,并趁夹菜的时候,向赵亚夫请教问题。亲戚们见了,也纷纷给赵亚夫夹菜,想"趁机"提问,但又怕打扰他吃饭,只见好几个人刚想张嘴说话,又硬生生地扒拉口米饭把话咽了下去。

饭后,赵亚夫把汪厚俊拉到身边,嘱咐他:"无论是大学生村官,还是普通大学生,都应该热爱基层、扎根基层,让农民受益,让青春无悔。"

养猪大户的热闹年

从汪厚俊家出来,已是中午12点多了。赵亚夫带着记者来到养猪大户蓝涛家里,碰巧蓝涛正和亲戚吃饭。

见到赵亚夫,蓝涛赶忙做起了汇报:"去年一年就出栏了70多头肥猪,我整整赚了8万块!"蓝涛端过红烧肉请赵亚夫品尝,"赵顾问,这是您引进的黑猪肉，城里要卖到30块钱一斤。"

蓝涛以前是村里的"种粮大户"，由于缺乏科学的种植知识，粮越打越少，日子越过越穷，房子是村里最破最烂的。3年前，在赵亚夫的帮助下，蓝涛干起了养猪的生意，与一般的养猪户不同，蓝涛养殖的是赵亚夫引进的家猪与野猪的杂交品种。走进猪圈棚，记者看到这里猪圈铺的不是水泥和地板，而是由50厘米厚的木屑、糠和益生菌组成的发酵床，猪吃发酵床里的东西，这样长大的猪，猪肉不但健康且肥而不腻。蓝涛告诉记者，这叫"有机养殖法"，是赵顾问手把手教会的。

猪越养越肥，蓝涛的日子也越过越红火。

虽然已经吃过午饭，但乡亲们见到赵亚夫来了，还是热情地纷纷敬酒。"这酒表达的是尊敬之意，更是感恩之情，没有赵顾问，就没有我们戴庄村的今天。"一位老乡说。

回乡商人的开心年

下午4点，赵亚夫与记者刚准备回去，种植大户余才安已经拎着大包小包的年货，来给赵亚夫拜年。对戴庄村的人来说，余才安不是一般的农民，早年他在城里开玩具厂，也是村里人眼中显赫一时的"大老板"，可近两年玩具市场不景气，生意越来越难做。听说村里来了个赵亚夫，变着法让村民从田里"捞钱"，余才安也动了心思，放弃了城里的生意。在赵亚夫的帮助下，回乡种起了有机桃树。

"有机桃树的品种是我孕育出来的，但推广还得靠老乡，看到桃子加工成了产品，我心里甜！"赵亚夫把余才安拉进屋子里，泡上一壶热茶，拉起了家常。农民与专家鱼水情，聊的全是收获的喜庆事儿。

农家新年的喜庆全靠一年的好收成，戴庄村农家年味的香甜离不开赵亚夫14年如一日的辛苦付出。和来拜年的乡亲唠家常、讲技术，是赵亚夫最开心的事。赵亚夫向记者道出自己的新年心声："农村是我热爱的土地，农家的年味最香甜！"

夜幕降临，记者就要离开戴庄村和赵亚夫了，回忆起赵亚夫与戴庄村民的一幕幕，记者不禁感慨：农民有了专家才能致富，农业有了专家才能兴旺，农村有了专家才能发展。

★ /半生流泪终不悔/ ★

在泥土中，叩问生命的意义

——记时代楷模、农业科学家赵亚夫

《光明日报》(2014年05月29日 01 版)

赵亚夫在镇江句容戴庄村有机桃园留影（新华社记者李响摄）

赵亚夫与本报记者在果树林里（本报通讯员南琼摄）

7年前，赵亚夫——一位农业科学家的名字进入我的视野。黝黑的皮肤，老树皮一般粗糙的手掌，一双裹满泥巴的运动鞋——这，就是他给我的第一印象。

两年前，再次来到赵亚夫"义务劳动"的地方——镇江句容戴庄村，我被这里翻天覆地的变化深深震惊：曾经最贫穷、最落后的村子，变成了殷实幸福的小康村。在赵亚夫的带领下，村民走上了致富路，而这背后，是他在山坡上被绊倒的十几个跟头、冒雨出现在农民家的画面、深一脚浅一脚踩在泥土中的身影……我备受感动，连夜写下长篇通讯《五十一年兴农路——记江苏省镇江农科所原所长赵亚夫》，发表在本报2012年8月16日头版头条。

今年大年初一，我又一次与这位老朋友相约。他放弃和家人团聚的机会，照例"跑"到戴庄，村里的农民说："有他才算过年。"

而今，当我再次踏上这片熟悉的土地，我发现，在江苏大地、茅山老区，赵亚夫的名字早已深入人心。

究竟是什么样的力量，让53年岁月仿如一日？

在我心中，泥土是赵亚夫的本色。他用一双扎根田地的脚，一颗紧贴农民的心，一个"让农民收获满屋财富"的梦想，诠释着自己的人生选择。

"为了革命，瞿秋白献出了生命；而我活着，是为了什么？"

常州，赵亚夫的故乡。城西的瞿秋白纪念馆，是他每次回乡必去的地方，常常一待就是半天。

在农民心中，赵亚夫是大好人。而在这位大好人心中，"住"着一个英雄——瞿秋白。

赵亚夫的外婆家，紧挨着瞿秋白纪念馆。"1919年五四运动，在体力透支和神经高度紧张的情况下，瞿秋白、张太雷等一大批革命志士在酷热中奔波于街头，联络、组织、演讲，而那时的瞿秋白还要忍受肺病煎熬的痛苦。""1935年瞿秋白不幸被捕，敌人逼他投降就范，他坚决拒绝，视死如归，高唱自己翻译的《国际歌》走向刑场，慷慨就义，年仅36岁。"……外婆口中瞿秋白的故事，贯穿了赵亚夫的童年。与瞿秋白经常"一同出现"在外婆口中的，还有革命烈士张太雷，年仅29岁的他用自己的热血和青春实践了誓言——愿化作震碎旧世界的惊雷！

4岁时，赵亚夫到觅渡河小学读书，这是瞿秋白的母校。或许是命运的安排，赵亚夫的老师竟是瞿秋白的挚友——羊牧之。"先生当年讲课抑扬顿挫，每每讲到瞿秋白和张太雷时，就情不自禁地对我们说'光明和火焰从地心里钻出来的时候，难免要经过好几次的尝试，探路共产主义，宁肯舍其事而成其心'。"赵亚夫回忆。

"为了革命，瞿秋白献出了生命；而我活着，是为了什么？"这个问题，赵亚夫自问了无数遍。

答案逐渐明晰。1958年，赵亚夫来到宜兴农林学院求学。"有一次，去县城的宜兴医院看病，一进大门，医院的院子和走廊里满满的人把我惊住了，皮包瘦骨的人坐在台阶上目光呆滞，还有奄奄一息躺在诊室门前等待救治的……"至今，赵亚夫仍常常梦到那天的场景。

当晚在日记里，赵亚夫写道："我是学农的，无数革命志士为中国的解放献出了宝贵生命，我们还有什么理由不为改变农村的面貌而努力呢？"

为改变农村贫穷落后的面貌、为带给农民幸福安康的日子而奋斗一生，这便是赵亚夫的人生选择。

"泥土是我的本色，我要扎根田地，让农民收获满屋财富"

1961年，大学毕业的赵亚夫放弃了去大城市农业管理部门的机会，主动提出去镇江专区农科所工作，一干就是40年。

改革开放之初，江苏拉开工业大发展的序幕，很多农民背井离乡、舍家弃子，到城里打工谋生，造成农村土地荒芜、人口流失。

如何把农民留在土地上，让农民从地里刨出比打工更高的收入？这个问题，始终萦绕在赵亚夫的心头。

1982年，是赵亚夫人生的转折点。这一年，他来到日本进修。

第一次看到发达国家的现代农业景象，他被深深震撼了："人家山上、塘里都是清清的泉水，我们却是黄泥水；他们森林茂密，我们却是荒山秃岭……"

"泥土是我的本色，我要扎根田地，让农民收获满屋财富！"赵亚夫说这就是他当时的愿望。

为了完成这个愿望，已经41岁的赵亚夫，捧起日语教程从头学起；原本学稻麦的他，学起了草莓、无花果、葡萄等水果栽培技术，他不舍昼夜地在果蔬花田间流连，在温室大棚中探究……

1983年，赵亚夫学成回国，他没有像别人一样带回当时国内稀缺的日本家电，仅仅带回了20棵草莓苗和13箱农业技术书籍资料。然而，就是这20棵草莓苗，如同星星之火，成就了日后的燎原之势：

1986年，赵亚夫带着草莓来到茅山老区，于是老区第一批楼房竖起来了，农民们亲切地称其为"草莓楼"；

1996年，赵亚夫建立"万山红遍"农业科技示范园，于是应时果品红遍万山；

2002年，赵亚夫带着有机农产品来到戴庄，于是这个曾经的镇江最穷村变成了"小康村"。

从1983年至今，赵亚夫先后18次去日本，带着农技人员和农业课题，到日本的田间地头学习考察。如今，一批批高科技农业成果在句容的丘陵山区生根开花：冷藏育苗技术，使草莓提前一个多月上市；冬季大棚，采用蜜蜂授粉，亩产量提高10%～20%；复合种养模式，改变了施肥方式……

赵亚夫深知，要让农民致富，必须打破传统种养格局，引导农民搞农业产业结构调整。在一次次的探索中，他不但发展高效经济作物，还帮助农民走互助合作道路，指导农民成立合作社，帮助农民销售，带领农民致富。

作为一名共产党员，赵亚夫完成了党对农民的承诺；作为一名科技工作者，他完成了科学对土地的承诺。

"我只想继续为农民做事，田间地头的累累硕果比任何荣誉都重"

追随赵亚夫的足迹整整7年。我不得不说，每一次与他的接触，都是一次心灵的洗礼。

还记得多年前的一次采访，我问他，忙了一辈子，获得过哪些荣誉。他淡淡一笑，说："档案里有，我说不上来。"

2001年春，赵亚夫退休了。家人以为，他终于可以好好休息了。然而，他却做出了一个令人惊讶的选择，去镇江最穷的村"种田"。

"我是农民，吃惯了粗茶淡饭，退休工资够花了，给我再多钱我也不会花啊。我只想继续为农民做事，田间地头的累累硕果比任何荣誉都重。"几句朴实的话，让我的敬意又多了几分。

我无数次思索，究竟是什么让他把"农"字牢牢刻在心上，年逾古稀依然奔忙在田野上？

生于解放前，长在新中国，时代在赵亚夫的心灵上播下了"为农民服务一辈子"的火种，这颗种子生了根，发了芽，长成了树。

一年365天，他有300多天都在田里；

在他的手机上，存了100多个农民的手机号码；

村民都知道，赵亚夫的手机是24小时"服务热线"……

村民杜仲志至今还记得那一幕："大雨瓢泼，刚刚做完手术的赵老师拄着拐杖一步一步地'挪向'桃园，跪在地上，连溅到他脸上的泥巴都顾不上擦，就用手直接扒出垱口底部残剩的泥土，查看树的根部……"

退休13年，赵亚夫心廉身洁，真情为民。他从不拿农民一分钱、一袋米、一两茶，甚至一只老母鸡，他都死活不肯收。

如今，农村渐渐富裕，百姓的日子也越过越好，而他却已经老去。他用时间的长度和生命的宽度丈量着乡土大地，大地也深情地见证着这个农民群众的贴心人。

身为一个拿笔写字的记者，我唯一能做的就是讲述赵亚夫令人感慨的点点滴滴，让更多的人知道赵亚夫的故事，也让更多的人在信仰的坚守和传承中，愈行愈远。（本报记者　郑晋鸣）

向现代农业探路人致敬
本报评论员

"时代楷模"赵亚夫同志，53年扎根农村，用自己的知识为农民服务，把百姓致富作为毕生追求。他的先进事迹在江苏大地为人传颂，而他身上所呈现出的知识分子的高尚品格和社会担当，感染和鼓舞了更多的人。

从扶贫式开发到致富式开发，再到普惠式开发，赵亚夫用自己独特的"三部曲"创新了"三农"发展模式，带领戴庄村村民百姓脱贫、致富、走上新型农业的小康之路，这种不懈的努力和有效的探索，是一个农业科技人员的自觉，是一位基层党员干部的职责，也是一名当代知识分子的追求与担当。赵亚夫怀揣科研理想，扎根农业实践，以实际行动证明了知识的价值，为科学发展观积累了宝贵经验和财富。

从赵亚夫同志的自述当中，我们看到了共产主义理想和中国革命传统的伟大力量。正是这种力量，启蒙了包括赵亚夫在内的中国共产党党员和知识分子立志报国、造福人民的价值观，并在追求理想的道路上，不断鼓舞精神、慰藉灵魂、指引方向。以毕生精力奉献农村土地，心系农民、毫不利己地为村民百姓谋福利，为开拓"三农"事业新成就攻坚克难、鞠躬尽瘁，在追赶现代化进程、缩小我国与世界先进水平的差距方面目光高远、殚精竭虑，这种种都是共产主义理想和中国革命传统在新的历史条件下的传承，是共产党员的精神在现代化建设方面的具体体现。

  始终与人民保持血肉联系，是赵亚夫这样的"时代楷模"能够将个人的成就和人民的事业紧密结合的"心诀"，也是党的群众路线和社会主义核心价值观的深刻内涵。赵亚夫始终扎根农村、服务农民，退休后依然坚守信仰，牢记"为人民服务"的使命，身体力行党的群众路线，特别是致力于把先进的科技成果引进、消化、吸收并转化成生产力。知识分子的这种社会担当和"探路人"的气质，不但是农业、农村、农民事业科学发展的宝贵经验，更应该成为国家社会各项事业的精神财富。

赵亚夫：深耕土地又一年

《光明日报》（2015年03月02日04版）

农业科学家赵亚夫扎根土地已有53个年头。日前，快到江苏省句容市戴庄村时，记者远远就望见赵亚夫站在村头热情地招手，由于患有严重的腰椎间盘突出，这位74岁的老人身影有些佝偻，精神却依旧矍铄。

说起这一年，赵亚夫觉得为农民服务的时间比往年少了些。288天，3456小时，赵亚夫把"泡"在田里的时间精确到了小时。一旁的村民王柏生插嘴道，即使出差在外，赵主任也常打电话询问村民种植情况。"一次我种植的青花菜苗出现虫害，打电话给赵主任，没想到他连夜从北京赶回来，跪在地里用手扒开泥土，仔细分析虫害。"

村民杜富海拉着记者来到草莓大棚前："赵主任教给我一项新技术——高架大棚草莓，5亩试验田多赚了10万元。"曾经穷得发愁的杜富海已是当地有名的"草莓大王"。他说，与原来相比，高架大棚草莓不仅便于管理，而且经济效益更可观。杜富海清楚地记得，13年前，赵亚夫退休后来到戴庄村，组织成立戴庄有机农业合作社，互助合作发展现代农业，让这个最穷村实现了小康。2014年，戴庄村农民人均纯收入1.8万元。"赵主任已年过古稀，可他时刻不忘钻研新品种，教农民新技术，每天坚持跑稻田、走桃园，他总说，这样心里才踏实。"

江苏张家港善港村虽然富裕，但农业投入高、效益低，农民滥用化肥农药对环境造成严重污染。"是赵主任帮了我们，他每隔几天就驱车从150多公里外的镇江赶到村里，义务开设100多场农业辅导课，手把手教农民种植有机水稻、有机蔬菜。"善港村党委书记葛剑锋说，在赵亚夫的指导下，目前全村已建成1200亩有机作物农田，并开设集体农场，采用科学种植养殖方法，强化农村经济服务能力，不仅改善了生态环境，还为村里创收300

多万元。

全国"两会"召开在即,作为全国人大代表的赵亚夫准备提交《积极发展综合性农民社区合作社》的议案。他说,此次"两会",他想把这些年探索现代农业的经验推向全国,让更多农民兄弟受益。

赵亚夫:"藏粮于地"又一年

《光明日报》(2016年01月03日02版)

农业科学家赵亚夫已扎根农村54年了。两年前,他开始帮助江苏张家港善港村发展生态农业。近日,记者来到善港村采访时,远远地见他站在村头热情招手。这个年逾古稀的老人,腰背越加佝偻,步履越发蹒跚,但双眼中依旧流露出对土地的深情。

江苏张家港善港村虽然富裕,但以前农业投入高、效益低,农民滥用化肥农药对环境造成严重污染。2013年8月,善港村党委书记葛剑锋找到赵亚夫,希望他帮助善港村发展生态农业。经过半年调研走访,赵亚夫提出用营养钵苗技术种植有机水稻,使得稻种量从每亩十斤降低为一斤半,但稀疏的稻田引来了村民质疑。为让村民放心,从平整土地到去除病虫害,赵亚夫手把手地教。2015年10月底,善港村300亩有机水稻示范田获得丰收,每亩水稻净利润从500元左右增长为每亩6000多元。葛剑锋告诉记者:"在赵亚夫的指导下,善港村有机作物集体种植面积超过2500亩,有机蔬菜、台湾草莓等八大生态基地效益远超化学农业。"

"不用农药、不用化肥、不用除草剂、不用生长激素",这个"四不用"原则是赵亚夫传递给善港村村民的农业种植新观念。"土壤质量关系粮食安全,以前我们总是通过化肥来肥沃土地,而赵教授教会了我们种植绿肥养地的方式。"在一片种植绿肥的农田旁,村民李虎平激动地说,如今善港村村民收割完农作物后,都不忙着平整土地种庄稼,而是在田里撒上红花草、苕子等绿色植物种子,待其长大后将之翻压在土中,增加土地肥力。

江苏句容戴庄村是赵亚夫帮扶脱贫的典范。说起这一年,赵亚夫坦言在戴庄的时间少了。除去到北京参加全国人民代表大会、第五届全国道德模范表彰和受邀参加阅兵观礼的17天,所剩的348天中,大部分时间在其他村庄。赵亚夫的司机却说,就算出差在外,赵亚夫也始终心系"三农"。2015年9月,受邀参加阅兵观礼的过程中,赵亚夫为戴庄村谈成一笔大订单:广州复大肿瘤医院近2000个癌友坚持吃有机食品,每年需要戴庄村提供5万公斤有机大米。

最近一两个月,赵亚夫隔三岔五在戴庄村、善港村来回跑,腰椎间盘突出日益加重,日常走路都很艰辛。赵亚夫却笑笑说:"善港经济发达但农业效益低,江苏要想同步实现四化,带好头,领好向,就需要善港这样的试验村探索生态农业的发展之路。"

谈及未来一年的打算,赵亚夫说,他将在善港村发展1000亩生态农场和1000亩生态牧场,通过农牧结合,改良土壤,丰富生物多样性,多种经营提高效益。

吴斌：以命保护乘客的最美司机

　　吴斌，男，浙江温州平阳萧江人，杭州长运司机。2012年5月29日中午，吴斌在驾驶大客车行驶于沪宜高速时被迎面飞来的制动毂残片砸碎前窗玻璃后刺入腹部致肝脏破裂，但他仍强忍疼痛将车停稳，并提醒车内24名乘客安全疏散及报警。后被送往中国人民解放军无锡101医院抢救。2012年6月1日凌晨3点45分，吴斌因伤势过重抢救无效死亡，年仅47岁。

★ /时代先锋——那是一束光照耀灵魂/ ★

为了24名乘客的安全

——"平民英雄"吴斌的生前身后

《光明日报》(2012年06月03日01版)

事发客车内监控录像显示:驾驶员吴斌被铁片砸中,忍着剧痛完成一系列完整的安全停车措施后,最终瘫在座位上(视频截图,新华社发)

编者按

一位一生都很平凡的客车司机,却在生命的最后关头选择了伟大。车载监控系统用绝对的真实,为我们再现了横祸飞来时吴斌的一举一动,也使无数人在惊心动魄的同时流下了滚烫的泪。也许,对于吴斌来说这是一种本能,但这种本能背后,是一位平凡人对生活的热爱,对事业的敬重,对需要他的人的永不放弃的责任。让我们向"平民英雄"吴斌致敬!向千千万万和他一样平凡地奉献着的人致敬!正是这些普普通通的人,构成了我们这个社会最坚实的脊梁。

钱江呜咽,锡山垂泪。

勇救24名乘客的英雄司机吴斌,虽经全力抢救,终因伤势过重,于6月1日凌晨3点45分过世,年仅47岁。

一名普通司机的生死抉择

吴斌,杭州长运客运二公司一名普通的快客大巴司机。5月29日中午11点10分,他驾驶杭州长运浙A19115大型客车从江苏无锡返回浙江杭州。11点39分24秒,客车行驶至锡宜高速公路宜兴方向阳山路段时,突然有一块铁片从空中飞来。车载监控记录的画面显示,铁片击碎车辆前挡风玻璃后,砸向吴斌的腹部和手臂。吴斌整个身体颤了一下,他右手捂了一下下腹部,马上又回到了挡位上,忍住剧烈的疼痛,减速靠停、拉上手刹、开启双闪灯……在完成了一整套的安全停车措施后,吴斌解开安全带,挣扎着站起来,转身对24位乘客说了一句:"别乱跑,注意安全。"然后打开车门,安全疏散旅客。

无锡的余先生5月29日上午11点10分从无锡汽车站坐上了吴斌驾驶的客车。"当时我正在睡觉,听到一声巨响,我抬头一看车正行驶在高速路上。"余先生说,大约过了1分钟,客车继续向前行驶了两三百米后缓缓停了下来。

等到车子停稳后,余先生跑到驾驶座位旁边问吴斌"要不要紧"。吴斌此时吃力地握着手刹,右手臂上有鲜血,脸色苍白。而驾驶室里已经一片狼藉:"挡风玻璃破了一个洞,仪表盘也被砸坏了。"

"解开他的工作服后,我们都看到在他胃部附近有个被物体砸破的大洞正在汩汩地流着血。"一位乘客说。

24名乘客安然无恙，吴斌却再也站不起来了。

乘客拨打了急救电话叫来了救护车，吴斌被送往无锡解放军101医院救治。

"当时他3根肋骨骨折，右上腹部有一道伤痕，关键是内脏出了很多血，情况万分危急。"吴斌的床位医生方医生回忆说。

手术中医生赫然发现，吴斌的大半个肝脏已经破裂，用医生的说法就是，他的肝脏已经"像一座被掏空了的山"，输入的血相当于把全身的血换了一遍。

医院连续为吴斌做了两次大手术。医生说，他全身多个脏器出现衰竭，随时都有生命危险。

6月1日凌晨0点13分，病床上的吴斌病情突然恶化。凌晨3点45分，吴斌来不及看一眼家人和无数关心他的人，就永远地走了。

"每天把平凡的工作做好，就是不平凡"

吴斌是杭州长运的骄傲，也是浙江司机们的骄傲。

作为一名专职驾驶员，自2003年进入杭州长运客运二公司担任班车驾驶员起，吴斌就视手中的方向盘为生命线，一直把旅客的安危放在首位。他刻苦钻研驾驶技术，认真完成每次出车任务，以良好的心态、过硬的技术和优质的服务，赢得了无数赞誉。他驾驶客车已经安全行驶100多万公里，从来没有发生过一起交通事故，也没有接到过一次旅客投诉。

作为一名窗口服务者，吴斌始终把车厢作为自己的"家园"，以诚待客、以心交心。多年来，在他驾驶的客车上，助人为乐、拾金不昧的好人好事数不胜数。

周国新是事发时吴斌驾驶的大巴车上的24位乘客之一。"他最后一个举动是按下按钮打开了大巴车门，他说的最后一句话是'别乱跑'。"说到这里，周国新再次红了眼眶。

"不敢想象，他伤成这样，还能做出停车、开门、警示乘客这些保护我们的举动。"乘客王女士回忆起当时的状况，不禁哽咽起来，"假如没有他，我们很有可能就都遇险了。"

乘客成冠霖说："吴斌被飞来横祸击至重伤，但他并没让客车失控，在重伤后短短几十秒钟里，靠边刹车，用尽最后一丝力气停住了车，车上24

位乘客的生命是英雄司机吴斌用自己的生命换回的。向英雄致敬！祝天下好人幸福平安！"

乘客林南战发出感慨："向浙江司机吴斌师傅致以最诚挚的敬意！3000毫升的出血量，敏捷地刹车、熟练地按下双闪灯、冷静地疏散乘客……您用生命诠释了什么是责任！"

正是长期养成的安全驾车习惯，使吴斌在面对飞来横祸时，仍能强忍剧痛，坚持做完每一个安全操作，确保旅客安全疏散。吴斌的同事孟联建难掩悲痛："吴斌看起来是一位非常平凡的驾驶员，但是对驾驶员来说，每天把平凡的工作做好，就是不平凡。关键时刻，吴斌体现了一名职业驾驶员高尚的职业素养。"

吴斌的姐姐吴冰心说，弟弟出事这天本来是不用上班的，按照原来的年假计划，他们夫妻俩买了机票要去云南旅游。后来弟妹和他商量6月1日再出发，他们又把订好的机票退了，把旅游往后拖了几天，谁知这竟成了永远的遗憾了……

吴斌对父母非常孝顺。平时住在一起，他出车之余常常帮忙做些家务，陪老人去看病。在读高二的女儿眼中，吴斌是一个好爸爸。他闲暇时会带女儿出去打羽毛球，缓解她的学习压力；在妻子王丽珍眼中，他是个好丈夫。"吴斌工作很忙，一年365天他有300天都在路上跑。好不容易才等到他抽出空，本来准备陪我去云南……"王丽珍泣不成声。

为了24名乘客，吴斌永远离开了他所挚爱的亲人们……如今唯一让父母感到欣慰的是，儿子的牺牲换来了一车人的安全。

吴斌的母亲说："我就知道儿子会这么做的。"

吴冰心对前去探望的杭州长运负责人说："我弟弟这一生都很平凡，在最后一刻却做出了最伟大的事。"

"向'平民英雄'致敬！"

吴斌的壮举感动了千千万万素不相识的人。

6月1日下午，无锡交警通过微博发布："大客车刹车拖印是笔直的，一个肝脏被突然刺破的司机，要用怎样的意志力才能做到这一点啊。乘客们自发到医院看望抢救中的老吴，他们是在看到老吴很快倒下后才知道事情的严重性。我们纪念老吴，纪念他深扎在心底的崇高职业道德，只有这样的人，在关键时刻才会想到大家的安全。"同时，无锡交警在微博中表示，对于这个来历不明的金属片，警方目前正在全力追查中。

广大网民对吴斌的英雄行为给予高度评价："英雄当之无愧！""吴斌是真汉子！""他用自己的生命去保全24条生命，这是超级不容易的事。祝他一路走好。好样的，英雄！"

著名演员姚晨在微博中说："看着视频，忍不住哭了。向平凡而伟大的好人再一次致敬。感谢您！"

网友"乡间小路上"说："普通百姓身上的正直、善良、大爱从没远离，更没丢失，也永远不会失去，总能给人们带来欣慰和心灵的震撼。英雄司机，吴斌！"

6月2日，浙江省委常委、杭州市委书记黄坤明做出批示："吴斌同志在危急时刻用生命履行了职责，为我们树立了坚守岗位、舍己为人的光辉榜样。向'平民英雄'致敬！"当天上午，杭州市委常委、宣传部部长翁卫军等领导同志专程前往吴斌家中，看望慰问他的家属，对吴斌的英勇行为给予高度评价，对吴斌的意外殉职表示沉痛的哀悼。同日，杭州市精神文明建设委员会决定，授予吴斌同志杭州市道德模范（平民英雄）荣誉称号。

★ /半生流泪终不悔/ ★

职业道德迸发瞬间光华

——主治医生和交巡警回忆吴斌最后时刻

《光明日报》(2012年06月04日01版)

"他的坚强让我震惊,他的职业道德让人感动。"江苏无锡解放军101医院主治医生方征6月3日向记者回忆道,"吴斌整个肝脏损害非常严重,正常人在这种情况下会马上昏迷,而吴斌居然能坚持做完一系列安全停车举动,并嘱咐乘客注意安全,如果不是他坚强的意志和高尚的职业道德,根本做不到这些。"

5月29日下午,吴斌被送到无锡解放军101医院抢救。据主治医生方征回忆,吴斌被送到医院时,情况非常危急。右胸多根肋骨骨折、肝脏有3/4面积严重破损,右肺挫伤。通俗地讲,他的肝脏几乎全被震碎。

在3天的治疗期内,吴斌共进行了两次手术,输血1万多毫升。"从手术室出来一直是在重症监护室内,靠呼吸机辅助呼吸,没有办法进行语言交流,喊他,他也只能点头回应,说不出话。"方征介绍说。

"手术后随着麻醉剂效果的消失,病人往往会疼痛难忍。"看着吴斌不停地踢被子,护士徐燕大跨步走上前安慰鼓励他要坚持下去,"吴斌看着我,轻轻点了点头,之后就再也不乱踢了。他懂我的话!"

6月1日0点刚过,吴斌病情突然恶化。

在家人的要求下,当日凌晨1点,吴斌被家人接出医院,准备返回杭州。深夜中,医院的医护人员赶到门口为他送行。

"吴斌的伤势真的太严重,我们没有把他的生命挽救回来。"情绪悲痛的方征停顿了几分钟后,连连叹气,"太惋惜了,这样优秀的驾驶员走了!"

事故发生时，无锡市交巡警高速三大队的3名领导在第一时间赶赴现场。

"不可想象！"大队副队长曹建平回忆事故现场的情形时十分感叹，他说，"从现场的制动痕迹看，是一条笔直的20米的压印，我没有想到这居然是驾驶员在身体遭受重创后做出的反应。"

据曹建平分析，大巴车刹车本就需要较大的脚力，而吴斌当时的身体状况能踩刹车就已经不容易了，更何况要掌握好力度，缓缓停车，以免紧急刹车造成交通事故。"他处置危机事件的行为，看似偶然，其实是他日积月累的教育培训和责任意识所练就的瞬间的职业反应。"

来到吴斌曾驾驶的浙A19115大巴车上，记者似乎回到了那惊心动魄的时刻。被铁片砸中的前挡风玻璃上留下一个洞，驾驶员座位前仪表盘上的玻璃也被击碎。据介绍，当时驾驶室里还有一件吴斌穿过的衣服，一双鞋子和一杯倒满了来不及喝的茶。大巴车第三排的座位是当时乘客扶着受伤的吴斌休息的位置。座位上吴斌留下的斑斑血迹依然清晰，座位下是一团团擦拭鲜血的纸巾。

无锡交巡警三大队58岁的老交警陈浩炳说："吴斌的事迹不是偶然的，其背后是杭州长运客运公司严格的管理和高素质的培训队伍，所以才能培养出吴斌这么优秀的驾驶员。我当了一辈子交警，在这段高速公路上从来没有发现过杭州长运客运公司有违章行为。"

陈浩炳说，近年来高速公路上出现交通事故的频率大幅增加，尤其是旅游大巴和城际大巴，而发生事故的主要原因是驾驶员疏于严格要求自己。吴斌的职业道德和高尚情操值得所有驾驶员学习。

目前，无锡高速交巡警正在全力侦破导致事故的铁片来源，最新进展是：经初步判断，从天而降的铁片是车轮刹车部位的零件。

/ 半生流泪终不悔 /

英雄吴斌是怎样发现的

《光明日报》（2012年06月07日10版）

在英雄辈出的国度怎样发现英雄？需要眼光，需要情怀，需要每个知情人敏锐的心。

"最美司机"吴斌的英雄壮举，已经通过各种媒体广为传扬。那么，吴斌震撼人心的故事，究竟是怎样被发现，又是怎样从微博走进电视屏幕，走上报纸头版头条的呢？

无锡交警："吴斌简直就是一个超人！"

"在沪宜高速阳山出口往前两公里，往宜兴方向，客车驾驶员被外物击伤了，腹部和手上全都受伤了！"5月29日中午，吴斌驾驶的大巴车出事后，车上一名乘客拨打了报警电话。

"高速大客无小事。"正在食堂吃午饭的无锡交巡警高速三大队副大队长曹建平接到报警电话后，扔下碗筷火速奔向高速公路。3分钟后，曹建平等来到事发现场。

"当时吴斌横卧在第三排靠窗的座位上，痛苦不堪。他脸色发青，眉头紧锁，已经说不出话来。我们能感觉到吴斌的伤势非常严重。"曹建平回忆说，"但在下车勘查的过程中，我们发现大客车刹车拖印居然是笔直的，而且非常均匀，没有任何急刹车的痕迹，属于正常刹车。"具有多年工作经验的曹建平用直觉断定："这个驾驶员不一般！"

得知吴斌是被飞来的铁片击中导致肝脏破裂后安稳停车，曹建平连连感叹："要用怎样的意志力才能做到这一点啊！吴斌简直就是一个超人！"

曹建平分析说，吴斌受伤的一刹那，可能会出现两种最坏的状况：一是紧急刹车导致连环车祸，二是大巴车跑偏方向冲撞到路边围栏上。很显然，无论是哪一种情况，车上24名乘客（外加1名孩子）都无生还可能。然而，在生命的最后一刻，吴斌阻止了悲剧的发生，他缓缓靠边停车，完成了安全系数最高的一系列操作，保全了全车乘客的生命。

"如果没有崇高的职业道德和坚强的意志力，是绝对做不到这些的。"从一开始，曹建平就认定吴斌在刹那间完成了一个壮举。如果没有这一认定，吴斌的事迹可能将被湮没。

曹建平多次跑到医院看望吴斌和他的家属。他给吴斌家属发了这样一条短信："无锡交警永远和你们在一起！"

两天里，曹建平被吴斌顽强的意志力和高尚的职业道德深深打动，他给支队法制宣传科林柯明打来电话，诉说在医院里的感动。被吴斌事迹感动的林柯明告诉曹建平:"无论如何要把当事人现场的照片给我,把感人的镜头一字不落地告诉我,我要在微博上宣传,我要把吴斌的事迹传扬开来。"

微博:传扬着英雄的名字

很快,林柯明以"无锡交警"的身份发出第一条微博:

"5月29日中午,老吴驾驶大客车行驶于沪宜高速宜兴方向130公里处,被一个来历不明的金属片砸碎前窗玻璃后刺入腹部至肝脏破裂,老吴强忍疼痛将车停稳,并提醒车内24名乘客安全疏散和报警,看到大家都很安全时,老吴倒下了。今天凌晨,虽经全力抢救,老吴仍然逝去了,我们纪念他,为了他那坚强的意志。"

两分钟后,"无锡交警"发出第二条微博:"出警民警说,大客车刹车拖印是笔直的,一个肝脏被突然刺破的司机,要用怎样的意志力才能做到这一点啊!乘客们自发到医院看望抢救中的老吴,他们是在看到老吴很快倒下后才知道事情的严重性。我们纪念老吴,纪念他深扎在心底的崇高职业道德,只有这样的人,在关键时刻才会想到大家的安全。"

微博公开后,被网友迅速转载,目前第一条微博已经被转发1664次,评论381次,吴斌的感人事迹瞬间迸发出光亮。论坛上、微博上,网民自发为英雄祈福、送行。

"吴斌的身体素质非常好,"回忆起吴斌入院的情景,主治医生方征说,"整个肝脏被掏空了,正常人在这种情况下会直接昏迷,而吴斌头脑依然清醒,只是疼得说不出话来。而且两次手术前后,死亡一直威胁着吴斌,如果不是有着坚强的毅力和运动员长期运动那样的体质,换了其他人,恐怕早就不行了。"

后来,当了解到吴斌是舍命救乘客时,方征对眼前已经昏迷的病人又多了一分敬佩。"如果是在战场上,吴斌就是一名战士,他不仅拥有战士的体格,更拥有战士的顽强精神!"方征觉得,吴斌的事迹不仅是对自己的鼓舞,更应该成为全社会的典型。于是,方征开始在医院、在家庭所在社区向身边的同事好友、左邻右舍宣传吴斌的先进事迹,逢人就说。

很快,在无锡,吴斌成了无人不知的"救人英雄"。

同事：吴斌！吴斌！你听到了没有？

　　5月29日中午11点50分，正值午饭时间，一阵急促的电话铃声打破了杭州长运客运二公司安全科短暂的宁静。工作人员接起电话，里面传来大巴司机急促的喘息声："吴师傅出事了。有一块铁片穿过玻璃打到了他，可能伤得很严重！"

　　吴斌的同事吴坚驾驶的客车行驶到锡宜高速公路宜兴方向阳山路段时，看到浙A19115吴斌驾驶的客车停在路旁：乘客们站在高速路边，有人在打电话，有人在焦急地挥手。

　　吴坚心里猛地一沉：出什么事了？他停下车赶过去，怎么也没想到眼前竟然是这样一幅惨烈的场面……

　　客运二公司经理孟联建听到这个消息，立即跑到安全科打开了吴斌车上的监控视频，看到画面里记录的出事瞬间，孟联建的心揪了起来："不好，出大事了。"

　　孟联建一边立即向集团领导汇报，一边急忙准备了应急款，并紧急抽调了8名工作人员组成第一特别小组，由他亲自带队赶赴无锡。

　　紧接着，第二个特别小组奔赴无锡。

　　从杭州到无锡近200公里路程，需要将近3小时的车程。"就近帮助我们疏散乘客，抢救吴斌！"途中，孟联建第一时间与无锡客运公司取得联系。

　　获知吴斌被赶来的急救车紧急送往无锡市解放军101医院救治，两个小组做了分工：孟联建带领第一小组直奔无锡高速交警三大队了解情况，第二小组则直奔医院。

　　孟联建说："听了无锡交警三大队副大队长曹建平的讲述，我们全都哭了。"他们立即赶往无锡市解放军101医院。

　　在医院里，吴斌的主治医生方征介绍：吴斌肝脏破裂严重，3根肋骨骨折，大量出血。"方医生，请不惜一切代价，把吴斌抢救过来！谢谢你们！"孟联建紧紧握住方征的手，流着泪，再也说不出第二句话。

　　吴斌的CT显示，吴斌的肝脏左部全部碎掉，肝脏右部"像一座被掏空了的山"，完好的肝脏只剩下15%。

　　"吴斌怎么样了？""吴师傅有危险吗？""我们听到吴师傅出事都哭了！"……此时此刻，不知有多少关心吴斌的电话从杭州打来。

　　下午2点，吴斌被推进手术室，手术整整进行了5小时。从手术室出来，吴斌仍处于昏迷状态。手术后，医生带他们来到重症监护室。他们围在病床旁，一遍遍喊着吴斌的名字："吴斌！吴斌！你听到了没有？"

医生们也在一旁喊："吴斌，你一定要挺住啊！"

开始，吴斌没有反应；再喊，吴斌的眼睑微微动了一下；终于，吴斌吃力地睁开眼睛，微微点头。

吴斌的同事们怎么也没有想到，这仅是吴斌——他们最好的兄弟——在这个世界上和他们最后的交流。

"只要有一线希望，我们就要百倍努力，请最好的医生，用最好的药。请你们一定要救救吴斌！"当时，大家几乎用哭泣的声音跟医生说。

很快，吴斌又进行了第二次手术。但是医生说，吴斌全身多个脏器出现衰竭，随时都有生命危险。

消息传来，远在杭州的吴斌同事们纷纷要求赶到无锡，为吴斌献血。公司组织了其中30多个同事，准备第二天一早赶赴无锡为他献血。

6月1日凌晨0点13分，吴斌病情突然恶化。凌晨3点45分，吴斌去世。

吴斌离开了这个世界，留下了他需要照顾的妻儿老小，留下了让无数人震撼与感动的76秒和一条笔直的刹车线，还有他留给这个世界的最后一句话："不要乱，一个一个下，站在路边……"

英雄事迹感动着亿万人民

6月1日晚，本报记者之前采访过的杭州萧山热电厂一位司机朋友来电话说，他又失去了一位好同行、好兄弟。他用低沉的声音讲述了吴斌的感人故事。这位朋友说："都是驾驶员，能做到这些太不容易了，简直不可思议。"记者立即上网搜索相关信息，此时微博中已经有网友为英雄的司机点燃蜡烛，沉痛悼念。

当晚，记者搜索了见于网络的零星信息，列出采访提纲，并根据平时积累的信息来源，同吴斌所在长运二公司及浙江省交通运输厅相关负责人取得了联系，并向焦急等待消息的报社做了汇报。

6月2日，记者采访了吴斌生前所在的杭州长运集团客运二公司、当时乘坐浙A19115大型客车的4位乘客以及吴斌的亲人，并连夜赶写稿件。

6月1日晚8点48分，新浪微博转载了腾讯微博的信息。当晚，中央电视台率先播出了吴斌的事迹。

6月2日，本报江苏、浙江两个记者站分别采写的稿件应约发到记者部，采编联动，迅即编排上版。6月3日，本报一版头条刊发通讯《为了24名乘客的安全——"平民英雄"吴斌的生前身后》。在中央纸媒中，本报是第一批报道的。

　　吴斌——一个英雄的名字，迅速传遍神州大地。

　　6月3日，记者赶到吴斌家中采访，记者将当天所见所闻采写成通讯《100万公里上写满"责任"——社会各界缅怀"最美司机"吴斌》于6月4日见报，引起领导机关和无数读者的关注。

　　6月4日，英雄吴斌的事迹感动着越来越多的人。记者见证了万人送别的感人场面，一系列的表彰和一场场吴斌先进事迹学习会在杭州全市范围内展开。本报记者采写的特写《杭州送别英雄吴斌》《一座城送别一个人》相继于6月5日、6月6日见报。

　　据6月6日晚央视报道，美国有线电视网、英国《每日镜报》、美国《赫芬顿邮报》对中国人吴斌的惊人意志力、吴斌家人谢绝捐助的坚强做了报道。

　　吴斌的影响超越了国界。

★ /半生流泪终不悔/ ★

生活中不缺少美,而是缺少发现的眼睛

——采访"最美司机"吴斌事迹的一些感受

《光明日报》(2012年06月15日11版)

6月4日,一位自发送别吴斌的市民在马路边打出致敬的横幅(新华社记者黄宗治摄)

这是我们最想保持沉默的一次采访。

一遍遍回想那惊心动魄的76秒，一次次擦去眼角的泪水。这个感动了千万人的瞬间，这位震撼了无数人的平民英雄，用任何语言来形容都是苍白的，都不足以表达我们的万千思绪。

面对吴斌伤心欲绝的家人，每一个问题都可能牵起他们巨大的伤痛，我们多想跟他们一样保持沉默，与他们一起哀悼和怀念。

面对英雄女儿的那句"我不要有个伟大的爸爸，我只要有个快乐的爸爸"，我们默默陪她落泪。英雄再伟大，在女儿眼里就是一个好爸爸，飞来横祸瞬间夺走了她的爸爸，击碎了虽贫寒简陋却温馨和谐的家。

三代同堂挤在一间70平方米的简陋老房子里，父母常年患病，妻子没有工作，女儿读高中……人们无不为吴斌作为家里的顶梁柱轰然倒塌而痛惜。面对全国人民给予的关怀和温暖，吴斌的亲人说："感谢那么多素不相识的市民，给了我们浓浓的爱，但是任何形式的捐款和捐物，以及以这个名义成立的捐赠基金，我们都不接受。"这种朴素的美让他们成为站在"最美司机"背后的"最美家人"，让我们体味到社会主义核心价值观在这个英雄家庭中最真实、最完美的诠释。

面对杭州客运二公司的同事们，敬意油然而生。无锡交警说，他们从没发现过客运二公司司机有违章行为。安全重于一切，把每一个旅客平安送到家高于一切，吴斌背后站着一个平凡而又伟大的群体，正是他们撑起了沪杭高速的平安线。

我们默默观察，默默倾听，默默记录，默默沉思。多少次，我们把头默默低下，不忍面对吴斌的亲人和同事，生怕看到他们落泪，生怕看到这些男子汉红肿的眼圈。

吴斌事件发生后，根据报社领导指示，我们从6月2日到6日连续采写刊发了5篇报道。那段时间的杭州城阴雨蒙蒙，到处充满悲伤的气氛。我们白天在吴斌家中采访，被英雄的事迹震撼着，也被英雄家人的坚强感染着，晚上流着眼泪赶写稿件。多少次在采访中我们无法平静心情，连续几个夜晚我们辗转反侧无法入眠，脑海中挥之不去的，是吴斌定格在照片上的笑容和亲人悲伤而坚强的泪水。

6月4日下午，载有"最美司机"吴斌遗体的灵车在群众目送下，从吴斌的家出发，绕过西湖，驶往杭州殡仪馆。灵车经过的地方，一度忙碌喧嚣的城市异样地安静。

一个人感动一座城，一座城哀悼一个人。

生命，永远在路上。有关"最美司机"吴斌的报道也许暂时告一段落，但这次采访对于我们记者的职业生涯而言，与其说是一次任务，不如说是一次心灵的洗礼与升华。在杭州这座城市，在我们这个国家，有千千万万个像吴斌这样的普通人，但是那震撼人心的76秒，以如此悲壮的方式展现了一个平凡人的伟大瞬间，告诉我们生命的意志有多么强大，一个普通人的岗位素养可以达到何等境界，更告诉我们平凡中蕴藏着真正的伟大。英雄从来就是在平凡中铸就的！我们生活中不缺少美，而是缺少发现美的眼睛。

作为时代的记录者，我们有责任深入基层，用心、用情去体验、去感悟，去追踪、发现、采写更多高大挺拔的松柏，把他们汇成广袤的森林——因为我们这个时代需要英雄！

张雅琴： 用生命为百姓搭建"致富金桥"的女支书

张雅琴，女，中共党员。江苏省丹阳市新桥镇金桥村原党总支书记。自2000年担任党支部书记以来，张雅琴团结带领支部一班人，积极引导党员群众创业致富，10年间把一个贫困村、上访村建设成远近闻名的富裕村、和谐村。2009年5月初，张雅琴被查出患有食道癌，她不得不住院接受治疗。然而，躺在病床上的张雅琴却一刻也放心不下村里的工作。在上海化疗回来的途中，她不顾亲人和同事的劝告，执意抱着病躯，来到她魂牵梦萦的新农村建设现场。但是，老天却没有开眼。2010年9月27日下午3点20分，张雅琴终未敌过病魔，带着对亲人、同事和乡亲们的无限眷恋，走完了人生的旅程。

★ /半生流泪终不悔/ ★

"跌倒了也要为群众抓把泥"

——追记江苏省丹阳市金桥村党总支书记张雅琴（上）

《光明日报》（2011年05月31日04版）

5月21日翻拍的张雅琴在村委会的工作照（资料照片，新华社发，沈鹏摄）

一阵阵撕心裂肺的哭声划破了寂静的夜空,按照当地风俗,江苏丹阳市金桥村的村民们知道,这是他们的好支书张雅琴要走了。大家纷纷穿衣起床,看张书记最后一眼。送葬的人群挤满了路口道旁,弯弯曲曲一眼望不到边……

张雅琴生前是金桥村的党总支书记。是她,用10年时间,带领这个曾经叫木桥的穷村子走上了繁荣富足的康庄大道。

勇挑重担:"穷家也要有当家人"

2000年7月,时年45岁的张雅琴被任命为木桥村支部书记。那时的木桥是有名的贫困村,停电后连买柴油发电的钱都没有,老百姓只能摸黑过日子,被戏称为"黑木桥"。村集体负债20多万元,先后10任村支书都没能摆脱贫困。

此时担任新桥农业公司副主任的张雅琴,本可以"内退"回家过逍遥的日子。丈夫陆荣华深知穷家难当,何况一个女人。面对劝阻,张雅琴不为所动:"穷家也要有当家人。我是一名党员,带领家乡群众致富我有一份责任,不能辜负了组织和群众的信任。"

上任伊始的张雅琴发出了"新时期的村党支部,最关键的任务是要发展经济,我们的目标就是要让老百姓口袋里的钱越攒越多、生活越过越好"的号召,带领全村干部群众迎难而上,这一干就是10年。

为了修路造桥,她磨破了嘴皮子筹集资金;为了邀请企业家回村投资建厂,她早出晚归,一次次登门拜访;为了给村集体挣收入,她成立了绿化园艺工程队,所有村干部不拿报酬。前4年,木桥村还清了20多万元欠债,集体收入突破了140万元,一跃成了富裕村。

就在此时,考验再次到来:镇党委决定将木桥村与经济基础更薄弱的闸桥村、八字桥村合并为金桥村,任命她担任党总支书记。

三个村子被形象地比喻为一根藤上的三个苦瓜。合并前,木桥村已有了起色,村民们不愿意,怕被拖了后腿;闸桥村和八字桥村的一些老人眼见祖祖辈辈生活的村子被合并了,也有情绪。然而张雅琴二话没说,欣然受命。

艰苦创业:10年时间"木桥"变"金桥"

那个时候,村里处处是一种当地叫"支沟"的田间小道,"骑摩托车一不小心就会跑到臭河沟里去,去镇上仅有一座年久失修的木桥"。现在是当地一家电器公司老板的村民陈国华告诉记者。

造桥修路成了张雅琴的头等大事。舍不得花钱买材料请建筑队,她就带着村干部四处找旧砖、捡材料,到河里挖土方。"寒冬腊月,张书记卷着裤腿在冰冷的河水中挑土方,干得热火朝天,一点儿不比男人差。"

曾与张雅琴共事的姚步云聊起他们的张书记,仍是泪眼婆娑。时任村妇女主任的姚步云是村绿化园艺队的一员,她清楚地记得,当时没有钱买树苗,张雅琴就跟村干部们骑着自行车、摩托车,扛着锄头,顶着烈日到周围村的田埂地头、犄角旮旯,寻找可以培植的苗木。

通过整治荒地和废弃河塘,金桥建成了拥有300多座标准厂房的村级工业园。张雅琴瞅准了在汽配产业发达的新桥镇发展物流的潜力,又拍板建起了物流中心,现在每年为村集体创收150多万元。

如今的金桥村形成了村民向社区集中、企业向园区集中、农业向规模化集中的良好态势,村里南河两岸,居民社区、物流中心、工业园整齐有序,道路四通八达。全村规模企业20多家,年销售额突破10亿元;90%的家庭住上了楼房或别墅,56%的家庭买了汽车,"过上了和城里人一样的生活"。

发展是为了让老百姓得实惠,这是张雅琴始终坚持的信条。在经济好转后,村里将老九曲河金桥段改造为景观河,建起了"生态园"和农民公园。

一心为民:"做给群众看,领着群众干,帮着群众富"

在金桥村采访,问及张书记,"好"是村民们说得最多的字眼。

张雅琴担任村支书的10年,是金桥村经济发展最快的10年,也是党群关系和谐发展的10年。

"村干部首先要有创业的能力,才能带领群众创业。"在她的号召下,村两委11个委员和全村80%的村民小组长都办起了经济实体。有了示范效应,全村100多家企业雨后春笋般成长起来,超过1/3的家庭有了经济实体。为了不让一户村民掉队,张雅琴动员全村140名党员帮助贫困家庭发展项目,让有劳动能力的村民人人有事做、个个有岗位、天天有收入。

"原来种地累死累活一年到头也就是个温饱。"午后的金桥村安安静静,正在河塘边钓鱼的村民万前程说,现在他家住的是130多平方米的楼房,一家四口都在村里的企业上班,一个月纯收入10000多元。

2006年村里发展汽配物流产业,张雅琴了解到村民周美珍想创业,就安排她在村里的物流中心边学边干,并帮她办起了自己的公司。如今周美珍的物流公司开拓了山东和辽宁两条线路,生意越做越红火。

村电工徐志春回忆,2008年年初的一天晚上下了大雪,他早晨5点多起来查看线路,碰到张书记一个人扛着长长的竹耙子,去看村里刚建起来的大棚,说是怕被雪压趴了。"原来村干部头天晚上开会开到12点多,张书记没忍心叫醒他们,就一个人冒着严寒出来了。"

村里一年产值十多亿元,而她却一直骑着20世纪90年代初家里买的一辆"80"摩托,为村里的事情跑前跑后。如今,物是人非,那辆摩托车静静地立在家里的角落。

"3650个日日夜夜,她从早上出门就一直忙村里的事,每天都到很晚才回来。"丈夫陆荣华说,儿子8个月大时,就放在无锡的婆婆家,几个月见不了一面。如今孩子结婚生子,孙女都1岁多了,身为奶奶的张雅琴也很少能抽出时间来享受天伦之乐。可是,她却一直照顾着村里的4位孤寡老人,直至为他们养老送终。

"她就是这样一心为民的干部,就是跌倒了也会为群众抓把泥。"金桥村村民说。

一位村支书的最后时光

——追记江苏省丹阳市金桥村党总支书记张雅琴（下）

《光明日报》（2011年06月01日06版）

2010年9月27日，罹患食道癌的江苏省丹阳市金桥村党总支书记张雅琴走了，走得干干净净，走得洁白无瑕。即便是患病治疗期间，甚至是弥留之际，张雅琴都没忘记自己是一名党员，仍在用实际行动践行10年前上任时的承诺。

临终前的心愿

长期满负荷的工作，让张雅琴的身体不堪重负。"一开始查出的肿瘤不到两厘米，属于中期，活下去的希望很大，可她一直先顾村子里的事。"说到这儿，丈夫陆荣华悔恨不已。

手术前后，张雅琴还在用手机不停地询问村里的事情，把工作写在字条上，让来探望她的人带回去。老陆只好藏起了她的手机和纸笔。

丹阳市委决定破格提拔她为副科级干部。市里的一位领导去看望她并宣布决定时，瘦得只剩下60斤的张雅琴却说："我已经这样了，不考虑了。我恳请上级，一定要为金桥村6000多村民和外来职工选一个好的带头人。"

从"铁姑娘"到"好支书"

张雅琴老家在附近的裙楼村，父亲很早就去了南宁"支边"，她是家里的老大，从小就养成了吃苦耐劳的性格。妹妹回忆，高中毕业后张雅琴参加家乡水利建设，主动请缨承担了工程难度最大的河段，每天挑挖5方河泥，累得在工地上吐血，被乡亲们誉为"铁姑娘"。

手术后的张雅琴恢复得很好，人也胖了，面色也好看了，本该在家休养的她却怎么也待不住。2010年元旦刚过，张雅琴召集村干部到长江边上参观其他村建的农民集中居住区，在寒冷的江风中一待就是一个多小时。吹风犯了养病大忌，回去后病情急剧恶化。

村委会的会议室里，"新农村建设先进党支部""康居示范村"等奖牌和证书挂满了一面墙。从一个"夏天苍蝇蚊子到处飞，家前屋后都是垃圾堆，大风一吹到处都是灰"的穷村子，发展到如今的"江苏省社会主义新农村建设示范村"，提及张雅琴的辛劳，村民们都禁不住抹眼泪，"雅琴是我们的好支书"。

"一定要把书记家的大门换掉"

张雅琴上任的前几年，有群众对她的工作存在误解。张雅琴除了要承担繁重的村务工作，还要忍受常人难以想象的委屈。

她挨过辱骂，受过刁难，家养的狗被毒死，家门上被泼过粪，甚至有人在家门口烧纸钱。但她坦然以对，从不追究，总是告诫村干部"我们是党员，要有心胸，心胸有多大，事业就有多大"。张雅琴一心为民的满腔赤诚，村民们看在眼里，记在心里。

她术后回村，广场上的村民自发聚拢起来，合唱《祝你平安》，祈愿她早日康复。

得知她生病的消息，村民们讲："我们的心都揪紧了。"那个曾经怨恨张雅琴而把粪泼在她家门上的村民，不敢跟张雅琴当面道歉，怕影响她养病，只好找到她妹妹，"一定要把书记家的大门换掉，这样病就好了"。还有过去不理解她的拆迁户去看望她，拉着她的手流下了悔恨的泪水，临走时递给她一张字条，上面写着"吃水不忘挖井人，幸福不忘张雅琴"。

人民公仆

百姓冷暖是最大的牵挂

一位村支书的追求

——记江苏省常熟市蒋巷村党支部书记常德盛

《光明日报》（2010年09月06日03版）

有这么一个村，村强、民富、景美、风正、人和，每家每户都住着两层的别墅，人均年收入在两万元以上，村民享有充分的自由，如生活在桃花源中。

有这么一个支部，带领着村民牢牢把握改革开放的历史机遇，实现了农业发家、工业富家、旅游旺家的三次重大转型，不仅富了村民的口袋，还富了脑袋。

有这么一个人，44年如一日顺民意、解民忧、惠民生，不仅改变了一个村的命运，更以自己独特的人性光辉感染了成千上万的人。

这个村就是江苏省常熟市蒋巷村，这个人就是蒋巷村支书常德盛。

昔日与百姓共苦

"蒋巷泽坞锅底塘，十年九涝一旱荒，泥堵围墙茅草房，树皮草根拌青糠"，这是当年在蒋巷村颇为流行的童谣。村子穷到什么程度？35岁以上仍讨不到老婆的超过一半。

蒋巷村的历史因为一个人而改变。1966年，年仅22岁的常德盛面对全县最落后的穷村恶水，喊出了"穷不会生根，富不是天生。天不能改，地一定要换"的响亮宣言。

四组村民邹阿元至今还记得，有一年大年初一，天刚蒙蒙亮，村民们看见地里有个人影在晃。走近一看，竟是常德盛脱得只剩一件衬衣，在默默挑土填河。望着书记瘦得仅剩90来斤的身影，村民们的心震颤了，他们扭头回家叫醒左邻右舍，拿着工具和书记一起干起来。凭着这种愚公移山的精神，蒋巷村的400多条汉子硬是将千亩低洼地填高了1米多。

　　土地填高后，蒋巷从一个十年九涝的低洼地变成了著名的粮食高产区，但常德盛没有止步。1983年，乘着改革开放的东风，蒋巷开始了工业化征程。

　　为拓展市场，常德盛昼夜兼程奔波于大江南北。"为了在上班前赶到别人办公室谈事，常书记经常是凌晨3点把车装满货，出发赶路。"常盛新型建材有限公司董事长平永泉说，有一次，也是在匆匆赶路途中，载货的面包车与摩托车相撞，坐在副驾驶位上的常德盛牙床错位，一只左眼被撞瘪，如今视力仅0.2。

　　凭着一群"庄稼汉"的质朴和韧劲，加上过硬的产品质量，"常盛"轻型建材很快成了用户青睐的名牌产品。北京奥运场馆、上海世博会、京沪高速铁路等国家重点工程建设项目，都有"常盛"产品的身影。

　　回顾过去，常德盛感慨万千，他说，基层党组织要想凝人心、聚人气，必须首先坚持发展经济不动摇。如今，常德盛又创造性地提出了三产兴村的新思路，带领村民搞起了农村生态旅游，每年吸引游客10多万人次。只有186户的蒋巷村，经济总量达12亿元，人均收入超过了2万元。

　　贫穷不是共产主义，发展才是第一要务。让老百姓过上好日子，是共产党员的价值追求，也是农村基层党组织首先要解决的问题。44年来，常德盛始终把蒋巷村的发展作为自己的第一价值追求，在农村大地谱写了一曲慷慨激昂的奋斗之歌。

今朝与百姓同甘

　　光看收入，蒋巷人不是最富的，但蒋巷人是最幸福的。因为，他们在党组织的带领下不仅富了口袋，更富了脑袋。

　　在蒋巷村，每户农民家中都有一个读书学习笔记本，有的农民一年里竟写了几百篇读书笔记。原来，村党委每年花钱为村民订报刊，但认真看的人不多。2000年起，村里对写得又多又好的村民进行重奖，10年来，村民的读书热情被不断激发。去年，受表彰的家庭达169户，表彰率超过90%，奖励金额超过10万元。

　　精神文明建设制度是保障。在蒋巷民俗博物馆，记者看到一份蒋巷村村民委员会早在1985年就订立的《村规民约》："凡设立赌坊或聚赌的每次罚款20至100元""凡出口伤人、骂人引起争吵者，罚款5至10元"……随着时代变迁，蒋巷村又科学地提出了"以奖代罚"，出台了《蒋巷村村规民约奖励制度》《蒋巷村文明村民公约》等一系列制度。

在蒋巷村，精神文明活动深入人心：村委会先后投资3000余万元建起健身乐园、医疗服务中心、村史荣誉展览室、民俗风情馆、根雕农艺馆等；村里长期坚持办好广播电视信息窗栏目，图书馆每天免费开放；每年举办以实用技术、农艺科技等为主题的各类培训30多场，培训人数超过2000人次……

春风化雨，浸润着每一位村民的心灵。

83岁的村民朱小梅主动提出将自己的遗体捐献给医疗事业；村民张春家里有两位病人，经济条件在村里算是中下水平，但他却连续6年资助湖南长沙一位身患先天性肌肉营养不良症却依然自强不息的孩子，先后共寄去了现金约1万元。

仅有物质的富足不是共产主义社会，共产主义社会的一个基本特征是每个人都能全面发展，尤其是人的精神要达到一定的境界。在蒋巷村，生态、精神、政治文明全面开花，孩子喜笑颜，老人乐开怀，邻里之间互帮互助，干群之间其乐融融。对比某些富裕村"显赫几年就衰落"的悲剧，蒋巷村的发展给了人们一个重要启示：口袋要富，脑袋要富，心灵更要富。

基层党组织的凝聚力在哪儿

在经济社会的转型期，城市化快速发展，各种社会矛盾凸显。如何加强党的先进性建设和执政能力建设，常德盛为我们提供了一个生动形象的基层党员干部的范本。

"我懂得在市场经济条件下，让干部一味奉献没有回报是不现实的。但是，钻在钱眼里的干部是没有前途的。我主张干部与职工的收入差距要缩小。"常德盛说。

村里人给常德盛算了一笔"清廉账"。在常盛集团公司改制时，他把本可以自己持有的数千万元股份，全部留给了蒋巷全体村民。村民都住进了别墅、老年公寓，可他却仍住在平房里；企业要出资100万元为他配一辆专车，他没有答应，仍然坚持搭车外出，并且与四五个同志挤在一起办公。

有人说他傻，到手的钱都不要，他却说："我要是要了，就失去了向心力、凝聚力和号召力，我不是什么都不要，我要的是村民过上好日子，要的是乡亲们都说改革开放好、社会主义好、共产党好。"

蒋巷村不仅按"劳"分配，还实施按"老"分配。男58虚岁、女55虚岁，每月都可领取300至600元养老金；身患重病者，每月补贴400元；全村义务教育阶段全免费，大学生年补助3000元，研究生年补助5000元；今年，村里股份分红达每人5000元。

在记者采访中，几乎每位村民都能说上两三件常书记帮助他们渡过难关的事情，村民们的脸上，都洋溢着幸福的笑容。三组的蒋桃英用朴实的语言表达自己的幸福感："我出生在逃荒的船上，取名叫蒋逃婴，日子一天天好起来，我就把名字改成了桃花的桃、英雄的英。在常书记的带领下，现在的生活开心得不得了，下雨天都可以穿皮鞋，车子开到家门口，我活得很有面子。"

作家梁衡参观完蒋巷村后十分感慨："在蒋巷村我又重读了一遍共产主义的猜想。"

贫富差距过大绝不是共产主义，因为共产主义就是要让每一个人都能享受到发展带来的成果。不少地方富裕以后，反而干群关系疏远，许多干部能与百姓共苦却不能同甘，致使部分老百姓"端起碗吃肉，放下筷子骂娘"，而在蒋巷村，不仅常德盛的收入比群众低，许多普通干部的收入也没有普通群众高，村学村，户学户，群众学党员，党员学干部，这就是基层党组织凝聚力的源泉。

一位村支书的"大善"

——记江苏常熟蒋巷村党支部书记常德盛

《光明日报》（2010年09月07日03版）

连日来，江苏常熟蒋巷村党支书常德盛的事迹在全国引起轰动，他44年不改初衷，一心为老百姓服务的支书路，曲折而不平凡。一个最普通的基层党员，何以受到如此的尊重和爱戴？记者发现，崇高的人格魅力和人性光辉，是常德盛广受爱戴的根本，而这一切都来源于他至真、至善、至美的道德追求。

至真：咬定发展不放松

常德盛的至真，表现在他44年如一日带领村民致富，追求真理，不抢风头，不赶浪头。他说："贫穷不是社会主义，我一生的追求就是富民强村，让全村人过上好日子！"

在常人眼里，常德盛的"认真"就是"认死理"，是"傻"，但常德盛却认为，只要对老百姓有利，他愿意认这个死理、犯一些傻。

44年来，他受过不少委屈，但他始终坚守做一名真正的共产党员的原则。20世纪70年代，一个偶然的机会，常德盛发现一小块没有翻耕的稻板地里，小麦的产量超出了深耕细作麦地收成的近20%。经过潜心研究，他决定在全村推广"免耕法"。

在那个特殊的年代，"免耕麦"被"上级"指责成"懒婆麦"而横加批评。可他认准了这是对老百姓有利的事，矢志不渝坚持推广。后来，"免耕法"以省工、节本、增产的显著效果，先是在江苏省被迅速推广，后又在全国水稻三麦交叉种植地区得到了应用。

常德盛一心帮别人建房，自家的新房却是全村最后建的。前来干活的泥瓦匠有心想让常书记的生活条件好一些，就自作主张，把墙基向外延伸了3尺。

"超了，超了！"常德盛回家用脚一量就发现了，"村干部宅基不能超过125平方米。"他爱人俞秀英说，梁都上了，怎么办？常德盛斩钉截铁地说："锯短！"已经上了房的木梁，硬生生锯掉了1米长。常德盛说，缩短的是自家房梁，赢得的是群众信赖。

常德盛带领蒋巷村发展工业，初期，被一个外地人骗走了200万元，15家单位找上门来打官司。此时，有人建议他让企业破产，但他觉得这是在利用法律赖账，拒绝了这个规避债务的机会。虽然他为此背上了几百万元的债务，可他却因此赢得了"硬汉子""好人品"的美名，为蒋巷村工业的发展奠定了信誉的基础。

至善：与百姓心连心

常德盛的至善，体现在他从内心里把每一个蒋巷人都当作自己的亲人，与他们平等相处，想他们所想，急他们所急。村里人都说，常德盛有"几个不看低"：对老人、穷人、有过失甚至犯了罪的人都不会看低。

44岁的韦扣英，说起常书记的好，动情之处，禁不住哽咽。她从兴化嫁到了蒋巷村，1998年爱人死于上海工地，常书记得知消息后，第一时间和她一起赶赴上海处理后事。常书记一夜没合眼，回到村里又召集村干部帮忙料理丧事。他安慰韦扣英："今后你家里的任何难事，我们都会帮你解决好。"公公去世、屋遭雷击、厄运接踵而来，但韦扣英不仅没有倒下，反而生活得越来越好。她把这一切归结为"常书记一次又一次帮我解决难题"。

"常德盛的善是一种大善"，老秘书唐渭清动情地讲起这样一件事。1980年深秋，蒋巷村老队长临终前有个心愿，从没拍过照的他，希望能拍一张照片留给老伴做纪念。得知这一消息，常德盛火急火燎赶到镇里，可照相馆一听说是给临终的人拍照，纷纷一口回绝。情急之下，常书记找到了在镇里做秘书的唐渭清来拍照。可等他们匆忙赶回村里时，老队长已双眼紧闭。常德盛抱起老队长的遗体，用自己的身体支撑住，拍下了一张珍贵的照片。

常德盛的至善不仅体现在44年来，他对乡亲"逢难必帮、逢病必探"，还在于他作为一个村支书"充满人情味"的治理方式。

在蒋巷村，虽然粮菜供应充足方便，但每家都有半分自留地。常德盛说，这不为吃用，主要是让村民有一个交往、说话的地方，是为满足农民世世代代的精神寄托。

蒋巷村的老人，日子过得自由而惬意。他们可以和子女一起住在别墅里，也可以和老伴住到免费的老年公寓里；他们月月有养老费，但如果"闲不住"想干活，村里照样发工资。用常德盛的话说："只要老人们开心就好！"

至美：舍小家顾大家

一米六出头、面色黝黑、因当年跑业务出车祸而导致左眼凹陷的常德盛，从外表看不太美，但熟悉常德盛的人却都觉得他"很美"，因为在他身上，体现出的是一名共产党员的人格美，在物欲横流、功利当道的今天，这种美显得越发珍贵。

他从不为亲人走后门。联产承包后，亲弟弟常德茂养鱼，想让常德盛打招呼，按市场价把水产卖给村里的宾馆。常德盛却嘱咐村里："别人的水产可以拿来卖，我兄弟的不行，否则讲不清。"

他拒绝官与财。70年代他就给自己立下"三不规矩"：不拿全村最高工资，不拿全村最高奖金，不住全村最好的房子。他当村官44年，"让"掉的工资、奖励、股金、销售提高收入上亿元，全部用于提高村民的福利和村级各项事业建设。

如今，常德盛考虑更多的是如何把理想的接班人推向实质岗位，为此他又定下了新的"三不原则"：职务不搞终身制；职位不搞世袭制，不传自家人，要培养德才兼备、群众公认的接班人；村厂班子不搞家族制。

村民们都知道常德盛的口头禅："时间多宝贵，今天多忙一点，换来乡亲们的幸福生活！"他对此的解释是："再小的官也是共产党的官，当了干部就要严以律己、敬业奉献、清正廉洁，这样在群众中才有凝聚力、向心力和号召力，说话才有人听，行动才有人跟，事业才能发展，人民才能幸福。"

采访中，提起常德盛，村民们无一例外地称呼他为"我们的常书记"。由于日夜操劳，常德盛患上了严重的胃病，村民看在眼中，急在心里，纷纷煮了米粥，让路过的常书记暖暖胃。一碗粥，体现的是老百姓和共产党员的亲密无间。

村民蒋阿水说："希望我们的常书记身体永远健康，永远做我们的村支书，让大伙儿的日子越来越好过！"

一位74岁老党员的为民情结

《光明日报》（2011年05月26日07版）

1966年，他自作主张把父母起的名"隐龙"改为"卫民"，意思是"保卫人民"；1983年，他加入中国共产党，自那天起鲜艳的党章就印刻在他的心中；1999年，从矿务局教育培训总校工会主席位置上退下来的他，因为一个偶然的机会担任了一个社区的居委会主任。

谁都没想到，他一干就是10年，硬是把一个当初条件最差的社区发展成为一个全国闻名的"明星社区"。近年来获得奖章无数，光国家级大奖就有6项。

他，就是江苏省徐州市泉山区民乐社区党委书记、居委会主任刘卫民。

解民困赢得"为民书记"称号

提到他，了解他的人都会竖起大拇指，由衷地说："这可是我们的为民书记啊！"

回顾往昔，民乐社区的老居民辛梅芝很是感慨。她告诉记者，民乐社区是1995年全国最早建设的一批安居房，也是徐州最差的小区，2012户的6130人住在人均不足8平方米的房子里，再加上房子质量差、设施不全、缺乏管理等顽症，群众怨声载道。

有一件事至今让刘卫民印象深刻。2004年7月30日，民乐社区的物管新苑公司把一个大牌挂在了门口，说由于物业费收取率极低，从今天开始停止服务。当天所有的清洁工都被撤走了。

刘卫民急了，他连夜召开会议商量办法。第二天，就找到信访局，他据理力争："有问题可以提前通知，哪能这样招呼不打一声就把人撤了？"

物业公司负责人毫不相让，说收不到钱就不开工，而且复工需要2000元启动资金。这时，刘卫民插话："这个2000元启动资金我先垫上。"一听这话，物业公司负责人有点脸红，连声说："我们明天就开工。"

我们的党如何才有凝聚力，有吸引力？刘卫民说："其实群众的渴望值并不高，只要真心为他们办事，他们自然就会真心拥护党。"在2009年的社区换届选举中，刘卫民获得72张选票中的71张，连续3次当选社区居委会主任。

"三位一体"化干戈为玉帛

在长期与居民打交道的过程中，刘卫民对基层管理有了更深的感悟。"人的工作要超前做，等发生了再做就晚了。可是如何建立一种机制，把矛盾彻底消除在萌芽中？"

一天，他的脑子突然灵光一现：何不将社区居委会、业主委员会和物业公司联合起来成立一个联合自治工作委员会？这样，三方联合办公就可以把原先分散的力量拧成一股绳，实现资源共享。于是在全国引发广泛关注的"三位一体"机制应运而生。

"三位一体"规定三个原先毫不相干、摩擦不断的部门实行统一计划，每周一召开三方办公例会，由各方汇报计划，专题研究部署统一行动；加强督促协调，按照责任进行落实，相互制约进行管理。现在，"三位一体"又在实践中形成了包括党委在内的"四位一体"。

"有人说物业和业主就是天生的仇家，我觉得不是。工作中不可能没有矛盾，但办法总比困难多。而且人心都是肉长的，时间久了就有感情，党员干部就是其中的润滑剂。"刘卫民说。

乐民才能带来真正和谐

意莫高于爱民，行莫高于乐民。

应该说，原本基础较薄弱的民乐社区并不是当地条件最好的小区，但这里的每一个人脸上都洋溢着最真实的笑容。秘诀到底是什么呢？

在刘卫民看来，温饱问题解决后，老百姓最需要的是精神食粮，而通过文化活动可以引导他们热爱生活，热爱党。为把居民吸引到社区活动中来，刘卫民组建腰鼓队、健身操队、太极拳队、合唱队、艺术团等，让不同爱好的居民各得其乐。

2004年,徐州首家社区志愿者队伍在这里诞生。这支只有十几个人的队伍开始活跃在社区的边边角角,每天义务巡逻,开展环卫、绿化等志愿服务,免费为居民理发、量血压、修车。现在,这支队伍已有固定人员145人,影响力也越来越大。

为了方便群众,刘卫民还别出心裁地将医疗卫生、法律咨询、劳动就业、计划生育、升学指导等14项服务功能集中到社区服务中心,居民一个电话,中心便会定时定点入户服务。

一年365天,刘书记几乎360天都在居委会,每天一早就来到居委会,不到天黑不回家。这样拼命是为了什么?刘卫民淡淡一笑:"给子孙留点美好回忆,给自己一点安慰,给党与人民一个回答。时间这么短,你慢慢干行,我慢慢干就到头了,对不起党和人民。我抓紧干,还延年益寿呢。"

生在江南　心在高原

——记江苏援藏干部周广智

《光明日报》（2011年11月02日03版）

他被当地群众亲切地称为"福分书记"。

他时刻把藏族同胞的冷暖记在心头，把对家人的挚爱埋在心里。

他最常说的一句话是："只要曲水人民喜欢和高兴的事，我都要去做"。

他，就是江苏援藏干部，拉萨市曲水县委书记周广智。

"说曲水话，办曲水事，做曲水人"

2007年6月，时任江苏泰州市安监局副局长周广智主动申请援藏。2010年7月援藏期满后，又毅然选择留任，成为第6批援藏干部。

"说曲水话，办曲水事，做曲水人"是周广智进藏伊始对自己提出的要求。进藏第二天一大早他便开始工作。土生土长的藏族干部、县长孙宝祥回忆说："刚来时广智嘴唇发紫、大口喘气、严重失眠，但仅一个月他就跑遍了辖区的5乡1镇、17个行政村……"

茶巴拉乡是曲水县5乡1镇中最远、最穷的一个。该乡"特困"村民德琼的丈夫去世多年，家中没什么收入来源，还要供儿子在县中学读书。周广智从自己的工资中拿出1万元，帮德琼搬进了新家。走访牧民期间，当看到71岁的老党员白玛病重孤零零躺在破旧的房屋里时，周广智愧疚地说道："老人家，对不住您，我们没有把工作做好。"把白玛送到医院后，周广智立即召开会议，专题研究农村贫困老党员的住房和看病难问题。现在，白玛逢人就夸："周书记是曲水人的主心骨，是我们的'福分书记'！"

再穷，不能穷教育。周广智多方协调，将原来13所完小、19个教学点优化整合成7所完小，基本实现"中学集中到县、小学集中到乡"的集中办学目标，促进了全县教学质量的大幅提高。

自己虽是"官"，周广智却从不在群众面前摆官架、打官腔。他经常与群众打成一片，学说藏语、喝酥油茶、吃糌粑……成了地地道道的曲水人。举手投足间，周广智已烙上了高原印记，面颊透着"高原红"、与藏民交谈后娴熟地右手摊开向上说"拖切拉，拖切拉！"（藏语：谢谢）。今年46岁的周广智，头戴毡帽、脚穿布鞋，行走在雪域高原田间，一朵朵盛放的格桑花映衬着他黝黑的脸膛。

"舍小家，顾大家，情暖万家"

周广智心里很清楚，要把曲水这个家照顾好。但对于亲人，却有太多对不住。

今年5月19日，瘫痪多年的母亲不幸离世。当时，周广智正在协调处理拉日铁路的事情，他强忍悲痛，在坚持处理完事情后的第二天才赶回家中。跪在母亲的灵柩前，周广智失声痛哭。没能见母亲最后一面，成了他一辈子永远无法弥补的遗憾。事后，周广智说："没有了母亲，还有父亲，还有更多的藏族老父亲、老母亲，同样需要尽孝心，如果把自己的小爱变成大爱，得到的爱就更多。"

今年7月，妻子张德全到西藏探亲。不巧的是，正值西藏和平解放60周年大庆。周广智天天早出晚归，他不得不对妻子说："我没时间陪你，你还是回去吧！"相知莫如妻，张德全十分理解丈夫的工作，她只是希望，丈夫每天给家里打个电话。

2010年10月，周广智大病一场。"在高原染上了肺炎，那可是危及生命的大事，可周书记坚持让医生把打点滴和服用的药开好后，自己带回宿舍治疗，硬是一天也没休息。"曲水县委办主任任映绮说。

进藏至今，周广智几乎没有休过一个完整的节假日。拉萨市组织部部长王茂雄对记者说："按规定，援藏干部4年援藏该有240天假期，可广智只休息了80多天。"

"不辜负藏族同胞的期待"

在农牧民占95%以上的曲水县,"富农"是根本。以前,当地群众种青稞,一年收成只能满足基本生活需求。多次实地查看土质后,2008年,周广智提出种土豆的想法。当年,达嘎乡试种的500亩土豆获得"大丰收",每户增收1000元。村民格桑罗布向记者说道:"每亩土豆最低也有1000元的收入,这比种青稞划得来。"在农业发展中,周广智远不止"土豆"这一招。曲水"鑫赛"西瓜,在拉萨市场上已有一定知名度;南木乡江村已建成曲水县瓜果蔬菜园区;农民从事改良牲畜养殖……曲水县农牧民人均纯收入在2010年达到5100多元,是2006年的1.79倍。今年,曲水县成为西藏唯一的一个全国综合农村改革试验区。

曲水的工业可谓"一穷二白",为了实现工业经济总量、财政收入翻一番的发展目标,2008年,周广智牵头组建工业园,成立了西藏首家县级园区管委会。2010年,曲水县共有各类企业65家,入驻园区企业占全县企业总数的61%,税收占80%。西藏金哈达集团药业有限公司总经理扎西深有感触地说:"如果没有周书记,我们药业公司早就关门了。"2010年,曲水实现人均生产总值13023元,工业总产值42000万元,财政收入2274万元,分别是2006年的2.33倍、3.57倍和3.45倍。

"2015年实现生产总值16.08亿元、工业总产值19.8亿元、财政收入突破1亿元,与全国人民一道实现全面小康。"周广智对曲水的明天信心十足。

"不辜负藏族同胞的期待!"是周广智4年前离开泰州时的承诺。江苏省第6批援藏干部总领队焦建俊动情地说:"周广智用实际行动生动地回答了进藏做什么,在藏干什么,离藏留什么的时代课题。西藏的今天,浸透了援藏干部的辛勤汗水,也留下了深深的江苏烙印。"

巾帼模范韩玉凤二三事

《光明日报》(2012年03月12日15版)

8年前,她被众人一致推选为社区主任;8年来,她不仅把一个徐州最差的小区带成了知名的文明社区,更组建了一支名为橄榄枝的志愿者队伍,如今,这支由400多名志愿者组成的"活雷锋"队伍正将爱心遍洒城市角落。她就是今年被授予全国"三八红旗手"称号的韩玉凤。

不做老板做社区主任

2002年,从徐州有限电厂工会主席位置上退休的韩玉凤在社区内开了一家烟酒店,当起了自由自在的老板。别看店小,生意却很红火,多的时候一个月能赚上万元。

但2004年,居民一致推选她当社区主任。韩玉凤很犹豫,她清楚小区的现状:下岗人员多、拆迁安置户多,空巢老人、残疾人、低保户人数几乎在全市排第一。家里人也反对:"放着好好的生意不做,当什么主任啊,吃力不讨好。"

但考虑良久,韩玉凤还是接上了这根棒。"我天生爱啃硬骨头,我要看看这事儿到底有多难。"

走马上任,韩玉凤发现社委会的可用经费只有3.3元,工作人员也只有3个,一间12平方米的小屋里连个笤帚都没有。

而摆在面前最迫切的问题是垃圾积压问题。堆积多年的垃圾腐化成烂泥污水,气味刺鼻。为清除公害,韩玉凤组建了橄榄枝志愿者队伍,并自费租用7辆平板车,带领志愿者在寒风中一点点清理。垃圾箱里的垃圾比石头还硬,她就把头钻进垃圾箱清理,先后清理了200多辆平板车和60辆卡车近400吨的垃圾,搬走了小区的一处处"垃圾山"。

环境好了,韩玉凤并不满足。她把志愿者分成义务帮扶队、巡逻队、调解队等,针对不同的对象采取不同的服务。

居民们说:"每天听着橄榄枝巡逻队的喇叭声入睡,心里踏实多了。"……

侠骨与柔情合为一体

韩玉凤有两个绰号:一是"三不怕",即不怕苦、不怕累、不怕得罪人;另外一个是"三气",即"刚气、正气、骨气"。

刚当社区主任那会儿,韩玉凤整天风风火火的,也得罪了不少人。"有时候,我也觉得自己就像一根刺,但我就是这个性格,遇到不讲理的事情就得过问。"

一天,她看到小区里有个违章建筑,二话没说,取了个大铁锤上去就扒。没想到过了几天,她住在一楼的家里玻璃全部被砸碎;又过两天,家里的墙壁上被泼了屎尿。几天后,组织上接到状告她的"署名信"。不过事后调查,这封"署名信"上签的72户名字全部出自一人之手。韩玉凤知道是谁干的,但她并没有点破,一如既往地对人家。

类似的事情多了,韩玉凤也觉得委屈,不想再干了,可下一届选举,她以全票通过,事后她找到那些曾经吵过架的人问为什么选自己。其中写"署名信"告她的人回答:"不选你选谁?喇叭天天喊,地天天扫。来之前,俺媳妇交代了,咱家的事是小事。"韩玉凤当时泪流满面,从那以后,她坚定了干下去的决心。"群众的眼睛是雪亮的啊。"她感慨道。

抠门是为了大方

熟悉韩玉凤的人都说她"抠门",因为她已经好几年没有添置新衣服;家里的家具也斑驳暗淡,多年未置新的……

"干吗对自己这样抠?"记者见到韩玉凤时,她上身穿着一件已经洗得发亮的黑棉袄,袖子上套着黑白格子的护袖。

"我也喜欢鲜艳衣服,但太容易弄脏;再说,我哪有时间逛街啊。"

"她有时一天吃不上一顿饭。"居民郑梅插话说。一个居委会主任有这样忙吗?"来找她的人太多,都是鸡毛蒜皮的小事,但韩主任都重视。"

"不抠门不行啊。"韩玉凤掰着指头给记者算账:自2007年春节以来,每逢传统节日，橄榄枝志愿者都要给孤寡和空巢老人、残疾人滚元宵，包粽子，做月饼……

韩玉凤说，费用都是志愿者捐的，只能想办法"抠着用"。为了给残疾人、空巢老人买慰问品，韩玉凤走遍各大超市，为省钱她从来不打车，都是推着自行车把采购的东西一步步艰难地运回来，路上还经常摔跟头。

居民张爱喜告诉记者，韩玉凤还有一个习惯，只要发现有人装潢搬家，她就会找上门索要将被丢弃的家具之类，再送给需要的人。"很多困难家庭中都有她送的东西。"

在韩玉凤看来，抠门是为了大方。她每月有1500元的退休金，再加上现在1030元的工资，收入并不少，但这几年她没有存下一点积蓄，捐出去的倒有七八万元。"把这些钱给更加需要的人用，我心安。"

★ /半生流泪终不悔/ ★

理论工作者徐进的"翻译"生涯

《光明日报》(2012年03月25日01版)

20世纪80年代,他来到江苏南通市海安县宣传部门工作。

20多年间,他致力于党的理论学习和传播,逐步成长为党的创新理论的出色"行者"与"译者";

风尘仆仆的他,戴着一副老式大框眼镜,没有讲稿,靠着略带沙哑的嗓音,走遍海安县城的大街小巷;

5年来,他为基层干群送了200多场理论宣讲,听众达20多万人次。

他就是徐进,一位基层理论宣讲的"战士",刚刚从江苏海安县委宣传部副部长调任海安县党校常务副校长。

"从群众中来,到群众中去"

"种田不纳税,看病不太贵,上学不缴费。"徐进用朗朗上口的三个"不",概括出了党对农民的关心。台上讲得滔滔不绝,台下听得津津有味,徐进走到的地方,总会出现这样和谐的一幕。徐进的宣讲,幽默风趣,通俗易懂,这在海安人人皆知。

徐进走上党的创新理论宣讲之路有些偶然。曾有一家企业请他"随便聊聊",但徐进深知,讲理论、谈形势必须谨言慎行,容不得半点马虎。坐在台上,看着台下上千双如饥似渴的眼睛,徐进更坚定了宣讲理论的决心。从此,从城市到乡村,从机关到学校,从领导干部到普通民众,徐进有邀必应,他的创新理论宣讲之路也越走越宽。

"党的理论与老百姓的距离有多远?"

"没有距离。"徐进语气坚定,"党的理论不仅源自群众的实践,而且应造福于群众。党的创新理论,应该从报纸上'走'下来,走进群众的火热实践,形成推动科学发展的巨大力量。"

"让党的创新理论从群众中来,到群众中去。"面对社会各阶层的听众,徐进成为党的创新理论的忠实"译者",不是对"干巴巴"的理论进行简单拷贝,而是用群众"乐于听、听得见、听得懂"的语言"翻译"出来的。在徐进看来,这是一名基层理论"战士"应该秉承的最基本理念。

"他是让我们感觉幸福的人"

"两会"期间,徐进的手机成了"订餐"热线,大伙儿争相预订的是他带回来的"两会""思想营养餐"。

面对接踵而至的盛情邀请,徐进很是感慨:"从群众的期盼中,我感受到了真理的魅力,更掂量出了肩上重于泰山的使命。"

2009年,席卷全球的国际金融危机肆虐正酣,刚调任海安县支行行长的张璇举棋不定。此时,徐进的演讲《我们同舟共济》对国际金融危机的背景及金融机构的应对之策进行了深度分析,引起张璇的共鸣。

徐进说:"当今社会正处于大变革的时代,人们难免会产生模糊认识甚至是错误观点,因此,党的理论工作者就得站出来释疑解惑,让党的最新理论成果真正为百姓所掌握。"听到修车师傅埋怨收入差距大,徐进从"不患寡而患不均"的思想传统,到分配不公的"成长烦恼",从加快发展、做大"蛋糕",到关注民生、分好"蛋糕",进行了耐心讲解。修车师傅连连点头:"经你一说,我这心里亮堂了不少,'铁嘴丹心'果然名不虚传!"

近年来,徐进宣讲的足迹遍及海安县10个镇、212个行政村、60多个机关部门和20多家骨干企业。令人欣慰的是,徐进的努力得到了社会各界的高度认可。海安县海安镇镇南街道党委书记周龙法感慨,在自己6年村主任、8年书记的干部生涯中,承担着大批拆迁任务,稍有不慎,"民心工程"就变成"扰民工程"。"为了让居民幸福安居,我多次邀请徐进与居民沟通交流,保证了工作公平、透明地开展,他是让我们感觉幸福的人。"周龙法说。

"我会在宣讲的道路上一路前行"

"人生是没有毕业的学校。"对于徐进来说,学习就是氧气,支撑着人的生命。

从中国特色社会主义理论体系到总书记建党90周年重要讲话，徐进一直以一个理论战士特有的敏锐度，时刻关注着马克思主义中国化的每一项新成果。与时俱进的创新理论，让徐进不知疲倦地沉浸其中，他先后积累了数十本学习心得笔记。

"徐进办公室的报纸杂志常常'千疮百孔'，都因为他的'剪刀手'！"海安县委宣传部原副部长徐兆熊笑着说，"每次看到对自己有所启示的文章，他总会细心地剪下来。"

近5年来，徐进在学习中宣讲，在宣讲中思考，在思考中升华，先后撰写了《关于建设创业文化的思考》《农村美好家园读本》等数十篇理论文章和调研报告。

学习无止境，理论传播同样无止境！有人评价徐进"真能讲！"，又有人说徐进"真会讲！"。一个"能"字，表扬的是水平；一个"会"字，赞美的是技法。

"作为党的创新理论的传播者，切忌扮成'传声筒'。"徐进常说，"多元的社会，正是理论工作者有所作为的时代，我们的使命就是蹲下身子做桥梁，挺直脊梁做灯塔，做党的创新理论的优秀传播者，让党的创新理论造福人民。"

理论怎样才能被群众掌握？"沉下身去，学好'普通话'，说好'家常话'。"徐进告诉记者。

为此，徐进练就了一身基本功：与农民，他会唠种田补贴、邻里关系；与工人聊薪酬待遇、医疗保险；与干部说党建惠民、廉政建设……丰富的第一手资料，也正是撷取了这些点滴，徐进时时迸发出思想火花。

"只要有力气，我就会在宣讲的道路上一路前行！"徐进凭借自己的沉着与冷静，矢志不渝地从事着他最钟情的事业。

/ 人民公仆——百姓冷暖是最大的牵挂 /

每一点知识都滋润一寸土地

——记江苏丰县农技推广专家渠立强

《光明日报》(2012年04月20日01版)

手术后渠立强（左三）每年仍有一半的时间奔走在田间地头。图为他在田间指导年轻科技人员现场分析研究土壤。（资料照片）

编者按

江苏丰县农技推广专家渠立强扎根农村24年，用知识推进了传统农业的变革。深爱土地的他，每一滴汗水都为人民而流，每一点知识都滋润一寸土地。如今两肾全无的他，正在与时间赛跑，用斗士的精神加大生命的宽度与厚度。渠立强是农民的"保护神"，是农民致富的指路人。本报今日推出这篇报道，旨在激励更多的青年知识分子向渠立强学习，扎根基层，服务人民。

参加工作24年，他骑着自行车跑遍了丰县14个镇360个行政村，行程28万公里。

在患上肾癌后的6年里，他每年仍有一半的时间奔走在田间地头，巡回举办培训班和技术讲座206场次，培训农民15750人次。

6年里，他完成省部级推广项目8个，参与制定省市行业标准8项，主持申报省重大专项科研课题3项，有10余篇论文在省级学会交流并获奖。

6年里，在他的带领下，全县每年实施测土配方施肥120万亩以上，仅小麦、水稻、玉米三大粮食作物年总增产就达6400万斤，增收6375万元；推行农业常规技术、新技术百余项，推广面积达800万亩，为丰县农业增值2亿元。

他就是渠立强，江苏省丰县土肥站站长、高级农艺师。

"农民心中的保护神"

阳春三月，记者驱车沿着渠立强走过的路行驶着。

大地广袤，绿油油的小麦在微风下轻轻荡漾。

"丰县境内原来盐碱地多、沙地多，地下水含氟多，地质状况很不好。民间有说法，'无风三尺沙，黄土埋庄稼'。但现在你看看，情况有很大的改观，这都归功于渠立强这样的土壤专家啊！"陪同我们的丰县农委主任李以林感慨地说。

1988年从江苏农学院毕业，风华正茂的渠立强毫不犹豫地选择了回乡工作。

"好不容易跳出农门了，怎么还回到这个旮旯地？"周围同学对此很不理解，因为他本可以选择留校或者留在城市里。而在渠立强看来，没有什么比扎根农村、服务农民更令人激动的了。

这一扎就是24年。

24年里,他走遍了全县每一个村庄、每一块农田。他对土壤的研究简直到了痴迷的程度,平时走在路上或出差在外,都不忘采集一份土壤样品。一次,单位安排他到南京学习,参观途中看到脚下有一片红土,渠立强如获至宝,装了满满一包带了回来。4岁的儿子以为爸爸带了什么好吃的,满怀希望打开一看,竟然是土。

他常常是早晨一身露水、中午一身汗水、晚上一身泥水,人称"三水牌"干部。他长年累月工作在乡间田野,脸色黝黑却和蔼可亲,一到村里,大家都欢呼"渠黑子来了",争着请他到自家地里看看。

2004年,常店镇常店村孙建群正为自家水稻秧苗叶梢发黄而犯愁,渠立强听说后顶着烈日骑车来到田里,向他详细介绍了防治方法。第二年,孙建群的水稻亩产突破1200斤,两亩地就多收入1000多元。

顺河镇的张口、小李庄、安庄几个村子的村民不会忘记,2006年8月,村子出现洋葱严重烧苗、死苗现象。村民们坐立不安,一个电话打过去,渠立强来了。经过调查分析,渠立强一直忙到下午3点才吃午饭。结果3个村3000多亩洋葱起死回生,产量比上年增加15%,每亩还节约肥料钱50多元。

孙楼镇穆楼村穆长征栽种的26亩芦笋,在渠立强的指导下,年收入24万元,去年盖了楼,今年买了车。穆长征说:"这样的事情太多太多了,几天几夜都说不完,他是用心在为农民办事,是农民心中的保护神啊!"

"肾没了,心不是还在吗"

走进渠立强住了15年的老房子,屋内光线不是很好。"你来得正巧,今天不透析。"渠立强的声音疲惫不堪,紫黑色的脸上露出笑容。为了避免让他过度劳累,采访时断时续。这是一个让人心生敬意的硬汉,他面对疾病的坚强与豁达让所有人动容。

2005年,常年超负荷运转的渠立强在一次体检中查出肾癌,他瞒着领导和家人,忍着腰部剧痛,坚持完成无公害农产品产地认证工作,之后在领导的命令下,才于2006年春节后到北京住院手术,而此时已错过了最佳治疗期。他的手术分两次进行,先切除左肾有病部位,再摘除右肾。出院后休息不到一个星期,一心挂念工作的他强忍术后服药带来的剧烈副作用,劝服妻子,回到了心爱的工作岗位。

"只有拼命工作才能让他忘掉疼痛。"妻子孙瑞林最了解他。

同事侯宗海自2003年就跟着渠立强一起采集土样做化验分析。他至今记得2006年8月，手术后的渠立强带他去首羡镇采土样的情景。因没有道路，好多需要采样的地块，汽车无法到达，上千米的距离他们只能背着工具徒步行走。头上灼人烈日，脚下滚烫热土，年轻力壮的健康人对此尚觉吃力，而只存半个肾的渠立强竟毫不在乎。同事们心疼他，劝他少干点儿，他却说："不要把我当病人！"

他"不要命"，76岁的老母亲心疼不已。她拄着拐杖到单位喊："孩子，回家吧！就是丢了工作，也要保住命啊！咱家还有几亩地，养得起你啊！"

"妈，您的心情我能理解，眼下单位正忙，我怎能离开呢！等忙完这阵子，儿子一定回家陪您老人家。"渠立强流着泪说。

他不知道还有更大的考验在后头。2011年年初单位组织体检，发现病魔已经完全吞噬他仅剩的半个肾。

站在北京的肾病专家面前，他平静地问医生：我的生命还有几天？

医生说：如果任其发展，最多也就半年。要想活命，就割掉那最后的半个肾，但今后生命只能靠透析维系。

他问医生：那样的话，还能工作吗？

医生说：你还想工作？！难道你不知道透析的滋味？

渠立强选择放弃治疗。医生问他是不是怕了。他说："生老病死，自然规律，有什么好怕的？我想好好利用这最后的半年，把没脱稿的论文写完，把没成功的试验做完，这样，生命会更有意义。"

医生听了大为感动："透析对一般人来说确实难以承受，但对于你这样一个意志坚定的人，奇迹可能发生，你还是考虑一下手术方案吧。"

他听从医生的建议，却没有留在北京治疗。

半年后，当他住进徐州医学院附属医院的时候，医生连连埋怨说："这种十万火急的病，你居然一拖再拖！"医生当即下了病危通知书，妻子哭了起来。他安慰说："我命硬着呢，我已经和病魔战斗了5年，哪能轻易服输？！"

手术期间，躺在病榻上的渠立强，仍然念念不忘他的论文，刚刚发表的5000字的《无公害苹果生产与土肥水管理技术探索》论文，是他对全县45万亩果园的最新研究成果。一有机会，他就坚持在日记本上写下只言片语。妻子说："肾都没了，还写那些做啥？"他说："肾没了，心不是还在吗？只要心脏还在跳动，我的日记本就是活的。"

"让每一滴汗水都为党和人民而流"

此行采访,记者特意赶到渠立强的老家凤城镇渠集村。

低矮的院墙已经被粉刷一新,空荡荡的院子里两棵银杏树枝繁叶茂。渠立强的老母亲听说有客,匆忙迎出:"快到屋里坐。"

三间小瓦房,屋内除了一台八九成新的电视机,几乎别无他物。谈到渠立强,老人沉默了一下,抹了抹眼泪:"这孩子,好不容易考上大学,没过上两天好日子,身体又出了毛病,唉!"

老人讲起了陈年往事。他在赵庄原种场工作时,哥哥拉着一车棉花赶了几十里路,想托他卖个好价钱,他一口拒绝。哥哥只好又拉了回去。"这孩子就认一个理:吃人家嘴软,拿人家手短。"老人说。

其实,老人不知道的事还有很多:一些肥料生产企业和经销商找到渠立强,许诺只要在电视讲座中或培训班上推荐他们的肥料,或出具一些"证明",就可以给他丰厚的回报。对这样的事情,渠立强总是躲得远远的。几次下来,不理解他的声音就出现了:"上有老下有小,爱人又下岗,经济这样拮据,何必这样认真?"

渠立强从不解释。在他的日记本里,记者见到了《雷锋日记》的摘抄:"如果你是一滴水,你是否滋润了一寸土地?如果你是一线阳光,你是否照亮了一片黑暗?如果你是一粒粮食,你是否哺育了有用的生命?"

渠立强对个人的事从不计较。当了10年的副站长没有被提拔,他毫无怨言,一如既往地埋头工作。

2005年年底,局里为各股站负责人配空调。渠立强是副站长主持工作,没有给配。有人挖苦他:"你这个劳模天天加班,也没配上空调。"他说:"这是组织上考虑的事,不是一个人的事。"

他从家提了一个煤球炉子,放到办公室取暖。化验室人多,房子大,他便把炉子放到化验室。冬天他经常加班到深夜,冻得受不了,便烧上一盆热水,将双脚放到热水里工作。

与丈夫相濡以沫20年,妻子孙瑞林今年3月终于实现了多年的梦想:在丈夫的陪同下好好看看北京,看看天安门。她含着眼泪告诉记者:"这是他结婚时对我的承诺,现在终于实现了,这辈子也没什么遗憾了。"

丈夫一心为公,孙瑞林不拖后腿。得病后,丈夫的体质虚弱不堪却坚持要去单位上班,从家到单位200米的距离,停停走走要20多分钟。每天,孙瑞林都要搀着他，一步一步挪到办公室，每次都累得气喘吁吁："他是为国家办事的，再苦再累俺都支持。"

　　记者采访之际，正值丰县第13届梨花节。沿着当地大沙河的绿色长廊走去，大片的梨花盛开着，一望无际。那洁白的花，不正是渠立强高洁品质的真实写照吗？

百姓冷暖是他最大的牵挂

——追记江苏省海门市工房街社区支部书记黄占明

《光明日报》（2013年06月27日07版）

"世纪乐购大型商场已经进驻，100多个下岗居民就业问题解决了；反映问题的小区28户居民信息已经登记好了，下一步商定改造事项；昨天已为刘丹申请到了大病救助……"6月17日，江苏省海门市三厂镇工房街社区例行双周一次的"碰头会"，社区副书记瞿春萍向与会的党小组组长、社区监委会成员、居委会委员通报近段时间工作进展。"这些都是黄书记生前最记挂的事情，我们更要努力做好！"

黄书记——黄占明，海门三厂镇工房街社区原支部书记，2005年起放着年收入百万元的老板不当，"转行"到工房街社区担任党支部书记。8年来，他把自己的全部心血倾注在岗位上，先后捐出160多万元为居民办实事、做好事。今年5月15日，年仅51岁的黄占明因积劳成疾，永远地离开了他牵挂的居民们。

从"富老板"到"穷支书"

工房街社区500多米长的果园路，是当地居民出行的主要通道。记者刚走到路口，就被周围的居民团团围住。

"这条路和地下管网，都是黄书记自己掏钱修的。过去，一下大雨，积水淹过小腿。""我家里的电灯也是黄书记给装的。"说起黄书记的好，居民们个个眼泪汪汪。

2005年8月，三厂镇党委物色当地能人当村官，动员创业有成又热心社会公益的黄占明担任工房街社区党支书。

40岁出头的黄占明时任钻石渔需橡胶有限公司董事长，生意红红火火，每年至少能赚100万元，但他却乐此不疲地当起了月工资只有600元的"穷支书"。

工房街曾是一个被人遗忘的角落，"散、乱、差"是它的代名词。上任后，黄占明在社区转了一圈又一圈：路不通，他自掏腰包10多万元请人修；垃圾成堆，他卷起裤腿带头清理；社区没有办公房和服务设施，他将自己公司1000多平方米的办公房腾出，又拿出20万元装修一新，会议室、阅览室、健身房、老年活动室一应俱全……

乐于当"小巷总理"的黄占明，却荒疏了自家生意。2007年10月，他把手中的生意全部转让出去，一心埋头社区，直到病逝。

"他的手机24小时为居民开着"

2月17日，黄占明被当地医院确诊为肺癌；3月2日，住进上海四一四医院。检查、打针、输液、化疗，黄占明手里始终攥着手机。"我怕居民找不到我。"他说。

"黄书记的手机24小时开着，只要居民一个电话或信息，他都会第一时间赶到现场。"社区志愿者单炳祥清晰地记得，去年8月的一天清晨，黄占明刚捧起饭碗，接到了一个居民电话，反映小区不少住户家里进了水。黄占明二话不说，冒着暴雨就赶了过去，挨家挨户查看灾情、帮排积水、转移受淹居民，最后还把一名80多岁的独居老人抱进了自家安顿。

家人在整理黄占明的遗物时，发现他随身的公文包里放着好几本电话簿，每个后面的空白页上，都满满地记着居民的电话和需求信息，电话本都快被翻烂了。

一本"糊涂账"，记着对百姓的牵挂

"2006年1月，慰问敬老院、特困户8000元；2008年2月，慰问特困户13000元；5月，汶川地震捐款8600元；2010年6月，资助贫困女童10000元……"

在社区办公室，副书记瞿春萍拿出两张A4纸，上面密密麻麻地记录着黄占明近年来的捐助"明细"。"这是黄书记去世后，我们根据平日的工作日志和走访居民粗略的统计。"瞿春萍噙着泪告诉记者,在社区任职8年,黄占明总共捐出160多万元,这还不包括他自己上门看望一些困难户时悄悄塞的红包,"每次与书记一起去慰问,他都要自掏腰包,还不让记账。他究竟捐助了多少钱,就是一本'糊涂账'。"

对社区建设慷慨,对困难群众大方,黄占明对自己却出奇的"抠门"。两室一厅,80多平方米,这是黄占明一直以来居住的家。"自从他当了8年村支书,家里就没添置什么新家具,他也没给自己添过一件新衣服。"黄占明去世后,儿子黄统在整理父亲衣物时发现他的内衣和袜子上都打了好多补丁。

妻子汪卫萍告诉记者:"他宁可自己受苦,也见不得别人受苦,看到谁有困难,只要兜里有钱,总会偷偷资助。他不仅工资、奖金一分钱没拿回来,还把家里'捐'空了。"

★ /半生流泪终不悔/ ★

从大学生成长为乡村致富能人

——江苏仪征大学生郑福源创业的故事

《光明日报》(2013年07月03日06版)

他是一名大学生,2008年毕业后,加入了江苏省第二批大学生村官队伍,来到扬州仪征市路南村做村支书助理。5年来,他先后带领村民创办了食用菌生产厂,开展了蔬菜大棚种植,发展高效农业,引领农民过上了小康生活。

他叫郑福源,面对记者的采访,他说:"创业不需要豪言壮语,只需脚踏实地,有勇有谋地走出适合自己的路。"

"我来自农村,也想回到农村"

2008年,郑福源以优异的成绩毕业于南京审计学院,本可留在南京找到一份不错工作的他,为何毅然决然选择加入江苏大学生村官队伍?又是什么样的动力让他选择在农村创业?

"我来自农村,也想回到农村。"郑福源告诉记者,1985年,他出生在扬州仪征的一个贫困农民家庭。大学毕业后,他报考了大学生村官。

初到仪征市大仪镇路南村,郑福源发现,虽然该村的生活条件还可以,但是村民不是出去做泥瓦匠,就是在毛绒玩具厂当工人,干的都是体力活儿。既然扎根农村,就要充分利用农村的优势。由此,郑福源萌生了立足农村,发展高效农业的想法,他想带领村民走一条生产、技术、市场相结合的富裕路。

"创业要有激情,更需要理智。"郑福源跑遍了整个仪征市后发现,食用菌种植在这里非常少见,仪征的食用菌市场多是依靠外地输送;而食用菌生产的投入很少,几十万元就能做起来。

2008年年底,郑福源在路南村租用了20亩地,带领40多个村民,创办了扬州市嘉康菇业发展有限公司,开始了金针菇的工厂化生产。

如今,公司运营了5个年头,不仅培养室、生长室、包装室等一应俱全,实现了机械化、流水线生产,还成立了专门的食用菌配送中心,有固定的销售渠道。现在该公司金针菇日产8吨,每天全部销完,年产值达300万元。

"想创业成功,首先不能害怕"

来到路南村,地里大棚连片,大棚里辣椒、西红柿、黄瓜"争奇斗艳"、鲜嫩欲滴。村民们正在地里忙碌着,见到郑福源,大老远就扯着嗓子跟他打招呼。

"在村里,用大棚种蔬菜,我是第一家。"谈起大棚蔬菜种植,郑福源滔滔不绝,"2009年年底,我又向村里流转了20亩地,建了18个大棚,每个大棚种植不同的时令蔬菜。规模不大,一般蔬菜可以提前上市,卖到好价钱。"郑福源的大棚蔬菜有几个特点:一是不转手、不外卖,保证价格公道;二是不打反季节的牌子,尊重老百姓健康饮食的习惯;三是不同季节的蔬菜轮流种植,保证及时供货。

为了帮助村民掌握更多的蔬菜种植技巧,郑福源常常请来仪征市农委的专家给予指导,并到书店买来书籍、在网上下载视频供村民学习,还常常在大棚内开起经验交流会。在他的带动下,老王等种植户每天都看农经节目,还学会了用地膜种菜。

"多数人思想比较保守,我觉得,要想创业成功,首先不能害怕。"郑福源说,"很多事情,在想的时候觉得很难,但是真正动手做起来就不难了。"

"自己的人生价值得到了实现"

创业5年,回味各种酸甜苦辣,郑福源说,创业的道理很多,但事非经过不知难,很多事情只有自己亲身体会,才能实实在在成长。

对于在困境中成长的郑福源来说,抓住每一个挑战,把它变成自己的资本,这就是他的路。因此,在创业过程中,再怎么困难,他都能硬着头皮走下去。在搭建蔬菜大棚时,为了节省开支,他自己动手弯钢管,一天下来,满手磨得都是血泡。

  当然,除了各种酸楚,创业的道路上也不乏欢乐。郑福源有一个小账本,上面记着大棚蔬菜每天的营业所得。"一开始每天记个百十块钱,挺高兴,不管怎样,毕竟有收入了。后来开始记上千的数字,我就把一个月的收入加起来算算,心里不禁惊叹,种菜也能有这么多收入!"郑福源呵呵直乐。然而,他的开心并不止于此,郑福源说,现在老百姓看到了高效农业的前景,已经有许多人开始探索着干起了种植。"我是吃百家饭长大的人,能用自己的力量给大家带来些好处,自己的人生价值得到了实现。"

  5年来,郑福源从一个大学生,踏踏实实、一步一个脚印地成长为扎根农村带领村民致富的创业能人。对于未来,他说,目前在考虑如何把菇渣加工成燃料,实现蔬菜大棚种植效益最大化,成立合作社带动更多的村民走上创业路。

用心说话　话说心上

——记党的创新理论传播者华瑞兴

《光明日报》(2013年07月26日03版)

"和老百姓在一起，任何时候，党的创新理论传播者都不能扮成'传声筒'，脱离百姓生活空谈理论。党的群众路线教育实践活动，为我深入百姓生活提出了更严格的要求。"无锡市委讲师团副团长华瑞兴说。20世纪70年代，他开始致力于党的创新理论学习和传播，一讲就是37年。

一支笔、一本记录本，是华瑞兴理论宣讲的"必需品"。37年来，华瑞兴走遍了无锡的大街小巷，为基层干群送去理论宣讲1000场，其听众超过50万人次。

学习是用心说话的前提

"谁都知道要'用心说话'，这四个字听起来很简单，但做起来却不容易。肚子里没有货，脑袋里没有想法，再有心也无力，只能干着急。"华瑞兴说。在他看来，学习就是氧气，支撑着理论宣讲的生命。

"宣讲马克思主义中国化的最新理论成果，是老百姓听我讲，也是我向他们学习。"华瑞兴笑着说。一次宣讲间隙，几名听众围着他，说他讲得特别好，就是标题太长，有些遗憾。回去后，华瑞兴反复琢磨，之后的每次宣讲都要问问听众标题怎么样，按照听众的意见逐步修改，反复实践，形成了他独具特色的"旗帜要红、定位要准、联系要紧、标题要短"这套宣讲工作操作法。

近年来，华瑞兴撰写了45万多字的理论文章和学习心得，起草制作了

100多份宣讲讲义和课件，撰写了《中华文化警示格言》等8部专著。

老百姓松开的眉头，是对他最好的嘉奖

"作为党的创新理论的传播者，我努力做到紧贴老百姓的生活讲理论，讲对老百姓有用的理论。"华瑞兴说。

一次，在宣讲快结束时，一位农民从台下递上来一个皱巴巴的小字条，上面写着："为什么农民看病又贵又难？"散场后，华瑞兴叫住那位农民。华瑞兴告诉他，医疗卫生改革是一个世界性的问题，我们应该认清是在什么环节上出了差错，而不是一棍子打死。他还结合无锡市在医疗方面的惠民政策，对医疗卫生改革中存在的问题耐心分析。老农听着连连点头，紧缩的眉头也舒展开了。

从事宣讲工作37年来，华瑞兴获得的荣誉证书堆起来有一米多高，而在他看来，老百姓的笑容、松开的眉头才是对他宣讲工作最好的嘉奖。

宜兴白塔村曾是经济相对薄弱的扶贫村，利用周末时间，华瑞兴常去白塔村调研，搜集村民的意见和建议，并把意见讲给村干部听。在那里，华瑞兴讲得最多的就是因地制宜、科学发展的理念，并提倡党员干部发挥"领头羊"作用。功夫不负有心人，如今，白塔村走出了一条发展生态高效农业之路，村民的日子越过越红火。

把党的创新理论宣讲到底

从城市到农村、从机关到学校、从领导干部到普通百姓，华瑞兴宣讲党的创新理论的步伐从未停歇。他总是走到哪儿讲到哪儿：他不厌其烦地为青少年讲"学习是改变现状的唯一途径"，为父老乡亲讲革命家的故事，他做客宜兴"善文化"道德讲堂讲《加强作风和效能建设》……

"我听过华团长多次宣讲，他讲课活泼、形象、生动，在他口中，再枯燥的内容也能变得幽默风趣。"这是听众王文婷的真心话。

"我们有个梁溪讲坛，一直邀请的是上海、北京专家，有次请华瑞兴来讲课，大家听了以后说没想到无锡的老师讲得也很好！"这是无锡滨湖区委宣传部副部长巢碧莲对他的赞赏。

在华瑞兴的记录本上，有这么句话："我会将党的创新理论宣讲到底。"这正是他的真实写照。

生命在泥土里延续

——记江苏省灌云县杨集镇农技推广站站长蔡学举

《光明日报》（2014年08月14日09版）

"蔡大哥，我家水稻死芯很严重，用什么药最好？"电话那头，农民周如田万分焦急。电话这头，病床上的灌云县杨集镇农技推广站站长蔡学举面容憔悴，一边挂盐水，一边一如既往地耐心解答。这一幕发生在5年前的夏天。当时，蔡学举被确诊为鼻咽癌，在上海医治。

"因为我的一个电话，蔡大哥坚持提前出院。要是早知道他在医院，说什么我也不会打那个电话。"面对记者，周如田激动地从椅子上站起来，"有时，我们看到蔡大哥脸色苍白，心疼得想把他拉回家，可他说，那是水稻病虫害高发期，不能耽搁。"

帮助农民增收致富是蔡学举不变的心愿。1998年，为改变农民因土地歉收而生活窘迫的局面，30多岁的蔡学举辞去工作考入江苏省徐州农业学校。2000年毕业后，他如愿以偿地来到杨集镇农业技术推广站工作。

一次，为了观察马蜂和棉铃虫的活动规律，推广马蜂防治棉花3、4代棉铃虫生物技术，蔡学举蹲在田里守了好几晚，被蚊虫咬得直打滚。妻子来找他时，他已经倒在了棉花田里，两只手臂被抓得血淋淋的。

蔡学举的妻子徐胜香告诉记者，丈夫有时候要走30多公里路，在田里一站就是十几小时，嗓子讲哑了，腿也走肿了，回家倒头就睡。

在蔡学举手把手的传授下，水稻精确定量栽培技术、经稻轮作高效技术等30多项农业生产新技术在杨集镇推广应用。水稻单产由500公斤增加到650公斤，小麦单产由350公斤增加到500公斤。在农民心中，蔡学举是他们种田的"高级参谋"，只要他一出现在田里，农民就把他团团围住，什么都要和他商量。

2012年的一个冬日,寒风刺骨,蔡学举骑摩托车赶往田间,因双手冻得发僵而脱把,连人带车滚下来,脑梗突发,不省人事,被送往医院紧急治疗。最终,医生把蔡学举从死神手中夺回,可脑梗塞却继续折磨着他:左手偏瘫,面部麻木,右耳失聪。于是,他重新练习微笑与倾听,重新学习用不太灵活的双手打字,重新学骑摩托车。田间地头,再次出现了蔡学举"泥巴裹满裤腿,汗水湿透衣背"的身影。

同事何海林说:"14年来,蔡站长骑坏了3辆摩托车,走遍了杨集镇的每一寸土地。即使身患重病,晚上依旧熬夜编印有关农业技术的简报,白天则到农民中办讲座。"

如今,蔡学举教给农民的间套种的种植模式,亩经济效益在8000元左右,是单一种粮收入的2~3倍;他在全镇已经培训出1万多名学科学、懂科学、用科学的种田能手。

"对我来说,还能活多久已经不重要了。但只要我活着一天,就要为农民做事。"这是蔡学举日记本里的一句话。他的生命,在最挚爱的泥土里延续着。

/ 人民公仆——百姓冷暖是最大的牵挂 /

身边的焦裕禄

——追记张家港赵庄村党总支书记汪明如

《光明日报》（2015年03月23日01版）

汪明如为生活困难老人发放慰问品（赵庄村供图）

2014年12月29日,江苏省张家港市杨舍镇赵庄村党总支书记汪明如病逝,年仅50岁。

整个村子仿佛失去了主心骨,沉寂得让人透不过气来。在通往殡仪馆的路上,自发前来送行的人排成一条长龙,一眼望不到头。

"10年前,汪明如放弃年薪百万的'金饭碗',回到家乡带领村民走上了致富路,让这个曾经贫穷、落后的村子,变成了殷实幸福的小康村。"张家港市委常委、杨舍镇党委书记张伟告诉记者。

生命的最后时刻,汪明如是这样度过的:去世前15天,以晨练为借口,跑到工地视察工程进度;去世前9天,在村委会认真核对村民年终分红账目;去世前一天,为第二天的村年终总结大会做准备;去世前3小时,仍反复念叨"开会、分红、慰问老党员、探望孤寡老人"4件事。

"人活在世上,钱是挣不完的,官是当不到头的,我只想用有限的生命为乡亲们谋幸福。"病榻上汪明如微弱却蕴含千钧之力的话语,犹在耳畔。

"绝不能让赵庄村民一辈辈穷下去"

赵庄村是一个城中村,汪明如在这里出生,在这里长大。2004年,在外经商年薪百万的汪明如回村工作的消息震惊了父老乡亲:放着"金饭碗"不要,回来做甚?

"我也吃过苦、受过穷,是故乡的这片土地养育了我,是党和国家的好政策让我过上了好日子,做人要知恩图报。"这是汪明如的答案。

当时,赵庄村负债980万元,人均耕地不足两分,是全镇最穷、环境最差、人心最散的行政村。

"绝不能让赵庄村民一辈辈穷下去。"经过无数次摸底调查,汪明如果断决策,抓住全国在张家港率先推进城乡一体建设的机遇,把村级经济发展重心从"村村冒烟"的小工业转向配套城区拓展的三产服务业。

城乡一体,农村变社区、农民转市民,面朝黄土背朝天的农民充满了顾虑和质疑。"当时明如面临巨大的心理压力:一边是多方奔走找资金、跑项目,盘活土地发展三产;一边是走家串户做村民思想工作,把民心安定下来。"妻子许淑英说,那段时间,丈夫几乎每天奔波到凌晨三四点,脚上磨出血泡也浑然不知。

呕心沥血的付出,赢得了百姓的信任。2008年,汪明如被推选为赵庄村党总支书记,"三产富村"的思路更加明晰。

他带领村民"腾笼换鸟",用土地置换门面房为村集体增加租金收入。

他引进市场化经营理念,以"项目兴区"加快推进股份合作公司经济化运作。

他无数次掏出自己的工资,塞给贫困农民发展生产。

……

10年来,汪明如踏遍了赵庄村每一寸土地,开创了一个又一个先例。村民说,他像是一台永动机,有使不完的劲儿。

靠着这股劲儿,赵庄村逐渐甩掉了贫穷的帽子,村里净资产增加到1.62亿元,2014年村民人均纯收入28763元,老年人福利较10年前增长了15倍,百姓生活翻天覆地。

然而,病魔悄然来袭。2014年3月,汪明如被确诊为胃癌晚期。

"与其躺着等死,不如用余下的生命做些新的尝试。"没有过多的消沉与悲伤,病榻上的他开始谋划赵庄村未来10年的发展规划。

许淑英说,身体状况好些的时候,丈夫白天照常去村里工作,晚上坐在书桌前看材料、写规划,后来体力不支无力下床,就把电脑搬到病床上继续写,再后来连键盘也敲不动了,就口述,让她用录音机录下并整理出来。

"随着癌细胞的扩散,疼痛越来越强烈,他不停地转换姿势,而每换一个动作又会引来更大的疼痛,他就用一只手死死掐住另一只手的虎口,极力克制疼痛造成的面部肌肉痉挛。"许淑英说,那段日子,丈夫总是久久凝望着窗外的村子,沉思良久,直到天亮。

在一夜夜的沉思中,在那张窄窄的病床上,汪明如完成了生命中最后一份文件——《赵庄村未来十年发展规划》,描绘的是村兴民乐、共同富裕的美好蓝图。

"让所有老百姓都过上好日子,才是共产党员的价值追求,是农村基层党组织要解决的首要问题。"规划书扉页上丈夫熟悉的字迹,让许淑英不能自已:"他多想生命再长一些,亲眼看到每一项规划变成现实。"

"你生长在田园身旁,烂漫着青春的荣光;你依偎在港城南方,奔放出都市的模样……"这首《赵庄,你走在春天的路上》唱响了希望和期盼,老百姓说,是汪明如让共同富裕的路子越走越宽。

"共产党人就是要为百姓谋幸福"

老百姓的钱袋子鼓起来了,汪明如将更多的精力用于提升村民的幸福感和满意度。

"17户困难家庭要办低保;398名60周岁以上老人要村里支付参保;聋哑夫妇荣金荣又生病了,要给他们报销医疗费……"这样的民情日记,汪明如整整记了17本。

许淑英说,丈夫记不得自己的生日,也总忘了对家人的承诺,但赵庄村1152户人家4211名百姓的情况,他却一个不落地刻在脑海里。他总说,百姓百姓百条心,只有把百条心拧成一股绳,才能办好事情。

2007年,赵庄新村安置分房,村民发现原来规划的人防设施没有了,有些不满。汪明如先后8次上门做村民思想工作,同时多次与镇政府协调,最后政府不仅装上了人防设施,还将每平方米安置房的价格降低了120元。

扩建新建卫生服务站和居家养老服务站、村(居)民合作医疗实现全额补贴、为困难群众捐款让他们重拾对生活的希望,从一项项惠民工程,到对父老乡亲逢难必帮、逢病必探,汪明如可谓"不吃百家饭,操尽百家心"。

老百姓看在眼里,记在心上。自打知道汪书记得了胃病,赵庄村老年过渡房里的老人每天争着煮白米粥,好让路过的汪书记暖暖胃。一碗粥,熬出的是老百姓和基层党员干部之间的亲密无间。70岁老人谭惠英说,在汪书记的帮助下,全村孤寡老人无偿住上了老年过渡房,每年能领到2500元福利金,棋牌室、健身房的老年活动也开展得有声有色,老人们不仅生活无忧,精神也有了依托。

对百姓掏心掏肺的汪明如,也有"不近人情"的一面。他与村干部"约法三章":坚决不搞暗箱操作,坚决不取非分之钱,坚决不做人情工程。

有一次,一位村民看到村里的拆迁过渡房空着,就找到汪明如,寻思凭借老朋友的交情,让汪明如出租3间给他弟弟开棋牌室应该不成问题。不料吃了个闭门羹。"过渡房是专房专用的,是留给动迁百姓急用的,我们怎么能干这种让人戳脊梁骨的事?"汪明如斩钉截铁地拒绝了。

工作中的汪明如还练就了一种本事——见缝插针。村干部徐建洪说,为了把最好的地段腾出来发展"三产",汪书记对办公条件"抠"得很。村委会办公区10年搬过4次,废旧的工厂租过,小区的车库挤过,向其他村借过,最窘迫的时候办公室5平方米放了3张办公桌。但汪明如一再告诉村干部,工作条件可以糙,但工作必须细。

在汪明如当村支书的10年里，赵庄村没有一人上访，未发生一次聚众事件，还被评上了省级文明村。

"癌细胞扩散至脊髓，汪书记情况危急，亟须大量用血……"2014年12月26日，抢救室传来的消息让赵庄村村民慌了神，他们在第一时间冲到医院，撩起袖子争相献血，一时间，医院门口排起了一条长龙，上千村民探着脑袋焦急地等待着。澳洋医院肿瘤科副主任医师蒋向阳说："那天来献血小板的人数，打破了医院几十年来的单日纪录。"

"共产党人就是要为百姓谋幸福，才能无愧于党性和良心，无愧于祖国和人民。"汪明如用一心只为百姓苦乐酸甜的真诚，在党和人民之间筑起了一条血脉相连的桥梁。

"人生就该荡气回肠走一遭"

没时间去想生与死，汪明如开始和生命赛跑。

无力下床，病榻上的汪明如就要求村干部每天向他汇报村里的情况，还常把工作写在字条上，让前来探望的人带回去。

"皱巴巴的，上面都是他的汗。"去得最多的村干部邓敏毓，翻着带回来的大大小小的字条，说自己好多次都想悄悄藏起床头的纸和笔，"汪书记连说话的力气都没有了，脸煞白，虚汗直流，着实让人心疼。"

"这是汪书记最后审核的账目表，他仔细核了一遍又一遍，因为手脚无力，写不好字，他很着急，在纸上练了又练。"邓敏毓说他知道书记的脾气，只能一边强忍着泪，一边帮他按着纸，"最后他用近两分钟的时间，颤颤巍巍签下了字。"

面对死亡，拼命去争取的竟不是生命。这背后究竟有一股怎样的力量？

许淑英说，或许她懂。病中，汪明如好几次请求妻子带他出门走一走，他总是指着不同的方向说："你看到没，那里以前是座桥。""沿着田埂边那条路就能走到小池塘。"说着说着，泪水顺颊而下，又点点头，"百姓的日子好起来了，好起来了！"

许淑英告诉记者，有件事在丈夫心里记了一辈子。小时候田里遭灾颗粒无收，过年那天汪明如兄妹几个饿得饥肠辘辘，是邻家张奶奶把仅有的5个馒头送给了他们。"父老乡亲的滴水之恩，他这辈子都忘不了。后来改革开放，他下海经商，扭转了'穷小子'的命运，他总说，是党和国家的好政策，让他从一无所有到有家有室有自己的事业。"

许淑英说,这么多年来,她不止一次问丈夫,为什么这么拼,得到的总是那一句——"人生就该荡气回肠走一遭"。

这荡气回肠的生命,定格在了2014年12月29日。

告别仪式上,许淑英泣不成声:"村里年终总结大会没有开、年底村民还没分红、老党员还没去慰问、孤寡老人还没去探望。"这是丈夫临终前最后嘱托的4件事,与病魔苦苦抗争一年,他把工作延续到了生命的最后一刻,成为人们身边的焦裕禄。

然而,对家人,他没留下一句嘱托。

儿媳妇鱼力文知道,爸爸并非无情,而是将对家人的爱深埋在心底。"一次他在床上默默流泪,我问他是不是哪里不舒服。他说想孙女了。"一对双胞胎孙女出生18个月了,可汪明如总是没日没夜地忙村里的事,很少陪她们,"他总说,退休了他要大手牵小手,带她们去湖边散步。爸爸向来言而有信,这次却食言了……"

"人心只一拳,留给百姓的多了,留给自己和家人的自然就会少。"在儿子汪洋心中,父亲是至高无上的精神雕像,"清清白白做人,踏踏实实做事,倾尽一生为民的情怀"是父亲留给他的最宝贵的遗产。

自从回到故土,汪明如便再没走出去半步。

武继军：一粒种子带富一座城

《光明日报》（2016年06月01日02版）

"早上7点到社区服务中心召集村两委班子开碰头会；8点处理村民武三斌一家户口迁移诉求；8点30分前往武家嘴实验学校了解学校动态；11点前往武家嘴老年公寓，参加姚兴旺老先生82岁生日宴会……"

这是江苏省南京市高淳区武家嘴村党委书记武继军5月30日上午的工作日程。

对武继军来说，30年中的每一天都像是同一天。每天早上7点，总能看到他准时出现在办公室，密集的工作安排早已成为常态。

30年前，武继军是村里首个"万元户"，他却放着大把钞票不赚，接下了村主任这个吃力不讨好的"苦差事"。

谈起上任之初的情景，武继军仍然忍不住皱起眉头："看着村集体账目上仅有126元，还是罚款的收入，我心里顿时凉了半截。"

穷则思变。武继军决定在水上做文章。他组织了当时全县第一个村办水运服务机构——凤山乡水运队。短短3年内，水运队帮助村民筹款5000多万元，省下几百万元银行利息。在上海、宁波、武汉等地设立4个船户结算中心，筹措300万元流动资金，为村民提供资金周转的便利，带村民坐上了一条致富船。

武继军的想法很简单：是党员，就要始终把带领百姓致富放在心头。

"90年代末，县里要求武家嘴村集体企业改制。如果改制，我个人肯定沾光，但我没有这么做。"武继军说，作为村干部就得让百姓先富起来。

为了让武家嘴人掌握致富技能，武继军定期邀请省市专家上门为村民进行技术培训，走"一业为主，多元拓展"的道路。武家嘴村先后投资10多亿元，通过土地流转，建设特种水产品养殖基地和农业科技园，开发建设住宅和商用房产,建设商贸区。

事实证明,武继军的坚持是对的。2002年,武家嘴实验学校建成;2008年,武家嘴国际大酒店开业;同年,武家嘴农业科技园建成并投入运营……

如今,武继军又瞄准高端水运市场,组建南京武家嘴集团。目前全村拥有水运企业11家,各类运输船舶140多艘;总投资12亿元的八卦洲、浦口乌江两个现代化船舶制造基地,年造船能力达65万吨。2010年实现造船产值16.2亿元,水运营运收入7.5亿元,全村实现生产总值28亿元,集体经济可支配收入3000万元。

在武继军的带领下,武家嘴村富了。全村355户人家,有248户年收入达百万元,其中有111户人家超过500万元,成了远近闻名的"金陵首富村"。

在武家嘴村的带领下,古柏镇也富了。全镇近4万人,人均年收入达1.8万元,成了南京的富裕镇。

在以武继军为董事长的南京武家嘴集团有限公司的带领下,高淳区也富了。去年,全区财政收入达33亿多元。

共产党员武继军像一粒种子,种在一地,遍地开花,满山结果……

★ /人民公仆——百姓冷暖是最大的牵挂/ ★

为30万遇难同胞守灵

——记侵华日军南京大屠杀遇难同胞纪念馆馆长朱成山

《光明日报》(2015年08月30日04版)

23年前,他立志为南京大屠杀中遇难同胞守灵,为民族历史正名。23年里,他为30万遇难者奋力呐喊,为澄清历史真相奔走呼号,为祈愿世界和平殚精竭虑。23年后,在他的努力下,南京大屠杀遇难同胞纪念馆发展为闻名世界的国家级博物馆。对遇难同胞的地方悼念也升格为国家公祭,且以国家立法方式固定下来。他就是侵华日军南京大屠杀遇难同胞纪念馆馆长朱成山。

从地方小馆到国际名馆

叮咚、叮咚……每隔12秒,一滴水从高空落下,遇难者遗像灯亮起、熄灭。南京大屠杀遇难同胞纪念馆内的12秒厅,寓意在南京大屠杀中,每隔12秒就有一人惨遭迫害。这控诉历史的12秒,砥砺了朱成山一生。

"日本鬼子抛尸秦淮河,把河道堵了,血水映红了半边天。"朱成山最早关于南京大屠杀的记忆,来自亲历这段历史的爷爷。"6周时间,30万同胞遇难,平均每隔12秒就有人丧生。"冰冷的数字在他的心中埋下为历史正名的种子。

1992年,朱成山从南京市委宣传部调任南京大屠杀遇难同胞纪念馆馆长。这并不被所有人看好,有人说他傻,往故纸堆里钻,也有人挖苦他成了"守灵人"。朱成山却暗下决心:要为遇难同胞"守灵",为民族历史"守灵",为国家重任"守灵",还要把南京大屠杀遇难同胞纪念馆发展为承载人类浩劫的一流纪念馆。

朱成山深知，第一步是要摘掉外行的帽子。白天被繁重的接待占满，他就缩减夜晚睡觉的时间，挑灯研究史学和文博知识。渐渐地，一张清晰的构建图雏形初具：每10年进行一次大规模扩建。

1995年第一次扩建中，3000个遇难者名字被刻在新建的遇难同胞纪念墙上，象征被日军屠杀的30万同胞。朱成山告诉记者："这些名字来之不易，每个都要经历很多次调研核对，直到材料齐全才能确定。"

在此后两次扩建中，朱成山还带领团队到美、英、德、日及国内60多座城市，争分夺秒抢救文物、整理史料。1998年，东史郎将珍贵日记手稿赠予南京大屠杀纪念馆。整整五大本计2000多页，详细记录了其所在部队屠杀中国同胞的滔天罪行。

靠着这份执着坚守，朱成山把小小纪念馆扩建成世界闻名的全国一级博物馆，馆藏品从不到100件发展到16万件，另有遇难者、幸存者等史料档案1.6万多份；年接待量由不到10万人次发展到800多万人次，这是一个可与卢浮宫、大英博物馆接待量相比肩的数字。

从地方悼念到国家公祭

2014年12月13日，撕心裂肺的防空警报响彻南京古城。

77年前，这里发生了惨绝人寰的南京大屠杀。77年后，首个国家公祭仪式在这里举行，人们以国之名，祈愿和平。

第21次悼念是国家公祭。幽冥的烛光中，他静默哀思。"终于等到这一天。"年至六旬的朱成山老泪纵横。鲜为人知的是，为这个国家公祭，他奔走了整整21年。

1994年8月，朱成山前往日本时，恰巧赶上日本"原爆公祭日"，他得知公祭已开展40多次。"日本作为加害国，却长期大规模纪念遇难者。而我们牺牲了无数同胞，却什么也没做。"

没有丝毫犹豫，朱成山一头栽进方案设计中，不分日夜拼命工作，终于拟出一套详细的公祭计划。

1994年12月13日，地方上首次为南京大屠杀遇难者举行悼念活动。此后，悼念活动每年如期举行，数以万的计群众前来寄托哀思。

2014年2月27日，第十二届全国人民代表大会常务委员会第七次会议决定，将12月13日设为南京大屠杀死难者国家公祭日。

"国家公祭固化了南京大屠杀的历史，使悼念南京大屠杀死难者成为彰显国家意志的重要活动。"在朱成山看来，这对促进人类文化自省和自觉具有警示与教育意义。

从悲愤正名到祈愿和平

日本右翼以种种理由质疑南京大屠杀遇难者人数、抹黑幸存者，甚至咬定南京大屠杀是无中生有。

"南京大屠杀铁案不容篡改！"朱成山大声说道。

一次次义正词严的辩驳，惹恼了日本右翼分子，他们多次扬言要买他人头。朱成山没有畏惧，常常去日本演讲。

2001年12月，朱成山前往美国参加"和平祈祷仪式"，来自全美基督教、天主教、伊斯兰教、佛教和犹太教五大宗教的3000人共同祈祷和平，那一刻，和平超越国界、种族和意识形态。

在人群中祈祷的朱成山开始反思：研究南京大屠杀历史的价值和意义究竟是什么？"不仅仅是为历史正名，最终目标还是维护和平的未来。"

在朱成山的推动下，大屠杀公祭活动中加入了"国际和平集会"的内容。

抗日战争胜利70周年纪念日在即，朱成山正在中央电视台录制《开学第一课》节目，在开学第一天，他要给全国中小学生上一堂历史课。这堂课关乎战争，不为延续仇恨，只为珍视和平。

育人楷模

坚守讲台因为爱

朱岳明：对战裂缝30年

《光明日报》（2010年06月03日06版）

2010年3月21日，朱岳明辞世。他的主治医师说自己对朱岳明的印象就一个"忙"字："报纸上的劳模，都比不上朱老师这么辛苦和忙碌。"

但朱岳明并不是劳模，他太默默无闻，以至于在他生前工作所在单位河海大学号召全校师生向他学习的时候，还有很多本校的学生都不知道这位朱教授是谁，只能从他的履历上了解到他的身份：河海大学水利水电学院教授、博士生导师。

用一生倾心工作

去世3个月前，他抱着病躯带学生远赴四川官地大坝施工现场，指导如何解决大坝裂缝问题，常常忙到凌晨两三点；

去世8天前，他一边打着点滴，一边拿着工作资料，在病榻上跟同事讨论课题研究的细节；

去世3天前，他生前最后一次给学生回邮件，连坐起来都费劲儿，还硬是撑着敲出了2000多字的邮件，而医生说通常这个时候的病人，从各种生命检查指标看应该是个昏迷的病人……

这就是朱岳明生命的倒计时日程表，唯有两个关键字——工作。如果还要倒数下去，你会发现，前3年、前30年，朱岳明的生活永远跟工作连在一起。

了解朱岳明的人都说："朱教授为了工作，什么都舍得。""查出病情后，朱教授争分夺秒地和死神赛跑，生怕少工作了一分一秒。"谈到朱岳明，河海大学党委书记朱拓情绪有点激动："从确诊到去世整整4年，也是他出成果最多的4年，这样的敬业真的不多见。"

用一生填补大坝裂缝

人都说，时间花在哪里都是看得见的。这句话用在朱岳明身上再合适不过，一生的工作，让他成为中国一流水利工程专家。水利工程界有句老话叫"无坝不裂"，但如果有一个人可以让大坝远离裂缝威胁，朱岳明肯定是最佳人选之一。

2007年春节前，一个为解决奥运供水问题的关键性工程——南水北调中线漕河渡槽工程在施工中出现了80多条裂缝，经潘家铮院士建议，施工方找到了朱岳明。二话没说，朱岳明带着学生到工地测量、采样、试验、计算，忙活了一个春节，节后就拿出了合理的解决方案，不仅填好了裂缝，还使得后续施工的混凝土再没有出现裂缝。

病重的朱岳明在最后一次课题组工作报告中记录下工作中的检测结果：淮安立交地涵枢纽工程混凝土温控防裂技术研究的成果达到国际先进水平并部分领先，建成运行多年来未出现一道裂缝；姜唐湖泵送混凝土退水闸是在2004年年底和2005年年初的严冬季节施工的，施工期现场实测最低温度达到$-11℃$，到现在为止未发现任何裂缝……"裂缝"，这看似简单的两个字却花掉了朱岳明最宝贵的30年光阴。

如果真的还能再活50年

这就是真实的朱岳明。所有人对他的评价都离不开"工作"二字。但这一生，除了工作，还有对亲人和后辈的关爱。

3月6日，是朱岳明52岁生日，因为听力衰竭，国外求学的女儿只能通过写信给爸爸祝贺生日，信里的一段话看了让人心酸："爸爸，我常常会想起你那个永远都在工作的背影，它充斥了我绝大部分的童年记忆，你总是坐在电脑前废寝忘食地工作，有多少次我就在这个背影和橘黄色的灯光下睡着了。……可是这一次，当你在与死神做殊死的搏斗时，我却没有办法握住你的手，给你勇气……"

说起朱教授，学生们都红了眼眶。在他们眼中，朱教授就是世界上最负责的导师。2006年3月，朱岳明被查出鼻咽癌晚期。得知病情后，他比过去更加勤奋地工作。"朱老师平时要经常下工地，时间来不及他甚至把我们的论文带到飞机上修改。"不久前,一个关于闸基渗流异常的水利部"948"项目成果验收报告会上,作为项目负责人,在脖子上的手术伤口还在发炎、听力衰竭严重的情况下,朱岳明硬是用手捂着伤口、戴着助听器带着学生参加了专家评审会。追悼会后,从全国各地连夜赶来的朱岳明教授的学生久久不散,围在老师四周,用再一次的三鞠躬来表达对敬爱的老师最后的告别。

★ /育人楷模——坚守讲台因为爱/ ★

一生只为一件事

——江苏科技大学教授景荣春的尊严人生

《光明日报》(2010年07月17日01版)

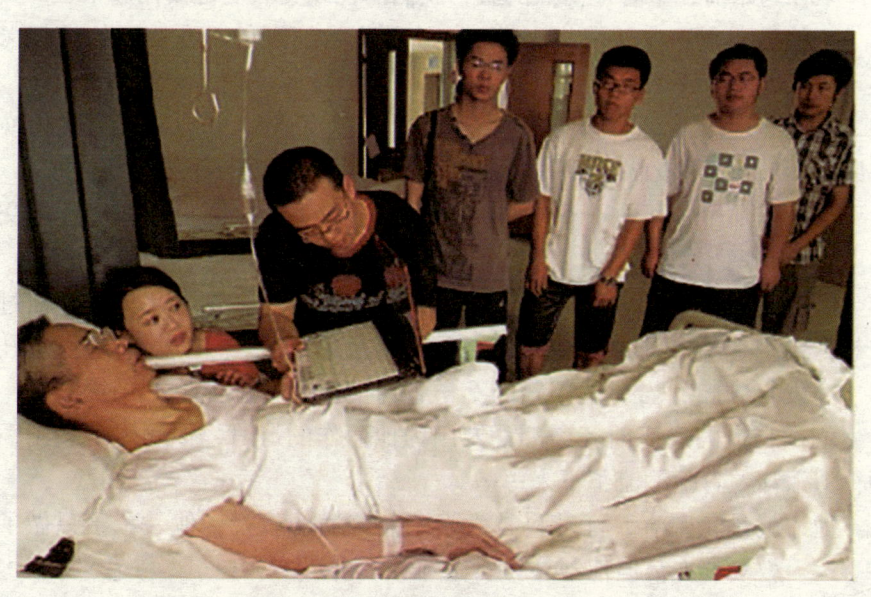

病榻上的景荣春(左一,吴强摄)

编者按

一辈子呕心沥血,一辈子教书育人。在被确诊为癌症晚期后,仍然以顽强的毅力出版了200余万字的教材,患病6年时间里没有耽误过一堂课。江苏科技大学教授景荣春以知识分子特有的认真和执着,毕生追求科学真理,忠诚于党和人民的教育事业,用生命和信念诠释了一位大学教授的尊严和崇高。景荣春是知识分子的楷模。

7月,梅雨季节,古城镇江潮湿而闷热。在第三人民医院重症监护室里,我们终于见到了他,瘦瘦的身躯裹着肥大的衬衫,几近失声。

坐在病床前,望着他清癯的脸,我们的视线突然变得模糊起来……

这就是那个毕业于清华大学,多次放弃定居国外,在普通的教师岗位坚守一辈子而未谋取一官半职的人吗?

这就是那个面对病魔的猖狂侵袭,却坦然面对,并在确诊为癌症晚期之后的6年时间里没耽误过一堂课,还出版了200余万字教材的人吗?

这就是那个为了一个简单的信念,在生命垂危之际再一次庄严递交入党申请的人吗?

面对我们,他说:"我还有很多工作没做,真的,这不是谦虚,回过头来想,组织上给了我这么多荣誉,我觉得亏欠组织。"他声音沙哑、微弱,却字字发自肺腑。当一位年轻的女学生为他拉起如泣如诉的小提琴时,当学生们围在他的病床前齐声朗诵专门为他而作的诗时,他欣慰地笑了,但两行清泪却顺着脸颊流了下来……

他,就是景荣春,江苏科技大学一位普通的教授,他一辈子只做了一件事——教书育人,但他把这件事做到了极致。

倒也要倒在三尺讲台上

景荣春常说,每个人来到世上,都有自己的使命。而作为教师的他只有一件事:教书育人。

说起来轻松,但要真正做好这件事,谈何容易?当把景荣春和学生们的故事一遍遍地梳理,我的心中充满了抹不去的敬意,我终于理解了病床前那一张张年轻的脸庞何以如此凝重,也理解了他们所说的:"一生能遇到一位这样的老师，足矣！"

在学生眼里，景荣春是个可爱的"小老头"。他经常把一些英文介词的错误用法编成笑话，学生们在笑的同时也记住了要点；为了激发学生的学习兴趣，乒乓球打得很好的他每学期都会信誓旦旦地许下诺言："谁能打赢我，我就给他的平时成绩加分。"但等到课程结束，大家发现被"骗"了，但无形中自己的成绩也提高了不少。在景荣春眼里，学生没有好坏之分，只要有人主动向他提问，他就会很开心，常常一讲就是两三小时；只要有机会，他都会尽己所能地找到那些他认为需要辅导的学生为他们"加餐"，包括教过的电大学生。

"他几乎把所有的心思都花在学生身上了。"景荣春的同事温华兵老师感慨。试问，大学里有多少教师能真正做到像他一样：上课不到一个月，把班里六十几位学生的名字都喊出来；不是班主任，却隔三岔五出现在学生宿舍里，和他们谈人生谈理想；每次课后，都在自己的笔记本上详细记下当节课的教学反馈，抱着一大沓作业本回办公室，而发给学生的作业本上，是密密麻麻的批注。

在景荣春心中，学生的事才是大事。家人讲了这样一件事情。一次，他答应了一个学生做考研力学辅导，临出门的时候突然下起了瓢泼大雨，他拿起伞就往外冲。家人考虑他身体不好，让他改约时间。他却摆摆手，头也不回地消失在大雨中。

类似的事情太多，而长期的付出让他的身体严重透支。2004年，一个让人意想不到的灾难降临到景荣春身上：在例行检查中，他被发现患有肺癌，且已到晚期。最初的痛苦过去后，景荣春做的第一件事是让儿子将自己未完成的书稿带来。同时，他要求领导必须照常安排自己的课程。出院后，他一如既往地健步朗声，没有人知道他的病是在持续的恶化中。2005年化疗后，胸腔积水让他差点失去生命；2006年9月，癌细胞已经转移到了他的胸腔骨头；之后的3年，癌细胞更加肆虐地在他的身上转移。他没有时间计算剩余的日子，他拼了老命地和时间赛跑，房间的灯陪他彻夜不眠……

靠着药物，景荣春始终坚守在三尺讲台上，直到声带再也发不出任何声音。在最后一次课上，他将麦克风放在嘴边，凭着气流讲完课程内容，全班同学痛哭失声。他强忍住泪水，慢慢挪出了教室，一步三回头。不能上课了，他仍然每天拖着无力的腿、拄着拐杖来到教研室。直到彻底瘫倒住院前一天，他还为了所编教材上的一个符号和字体的失误奔波。正如江苏科技大学党委书记王建华教授所言,景荣春以教书育人的执着诠释了一名大学教授的尊严。

我不是来拆台的

人们都说,景荣春是一位真正的知识分子。的确,他有着知识分子特有的个性:较真、挑刺,有股倔劲儿。

在周围人眼里,景荣春常有一些匪夷所思的举动:为别校编的教材审稿,他一道题一道题重做,一一核对答案。大家建议这样的工作可以交给研究生做,他却说:"我是全国力学教授中做题做得最多的,但我尚且不敢说任何力学题都能做出来。我们力学老师一定要多做多练,才能避免眼高手低。"在一般人眼里,编教程是个"费力不讨好"的活儿,工作量极大且没有经济效益,可景荣春却乐在其中。为了编一本《工程力学》的配套习题集,他亲自把每一道题演算推理了三遍。

也有一些热心人劝他不要这样"犯傻",要找一些"含金量高"的事情做。其实,他何尝不知,如今社会里,教授在外兼职并不是什么新鲜事,外面忙得热火朝天却没时间给学生上课的也大有人在。是的,如果他愿意换个生活方式,他也可以很风光很轻松,也不会因为穿磨出洞的汗衫走在大街上被当作农民工。可是,他不愿那样做,他始终坚信"教学才是教师的第一责任",始终铭记母校清华大学"厚德载物"的校训。

景荣春的"傻事"不胜枚举。高等教育出版社请他编写"全国理论力学网上作业库",只需要500至600道题,他却考虑到学校教学层次和教学风格的不同,坚持用1160道题。而最为大家津津乐道的是这样一件事:一本荣获国家优秀奖的教材有多处表达不规范,景荣春就利用双休日,将书中几十处不规范的符号及标点挑出改好,写信给出版社。周围的人劝他说书的作者是全国赫赫有名的专家,万一关系弄僵了,得不偿失。但景荣春却说,宁愿关系弄僵了,也不能误人子弟。他继续写信,并一再强调"我不是来'拆台'的,而是来'补台'的",这一写就是4年。直到出版社和作者回信承认失误,承诺立马修正、消除影响后,他才作罢。

"他啊,从上到下就是一杯水,一眼就能看透。"景荣春的夫人王阿娣这样评价他。因为耿直,他得罪过不少人,但后来大家发现他从来都是对事不对人,于是,心生愧疚,又回过头来找他。就像那位全国有名的专家和他"不打不相识",成了好朋友,每次新书出版前,想到的第一个校对和读者便是他。如今，他是全国力学符号规范的权威，多家著名出版社力学专业书籍出版前都会请他把关；他还是基础力学教材责任编辑和教材评审委员。人们说："在学术风气浮躁的当下，像景荣春这样一步一个脚印做好每个细节的，实在是太难得了。"

或许正是这种知识分子的风骨，让他在患癌症以来的6年时间里，以惊人的毅力完成了《理论力学简明教程》《材料力学简明教程》《理论力学》等200万字以上的著作，以及"全国理论力学、材料力学网上作业题库"等项目的研制和多篇论文。他主持完成的国家级重大攻关设备项目填补了国内空白。他忍受的痛苦与他取得的成绩形成了巨大的反差，以至于见多识广的医生不禁感叹："当初说你只能活半年，没想到6年过去了，你还活着。"到底是什么魔力促使景荣春创造了生命的奇迹？他说过的一句话或许能回答这个问题："我不可能把我的知识带进棺材，得让它们传承和发展。人的生命是有限的，我们要做的只是在生命中的每一天都努力工作。"网友"西出莲花"说："只有景教授这样纯粹做学术的人，才会有这么纯粹的灵魂。"

一个放牛娃的感恩

对有的人来说，入党可能只是一种经历；而对景荣春来说，加入中国共产党是需要自己用一生去践行的理想。

40多年前，尚在求学的景荣春就交了第一份入党申请书；几十年过去了，躺在病榻上、生命垂危的他，又一次递交了入党申请书。

他不是党员，但他做的每一件事都以党员的标准要求自己。他生病后，单位一些同事和朋友前来看望，有的送上一些慰问金，他总是让夫人把名字和数额细心记下，以后有机会好尽快还给人家。为了做手术，他向学校借了10万元，出院后就一直惦记着偿还，每年想方设法挤出一两万还上，到2009年年底这笔钱已经全部还清。大家劝他："你还要治疗呢，别急着还呀。"他执意不肯："在我困难的时候，学校帮了我，我已经很感谢了，还了钱，我的心里就踏实了。"

"对待任何人，他都是首先想着会不会给别人添麻烦。"景荣春的主治医师讲了这样一件小事，"由于患有严重的便秘，医生建议他灌肠，可他死活不肯，情愿吃泻药。开始，医生颇为不解，因为比起便秘给病人带来的危害和吃泻药造成的痛苦，灌肠并不算什么。时间久了，大家才知道，他之所以不愿灌肠是因为怕麻烦护士，灌肠以后要不断地给病人换垫纸，床单也会弄脏。"

滴水之恩，当以涌泉相报。这是景荣春一生的警言，他也确实做到了。出生在丹阳市延陵镇普通农家的他最初只是一个小小的放牛娃，有机会上学后，虽然成绩优秀但因家境窘迫不得不选择退学，在这关键时刻，是学校校长亲自登门做他母亲的工作，他才得以重返课堂。在他的一生中，遇到了很多像校长这样的好教师，他因此一辈子都心怀感激："是党改变了我的命运，让我从一个放牛娃成为一名大学教授，我无法用言语来表达我的感激，只能用一生去追求。"躺在病床上，他依然为自己没有为党为国家做更多的事而心怀愧疚。

入党，这是一位临终老人的最后心愿。得知这一心愿，江苏科技大学党组织经过向上级党组织请示，迅速同意了他的请求，并按照党组织规定的程序办理了他的申请。6月13日上午，一场特殊的入党宣誓仪式在景荣春的病房里举行。此时，他的身体已虚弱得不能动弹，面对着鲜艳的党旗，他庄严地举起了右拳。当学校纪委书记夏纪林为他佩戴党徽并送上党章，他一只手轻抚着党徽，另一只手紧紧握住党章，浑身轻颤，流下了热泪。他用微弱的声音说："我的党费，请我的妻子，今天就代交到学校党委，请党委收下。"在场的人无不掩面而泣。

耳畔，那首专门为他作的诗再次响起：
老师，你还好吗？
春暖花开我们又要出发了从黎明到黄昏
为什么总感觉你站在身后目光如炬
……
还有什么比死亡更恐惧
还有什么比信念更无敌
没有躲避
是因为职责的召唤
用生命
高扬师者的尊严

景荣春：像战士一样奉献

《光明日报》（2010年07月20日01版）

一大早，我就赶到了景荣春教授的病房。今天是景教授的小儿子景国良大喜的日子，也是景荣春期盼已久的一天。"爸爸，我和潇潇一起来看你了。"景国良趴在爸爸的耳边轻声地说，他知道现在的爸爸已经脆弱得不能再听到一点大的声响。只见景荣春的眼睛动了动。这一刻，他不能言语，可他的心里什么都明白。

最近几天，本报连续报道了景荣春教授的事迹，我一直陪伴在景荣春身边，了解到一些鲜为人知的细节，令我为之动容。

一件件带洞的衣服

在陪伴景荣春的过程中，我发现一件奇怪的事情：他几乎所有的衣服左背都有一个洞。

第一次发现这个现象是护工给他翻身时，我无意中瞅到他身上穿的衬衣左背有一个铜钱大小的洞，当时有点纳闷，但并没有想得太多。奇怪的是，过了两天，他换了一件衣服，却在同样的位置有一个同样大小的洞。这两个洞引起了我强烈的好奇心。后来，我终于发现他几乎所有的衬衣后背上都有一个洞。

这些洞都是怎么来的？景荣春的夫人王阿娣告诉我，这都是他在患病6年里用手揉出来的。由于癌细胞的转移，他的肺部异常疼痛。每次疼得实在吃不消，他就用手在后背一次次地用力揉搓肺部。天长日久，衣服上就留下了一个个这样的洞。患了癌症之后，景教授养成了两个习惯：每次疼痛发作，要不就唱红歌，要不就弹电子琴。

直到现在，景教授的这个秘密除了王大姐，还没有任何外人知道。在患病的6年时间里，学生们在课堂上见到的是一个依旧神采飞扬的老师，同事们见到的是一个依旧精神矍铄的老景，但是他的左手一直没有离开过后背。

一只只没有指甲的脚指头和一根根磨光了皮的拐杖

如果细细观察，景荣春脚指头的指甲盖是新长出来的。护士告诉我，景教授刚住院的第一天，他的十个脚指头上血淋淋地缠着纱布。

后来才知道，这是因为景荣春吃的一种抗癌药的副作用所致，脚指头全烂了，不能走路。景荣春就自己找了把钳子将十个脚指甲全部拔掉，然后缠上纱布，穿上拖鞋，然后拄着拐杖来往于教室与教研室之间。

在景荣春家，记者看到了一根磨得光光的拐杖。王大姐流着眼泪告诉我，这已经不知道是景荣春用的第多少根拐杖了。为了方便景荣春走路，王大姐为他买的往往都是质量较好的拐杖，可不知不觉中，油漆一天天减少，直到磨得光秃秃的。

听完护士和王大姐的介绍，双眼蒙眬中，我仿佛看到了这样一幅景象：在江苏科技大学的校园里，一位老者右手撑着拐杖，左手抓着扶手，靠手臂的力量支撑腿提上台阶，每上一个台阶都若跋山涉水般艰难……

他是全校唯一没有提过任何要求的教授

和江苏科技大学党委书记王建华教授谈及景荣春，这位年近五十的硬汉双眼泪花。"老景这个人哪，心里只有教学只有学生，唯独没有他自己。"

王建华告诉记者，景教授是全校800多位老师中唯一没有向学校提过任何要求的老师。几年前，不少教授联合起来要求涨工资，学校只好从资金库中拿出了一部分资金，给每位在职的教授每月涨了600元，给每位退休的老教授每月涨了300元。可与之形成对比的是，景荣春在患病期间，从学校借了10万元，按照学校相关规定，这笔钱是可以不还的，可景荣春却每年想方设法挤出一两万还上，到2009年年底这笔钱已经全部还清。"老景对我说，学校对他的帮助已经很大了，还了钱心安。"

而我却在心里念叨着：景荣春，您是一位怎样的教授啊？您看起来是如此羸弱，丝毫没有战士的体魄，可您却有着战士坚强勇敢的品质和无私奉献的精神，患病6年来，您不仅没有为学生误过一节课，还以惊人的毅力编写了一本本厚厚的教材……您是坚守在三尺讲台上的永远的战士！

一位大学教授的精神境界

——记东南大学空间科学与技术研究院副院长郝英立

《光明日报》(2010年11月29日06版)

近日,"南极冰穹A科考支撑平台"启动仪式在东南大学举行,这意味着中国的南极天文科考设备将真正实现"中国创造"。可在本该兴奋的时刻,现场却一片静默,大家都在追忆这项成果的主人郝英立。

2010年9月27日凌晨,年仅47岁的东南大学空间科学与技术研究院副院长兼AMS研究中心主任郝英立,在青藏高原试验设备时因公殉职,带着他对南极冰穹A昆仑站科考支撑平台无尽的牵挂,长眠在了念青唐古拉山脚下。

志向矢志不移

时光回溯到25年前,还在读本科的郝英立,在一封给党支部的信中写道:"一个人的作用是渺小的,但如果投身到社会革命和建设中去,那么他就能与同志们一起汇成滚滚的洪流推动社会历史的前进,做出一番事业。"多年来,他一直用行动践行一名共产党员的高远志向。

2003年,郝英立从美国回来,面对系里陈旧、老化的实验条件没有丝毫抱怨,而是根据在国外掌握的知识,用有限资金白手起家,终于建成了一个基本上能满足现代教学和科研需求的"微传热实验室"。

郝英立的心里满载着对中国航天事业的执着。多少个寂寥的深夜,他一个人在办公室整理思路、汇总材料;多少个白雪皑皑的冬日,办公大楼下总停着那辆"永久"牌自行车……

一生淡泊名利

名与利往往是一个人难以跨越的"坎",但郝英立却从没被其羁绊。他的重大选择都以国家利益为重。

"在美国5年,郝博士一心想的是如何报效祖国。"他在美国做兼职教授期间的同事、佛罗里达国际大学教授陶永心介绍,美国的教授多次动员他留下并要为他办理绿卡,系主任也多次邀请他申请正式职位,却都被他谢绝了。

郝英立的妻子回忆,他所接的科研项目都是国家发展所需的"863"和"973"重点项目,从来不为了赚钱去接那些待遇优厚但科研价值不高的横向项目。"有一次,一位热水器厂商找到英立,允以高报酬希望英立能够帮助他们提升产品温控系统的质量,被他毫不犹豫地拒绝了。当时我很不理解,他却告诉我他承接项目的标准是:必须有较高的科研价值,是国家发展所需的重点项目。"

一辈子教书育人

现在高校中流行研究生称呼自己的导师为"老板",但郝英立却很讨厌这种叫法:"我是一名教书育人的老师,叫'老板'是对老师的一种蔑视。"

他常告诫学生,对待科研工作要严谨认真,不可弄虚作假,不可马虎大意。学生请他修改的论文,无论自己工作有多忙,他一定会抽出时间修改4~5遍,小到文章的标点符号和大小写,大到文章的数据、结构和论点,他都会认真修改,并一一用红笔标注出来。"郝老师要求我们发表的每一篇论文,都不能有任何抄袭或一稿多投,他时刻告诫我们文章要干干净净,要对得起自己的良心,不能有任何的污点,这同样是做人的道理。"学生刘升说。

难忘乡间纯洁善良的如兰馨香

——记江苏省高邮市闸河小学乡村女教师徐善兰

《光明日报》（2011年04月18日07版）

一个清晨，通往高邮市车逻镇闸河小学的大道两旁，人群绵延了几公里，从稚嫩孩童到耄耋老人，都拿着白花捧着"奠茶礼"静静守候默默流泪，和心里的同一个名字道别，她就是徐善兰——一位扎根村小12年的乡村女教师。

课堂——人生的最后牵挂

"开学了谁帮我上英语课？如果找不到代课老师，我想推迟手术，千万不能把孩子们的课落下。"手术前一天晚上，徐善兰一心挂念的还是她的课。

徐善兰生前就职的江苏省高邮市车逻镇闸河小学不足80人，全校老师包括校长共8人。32岁的徐善兰生前担任三、四年级英语老师和一个班的班主任，是学校的顶梁柱。

但现在，这个顶梁柱倒了。2010年6月，徐善兰在上课期间突然剧烈呕吐，在丈夫的强烈坚持下不情愿地请了半天假去看病，一路上不停嘀咕："我下午还有课呢！"

放寒假后，徐善兰做了系统检查，被确诊为脑肿瘤晚期，拖了整整7个月，她没有耽误一节课，却延误了最佳手术时间。"我的课谁来代？"这是徐善兰最关心的问题，住院治疗时她跟同事通电话，不谈病情、起居，询问的都是学生的课业情况。

同事回忆说："徐老师本可以早发现早治疗的，就是把学生的课看得太重了。""工作期间,她头痛得厉害时,身体发冷,就晒一会儿太阳,又坚持上课;课上有呕吐也挺到下课……"

学生——12年最真的呵护

送葬的路上,孩子们追着灵车一路哭喊着:"徐老师,您是为我们操心累死的啊!"要不是病魔,怎么能让徐善兰割舍下这些她挚爱的孩子!

"她完全有条件进入更好的学校教书,但她都放弃了,"闸河小学校长居维幸含泪说,"每次她都说:'这里年轻老师少,能教外语的只有我一个,我要是走了,村里的孩子怎么办?'"

"听到徐老师去世的消息,就像天塌下来一样!"焦娇,闸河小学唯一戴助听器的女孩,课堂上基本听不清老师讲课。为了让她不掉队,徐老师每天都抽空给焦娇"开小灶",贴着她的耳朵讲课文,直到她听懂为止。期末考试,焦娇的成绩从78分提高到了89分。"徐老师从不嫌我是残疾人,我想让徐老师再靠着我耳边上堂课……"

因为夫妻长期分居两地,丈夫胡耀东没少和徐善兰商量调动的事情,每次都被她掏心窝的话顶回去了:村里有钱有本事的人都进城了,留在闸河的小学生多是留守儿童,本身就缺少父母关爱,不给他们打个"好底子",将来咋有希望?

奉献——她的清贫和富有

办公室里,一张老式办公桌,一张破旧的黄藤椅;家里,没有一本像样的相册和一件像样的衣服,唯一的奢侈品是她在春节买的一双90元的马靴。简单得不能再简单的生活,徐善兰过得极为清贫。

但说她清贫,又不十分恰当,她的书架上摆满了各类业务书籍,办公桌抽屉内是一大摞一大摞的听课笔记、读书笔记、学生来信和获奖证书,还有堆起来差不多有1米高的59盒英语磁带,以及一摞摞车逻镇"优秀教师""优秀班主任""三八红旗手""师德标兵"证书……在这些方面,她又是那么富有。

都知道徐善兰是镇上最好的英语老师,却鲜有人知早在六七年前她教的其实是语文。因为课程改革要求小学统一开设英语课,校领导把这个任务交给了全校唯一有英语基础的徐善兰,她便开始了艰苦的自学路。

"下班吃完饭就把房门一关,自己练,自己读,每天都到凌晨一两点。"父亲徐义松噙着泪花追忆女儿钻研英语的日子。就这样,没经过一天专业培训,徐善兰硬是成了一名出色的英语老师。她所教班级的学生成绩,连续5年期末检测都在全镇前列。

追悼会那天,上千人从泰州、江都、高邮等地提前赶来参加徐善兰的追悼会。灵堂正中央,是徐善兰的遗像,清瘦的面容,一脸慈祥谦和,眼角眉梢还有笑意,或许就像她的名字一样,徐善兰纯洁善良的如兰馨香会长驻闸河……

★ /半生流泪终不悔/ ★

"我的人生乐趣全部来自学生"

——记与学生同吃同住40年的教育家蔡林森

《光明日报》(2011年05月07日01版)

蔡校长和同学们亲切交谈(资料照片)

编者按

知道江苏泰兴洋思中学老校长蔡林森的人都称他为"英雄";70年不悔人生,他把其中最美好的50年奉献给三尺讲台;50年从教生涯,他有40年与学生们同吃同住,扮演着父亲和良师的双重角色;20年做校长,自己的孩子居然要靠妻子起早贪黑编手套赚钱才得以完成学业。他并不是舍生取义、见义勇为的"英雄",他只是千千万万教师中的一个,走到人群中也不惹眼,但只要认真品读他的人生路,你就会明白,在他平淡无奇的外表下确实藏着一种英雄的气质,这气质浸润着他对教育的无比忠诚。

50年的讲坛岁月

蔡林森,江苏省优秀党员,泰兴洋思中学老校长,有个绰号叫"犟驴"——只要是他认准的事,10匹马都拉不回来。

小学毕业后,家里穷得揭不开锅,蔡林森只好一边干农活一边自学。他所经历的,不愿意其他求知若渴的孩子们再遭受一次。

蔡林森与讲台的缘分,始于1960年8月。从泰兴师范农师班择优提前分配至城西农业中学任教的他,第一次拿起教鞭,就迷恋上了三尺讲台。

因为工作出色,他被调到天星镇洋思村的洋思中学。

1980年的洋思学校,两排平房,5个教学班,13名教职工,固定资产不到3万元,学校连张床都买不起。

他在地上栽了几根木桩,钉上木板当床。一年四季,床上只垫一条草席。

蔡林森留意到一件异常难办的事情:课堂上,教师把45分钟全部用来教授知识,从上课到下课,学生始终处于被动的状态,学生的学习积极性没有调动起来。表面上看,学生上课不用动脑动手,似乎很轻松,可是学习效果并不好。再加上教师把大量的作业压到课外,不少学生因为作业负担过重而产生了厌学情绪。

蔡林森忧心忡忡,常常捧着饭碗出神。蔡林森的老同事后来说:"仔细想想,老蔡真的不简单,那么早就琢磨现在我们称之为'素质教育'的事儿!"

一次听课让他茅塞顿开。课堂上,一位学生对老师所讲的内容嘀咕了一句:"这些我早就会了,还在讲!"

这不经意的一句话,让蔡林森眼前一亮——让学生自主学习,学生会的就不用讲了,重点攻克学生不会的重点难点,这不就提高了课堂效率吗?

课间，他马上把自己的想法同任课老师进行了交流，让任课老师在课上先明确学习内容、学习目的和要求，引导学生带着思考在规定的时间内学习，并完成少量的检测性练习。

学生一改之前的沉闷状态，每个人都聚精会神地看书、演算。出人意料地，老师只讲六七分钟，这堂课的教学任务就完成了。蔡林森一看表：距离下课铃响还有近20分钟。他随即示意老师趁热打铁，让学生完成课后练习，巩固新学知识。

课后，任课老师不解："学生在课堂上把课后练习做完了，那么他们课后不就没作业了吗？"

蔡林森两手一摊："做作业是让学生掌握所学知识，学生已经学会了，还要那么多作业干什么？"

周围人都笑起来。

这种高效的教学方法不久被推广到其他学科，形成了后来在全国教育界被奉为教学经典的"先学后教，当堂训练"教学模式。

课堂效率高了，课后作业少了，学生学起来轻松多了。教学改革让原本"设备三流、生源三流、师资三流"的洋思中学声名鹊起，一时间，从全国各地来取经的人络绎不绝。

出名带来的直接影响是向他抛来的橄榄枝一个接一个，开出的薪酬也一个比一个高。60岁那年，有民办学校找他当校长，承诺年薪50万元，还有300万元的股份。

老蔡当场谢绝了："我是为了教育，不是为了钱。"

他不仅拒"钱"，还拒"官"。江苏省教育学会会长周德藩多次邀请他到省教育厅任职，没想到这个有些人求之不得的美差被蔡林森婉拒了。

周德藩半晌无语，对他更加敬重了。

白天当校长　晚上当爹娘

在蔡林森心里，所有的学生都是"宝"。"从最后一名学生抓起"，是他独特的教育经。

这个灵感来自蔡林森自己的孩子。

蔡林森有两子一女，三个孩子小时候都在老家的小学上学，由于他很少回家，无暇顾及，孩子们的成绩均不理想。大儿子上一年级时，不识数，跟不上班；二儿子上四年级时，曾经把成绩报告单上的算术"68"分改成

"88"分；小女儿小学毕业时，成绩全班倒数第一，是全镇26名未考取初中的学生之一。

孩子们的老师对蔡林森摇头直叹气："你也是老师，可你的孩子怎么一个不如一个？"

一句话让蔡林森内疚了好久。

孩子们到洋思中学读初中后，他义不容辞地成了"辅导老师"，利用散步、洗脚和临睡前的时间，蔡林森见缝插针地给孩子"补课"。

渐渐地，三个孩子学会了自学，读完初一都一跃成为优秀生。

期末考试后，三个孩子拿着成绩单雀跃而来。

他没有笑出来——一个念头把自己都震倒了：如果像对待自己孩子那样去教每个学生，还有哪个教不好呢？

他决绝地搬进学生宿舍，开始了与孩子们同吃同住的40年。

白天一校之长的蔡林森，晚上成了学生的爹娘。

蔡林森一直睡在学生宿舍的6楼，和他同宿舍的是几个出了名的调皮学生。夜里起身的时候，他总会留心学生的被子盖好了没有；发现上铺的孩子睡得太靠床沿，他就会轻轻地拍醒他们，让他们朝里面挪挪，防止坠床。

蔡林森常说：素质教育就是要用真情、真心去教育学生，要用老师的精神、情感、形象去感动学生。蔡林森带过的孩子们都说，像蔡校长这样用心，就算是一块石头也早被焐化了，更何况，蔡校长的心是和他们的情感脉搏一起跳动的。

早上5点起床，他比孩子们要早起一会儿，洗漱、读书、计划一天的工作。5点50分，他准时站在学生公寓门口，迎接每个清早锻炼的学生，"我要让学生每天第一时间能见到我"。

6点10分，蔡林森和全校学生一起跑步。

他把名片发给每位家长，把手机号告诉给每个学生。"他们有什么困难、意见，随时可以给我发信息。"

学生有什么问题都愿意告诉他。"我的手机短信常常是满的。"

由于把心思都花在学生身上，蔡林森一周只有星期六才能回趟家，然而在这一天的时间里，他念念不忘的还是学生。

70年清贫——"我骗不了自己的心"

见到蔡林森时，他正在办公室了解老师的任务完成情况，手里攥着厚厚一叠家长意见书，每一页纸上都布满了红色的圈圈点点。

这一刻，我竟然有片刻的犹豫。

我不敢相信，眼前这位身着雪白衬衫、浅灰外套，说话做事干净利索，看起来不过五旬的人就是传说中的"人民教育家"，而那双看过70年人生风雨的双眸，何以如此纯净如水？

70岁高龄的蔡林森，身体健康、精神矍铄。虽然头发花白，脸上也有岁月的痕迹，但是浑身活力四射的精气神儿却使他看上去比同龄人年轻十几岁。

有人好奇蔡林森是如何保养的。"无欲则刚，因善而清。"他说。

"我的人生乐趣全部来自学生。"蔡林森说。就像农民看到了成熟的庄稼会充满收获的喜悦，只要发现学生有进步，他在睡梦中都会笑出声来。

对学生的爱让蔡林森异常大方。每年大型考试，他都会慷慨地拿出自己的工资给学生发补助，700多名学生每天发20元生活补助，仅此一项就要花去6万元。平时他还资助贫困学生，帮他们交学费、补贴生活费。

提到蔡林森，家长张小玲几度哽咽。

她说，孩子上学，好几次因为没钱差点辍学，每次都是蔡校长化解危机，至今已帮孩子垫了4000元。

每次，蔡校长都只说一句话："应该的，只要孩子能成才。"

可又有谁知道，他家经常陷入"经济危机"，自己的孩子靠妻子起早贪黑编手套赚钱才得以完成学业。

他的妻子说，左邻右舍中，他家的房子一直是最旧的，直到1994年住的都是当年结婚时建的两间土墙草房。每逢冬天刮西北风，房子就在大风中摇摇晃晃。雨天更糟糕，雨水漫积得根本无法居住。后来借了4万多元，才盖上两间石灰墙水泥地的简易楼房，而家里所有的摆设，从床、柜到桌椅，都是家里几代人传下来的不知道用了多少年的破旧家具。

有人不相信当了二十几年洋思中学的校长，能决策投资6000万元建成江苏省示范初中，投资1亿多元建成洋思中学新校区，退休时却两手空空。

蔡林森对此有自己的想法。

"我要培养的是正直的学生，而培养正直的学生自己首先就要做一个正直的人。如果自己都做不好，还要要求学生这样那样，那不是教育的骗子吗？我不做这样的骗子，我骗不了自己的心。"

/ 育人楷模——坚守讲台因为爱 /

"铁人"教授徐铁军

《光明日报》(2011年05月14日01版)

徐铁军，江苏徐州医学院教授、博士生导师、共产党员、研究生院院长，国内知名的解剖学专家，因积劳成疾，累倒在岗位上。

他是外人眼里的"铁人"，每晚只睡三四小时，却整日容光焕发。

他在多年前就患有心脏"房颤"，发起病来浑身出汗、痛苦万分。

他是学校的管理者，头衔不少，可他最喜欢别人叫自己"徐老师"。为了给学生"一滴水"，他不断更新自己的"一桶水"：白天做管理，晚上搞科研。

"铁人"

2011年3月29日，全国硕士生复试分数线公布，硕士招生工作正式启动。11点左右，忙碌了一上午的徐铁军回到自己的办公室。

11点40分左右，他被发现昏倒在办公桌前，双手攥拳，浑身抽搐。经诊断，他罹患脑胶质瘤伴发脑血管破裂出血，生命垂危。

如今，在医院重症监护室，他已昏睡40多天，偶尔会对来访者费力说声"谢谢"。

静静地陪在病床边，妻子姚永红已经哭干了眼泪。"老徐啊，你实在太累了，这下终于可以好好休息了。"

是啊，累倒前，为了学校申报国家自然科学基金的事，他已三天三夜没合眼了。

同事们无法接受这个残酷的事实。在他们眼里，精力充沛的徐铁军是个"铁人"。

其实，这是假象。

徐铁军习惯洗澡，有时一天洗几次。累倒后，人们才从他妻子那儿得知，他十几年前就有心脏"房颤"。"他说勤洗澡可以促进血液循环，不影响正常上班。"

"他是医学专家，他的爱人也是医生，按理说他更明白身体病变发出的信号。他怎么这么傻呢？"不少人为之叹息。

"正因为他是医学专家，他才会这样冷静。他的家中、办公室里、提包内常年备着心脏急救药品。他总想着把眼前的事干好，可什么时候才是'好'呢？"他的弟弟说起他时满眼噙着泪花。

他就是这样一个为了工作争分夺秒的人。一次，和同事去南京请专家们指导学校的申报材料，其中一位专家深夜才能回来，同事提出第二天再来,他却说:"明天还有明天的事,咱们就辛苦点,等他回来吧。"两人在宾馆楼道里等到凌晨,直到把事情办好。

在他的日记里,我们读到了他多年前写的一句话:"一个人生命的价值不在于长度,而在于深度,我要一辈子做一个与时间赛跑的人。"

舍得"小家",顾"大家"

徐铁军忙。为节约时间,一日三餐,陪伴他最多的是盒饭,有时几个糖块、一杯可乐就是他一餐的全部。

熬夜更是家常便饭。他家的送奶工常常在凌晨四五点撞见他,刚开始还以为他上的是夜班。

"谁不热爱生活?谁不爱惜身体?国家培养我做了博士生导师,做了院长,作为党员我要以身作则,为教育多做些事。"

偶尔与妻子散步,他会激动地跟妻子倾诉衷肠。

妻子明白他的心。多才多艺的他喜欢用浑厚的嗓音唱《滚滚长江东逝水》,喜欢拉小提琴。但是因为内心的责任和钟爱的事业,他情愿放弃这些去成全另一种美好。

徐铁军的付出让学校的发展迈上了一个个崭新的台阶:学校获得的国家级一级学科硕士点由2005年的1个发展为现在的5个,基本覆盖了医学学科门类;2009年成为博士学位授予立项建设单位;2010年成立博士后工作站……

学校这个"家"顾上了,自家的"小家"就顾不上了。

老母亲已过八旬,却一两个月难见到他。偶尔有空陪母亲吃饭,徐铁军也只是匆匆吃上两口又匆匆离开,老母亲想多看他一眼都是奢望。

女儿徐雅姗说,印象中爸爸从没陪自己和妈妈出去玩过,"唯一一次一家人出去还是当时学校申博成功了,和学院一起去的"。

7年前,徐铁军家买了新房,他兴奋地与同事和学生约好,装修好就请大家去做客。然而7年过去了,新房只装了一点点,到现在都没住进去。

同事经常开玩笑:"什么时候才能去你新家参观啊?"他总是苦笑一下,"就快了,就快了"。

徐铁军有时会对妻子表白:"我对这个家亏欠得太多了,等退休了,我每天做饭照顾你们,把这些年的亏欠全补回来。"

这些谈笑言犹在耳,妻子却已潸然泪下:"还没有等到这一天呢,他就病倒了。我不要他照顾我,我愿意一直照顾他,只要他好好的。"

"如果让我给老师打分,我打99分"

"科学研究就是要站在最前沿,哪怕只是慢慢地前进,也是退步!"这是徐铁军常说的话。

他是学生的好榜样。先后主编或参与编写《系统解剖学》《人体局部解剖学》等教材,主持省部级、市厅级科研课题14项,在国内外学术期刊上发表论文40余篇。

他的知己、徐州医学院院长吴永平告诉记者,徐铁军有过两次留在国外发展的机会,但他都毫不犹豫地放弃了。

一次是在1996年至1998年在美留学期间,他参加了美国神经科学学会芝加哥分会科学年会,墙报展出他的论文,引起轰动。美国导师盛情挽留他在实验室继续关于酒精、尼古丁成瘾及戒断过程中细胞信号传导机制的博士后研究工作。他委婉谢绝了。

第二次是2003年再次赴美国做博士后研究。即使在这期间,人在异国的他继续指导自己的研究生,并参与编写省内数家高校合作的研究生教材。归途中,两个大箱子装的全是受赠的实验材料、收集的外文文献和复印的参考书。

"教育管理者的属性仍是教师,教书育人乃第一天职。"这是徐铁军经常说的话。

他的一个学生做实验到凌晨3点多,感觉要出结果了,但又不敢确定,鼓起勇气给他打电话,他连夜从家赶到实验室。

"大到整体框架、术语措辞,小到标点符号、英文大小写,他都一丝不苟。"学生滕大才回忆。

他对学生的爱发自肺腑,甚至因此违背自己"不求人"的原则,经常硬着头皮求好友为学生买火车票,有时还亲自去取。朋友愤愤然:"咱们这么多年的交情,你平时总说忙不找我,一找我就是让我买票。"

徐铁军说:"我真的很忙,但是学生放假不能与家人团聚,作为老师我失职,心中不安哪!"

学生樊红彬哽咽着告诉记者:"如果给徐老师打分,我打99分。扣掉1分,是因为他经常提醒我们要注意身体,可他自己却没有做到。"

医院重症监护室里,他仍在昏睡。

坚守讲台，因为爱

——听山里娃讲徐其军老师的故事

《光明日报》（2011年07月26日01版）

编者按

本报发起的"寻找最美乡村教师"大型公益活动6月17日启动以来，在广大读者中激起强烈共鸣。那扎根山区几十年如一日、悉心照顾孩子的"摆渡郎"，那身残志坚、靠拐杖坚持上课的"折翼天使"，那默默坚守承诺、奉献青春的中年教师，以及从城市到农村追求梦想的青年，他们的事迹引发了社会各界对乡村教师由衷的赞美和感动。

今天本报向读者介绍的南京市六合区山村教师徐其军事迹，令人敬佩。他毕业后有机会到城市工作，却主动回到偏僻的山村小学教书；他拖着肾衰竭并发尿毒症的身躯，在讲台上坚持了9年。在他身上，集中体现了乡村教师群体的崇高精神。中国的教育，正是因为有了千千万万这样的乡村教师，才有了坚实的基础和光明的前途。

他，毕业后有机会到城市里工作，却一再要求回到家乡偏僻的山村小学教书；

他，劳累过度患上肾衰竭并发尿毒症，却拖着病躯在讲台上一站就是9年；

他，生病后家里债台高筑，却把尽可能多的钱省下来给学生买学习生活用品……

他叫徐其军，江苏省南京市六合区竹镇镇中日友好希望小学教师，一个用信念和生命托起山村孩子希望的老师。

"做吹笛人，把牧童引向山外"

1977年，徐其军出生在六合县泉水乡四合村——南京最偏僻的山村，地处苏皖交界，交通闭塞，经济落后。徐其军从小就看到村里老师少，好老师更少，很多农村孩子因此失去了成才机会。正因为这样，回家乡当一名农村教师的想法在他心里落地生根。

1994年7月中考结束，徐其军成绩优异，超出全区最好的六合一中27分。然而在录取的前一天，他把档案调到了溧水师范学校。"我想做老师，毕业后就能回家教书了。"

1997年毕业前夕，在校期间表现突出的徐其军被推荐到南京晓庄师范继续深造，并且毕业后有机会留在城里工作。面对这个人人羡慕的机会，他婉拒了校长的劝说,希望在六合县泉水乡最穷、条件最差、最缺老师的枣林小学任教。许多人都说他傻,这么好的机会都放弃了,徐其军却说:"做老师到哪里还不是一样,我从山里出来,那里有渴求知识的山里娃,山区师资不足,我学师范的都不回来教书,还指望外面的老师往山里跑吗?"

徐其军最终被分配在了泉水小学教授五年级语文、英语,同时兼任班主任。这个貌不惊人、戴着深度近视眼镜的年轻人,工作极其认真——对所任课程不仅制订了详细的教学计划,而且每一堂课都认真备课。每天总是第一个到校,最后一个离开,还经常把来不及批改的作业捆在自行车后带回家。为了让学生受到正规的英语口语训练,他自己掏腰包买了录音机,在教室里给学生们放磁带。学校教辅资料奇缺,教师外出培训机会很少,这些他都一一记下,利用年底去南京学习的机会,特意到新华书店买来英语、作文等教辅资料,无偿提供给其他老师……

徐其军在日记中写道:"山道弯弯,崎岖狭窄,它从山里通向山外,连接山里山外两个世界。我啊,愿做那吹笛的人,将牧童引向山外……"

"我就是死,也要死在讲台上"

然而,老天在徐其军的人生道路上设了一个不小的障碍。2002年,满心欢喜准备结婚的徐其军却得到了一个坏消息——因长期劳累过度,他患上了肾衰竭,加上未能及时治疗,已并发尿毒症,需要做换肾手术。更为棘手的是,由于先天基因特殊,要找到匹配的肾源难上加难。

"当时医生告诉我还剩三四年时间,我绝望了。自己一个人反锁在屋里,把这些年来的读书笔记、文学作品提纲、发表的文稿、获奖证书都烧了,那时候真的是万念俱灰……"陷入回忆的徐其军眼睛红了,厚厚的镜片上起了一层雾气,"后来……"他背过脸去,忍了好久才正声,"后来觉得躺在家里等死也是这么长时间,倒不如好好教好这三四年的书,我不能让学生刚学英语就因为我的病而耽误了,我就是死,也要死在讲台上。"

忍痛与未婚妻解除了婚约,向父母隐瞒了病情,徐其军装作若无其事,回到讲台上。为了控制病情,他每天需要服用7种药物,复查的结果却一次比一次糟糕:听力、视力、记忆力开始下降,头发不断脱落,每天早晨都会呕吐……从家里到学校,步履蹒跚的他需要将近一小时,放学回家后,早已累得腰酸背痛上不了床。尽管如此,他和其他5名老师一样,一周上19节课,三年级的英文和五年级的英语,一节课都没有耽误过。

学生章连明对这样一个场景记忆犹新：那天语文课上，她发现徐老师弓着背，右手扶着腰，用左手在黑板上写字，跟往常有些不一样，只写了几个字衬衫就湿透了。等转过身来，她看见徐老师脸色煞白，刚讲了几句，他就不得不一只手撑着讲台，另一只手抵着腰，大口大口地喘气，突然间一头栽下了讲台。

那一次病发让徐其军不得不住院治疗。手术前，医生让其选择血透还是腹膜透析。相较而言血透的效果会好一些，副作用也小，但是要经常去医院，而腹膜透析可以在家里做，但容易感染。徐其军果断地选择了后者，为此他还学会了透析，每次透析时将两公斤的药水注入体内，休息一会儿，就拔掉针管去上课，上完课，再把代谢出的血水放出来。这种非常人能忍受的痛苦，徐其军每天要做两次，这一做就是9年。

"我想快点好起来，尽早回去给孩子们上课"

2011年3月，医院通知徐其军有合适的肾源，并为其成功进行了换肾手术。手术后的他，身体消瘦，面色灰暗，由于药物的副作用，脸上满是痘痘，但是精神很好。徐其军的妹妹告诉记者，医生让他至少要休息半年才能去学校，可是他一刻也不想闲着，"有时候在家练练字，但是手抖得厉害，他担心自己给孩子们上课时拿不起粉笔来"。

在妹妹家养病，徐其军"身在曹营心在汉"。今年4月23日，得知教过的几个学生要参加初三英语考试，徐其军偷偷地乘车来到竹镇民族中学给学生们鼓劲。他的学生章宁说："当时徐老师戴着大大的口罩，挨个儿跟我们讲解注意事项，进入考场时还冲我们做了一个要自信的手势。"章宁的眼泪扑簌扑簌地落下来，"徐老师总是这样，一心想着我们这些学生……"她掏出手机，翻出一条徐老师发给她的短信："面对中考要淡定，方能处事不惊，这样才能成功。"

当记者问起徐其军现在的愿望，他这样回答："我想快点好起来，尽早回去给孩子们上课。"朴实的话语却充满浓浓的感情。"毕业那会儿觉得自己作为一名老师能改变很多事，现在看来，我能真正做好一个合格的小学教师就不错了。"听了他的话，记者不由得眼圈儿一热："徐老师您做到这样不仅仅是'合格'，更应该是'优秀'。"徐其军摇摇头，特别强调了"合格"两个字："一个人的能力是有限的，我只能倾我所能做到最好。像我们这边山里的孩子，父母大都在外打工，本身学习条件就不如城里的孩子，我能做的就是给他们多一点关心，多一点呵护，让他们学到更多的知识。"

"许身孺子平生愿，三尺讲台写春秋。"也许正是这样的信念，让徐其军用生命谱写出一曲感人肺腑的教师之歌。

"一切为了儿童的发展"

——记儿童教育家、"情境教育"创始人李吉林

《光明日报》(2011年09月15日02版)

"情境教育"对于关心中国教育改革的人来说，并不陌生。作为"情境教育"的创始人，著名儿童教育家李吉林在理论研究和亲身施教的道路上走过了50余载。每当人们问起已年过七旬的李吉林为何还坚守讲台时，她总是很自然地说："一切为了儿童的发展。"

"孩子负担不重，但经得住考"

"李吉林班上的孩子负担不重，但就是经得起考""每个孩子思维都很活跃，学得也很积极"……这些都是当年李吉林任教时大家对她教学的评价，也充分显示了"情境教育"的高效能。

"20世纪70年代末，我们的传统语文教学还处在封闭式状态，这极大影响了儿童的发展。"为了能让儿童学好母语，李吉林从此走上了小学语文情境教学的探索之路。她如饥似渴地学习现代教育理论，做了大量的读书笔记和卡片；为了充分调动学生学习的积极性，提高教学质量，同时道德和审美情感也受到熏陶，她创造性地把儿童的情感活动和认知活动巧妙地结合起来，让学生在优化的情境中学习语文。

李吉林曾花费5年时间进行了五年制教学实验。"当年实验班学生毕业时，五年制实验班学生与六年制的学生都参加了小升初的统一考试。"一位曾参与教学实验的老师回忆，"此外，五年制教学实验班的学生还接受了教育行政部门和教学研究部门组织的小学语文专项10种考核。"让李吉林颇感欣慰的是，两次考试的合格率均为100%，优秀率达90%以上，全班43名学

生有33名被重点中学初中部录取。

"让每一个孩子都能享受幸福的童年"

一进李吉林的办公室,记者就看到桌上的日历密密麻麻写满了每天的行程。

自投身教育事业以来,李吉林几十年如一日地将全部心血倾注在了儿童教育上,从亲身施教到构建情境教育理论,她无不积极投身,坚持创新;节假日她也不敢虚度,充分利用时间,认真记录并总结了实践中的收获,共撰写出数百篇论文、出版了13本专著,还编写了1~12册小学语文补充教材。

李吉林几十年的付出为她收获了全国性奖项13项、一等奖10项的骄人成绩。尤其是教育部两届评选全国教育科学优秀成果,李吉林蝉联一等奖;2010年她又获教育部课程改革与教学研究优秀成果一等奖;在第27个教师节上,荣获"全国教书育人楷模"称号;不久前,她的新作《为儿童的学习》获得教育部第四届全国教育优秀成果一等奖。

回忆几十年的教育之路,李吉林无怨无悔:"让每一个孩子都能享受幸福的童年,是我和许多老师梦寐以求的事。我最希望看到的就是孩子们天真的笑脸,让更多孩子负担不重、发展充分,正是我坚持情境教育研究几十载的意义所在!"

"儿童发展的规律渐行渐明"

"儿童学习就像一个黑箱,我们老师有责任和义务去研究它,打开它,揭示真正能给儿童带来全面健康发展的科学规律。"面对儿童教育的未知领域,李吉林话语中充满坚定。

是什么原因促使李吉林如此倾心儿童教育呢?李吉林说:"每当看到儿童教育尚存在的问题,我就深感焦虑。一切都是为了儿童的发展,这一直是我追求的目标,也是30多年'情境教育'研究的永恒课题。"

"随着'情境教育'的广泛应用和深入发掘,越来越多的人开始关注这一理论并参与研究,这也成了广大教师的共同财富。"提到"情境教育"理论的发展和应用,李吉林感到欣慰,"这30年,正是因为有一群志同道合的人在共同探究优化情境,儿童发展的规律才会渐行渐明,'情境教育'之路也会越走越宽广。"

闵乃本院士：晶体世界的拓荒者

《光明日报》(2011年12月28日06版)

拜访闵乃本院士前，记者多有顾虑，因为老人数月前刚做过切除肿瘤手术，至今一直在医院休养。然而，获知记者的采访意图后，年逾古稀的闵乃本竟欣然应允，并坚持起床在会客室接受了采访。

"真正的科学家要耐得住寂寞，10年、20年静下心来，不能急，不能以功利为目的，成功便是水到渠成的事。"老人的开场白让记者大受触动。在闵乃本看来，做研究是一辈子的事。从1986年开始，闵乃本的课题组经过近20年的漫长征程，建立了准周期超晶格的多重准位相匹配理论并研造出与之相配的介电体超晶格，为激光装置的小型化、集成化提供了可能；课题组研究的"介电体超晶格材料的设计、制备、性能和应用"项目荣获了2006年国家自然科学一等奖。但闵乃本的成就不止于此，他成功研制了全固态超晶格红、绿、蓝三基色和白光激光器，使中国彩色激光显示达到世界最先进水平；设计了我国第一台电子轰击仪……谈及成就，老人只是淡淡一笑。

一支笔、一本笔记、数份学报，病房里的他依然不忘科研。老人指着学报上的一篇文章，眼神中充满光彩："科研信息化基础设施的互联互通和开放共享将对未来中国科研的发展起到极大的促进作用。"说到这里，老人不胜感慨，"科研设施建设是进行物理研究的重中之重。"

经闵乃本主持的南京大学固体微结构物理国家重点实验室，现有实验室用房近20000平方米；拥有场发射透射电子显微镜、固体核磁共振波谱仪等大型仪器50余套，仪器固定资产超过1亿元。国际著名刊物《自然》(Nature)还将其誉为"已经接近世界级水平"的研究机构之一。过硬的科研设施带来了精彩的科研成果：实验室逐步建立了介电体超晶格的理论体系，在国内外产生了重大的学术影响，尤其是准周期光学超晶格中耦合参量过程的发现等一批创新性成果在《科学》（Science）等国际学术期刊上的发表，在国内外都引起了强烈反响。

"有了安定的环境，有了完善的设备，却没有精力去搞科研了。"老人脸上掠过一丝遗憾，转而又欣慰地笑了，"为学科培养有用之才是我此生不懈的追求。"祝世宁、朱永元、王振林、陆延青等师从闵乃本的学生如今都已成为学科建设的带头人，其中祝世宁于2007年当选为中国科学院院士。

"青出于蓝而胜于蓝。"闵乃本对中国未来的科研前景信心满满，"如今正是开展科研工作的'黄金年代'。20年后，中国的各类学术研究至少有三成能达到世界顶尖水平。"为什么是20年？闵乃本娓娓道来："20世纪六七十年代的'两弹一星'是中国科研界最大的成就之一，而当年那批学者是在40年代前后开始做科研。未来20年是出成果的重要时限，到2030年，中国一定能出现一大批国际一流学者，科技也能够引领世界！"

采访结束时，老人对当代学生提出了这样的期许："用实事求是的科学精神，严谨、勤奋的治学态度，靠真才实学担负起振兴中华的重任。"

尤肖虎教授的人生三部曲

《光明日报》(2012年04月19日06版)

2012年2月14日,北京人民大会堂。东南大学尤肖虎教授及团队荣获2011年度国家技术发明一等奖。

这一刻,是对尤肖虎教授在移动通信行业辛勤耕耘20余年的肯定。我们看到了手机上网速度更快,通信传输速率比3G提高百倍,但我们看不到在尤肖虎教授"一鸣惊人"背后的那段人生故事。近日,记者再次走进尤肖虎教授的生活,读懂了其成功背后勤奋好学、敬业创新和厚德载物的人生三部曲。

为师先为学。恰逢恢复高考的好时机,尤肖虎16岁就以优异成绩考进南京工学院(东南大学前身)。"做什么就要做到最好。"尤肖虎对来之不易的学习机会甚是珍惜。大学期间,对数学痴迷的尤肖虎,每天写,每天算,有时随手扯过报纸就解题,甚至经常忘记吃饭。"不积跬步,无以至千里;不积小流,无以成江海。"尤肖虎的成功就是在这样日积月累中奋斗出来的。

年轻气盛而不骄狂,本科毕业后,尤肖虎考取研究生并苦读博士,随后从事了自己所钟爱的信息技术行业。"读完博士,系统理论和主攻思路才逐渐清晰。如果没有持续的学习,也就没有今天。"尤肖虎坦诚地说。

敬业成大事。1999年尤肖虎担任了国家C3G项目总体组组长,全面负责第三代移动通信系统的研究与开发工作。当时3G尚未研制成功,他又把目光投向数年后才可能出现的4G。对此,尤肖虎感慨地说:"很多内容都是第一次接触,只能摸索前进,团队成员经常工作到凌晨两三点,早上6点就又起床测试、查线路、录数据,工作压力很大。"

尤肖虎带领的移动通信项目是一个庞杂而巨大的工程,涉及几十家单位,研究团队近4000人,从整体的政策方针到具体的分工协作等,他都要参与。面对忙碌的工作，尤肖虎用标志性的爽朗笑声一带而过。

艺高为人师。身为教师的尤肖虎，28岁任副教授，33岁任东南大学无线电系主任，从未离开过三尺讲台。"我是从学生一步步走来的，深知老师的每一堂课对学生意义重大，所以，我愿意站在讲台上，与学生们分享成果、探讨科研。"尤肖虎坦言，"有时因出差在外不能上课，回来后一定会给学生补课。"

"尤老师对我们要求严格，一次，我忘记关掉实验设备电源，他严厉地批评了我。"南京某科技公司董事长吴海东对当年的情景仍记忆犹新。"我毕业论文答辩时，尤老师身在北京忙项目，本以为他不会过来了，可第二天他搭乘凌晨航班准时到场，结束后又立即返回了北京。这件事一直让我很感动。"学生朱鹏程说。

"我喜欢和年轻人一起奋斗，更希望看到他们通过学习和创新成长起来，有朝一日超越我们。"尤肖虎意味深长地说。

/ 育人楷模——坚守讲台因为爱 /

大写的人　绵绵的爱

——江苏科技大学老教授章明炽带着病妻坚守讲台

《光明日报》(2012年04月29日01版)

下课铃一响，章明炽教授的老伴儿就走上讲台（资料照片）

一位70多岁的老教授站在讲台上讲课，患有抑郁症的老伴儿在旁边痴痴地看着他。

这是在江苏科技大学课堂上出现的一幕。

所有看到这一幕的老师和学生都说，章明炽教授将对学生的爱、对讲台的爱、对老伴儿的爱凝聚成了一种人格魅力。每每看到这一幕，都让我们动容、掉泪。

坚守讲台，因为爱

已经72岁的章明炽教授之所以现在仍站在讲台上，有几个原因。一是他课讲得好，学生舍不得他走；二是他一辈子站讲台，离不开讲台；三是本来已经退休多年了，但学校专业课教学离不开他，不断地被返聘。

3年前，章明炽的老伴儿患上抑郁症，儿子又不在身边，无人照顾。无奈，章教授只能带着病妻走上讲台。

近两周，老伴病情加重，有时在上课期间会随意走动。章教授觉得这样很影响学生上课，心里对学生更充满愧疚。在课上，他总会说："教完你们，我就真的要退休了。"

今天，记者跟随章教授夫妇来到了教学楼。此时离上课还有半小时，章教授拉着老伴儿的手，将她安置在教室的最后一排，自己则打开印有学校标志的蓝色旧手袋，取出课本，做上课前的准备。同学们都陆续到了。

虽然上了年纪，但讲台上的章教授神采奕奕，声音洪亮，相比青年教师毫不逊色。章教授用略微发抖的双手写板书，字迹同样工整。有时他会走下讲台，与学生互动，教室里不时传来爽朗的笑声。

50多年的教书生涯里，章明炽教授很少请假。去年老母亲病重，他的课程很紧，等他假期回到老家时，母亲的骨灰盒上已经积了厚厚的尘土。

三尺讲台是章明炽一生的惦念。

半生相识，终生相许

清晨，在江苏科技大学的林荫道上，你常常会看到这样的身影：一位满头白发的老人，牵着老伴的手遛弯儿。他常停下来问她累不累、渴不渴，而老妇人却不说话，只是痴痴地望着他的眼睛，偶尔还会绽开孩童般天真无邪的笑容。

这就是章明炽和他患抑郁症的老伴儿周素荷。

章教授20世纪70年代从上海到镇江后与老伴相识，结婚至今已携手走过40载。老伴周素荷年轻时在镇江的一家机械厂工作，一个人能操作5台机床；回到家，家务事都由她一手包办，甚至连章教授的头发都是她亲手剪的。"以前她全心全意为我服务，现在也轮到我为她服务了。"自从2009年周素荷被诊断患有抑郁症之后，章教授就成了她的"全职保姆"：帮她穿衣、教她吃饭、带她遛弯、哄她睡觉，像照顾一个孩子般打理着老伴儿的生活起居。

我们拜访章教授时，他刚和老伴儿吃完早饭。章教授的家就在江苏科技大学的教师宿舍楼，他和老伴住，儿子在上海工作。三室一厅的小家，几件简单的家具，被收拾得井井有条。

今天，章教授在南徐校区有两节课，遛弯后，他就带着老伴儿来到班车等待区。车来了，身边的老师主动让开，等两位老人先上车。章教授让老伴儿先把一只脚放到车的踏板上，然后从后面用双手托住老伴儿的身子，把她送上去，老伴儿就站在那边，静静地等着。章教授上车后，便拉着老伴儿的手找到座位坐下。上车的人越来越多，老伴儿开始出现了慌张的表情，害怕地抓住他的手。章教授用另一只手轻轻地拍拍她："别怕，没事的，我在呢，咱一起去上课啊。"

课间，章教授跟我们说起老伴的事："患这个病早期的时候，她还有高血压，所以常常一个人缩成一团，眉头紧蹙，我看着她那个痛苦的样子，恨不得能替她分担些痛苦。"章教授的眼角闪出泪光，"现在病情稳定了，血压也不高了，就是一刻也离不开人。为了防止她走丢，我24小时陪护，一分钟也不能离开。"记者采访过许多类似遭遇的人，他们往往会无奈地说一句"没办法"，但从章教授的介绍中，我们听到的只有疼爱，没有抱怨。

课堂上，周素荷突然站起来，在教室里走动，章教授顺势站起来，轻轻拉住老伴儿，低声说："你坐在这儿，我们在上课。"老伴儿看着章教授，像听懂了他的话，静静地坐了下来。章教授抱歉地和学生们打声招呼，继续他精彩的课。

身正为范，爱洒校园

章明炽教授觉得带老伴儿上课，耽误学生，对不住学生，可学生们却舍不得他走。趁课间休息，记者采访了几位同学。

"章教授和蔼可亲，讲课很认真，因为章教授不擅长使用多媒体，每次他都是提前十几分钟进教室,把讲课内容一笔一画写在黑板上。"高翔同学在向记者讲述章教授的故事时,掩饰不住内心对章教授深深的敬意。采访中,高翔同学还向记者讲述了章教授认真负责的事迹:"章教授的课,每一阶段都有个阶段测试,因为章教授不常用电脑,所以发给我们的试卷都是他亲手写的,工工整整,全班60人每人一份。"

对于章教授照顾老伴儿,高翔说:"刚开始觉得很奇怪,以为是来听课的老师,后来看到周阿姨不说话,只是坐在最后一排微笑地看着章教授,我们渐渐就明白了。有时候他们俩手牵手下楼梯,看上去还很甜蜜。"不只是高翔一人,周围的同学都被这种幸福感染着。

第一个将章教授夫妻俩站讲台的照片传到网上的是物流管理专业大二学生秦露。"当时章教授说马上要退休,我们是他最后一届学生,心里很不舍得,就用手机拍下照片传到网上,没想到影响会这么大。"秦露告诉记者,章明炽教授上学期给他们上了"工程图学"这门课,这学期是金属工艺学,"虽然这门课属于考核类的课程,但章教授很负责,除了书本上的理论知识,章教授还会联系实际,教给我们很多实用的东西,同学们都喜欢他的课。"在采访即将结束时,这个腼腆的小伙子还贴心地为章教授着想,呼吁媒体不要过分打扰章教授的生活。

几十年的"教书匠"经验告诉章明炽教授,对待学生要严格。"学生的可塑性很强,作为教师就应该严格要求他们,首先是不能缺课。作为教师就应为人师表,教师的一言一行都会影响学生,不仅要教会他们知识,更要教会他们做人,让他们学会爱。"

下午3点,章教授又该牵着老伴遛弯了,在江苏科技大学校园里,这老两口互相搀扶,让同辈感动,让晚辈效仿。

★ /育人楷模——坚守讲台因为爱/ ★

一位乡村教师的"三不动"

——记江苏连云港灌云县穆圩乡下坊中心小学教师曹延标

《光明日报》(2012年07月11日09版)

曹延标老师正在给学生上作文课（资料照片）

在江苏连云港，有一名乡村教师，当地人亲切地称他"三不动"教师，因为他扎根乡村小学26年，从不因环境而动摇，不为金钱动心，不为名利所动容，26年如一日，坚守在乡村小学的三尺讲台。

他，就是灌云县穆圩乡下坊中心小学教师曹延标。

"教好学生是一件快乐的事，也是我最喜欢做的事，更是我这一生的追求。"这是曹延标发自肺腑的话。

"好条件换不来孩子的前途"

破损的围墙，简陋的红砖平房，坑坑洼洼的教室地面……这是年仅20岁的曹延标第一次到下坊中心小学时所看见的情景。

1986年年初，作为分配的三个师范生之一，曹延标完全可以选择到全县最好的小学任教，出人意料的是，他偏偏选择了贫穷的家乡学校——穆圩乡下坊中心小学。

"好不容易跳出农门，离开偏僻的乡村，为什么又要回去？"

"我是一个土生土长的农村娃，我知道求知对农村孩子来说是改变命运的唯一出路，他们需要教师带他们走出穷乡僻壤，我要做这样的引路人。"

来到下坊中心小学，面对全校400多名学生渴望求知的眼神，曹延标越发坚定了自己的选择，他握紧拳头："我要用双手为孩子们撑起一片天。"

走进教室的第一天，看着凹凸不平的泥土地，曹延标的心情无法平静；看着孩子们晴天一身土，雨天一身泥，他深深地担忧着孩子的未来。

"虽然我不能给他们宽敞的教室，但我可以用双手改善这里的学习环境。"从此，校园里多了一位"泥瓦匠"。

"一天晚上，我路过教室，看到小曹蹲在地上，卷着袖子和裤腿，用干土和碎砖块把教室里坑坑洼洼的地方一点点填平。见他猛地站起来后突然瘫倒在地，我立即冲进教室扶起他，这才知道小曹已经在地上蹲了三个多小时，腿麻得失去了知觉。"已经退休的郑儒昌老师回忆着那一幕，依然动情。

在曹延标心里，没有什么比孩子专心学习的神情更让他踏实了。"只要能给孩子们一个静下心来学习的环境，再苦再累都值。"曹延标深情地望着教室里正在朗读的孩子们，会心地笑了。

1993年，刚参加教学工作7年的曹延标被评为"江苏省优秀教育工作者"，在表彰大会上，时任连云港市墟沟小学校长何林左向曹延标抛来了诱人的"橄榄枝"："年轻人，来我们学校吧！我们的工作环境比你学校强几十倍,舒适的环境下,你才能全身心地投入教学中,也更容易出成果!"

一边是条件优越、具有百年历史的省实验小学,一边是条件薄弱、生活艰苦的乡村小学,面对选择,曹延标并没有犹豫,坚决走向了后者。"从进校的那一天起,孩子们一双双渴求的眼睛便在我脑海中挥之不去,相比城里的孩子,他们更需要我。"曹延标语气坚定。

时值初夏,走进曹延标的家,闷热的屋子让人喘不过气。每天夜晚,曹延标都伴着灯光给孩子们批改作业,由于屋内闷热,他时常汗水湿透衣背,手心的汗浸湿了孩子们的作业,老母亲见不得儿子如此辛苦,偷偷抹泪:"我劝他别那么拼命,万一身子累垮了怎么办?"可曹延标从没有停止这么卖命。

"人生短短几十载,趁着身子骨还扛得住,多为孩子们操操心,娃儿们的指望可全在我们身上呢。"灯光下的曹延标擦了一把额头上的汗,继续批改每一份作业。

"金钱买不到孩子的未来"

作为贫困地区的"孩子王",清贫是曹延标必须面对的现实。

2000年前后,学校遇到了困难,他仅有的600元工资也经常被拖欠好几个月,而那段时间里,全家的吃穿用、孩子的学杂费、父母的医药费全压在曹延标一个人肩上。一次,党组织收取50元党费,曹延标翻遍了口袋才找出4块8毛钱,最后还是靠妻子李霞去亲戚家借,才替他交上党费。回到家,李霞哭着埋怨:"你即使不为自己想,也要为家人想想啊,你就打算这样穷一辈子、借一辈子吗?以你这么高的教学水平,去哪所学校不抢着要啊,干吗在这穷村小活受罪!"

面对捉襟见肘的生活,作为家庭顶梁柱的曹延标又何尝没想过动摇。2008年,他的父亲得了骨癌,一个月光药费就近两万。"我四处借钱却也只能是拆东墙补西墙,后来亲戚朋友看见我就躲。"曹延标苦笑着说。当时县里有不少私人学校请他过去,有的甚至提出年薪10万块,看着这个一贫如洗的家,曹延标度过了无数个不眠之夜。

如今,曹延标的语气坦然:"在那些夜晚,孩子们淳朴的眼神、天真的笑容,不断叩打着我的心,我不能为了自己放弃他们。如果我选择高薪,虽说帮了家人,可欠下的是孩子们的一辈子,是数百个娃儿的未来!"

26年的教师生涯中,曹延标面对的金钱诱惑无处不在,高薪聘请的合同书经常出其不意地出现在自己的办公桌上，曹延标一直视而不见。

苏南一所实力雄厚的私人学校特地派人将一份月薪高达8000元的工作合同送到曹延标手中，并不断打电话表示，已经租好了房子，曹老师可以随时入住。

在其他人眼里，这样的好事儿求之不得，但曹延标始终不为所动。他说："虽然在这里我的收入不多，但我收获的是孩子们的美好未来，这份精神财富是无价之宝。"

"对于钱，曹老师一直看得很轻。"和曹延标共事了16年的金刚老师告诉记者，"曹老师爱好写作，是县里远近闻名的'曹作家'，曾有多家当地公司请曹老师抽空出面代言，其中一家房地产公司老板更是举重金相邀，都被曹延标以时间紧婉拒了。而对于附近伊芦中心小学、侍庄中心小学等学校的邀请，曹延标的时间却是富余的，他时常跑去为教师做免费报告。"

"名利带不来孩子的希望"

在下坊中心小学，有不少学生家长半开玩笑地说，曹老师很傻，傻得让人觉得惋惜，可正是因为他有这份傻劲儿，孩子们才有了希望。

1996年，当时的县委宣传部部长刘飚找曹延标谈话。一席长谈后，刘飚当即拍板："你可以来我们宣传部报道科工作。"从农村教师到县城公务员，在多少人眼里，这是令人艳羡的工作机遇。听闻消息的家人乐坏了："去政府部门那可是铁饭碗，工资高福利又好！"

当天，曹延标请了半天的假，把自己锁在书房想了很久：当公务员就意味着不能再站上讲台，不能给孩子们上课了，他舍不得孩子们，况且自己的作文教学改革实践才刚刚起步，不能半途而废。但转念想到家人充满喜悦的眼神，他又犹豫了。

一遍遍翻看孩子们获得的作文奖状，当初辅导孩子写作文的情景在脑海中一一浮现，回忆中，曹延标静静地流下了泪水。

第二天，曹延标回绝了部长的好意，回到家愧疚地对妻子说："对不起，我没能给你们提供好的生活，我还是舍不得孩子们，一想到要离开课堂，我的心就如一把刀在割。"

"那是我26年教学生涯里唯一一次缺课，但正是那天的决定让我坚定了教书育人的信念。"曹延标诚恳地吐露心声。

一年后，灌云县教育局局长张恩中邀请曹延标去教育局工作，并已经为他下岗多年的妻子安排好了职位，这次的诱惑更大，可他再次拒绝了，毫不犹豫。

曹延标，这位普通但不平凡的人民教师，26年来，就像一棵青松，牢牢地扎驻在穆圩乡下坊中心小学，屹立挺拔。

个人档案

出生年月：1966年11月

任教学科：小学语文

毕业学校：江苏省海州师范学校

从教地点：江苏连云港灌云县穆圩乡下坊中心小学

任教经历：1986年9月至今在穆圩乡下坊中心小学教学

曹延标的人生箴言：我热爱教育事业，喜欢儿童文学创作，我希望做孩子的知心朋友，做教学上的好老师，为全国儿童奉献更多的精品佳作。

同事的评价：一名教师只有拥有高尚的心灵，充满爱心，才能得到学生的爱，才能写出充满真情实感的文章。在校园里，有许多热爱曹延标老师的小读者，可谓其"学者学"；在校园外，有很多以他为榜样的教师，可谓为"师者师"。

——下坊中心小学教师　杨友红

学生的评价：曹老师是一位知识渊博的老师，对于我们提出的问题，他总能将答案穿插到故事里，讲给我们听。我们喜欢这样的学习方法，我们爱曹老师。

——下坊中心小学五年级学生　刘瑶

★ /半生流泪终不悔/ ★

168个残障孩子的"爷爷"

——记江苏省南京市溧水特殊教育学校校长葛华钦

《光明日报》(2012年08月06日06版)

个人档案

出生年月：1954年12月

任教学科：小学语文

毕业学校：1973年1月溧水柘塘中学高中部毕业，镇江师范中师毕业，南京教育行政院特教管理大专毕业，1997年南京师范大学特教研究研究生进修班毕业

从教地点：江苏省南京市溧水特殊教育学校

任教经历：1976年2月—1986年5月在柘塘乡富塘小学任教

1986年5月至今在溧水特殊教育学校任教

人生箴言：为农村残疾孩子服务，心里无比坦然。

同事评价：他总是对我们说"做人一定要谦虚"，正如他低调的做事风格，他揽下很多责任、做出很多贡献，却从未想过任何回报。

——溧水特殊教育学校副校长王成琴

学生评价：葛校长在我们心目中是一位了不起的人，因为他无私给我们需要的东西，从不求回报，他比我们的爷爷还要亲。

——溧水特殊教育学校聋哑学生蒋尹尹、汤青青

曾经，他是18个聋哑孩子的"父亲"；如今，他成了168个残障孩子的"爷爷"。

为了这群孩子，他放弃乡镇公办小学副校长一职，走进特殊教育学校任教师，与孩子们同吃同住，一待就是26年，从激情青年熬成白鬓老人。

他，江苏省南京市溧水特殊教育学校校长葛华钦，可以称得上是特殊教育界的一头"老黄牛"。

"教育不能残疾"

"每个聋哑孩子的家庭都是一部悲情史。"葛华钦说。曾经，他走进一个聋哑孩子的家，那是一间废旧的小厂房，躺在床上就能看到天，靠门的地方是泥砖砌成的土灶，灶上面吊着几个化肥袋拼成的"隔尘罩"，厚厚的尘土将"隔尘罩"压成了漏斗状。家里还有一只鸡、一只鹅、一只狗。

"如果家里的聋哑孩子不能接受好教育，这个家就真的没希望了。"葛华钦说，聋哑孩子虽然生理残疾，但他们的教育不能残疾，折翼蝴蝶也应该飞得轻灵，他愿意做护翼人，让聋哑孩子舞得更美。

1986年，听闻南京要在溧水、六合、浦口、高淳、江宁五县创办一批聋哑学校，溧水县富塘小学的葛华钦坐不住了。当时，学校有意提拔他担任副校长，他婉拒了；对于家人的反对，他百般解说，终于如愿以偿加入了特殊教育教师的队伍。

没有校舍，他向生产大队借了一间会议室当教室、借了两间房屋做学生宿舍；没有教材，他和同事跑到上海买聋哑教材，手提肩扛地运回来。没有学生，他们蹬着自行车跑遍溧水县16个乡镇，共招到18名聋哑学生。

10月中旬,南京溧水聋哑学校开学了,18个学生全部免费入学。当时葛华钦32岁,加上他,学校共3名教师。

葛华钦和同事们白天当老师,晚上当爹妈,两间屋子男女老师带着学生各睡一间。睡前给孩子洗澡、洗衣服,半夜还要爬起来给孩子掖被角……

把心都给了学生,葛华钦很少顾得上家。父母年迈,每到农忙季节,家里7亩田全靠妻子一人忙活,来不及收割时,能有近5亩多稻子烂在地里。

妻子哭得伤心:"你怎么忍心看着全家饿肚子没粮吃,看着60多岁的老父亲走几里路挑水回家?你就真不顾我们的死活?"

葛华钦埋头不说话,他知道自己对不起家人,可学校的孩子们更离不开他,葛华钦只好每周抽时间回家,把重活累活干完后连夜赶回学校。

在葛华钦和同事们的努力下,渐渐地,师生队伍庞大起来。

"孩子们不能总是在租用的教室里上课,他们要有自己真正的学校。"葛华钦费尽周折,向县里争取到了7亩地,之后他带着教师一砖一瓦地盖了7间平房。他说,这7间房子,才是真正属于聋哑孩子的学校!

"捧在掌心的宝"

"都是生命,可有妈的孩子像块宝,没妈的孩子像根草,缺少母爱又有身体缺陷的孩子,不及一根草。"葛华钦动情地说。

16年前,他曾亲眼看见一个被抛弃的智障孩子,大冷天里饿得抓着沙子一口一口往嘴里塞,他上前想带孩子回家,孩子却死命咬了他胳膊一口。

回到家,葛华钦思来想去,决定要让智障孩子上学!他说,只要有教育、有培训,智障孩子不比正常人差。

1997年春天,南京溧水特殊教育学校增设了培智部,并正式更名为"溧水县特殊教育学校"。

候幸儿,一个来自外地的孩子,刚出生就被父母遗弃,养父在捡垃圾时发现了奄奄一息的他。养父给他取名幸儿,希望这个先天智障的孩子能幸运些。幸儿长大后,养父把幸儿送到南京溧水特殊教育学校读书,就在幸儿入学的第一天,养父去世了。

幸儿难过至极,常常一个人呆呆地望着天空唱:"天上的星星不说话,地上的娃娃想爸爸……"听着歌声,葛华钦感到钻心的疼痛,一空下来就陪着幸儿,一老一少有时谁也不说话,都望着天,一起哼歌,有时候老人搂着幸儿，一遍遍地告诉他："孩子，我也是你的亲人。"

刚开始，幸儿对老人的到来非常抵触，又打又闹，渐渐地，他似乎懂了老人的心思，当葛华钦搂着他时，他就把头轻轻靠在老葛身上。

"世上只有妈妈好，有妈的孩子像块宝……"葛华钦轻轻哼着这首总让人鼻子发酸的歌说："虽然这些孩子并不健全，大部分又没有父母，但他们都是我捧在掌心里的宝。"

患有脑瘫的经明是第一届培智部学生，现在，25岁的经明不仅能生活自理，还熟练掌握了果鸡养殖技术。记者见到经明时，勤快的他正在打扫鸡舍。由于患有脑瘫，经明不能与记者自如交流，但当提及葛华钦时，他马上竖起大拇指，用力点头，吃力地说："好、好！"

而聋哑学生蒋尹尹，提到葛校长，他随即摆出捋胡子的手势，陈娅老师解释说，这是"爷爷"的意思。陈娅说："在学校，学生从来都认定葛校长是自己的'爷爷'！"

"站好最后一班岗"

今年58岁的葛华钦一心只为残障学生。在他所领导的团队的努力下，溧水的特殊教育从无到有，从办学校延伸到办实验基地，在全国首次开创了"教育—培训—就业"的一体化办学模式。

"我不想干坏事，但是我得养活自己。"曾经，一封来自聋哑毕业生的信，触动了葛华钦的心，这群孩子虽然合格毕业，但社会对这个特殊群体还是存在偏见和歧视，直接导致他们找不到工作。

经历多个辗转难眠的夜晚，葛华钦做出决定：创办实验基地，为孩子们的终生服务。

2001年，他向当地政府申请划拨溧水县石港村附近300亩荒山作为教育培训就业基地，并把特殊教育学制由9年延长到12年，增加了3年的基地实践技能培训，同时基地无偿为毕业生提供岗位。

然而开垦荒山是一项艰苦的任务。"说基地是葛校长和老师们一锄一锄挖出来的，这话一点儿也不夸张。"王成琴告诉记者，当时一顶草帽、一副手套、一双胶鞋是葛校长每天的穿戴，为了省下用工费，他带着全校19名教师从荒山中开垦出了180亩土地。

每次干完活，葛华钦和老师们都是一身汗、一腿泥、满手水疱，却没有一句怨言，他们在用双手创造残障孩子的未来。

11年了,基地扩张到800多亩,牡丹园、葡萄园、盆景园,水产养殖区等初具规模,其中,牡丹园有近500个品种。对于未来,葛华钦规划清晰:基地扩建后总面积将有1500亩,可同时容纳500名残疾人培训就业。

望着满山葱翠,葛华钦并不满足,他有一个目标:让基地毕业生的工资水平达到甚至高于溧水县平均工资水平。

这个目标的实现并不容易,葛校长却信心满满,他算了一笔账:牡丹节期间,每人15元的门票,估算每天5000人的客流量,仅两个月,就有近450万元的门票收入;等到2014年,溧水通上轻轨,基地所在的新城规划区开发后,会有更多人来参观游览,基地效益将会更好。

"和以前相比,现在好多了,虽然道路艰辛,可我乐在其中。要问我图什么,我就图能实实在在地为残障孩子做些力所能及的事。"葛华钦的话字字铿锵。

今年58岁的葛华钦还有两年就要退休,却丝毫没有松懈,每天最早到基地,最晚离开。他说:"我要站好最后一班岗!"

他将"诺奖"作品翻译到中国

——追忆我国第一代西班牙语翻译学者孙家孟教授

《光明日报》(2013年04月14日03版)

"圣玛丽亚德聂瓦镇位于聂瓦河汇入玛腊尼昂河的交叉点,两河环抱着小镇,也是小镇的边界。"黝黑的小伙子在稿纸上写着,纸笔摩擦的沙沙声把夜衬得更加寂静,谁能知道,诺贝尔文学奖获得者略萨的《绿房子》就这样来到了中国。国人在这个人的《叙事人》《酒吧长谈》《潘达雷昂上尉与劳军女郎》等译著里渐渐读懂拉美,年轻翻译家也越发坚定了自己的寻梦之行,而这个梦,他一追就是一辈子。他就是中国第一代西班牙语翻译学者——孙家孟。

译书、教书,两点一线60年

江苏省南京市北阴阳营8幢301号,推开门,卧室里午后的阳光洒在靠窗的书桌上,孙家孟的女儿孙伟一至今还记得,小时候每次中午放学回家,爸爸总是反锁房门,香烟的雾气和着古典音乐弥漫了整个屋子。她知道,爸爸又在译书了。自己做完饭,把爸爸的饭菜端过去,晚上放学回来,饭菜还原封不动地放在那儿。

"他对翻译着了魔,"孙家孟的同事、南京大学西班牙语教授倪华迪说,"我们当中没有一个人能像他那样,能抛下一切事情,一坐就是一整天,甚至连自己的药都不去买。"孙老的生活简单到只剩译书、教书,60载春秋,他学校、宿舍两点一线的生活节奏从未改变,沿途葱郁的香樟见证了老人的青丝从黑亮染成花白。

"他的着魔，其实是对翻译的严谨和执着。"经常来中国游学的秘鲁学者吉耶鲁（音）深有感触，"他对作品里的每一个词都非常考究，不弄清楚不罢休。"每次来中国，吉耶鲁总要被孙家孟请到家里，面对面探讨译稿中词句的用法。吉耶鲁说，有一次孙老碰到一个句子，有些翻译家直接翻译成"南瓜放在哪里"，孙老发现这样翻译与上文衔接不上，吉耶鲁说其实应该是"人头"，于是孙老缠着他讲拉美风俗中"人头"的来由。

孙老的外孙女郑佳琦说："外公就是这样，翻译的时候涉及一些人名、地名非得查阅许多资料才能确定，不轻易下笔。"也正是靠这样严谨较真的钻研劲儿，他翻译作品的准确度在西班牙语界首屈一指。

简居、淡泊，翻译是他最大的自由

收拾房间时，女婿郑忠慧发现书橱里有几张特别的黑白照片，上面是周恩来、董必武接见外国友人时，年轻的孙家孟在一旁翻译，但他却从来没听岳父提起过。

"爸爸非常低调，从不爱张扬，名利对于他来说，不如翻译让他更自由。"孙伟一说，"爸爸早年游历过许多拉美国家，每到一处都享受贵宾礼遇，但他却习惯待在这个简朴至极的宿舍里，他总说梦在这儿，走到哪儿都不是家。"而在这套60多平方米的教职工房子里，书房和卧室里满满两书架的西班牙语书是孙家孟的全部精神世界。

每年假期，郑佳琦都喜欢跟外公待在一起。"外公总是不温不火，什么都慢慢来，他总提醒我，不要只顾追名逐利，而忘记了自己最初的梦想。"抚摸着外公的书，郑佳琦眼圈泛了红，"外公去世后，我把他译过的书一一找出来，读他的书就仿佛在和他说话，我慢慢发现，所有名利的光环都会随着时间的流逝而褪色，唯有精神的东西历经时光的淘洗才会越磨越亮。"

惦念、延续，追逐不断的翻译梦

孙老一辈子都好学，晚年经常把学生喊到家里，教他用电脑打字。他翻译的文稿都是自己用键盘一个字一个字地敲出来的，孙老的学生顾红娟记得，即使在病床上，老人还惦记着书："孙老师让我给他带些书来，由于肺病，他说不清书名，我怕他着急，就把家里所有的书都给拿过来了。"

他害怕自己因病与社会脱节，再也翻译不出带着生活气息的作品，于是给孙老读报成了外孙女每天早晨的必做功课。当清透的声音回荡在病房里时,连医院消毒液的气味都似乎沾染了书卷味,病房成了孙家孟的另一个书房。

2013年4月4日,这一天的第一缕阳光没能像往常一样将孙老叫醒,医生护士们熟悉的读报声变成了阵阵抽泣,这一天,孙家孟老人79年的追梦之路戛然而止。

"老师是我们的榜样!"孙老的学生梅海涛说,"老师没走完的路我们会继续走下去。"

"拼命三娘"的"向日葵梦想"

——记江苏省邳州市邢楼镇耿庄小学教师郁雪群

《光明日报》（2013年07月12日04版）

郁雪群老师（中）与阅读点儿童在一起（本报通讯员范雪强摄）

她是一名普普通通的乡村教师，却当起了110多名留守儿童的"代理家长"；她先后在村里创办了7个"向日葵阅读点"，让留守儿童能够在每个周末、每个寒暑假徜徉在书的海洋；她工作13年，是留守儿童的"好妈妈"、同事眼中的"拼命三娘"……

她就是江苏省邳州市邢楼镇耿庄小学教师郁雪群。

留守儿童的"代理家长"

下午4点30分，伴着清脆悠扬的铃声，学生、老师陆续走出校门。这时，郁雪群新的工作又开始了：给班里28个留守儿童辅导功课，跟他们交流谈心……她是这个班的班主任，也是这28名留守儿童的"代理家长"。

而这样的"代理家长"，郁雪群已经做了13年。

2000年，郁雪群中师毕业后，放弃了在城里工作的机会，来到偏僻落后的邢楼镇思田小学。尽管有心理准备，但学校的办学条件还是让郁雪群吃了一惊：校舍低矮破败，一块坑坑洼洼的泥地就是操场。学校缺少老师，刚参加工作的郁雪群既当班主任，同时还教四年级的语文、思想品德、音乐、美术，一周21节课。班里65名学生学习基础大都很差，在镇里的学科素质测查中连年倒数。郁雪群家访后发现，班里23个孩子是留守儿童，由爷爷奶奶带着，老人只能照顾孩子的衣食住行，根本无法督促他们的功课。从此，郁雪群当起了"代理家长"，每天放学后用40分钟辅导留守儿童，让他们做完作业再回家。

"我也曾是一名留守儿童，上小学后父母就顾不上我了，所以我特别能理解留守儿童需要什么。"郁雪群说，"我很庆幸当年能遇到黄之山、郁仁鸿老师，他们像家人一样陪伴在我身边，我也决心像他们一样，给留守儿童更多关爱。"

功夫不负有心人。在郁雪群的精心辅导下，一学期下来，孩子们喜欢上了学习，举止也文明了许多……在全镇28个平行班级学科素质测查中，郁雪群带的班排名第三。

从教13年来，郁雪群先后主动调往范墩小学、大固小学等5所更偏远的小学，而"代理家长"的工作从未间断，累计110多名留守儿童接受了她的课后辅导。

假期阅读的引路人

谈起郁雪群，学生家长无不竖起大拇指。采访中，学生张旭开心地向记者展示他家的"向日葵阅读点"：一间十几平方米的房间里，摆着一张天蓝色方桌，四周几张小凳，一个三层简易书架上排满了书；雪白的墙上，一张粉红的纸上写着高尔基的名言："书籍是人类进步的阶梯。""每个假期，我家附近的孩子都可以过来读书，老师带着孩子一起看、一起讨论。"张旭的爸爸赞不绝口，"一个读书点让孩子收了心，让家长省了心。"

从2005年起，郁雪群筹集了4000多本图书，先后在耿庄、范墩、李庄创办了7个"向日葵阅读点"。每周她都会到每个阅读点指导两小时，每个暑假都会举行30天的读书活动。8年中，800多个周末，16个寒暑假，郁雪群风雨无阻，从未缺席。在郁雪群和家长的努力下，"向日葵阅读点"办得有声有色，先后有350多个孩子成为阅读点的会员。

为了让学生的暑假生活丰富起来，郁雪群还邀请著名的邳州籍"轮椅英雄"尹小星、江苏师范大学学生、南京五星控股集团职工等志愿者走进阅读点，开展"红信封""走近孩子走近爱""乡村娃的多彩暑假"等系列主题教育活动。"阿姨，上次您送的航空母舰模型我很喜欢，班里的同学夸我是'军事通'，我很自豪。"李庄阅读点会员李振生在给志愿者张媛的信中这样写道。小小的阅读点打开了留守儿童通向外面世界的窗口。

学生最亲近的人

2009年10月，学生李倩连续请假，郁雪群很不放心，赶到学生家里时，眼前的情景让她忍不住落泪：李倩的爸爸刚刚病故，因为贫困，妈妈离家出走，家里只剩下年迈的爷爷奶奶，更不幸的是李倩还患上了肌肉萎缩症。郁雪群随即向社会募集了2万多元善款，联系医院给孩子治病。

"妈妈全身心地扑在留守儿童身上，我都很少见到她。"郁雪群的女儿李依诺时常"鸣不平"，"给我买的书，常常送到阅读点去了；给我买的新衣服，最后也穿到了别的姐姐身上。"谈起家人，郁雪群总是愧疚：家务由丈夫全包了，年近八旬的母亲也无暇照顾。"每次生病，母亲都是自己强撑着，掩饰着，尽量不让我看出来。"郁雪群叹了口气，"她总跟我讲，'你干的是正事，我不耽误你'。"

无私的付出换来了无尽的爱。郁雪群的"百宝箱"里珍存着好多信笺和手工小礼物，那都是孩子们的真情感恩。每一次布置以"老师"为主题的作文，孩子们都无一例外写着："我有一位好老师——郁雪群"。

人物档案

郁雪群，女，1980年1月出生。江苏省邳州市邢楼镇耿庄小学五年级语文教师，班主任，兼任音乐、美术、思想品德等课程教师。2000年从江苏省运河师范学校毕业后，先后主动调往邢楼镇范墩小学、大固小学、东庄小学等偏远农村小学任教，获得"徐州市师德模范""彭城好人""感动徐州教育人物"等荣誉称号。

人物评价

耿庄小学校长冯现德：郁老师勤奋敬业，爱生如子，为留守儿童创办的"向日葵读书点"拴住了孩子的心，省了家长的心，凝聚了社会的心。

学生刘梦：郁老师和蔼可亲，善解人意，她将我们从孤独的世界领到了快乐的天堂，她是一位伟大的天使。

学生张旭的爸爸：郁老师认真负责，充满爱心，是一位难得的好老师。她在我家里办了个读书点，让四周的小孩都很受益，我把孩子交给她太放心了。

郁雪群的母亲陈金华：我是40多岁才有这个女儿。她天天忙得很，白发一天比一天多，我很心疼，也很高兴，当老师就该这样。

教师自述

"薄田里也要耕耘出一地希望"
郁雪群

我家乡有句老话叫"鱼知水情，草报土恩"，2000年8月，师范毕业后我回到家乡的村小学工作。尽管学校设施简陋、师资缺乏、生源差，但丝毫没有减弱我"薄田里也要耕耘出一地希望"的犟牛劲儿。当时接手的是四年级，学生达65人，不少留守儿童学习较差。我几乎每天都在围着学生转，从课间错别字的逐个订正到午休时和放学后的一对一补习，几乎是马不停蹄，同事给我取名为"拼命三娘"。我心里只有一个单纯的信念：不求一日成才，只求点滴进步。后来我又先后主动调往邢楼镇5所师资匮乏的小学，先后接手了8个类似的"差班"。凭着埋头苦干的耕牛精神，我每一次都将班级"成绩差"的烙印擦尽，改写成闪亮的"名列前茅"。

2005年后，村子里外出打工的父母逐年增多，大部分留守孩子的校外生活空虚无聊。为此我探索将校内阅读拓展到校外，想方设法在学生家庭中建立"向日葵阅读点"。为了培养留守儿童的阅读兴趣和能力，我帮他们组成了阅读兴趣小组，并按时来到读书点指导他们读书，同时举办丰富有趣的活动来提高他们的阅读兴趣。

在教育博客《雪落群山》里，我写下了自己的筑梦心声——我愿永远做一株扎根在乡村教育土地上的向日葵，面朝阳光，热爱生活，再将爱和阳光化为阅读的种子播撒在乡村娃的生命中，迎来硕果累累收获的秋！

27年与特教学生同吃同住

《光明日报》（2013年10月20日01版）

他们是需要特殊教育的青少年，在饱受身体折磨的同时，他们还承受着无法言说的精神痛苦。谁来抚平这种痛，谁能托起那些被雨打湿过的翅膀？

在南京溧水县，就有一位将生命最美华章献给这个群体的教育工作者：加入特殊教育的队伍，一干就是27年；做校长13年，只为残疾学生能有一个光明的未来；每天与学生同吃同住，是良师，也是慈父。他说，他只是承担了一名知识分子应尽的社会责任。

他，就是江苏南京溧水特殊教育学校校长葛华钦。

一封信引发的教育探索

认识葛华钦的人都说他有一股"执拗劲儿"：他认准的事情，再苦再难也要办成。

1986年，南京打算在溧水、六合、浦口、高淳、江宁五县创办一批聋哑学校。原本在溧水县富塘小学任教的葛华钦，不顾家人的反对毅然参加了特殊教育培训，并在溧水建立了聋哑学校。

最初的聋哑学校条件简陋，仅有的一间教室和两间学生宿舍还是由村会议室改建而成的，整个学校只有3名老师和18个聋哑学生。1997年春，学校增设培智部，开办智障教育，并更名为"溧水县特殊教育学校"。一时间，附近有智障孩子的家庭都把孩子送到学校。

孩子的成长让大家欣慰，但葛华钦却常忧心忡忡。原来，聋哑学生陈乔生毕业后找不到工作，他在给葛华钦的信中写道："我的孩子在上幼儿园，我要吃饭，怎么办？"

这封信让葛华钦几夜没合眼。"如果就教育办教育，那么特殊教育就失去了意义。"2001年，葛华钦向政府申请了300多亩荒山作为"溧水县残疾人教育、培训、就业基地"，创办了南京市残疾人农业中等职业高中，探索"教育—培训—就业"一体化模式。"学一些种植养殖技能，对这些孩子来说，比毕业后拿一个证书更实用。"他说。

现在，基地面积已达800多亩，一个集培训、就业、观赏、休闲于一体的农业庄园粗具规模，已容纳了近30名残疾学生就业。

"什么细节他都替学生想到了"

在葛华钦眼里，孩子们个个都是"宝"。

从学校创办之初，葛华钦就和学生们同吃同住。副校长王成琴说："我们每个人都亲手给残疾孩子洗过澡，洗过脏衣服。"

长期在特教一线，葛华钦对孩子们的想法了然于心，学校的制度规定也围绕着学生需求展开——残障孩子上学需要接送，他把周休调为月休，降低家长往返学校的坐车费用；孩子们为了省钱舍不得多吃饭，他让食堂免费供应三餐，还自己掏腰包给学生增加营养……

"什么细节他都替学生想到了。"特教老师后开照感慨。他讲了这样一件事：一天夜里，葛华钦被一阵狗叫声惊醒，立即起床挨个查看学生床位，结果发现刚入学的徐亭没在床上，他推着自行车就奔出校门。凌晨2点多，葛华钦借着手电微弱的灯光四处寻找，在山路上连摔了好几个跟头，终于在一棵大树下找到了迷路的徐亭。他抱着瑟瑟发抖的徐亭说："别怕孩子，走，咱回家！"

"这些孩子将来能养活自己，我心里就踏实"

记者见到葛华钦时，他正在指导学生培育青椒。面对20岁出头的轻度智障学生，他的语气轻柔，像对待八九岁的小孩子，一个培土动作他就演示了十几遍。

这一刻，记者不禁疑惑：到底是什么支撑着他几十年如一日，为特殊教育耐心、默默地付出？

"这些孩子很单纯，你真心对他们，他们就把你当成至亲的人来信任和依赖，这份信任和依赖让我感受到了人生的意义。"葛华钦说。

实践基地建设使用12年来,前10年一直不断投入,葛华钦拿出自己的工资补贴日常开支。2012年年底,基地运营赚了10万元,他把这些钱全部用于支付基地残疾人工资和改善学校办学条件。

27年来,从特殊教育学校毕业的400多名残疾学生中,90%成功就业。因为工作突出,南京市教育局好几次想把葛华钦调到更好的工作岗位,都被他婉拒。有人不解:"当了一辈子校长,你图什么呀?"他淡淡一笑:"特殊教育是份良心工作,这些孩子将来能养活自己,我心里就踏实。"

在溧水县新一轮的发展规划中,葛华钦的特殊教育学校和实践基地要在10月底前搬离,但校舍和基地新址仍未落定。接到通知后,葛华钦在学校温室棚里、池塘边经常一站就是几小时,他割舍不下与残疾孩子共同成长的土地,但更期望有更好的地方,让孩子们展翅飞翔。

★ /半生流泪终不悔/ ★

"农民松开的眉头,是对我最好的嘉奖"

——记累倒在三尺讲台的河海大学教授彭世彰

《光明日报》(2014年01月13日01版)

★ /育人楷模——坚守讲台因为爱/ ★

编者按

"宁肯透支生命也绝不辜负使命",这是河海大学教授彭世彰常说的话。他以自己的认真和执着,忠诚于党和人民的教育事业,在三尺讲台上一站就是一辈子。他毕生追求科学真理,提出享誉业界的水稻节水灌溉技术,带领学生在祖国各地躬身科研,完全忘记了时间和劳累,更忘记了自己的身体健康。

正是彭世彰这样"样样放不下""样样不落后"的知识分子和全体人民的共同奋斗,推动了教育、科技、文化事业不断进步,使我们的国家不断走向富强。英才早逝,痛不自言。我们在向彭世彰同志学习的同时,也希望广大知识分子在紧张工作中莫忘劳逸结合,希望社会各界关心知识分子的健康状况。

一声声呼唤,一阵阵哭声,划破清晨的寂静。河海大学的师生们,奔向南京殡仪馆。他们要去送心爱的彭世彰教授最后一程。

层林如挽,长风当泣。在通往殡仪馆的路上,自发前来送行的人们排成一条长龙,绵延数里。

"我走了。"那天,他像往常一样,出门前笑吟吟地与妻子告别。没想到,这次竟成永诀。

2013年12月15日下午,全国劳动模范、河海大学节水专家彭世彰在做学术报告时突发心肌梗死,"轰"的一声倒在了三尺讲台,再没有醒来,终年54岁。而就在几周前,他一手创办的国家重点实验室在全国评估中被评为第一,他带领的"节水灌溉及其农田生态效应"团队被评为江苏省高校优秀创新团队。

灌溉的革命

1978年,彭世彰通过高考成为华东水利学院(河海大学前身)农田水利专业的学生,从此与水利结缘。

20世纪90年代,"下海"之潮涌动,作为普通教师,月工资仅有50元的彭世彰也动摇过。但是,只要看到学生求知的眼神,只要看到绿油油的农田,责任和担当便割舍不下。

为研究水稻生长发育的生理生态机制,彭世彰连续三个月每天往田里跑，和稻子一起"泡"在水里。

"老彭常常是早上一身泥，午间一身汗，夏天晚上蚊子特别多的时候，就躲到房屋顶上纳凉。在他眼里，这些都不值一提。"同事郭相平教授回忆。

在长期的观察实验中，彭世彰发现农民往往注意到水稻耐淹的一面，而忽视了水稻耐旱的一面，勤于思考的他产生了通过控制水分来控制水稻生长的想法。为此，他自学植物学、作物生理学等内容，借鉴著名水稻专家陈永康用肥料控制水稻生长的"三黄三黑"理论，通过控制水稻生长的水分进行为期3年的对比试验。

如痴如醉、异常活跃的思维触角，使彭世彰的科研灵感纷至沓来。从此，一位普通教师的事业和一个国家的农田水利事业紧紧相连。

1987年，不到30岁的彭世彰大胆提出了一个颠覆传统的新观点：水稻可以进行无水层种植，即根据气候、农作物的成长敏感期科学地为根部泥土补水。

观点提出后，随之而来的是来自国内外的质疑声。面对种种压力，彭世彰没有丝毫退缩，继续带领学生埋头田间3年，反复试验，最终提出享誉业界的水稻节水灌溉技术，该技术节约灌溉用水56%，水稻增产11.7%，改变了人们对水稻灌溉模式的传统认知，被誉为农田灌溉史上的一场革命。

"师兄是从心底热爱他的事业。他说过，人啊，在这一辈子能做一件事情，解决一些问题，给社会留下一些东西，就是成功。"殷国玺教授提起彭世彰，难掩悲伤。

爱之深，行之远。彭世彰对水利的无悔付出，收获了累累硕果。作为河海大学的学术带头人，彭世彰领衔完成了国家重点基础研究发展计划、国家自然科学基金、国家"十一五"科技支撑计划等科研项目，获得国家科技进步二等奖2项、三等奖1项，省部级科技进步奖5项。

敬业与忠诚，是彭世彰为国为民奉献一生的真实写照。2012年，他获得"ICID国际节水技术奖"，是该年度全球唯一的获奖者。然而面对荣誉，彭世彰却称自己为"农民教授"。

"我饿过肚子，深知'手中有粮、心中不慌'的道理。农民松开的眉头，是对我最好的嘉奖。"这是彭世彰常常挂在嘴边的一句话。

节水灌溉，滋润了祖国的土地，滋润了农民的心田，它所带来的经济效益和社会效益，难以用数字估算。目前，这项技术已在江苏、宁夏、黑龙江、海南等地大面积推广应用，增产节支总额达数百亿元。仅江苏省盐城市就累计推广2027.85万亩，增产节支总效益20亿元。

"彭世彰教授因公殉职，是河海大学的重大损失，亦是我国农田水利界的重大损失。"河海大学党委书记朱拓敬佩中透露着惋惜。

国际灌溉排水委员会高度评价彭世彰，认为他在水稻控制灌溉领域的研究走在了世界前列，成果已达到国际领先水平。

"为什么我的眼里常含泪水？因为我对这土地爱得深沉。"彭世彰用生命，诠释着奉献的真谛，追寻着"让农民用更少的水，收获更多的粮食"的梦想。

不灭的师魂

一辈子的赤子之心，把生命最后的霞光，化为讲台上永恒的春天。

如果可以重新选择，彭世彰还会当农田水利教授吗？

"当然会""一定会"——他的家人、朋友、同事这样回答。

"如果这次研讨会是在上午举行，世彰应该还能逃过一劫吧！"彭世彰的妻子告诉记者。之所以说"还"，是因为在2004年和2009年，彭世彰曾同样在工作时突发心肌梗死，被送往医院抢救。自2009年以后，每逢秋冬交接时节，彭世彰都要住院一阵子，调理身体。今年，由于工作繁忙，彭世彰一直没抽出空去医院，身体也每况愈下，同事们都催他去医院休养，可是他怎么会愿意缺席水文水资源与水利工程科学国家重点实验室学术委员会的会议？怎么会允许会议为他而推后安排？

"为了确保这次学术会议顺利召开，他不仅再一次推后了住院时间，还天天加班加点。"同事缴锡云教授感慨。

会议如期举行，彭世彰优雅地走到台前，有条不紊地与众位院士、专家分享研究成果。突然，他紧紧捂住胸口，直直地倒下去。顿时，所有人慌了神，纷纷拥向台前。一名院士赶紧掏出自己的"救心丸"，塞在他嘴里。有人脱下衣服，垫在他身下。他妻子赶来了，立刻给他做人工呼吸。

在医院抢救的时候，所有人都期盼，曾战胜过死神的他会再次坚强地醒来。当医生宣布抢救无效的时候，没有一个人说话，沉寂压得人透不过气来。

当白布轻轻遮住彭世彰的脸庞时，一直搀扶着师母的学生刘锦涛忍不住失声痛哭。这就是反复告诫我们做人做事一定要兑现承诺的彭老师吗？这就是坚持认为教书育人没什么诀窍，一半靠说，一半靠做，光说不做，说得再好，也不顶用的彭老师吗？这就是极其严厉，几乎实验室每个学生都被他说哭过的彭老师吗？如今，他安卧在病榻上，用生命给学生上了最后一课。

刘锦涛是彭世彰生前指导的最后一批硕士研究生之一。"这几天，一走进实验室大楼，好像彭老师还在前面带路。路过他办公室时，我总不自觉地敲门，敲了好一会儿，主人还不开门，我就是不愿意接受他已经去世的事实。"刘锦涛哭了，泪珠落在他手中的开题报告书上。报告书封面上清晰地写着：研究方向，灌溉排水理论与节水灌排新技术；指导教师，彭世彰教授。

严苛、严厉、严肃，是彭世彰对待学生、对待学术的准则。在他眼里，做学问是极其冷峻的，容不得半点马虎和通融。想要报考他的研究生，有一条不成文的规定：必须保证每年有100天的时间待在田里。在入学时，他会要求每一位学生都签署学术承诺书，入学后，必须每天到实验室签到3次。学生的论文，初稿都需要修改7次以上，如果想要发表，则必须经他审阅和同意。有位学生在高级别期刊上投稿被录用，但彭世彰发现了论文中的部分疑点后，立即要求学生无条件撤稿；他主编的全国中文核心期刊《水利水电科技进展》从不上"人情稿"，在定稿前，他都要严审每一篇论文。

而在学生们眼里，这位硬朗、严格的彭老师似乎有着与生俱来的气场和魅力。"在校园里，只要远远地看到彭老师，我就立刻绷紧神经，夹紧书本。"学生和玉璞说。"只要一接到彭老师电话，我就马上钻出被窝，开始学习。"学生高晓丽说。"彭老师连削铅笔都要管，他说，一个人做事是否严谨，从一个小小的铅笔头就能看出。"同事郝树荣说。

在彭世彰的葬礼上，侄女悄声告诉妈妈："要比着舅舅找男朋友。"妈妈摸着她的头说："你舅舅身上所体现的是真正的知识分子本色。"

是啊，这样的知识分子是社会的脊梁。他活在大家心里，成为不灭的师魂。

以知识报国

在收拾遗物的时候，妻子告诉记者："其实，对于死亡，世彰并不在乎，重要的不是死，而是如何生。他欣慰，这一辈子选择了自己想过的生活，即使在人生的最后年月，他依然没有愧对自己的心。"

彭世彰疼爱妻子。每天回家，无论多晚，他都会把第二天做早饭的食材洗净、切好。逢年过节，总不忘买束鲜花送给妻子。他是慈祥的父亲，膝下有一儿一女,女儿就要嫁人了,他专门买来相册,把女儿的照片珍藏起来,想她了,就翻翻看看。儿子还在上中学,晚上回家,他便轻轻推开房门,看看熟睡中的儿子,偶尔也会把他叫醒——儿子愿意和他谈人生。

彭世彰的一辈子,是带着他的家人和他一起担当,具有"以知识报国"的胸怀。他心疼家人,但是,一想到严峻的现实,他别无选择。

水稻是我国的重要粮食作物,水稻灌溉用水占南方总灌溉用水的90%以上,而我国水资源紧缺,农业灌溉用水供需矛盾尖锐。高效利用水资源,实行水稻节水灌溉已成为缓解水资源供需矛盾、实现我国粮食安全和水资源安全目标的重要战略举措。

从1986年开始,年轻的彭世彰就已经随着导师在北方缺水区山东省微山县做水稻灌溉节水研究,在全县推广新的节水技术,促使当地种植的几十万亩水稻连年增产丰收。

初尝成功滋味的彭世彰并没有满足,他突然想到,既然在严重缺水的微山都能用节水灌溉技术种植水稻,那么在其他地方能不能推广呢?为此,彭世彰到南方灌区、苏北稻区、东北寒区和宁夏引黄灌区,根据当地的土壤、气候、种植方式等实际情况,量身定制了不同的推广方案。每到一个地方,他不仅一遍遍不厌其烦地宣传节水高产灌溉理念和技术,还卷起裤腿下田,手把手地教农民具体的操作方法。

去世后,学生们在他的办公室整理出整整3箱奖状和荣誉证书,而这些都被彭世彰压在了箱底,占满整个橱窗的是各种科研书籍和学生论文。博士生徐俊增告诉记者:"恩师总说,只要节水灌溉能让全国水稻节水增产,就是对他最大的奖励。"

"他总是这样,把名利看得很轻。"同事丁寿祥教授说,"学校曾几度推荐彭教授参与院士评选,但都被他婉拒,他要把机会让给年纪更大的老教授。"

彭世彰的妻子指着桌上一摞厚厚的研究报告对丁寿祥说:"世彰一辈子就做了这么一件事,现在他走了,但项目不能中断,事业还要继续。"柔弱的话语,蕴含着震撼人心的千钧之力。

一个人不可能永生,但可以不朽。彭世彰视事业若性命,用孜孜不倦的探索、用奋斗、用生命诠释了社会主义核心价值观。他,是不朽的。

科研永恒　思念无尽

——彭世彰教授事迹在全国引起强烈反响

《光明日报》（2014年01月14日02版）

1月13日，本报头版头条刊发长篇通讯《"农民松开的眉头，是对我最好的嘉奖"——记累倒在三尺讲台的河海大学教授彭世彰》，在全国引起热烈反响，各地专家学者、农民朋友纷纷在第一时间给报社来电，表达对彭世彰同志的缅怀之情。教育部部长袁贵仁做出批示："感谢光明日报，望持续宣传。"江苏省委书记罗志军做出批示："彭世彰的事迹值得我们很好地学习。"江苏省委常委、宣传部部长王燕文要求宣传部在江苏进一步收集、整理彭世彰教授的相关事迹，并集中宣传。

农民最亲近的人

美丽的山东微山湖畔，是彭世彰科研起步的地方。

谈及彭世彰，已经80岁高龄的济宁市水利局原总工程师徐国郎眼里满是疼爱。他说，彭世彰就像他的儿子，虽然常年不在身边，但彭世彰从未忘记过他。1983年，24岁的彭世彰还是硕士研究生，跟随导师来到济宁市水利局，继而与徐国郎等人合作开展科研。初次见到彭世彰时，徐国郎压根不敢相信，这个眉清目秀的帅小伙，会真的把农田水利研究当作毕生追求的事业。"农田灌溉研究，可是个苦差事，裤腿一挽，袖子一撩，肚里的知识全要栽在泥塘里。我还真担心这个城里来的大小伙吃不消呢。"徐国郎说。但没想到，彭世彰在田里干完活了，晚上还熬夜看资料，自学植物学、作物生理学等，在没有前人经验可循的情况下，硬写出一份实验方案，叫水稻灌溉试验方案。"这么优秀的人，怎么就走了呢？"采访中，徐国郎反复念叨这句话，念着念着，他老泪纵横。

同样沉浸在悲伤中的，还有那些曾被彭世彰帮助过的农民。宁夏灵武市新华桥镇村民范红至今记得，1999年年初来村里做实验的彭世彰对回族的饮食不太习惯，村里干部看他吃得少，便劝他去汉族餐厅吃饭，但他却坚持要和大家一起吃。"他觉得，一起吃饭才像一家人。"范红说。

得知记者采访，江苏省高邮市邢甲镇周邨墩村村民陈安斌紧紧握住记者的手："记者同志，请你们一定好好报道彭教授，他帮了我们不少忙，是我们最亲近的人，我们都特别信赖他。"

陈安斌回忆说，彭世彰等人在开始推广节水灌溉方案的时候，大伙儿原本根本不相信水也会给庄稼收成带来危害，彭世彰就问大家："你们说旱灾和涝灾时，哪个收成多点儿？"农民回答："旱灾时收成比涝灾多点儿。"彭世彰又问："高的地方和低的地方，哪里的农作物长得好？"农民回答："高的地方作物长得好。""那是什么原因呢？"农民面面相觑，然后恍然大悟，是因为高地的水比低地的少。然后彭世彰带他们观察实验田，农民们一看利用新灌溉技术种植出来的水稻颗粒不仅更多，而且颗大粒满，蛋白质含量及氨基酸含量高，于是彻底信服。

在这个寒冷的冬天，只要一想到彭世彰，村民们的心头就升起一股热浪。去年，上级领导要来这里检查项目进展情况，由于实验田里有10多个坟墓，村里有干部怕影响美观，想说服村民迁坟。彭世彰得知后，立即阻止了这一行动，并找到了水利部门，提出在坟墓周围种植花卉苗木，这样既美观，又不伤害村民情感。"他把我们当亲人，才会为我们想得这么周到、细致。"陈安斌说。

30年来，彭世彰的脚步踏遍江苏、宁夏、山东、黑龙江等10多个省市区，其以"水稻控制灌溉"为代表的节水灌溉新理论在1亿多亩水稻灌区大面积推广应用，增产节支总额达数百亿元。

家人最依赖的人

醉心学术，他曾搁浅了一段婚姻。徐国郎老人告诉记者，彭世彰年轻的时候，长期"泡"在济宁山区的田地里，那时候山区闭塞，要辗转火车、汽车、拖拉机等多种交通工具才能到达，通信也极不方便，没有电话，一封信要走十天半个月。"那时候小彭没条件和妻子联系，全部心思都放在节水研究上，根本无暇顾及家庭。"徐国郎说。长期的两地分隔，造成了夫妻交流的缺失，最终导致了婚姻的搁浅。

幡然领悟，他重新经营起一个家庭。那时的彭世彰不仅是学术界的主心骨，而且是家庭的顶梁柱。

在妻子邢蓓丽的心目中，彭世彰是一个有情有义的人。"世彰很浪漫，每天晚饭后，我们都会牵手在校园散步，校园里大大小小的路我们都走过。每年结婚纪念日，他都会送我一些小礼物。"谈起这些，邢蓓丽像一个初恋的少女，幸福感在心底一圈圈晕染开来。邢蓓丽告诉记者，她至今不敢整理丈夫的遗物，也不敢看告别仪式的视频，更不敢去校园里漫步。"每个场景，都会触动我的心，都会勾起我对世彰的思念。"

无论多忙，彭世彰都不忘关心儿子彭翌豪的学习。"遇到难题，爸爸总能迅速解决，要是一时没想出来，他会不停地想，连吃饭睡觉时间都不放过，有时半夜想出来，他会立刻爬起来，把解答过程写下来，放到我书桌上。"回忆起与爸爸的点点滴滴，彭翌豪泣不成声。

彭翌豪跟爸爸还有一个约定，就是在他15岁生日那天，爸爸要带他去吃他最爱的牛排。然而在离生日还有15天的时候，爸爸却离开了。生日那天，彭翌豪对着爸爸的遗像号啕大哭："一向信守诺言的爸爸，这次怎么爽约了？"

彭世彰对女儿彭乃珺也疼爱有加。"我本科和研究生的录取通知书，爸爸都会扫描一份留作纪念；他的微信头像，是我拍下的旭日照片，他说，我和弟弟就像这初升的太阳；为了不让我担心，他生病住院从来不告诉我。"彭乃珺说，在她和弟弟心中，他们拥有世界上最好的爸爸。

彭乃珺告诉记者，见证儿女的成长，是爸爸认为最幸福的时间。虽然已经工作多年，但是遇到大事，彭乃君早已习惯第一时间找爸爸商量。"现在遇到一些事儿，我还是想和爸爸发微信，可如今，发出去的微信再也没了回复……"说到这，彭乃珺的泪水像断了线的珠子，扑簌簌地往下滚落。

同行都尊敬的人

彭教授去世一个月，整个河海大学笼罩在一片悲痛之中。

学校正在研究国家重点实验室新任主任人选，彭世彰所带的"节水灌溉及其农田生态效应"团队，目前处于群龙无首的状态。"近年来，彭教授一直忙于科研，3年中同时进行着10多个大的项目。"彭教授的学生、河海大学青年教授徐俊增不停地抹泪。

河海大学水利水电学院郭相平教授说:"彭教授对技术细节把握非常严谨,作为一个学科的核心人物,他对学科战略发展的规划与促进实施,对学科师资力量的构建,都有着独到的见解与精心的安排,这样一个核心人物突然离世,我们农田水利学科顿时没了主心骨。"

"彭教授去世的时候,我就在现场,他为了科研工作累倒在了工作岗位上,十分可惜。"中国水利水电科学研究院水资源所王浩院士感慨道,"彭世彰做人朴实低调,是个里里外外都实实在在的好人。彭世彰非常乐于助人,他所在的国家重点实验室建成时间比我们早一些,我们建设实验室的时候,他在技术、学科等各方面都给我们很多建议和意见。"

"彭教授治学非常严谨,学术造诣很高。"谈起彭教授,中国农业大学康绍忠院士忍不住地赞赏,"成就的取得离不开勤奋负责的工作态度!"康绍忠回忆道。

去世的前17天,彭世彰在广州参加中国水利协会农田水利专业委员会年会;去世前12天,彭世彰在北京参加全国灌溉试验座谈会;去世的前7天,彭世彰在北京参加全国农业节水科技奖评审;去世的前1天,彭世彰还在为第二天的学术报告做准备。

"真的没想到,在一切事情都进行得非常顺利的时候,他却倒下了。"康绍忠说。

对事业的皈依融入灵魂

——缅怀全国劳模彭世彰教授

《光明日报》（2016年05月04日04版）

用生命坚守三尺讲台的河海大学教授彭世彰离开860多天了。这860多个日日夜夜，亲人、朋友、同事的悲伤化为刻骨的思念。

这条路，只剩回忆驻足

4月，道路两旁的梧桐树已抽出新叶。这条路，彭世彰与妻子邢蓓丽携手走了14年。

这条从家通往丈夫单位的路程虽然仅有10分钟，却见证了彭世彰对邢蓓丽的情感。"虽然世彰经常在实验室加班到很晚，但他每天都会抽出时间陪我散步，这条小路上的一草一木，都会让我触景生情。"

在邢蓓丽的回忆里，丈夫是个"工作狂"。邢蓓丽说，重点实验室是在彭世彰的一手推动下建立起来的，也凝聚着他毕生的心血。每次散步路过实验室，邢蓓丽总会陪着丈夫上去看看，学生有没有在实验室工作，项目进行得怎么样了。得到满意的答复之后，夫妻俩才会携手离开。

"每次经过这里，过去的点滴就像幻灯片一样在脑海里唰唰而过，我的心海也泛起层层涟漪。"邢蓓丽将情绪写进日记，将思念藏于心间，将悲恸化为勇气。

这个背影,从未远去

每到清明时节,彭乃珺的心里总有一种说不出的伤痛。

"去年1月,我在北京出差,远远看到一个人的背影特别像父亲。我把车停在路边追了上去,直到那人回头才知道是自己恍惚了。"在女儿彭乃珺的心里,父亲熟悉的背影从未远去。

彭乃珺说,父亲很少表达感情,更多的是默默关爱。她还记得整理父亲遗物时,在堆满学术材料的办公桌下面,发现了一个格格不入的精致小盒子。"盒子里放着我小时候的照片、大学和研究生录取证书的扫描件以及爸爸亲手写给我的书信。"那一刻,彭乃珺泣不成声。

在儿子彭翌豪心中,父亲的背影是至高无上的精神雕像。彭翌豪常常会对着床头的照片发呆,这是他10岁那年父亲带他去拍的,"爸爸说等我15岁生日那天,再带我重新拍一张挂在床头"。然而在距离他15岁生日还有半个月时,彭世彰却带着对儿子的承诺永远地离开了。

这扇大门,传递无尽的力量

重点实验室里,那扇时时敞开的大门,如今却再也见不到彭世彰的身影。

"每次经过彭教授生前的办公室,每次看到那扇大门,我的心里总是充满了前进的动力。"河海大学青年教师徐俊增说,跟随恩师十多年,严谨与敬业是他从恩师那里得到的最宝贵的财富,"每个学生的论文他都会亲自反复地修改,一旦发现数据有问题,即使通过专家审稿,也会被要求撤回来重新计算核实。"

"老师做学术和做人一样严谨。"河海大学青年教师杨士红说,申请国家重点基金答辩时,彭世彰持续两周,坚持陪5个不同的小组奋战到深夜,天天加班到凌晨2点,"连他去医院复查身体的时间都被耽误了。直到现在,我在研究上遇到瓶颈时还是会习惯性拨他的号码,但是,每次的忙音都提醒我,那个人的声音再也听不到了。"杨士红拿着彭世彰在农田里工作的照片,泪水浸满了双眼。

梧桐叶落,不是风的无情,是对土地的眷恋;先生离去,不是生的告别,是对事业的皈依与执着。他不朽的灵魂,留给世界的是永恒的力量。

教育根植于爱

——记坚守村小 15 年的"最美江苏教育人"顾晨葵

《光明日报》（2014 年 04 月 16 日 01 版）

瘦小的身躯，白净的脸庞，一副镶边眼镜，这是江苏省扬州市江都区吴桥镇乡村教师顾晨葵给记者留下的第一印象。这个身高不足 1.6 米的女子，照亮了 600 多名农村孩子的求学路。在离家 30 多公里的偏僻村小，她一站就是 15 年；当被确诊为恶性骨巨细胞瘤时，她悄悄藏起诊断书，忍着剧痛站在讲台上。对乡村教育事业的执着和奉献，对农村孩子无怨无悔的爱成为支撑她不断前行的精神力量。

"只要学校还有一个孩子，我就要留下来"

1980 年，顾晨葵出生在江都区吴桥镇长庄村——扬州一个偏僻的角落。顾晨葵从小就看到村里老师少，好老师更少，很多农村孩子因此失去了成才机会。当一名农村教师的梦想，在青年顾晨葵心里生根发芽。

1999 年，19 岁的顾晨葵从高邮师范学校毕业后，被分配到吴桥镇万寿小学任教。获知消息的晚上，顾晨葵彻夜未眠。"有什么比如愿以偿更幸福呢？我躺在床上，满脑子都是自己站在讲台上给孩子们讲课时的场景，越想越激动，越想越兴奋，怎么也睡不着。"顾晨葵说。可当第二天，顾晨葵来到万寿小学时，她傻眼了：

"教学楼"是 20 世纪七八十年代的普通平房，没有像样的课桌椅，操场是泥地的，孩子们就在这样的环境中，大声朗读课文……倚着一扇教室门，顾晨葵一阵心酸，两股热泪顺着脸颊流下来。

"很多年轻老师看一眼这里的环境,就纷纷托关系转走了。"万寿小学校长万少华说,和顾晨葵同时期进校的,共有8名年轻教师,后来有7人陆续调到了城里、镇里,只有顾晨葵选择了留下。

"我要把身躯和灵魂都留在这里,因为这里,是一片充满希望的田野。"顾晨葵泛黄的日记本里,记录着她早年的心迹。

刚任教时,顾晨葵教一个班的语文并担任班主任。后来小学要开设英语课,顾晨葵就成了一名专职英语老师,包揽了三年级到六年级的全部英语课。

"4个年级,5个班,300多名学生,每天备4份课,一天上五六节课,她像个陀螺一样,一直不停地在教室和办公室之间转着。"同事蒋文龙老师说。

"爸妈在外打工,爷爷奶奶又不识字,只有顾老师管我学习。"三年级的留守儿童杨悦说。

"我一直都是跟班走,到现在已经送走了4届学生。"谈起自己教过的学生,顾晨葵很自豪,眼中闪着光,哪个孩子拿了区英语口语比赛一等奖,哪个升入了重点高中,哪个考上了重点大学,她都一清二楚,就像自己的孩子一样。

看到她教学成果优异,城里、镇里不少学校向顾晨葵抛出了橄榄枝,却都无一例外地被她拒绝了。2011年,万寿小学被调整为吴桥镇谢桥小学的一个教学点,只保留一到四年级,有人劝她:"走吧,万寿小学没多少人上了。""只要学校还有一个孩子在,我就要留下来。"她坚守自己最初的选择。

3月26日下午,记者聆听了顾晨葵的一堂英语课。万寿小学变成教学点后,学生人数少了一大半,但这并没有影响顾晨葵的教学热情。为了上好这堂课,她专门折了一只千纸鹤,还准备了3个不同颜色的文具盒。在她的循循善诱下,学生们一个个高举着手,抢着回答。这堂课给记者留下了极其深刻的印象。

"任何事情都不能耽误学生学习,包括我的身体"

长年投入村小教学,顾晨葵的交际圈变得很窄,直到2008年才经人介绍与来自丹阳的小伙子王国华结婚。

正当顾晨葵享受着新婚甜蜜时,命运却跟她开了一个天大的玩笑。2008年5月,顾晨葵被确诊为恶性骨巨细胞瘤,医生强烈建议她立即手术,否则,只要她一不留神摔了跤,就会导致终身残疾。

接过诊断书,顾晨葵的手在颤抖,心在滴血。"我才28岁,学生们需要我,家人需要我,我怎么可以残疾?"

"去做手术吧,医生说了,只要手术及时,就会没事的。"丈夫安慰她。

沉默良久后,顾晨葵做了一个让家人惊讶的决定:把诊断书藏起来,就像从没有发生过这件事一样,继续给学生们上课。

现在正在江都中学上高三的帅孜文对这样一个场景记忆犹新。一天,顾老师一如既往地站在讲台前,绘声绘色地给大家上课,突然,她用手死死捂住右腿,脸色煞白,汗珠直下。"我当时只有六年级,不知道发生了什么事,和班里其他同学一样,都吓坏了。"帅孜文回忆,"后来,大家知道顾老师生病了,校长带着我们劝她抓紧到医院做手术,可顾老师说,马上就要期末了,我想先把课教完。"

"你这是在冒险,拖一天做手术,就多一份残疾的危险。"记者说。

"我知道,但任何事情都不能耽误学生学习,包括我的身体。临近期末,很难再找到代课老师,再说,即使有代课老师,学生们也未必能适应。"

就这样,直到把新课全部教完,把复习资料给学生们准备好,顾晨葵才安心地接受手术。那次手术,顾晨葵的右腿股骨被剜去了2/3。

2009年春节后,不少家长向学校反映孩子不适应代课老师教学,学习英语的兴趣和自觉性下降。尚在康复阶段的顾晨葵听说后,不顾亲友劝说,硬是提前回到了三尺讲台。

考虑到顾晨葵的身体状况,学校特地为她准备了一把椅子,可她却从来都没坐过,她说,坐着上课,后面的孩子就看不到她了。

对于妻子的倔强,丈夫王国华十分心疼,但更理解她、支持她。妻子重返讲台时,王国华这个平日粗心的男人,像变了一个人,小心翼翼地呵护着顾晨葵。每天,都把妻子扶下楼,送到公交站台,直到顾晨葵上车坐稳后才依依不舍地离开。晚上回家,王国华无论再忙也要给妻子做腿部按摩。

"上天把这么好的丈夫带到我身边,我很知足,也很感恩,而我回报的方式就是更认真地教书。"朴实的想法,让记者再一次对面前这位女子肃然起敬。我想,中国正是因为有了千千万万这样甘于奉献、默默无闻的乡村教师,才有了坚实的基础和光明的前途。

"妈妈,我有点喜欢你了"

人心是一架天平,挂念别人的时候多了,想着自己的时候自然就少了。顾晨葵就是这样一个人。

忙着备课、上课、批改学生作业，顾晨葵天天围着学生转，很少有时间陪女儿小欣怡。早晨顾晨葵出门时，小欣怡还在酣睡中；晚上顾晨葵回到家，小欣怡又进入了梦乡，不知不觉，小家伙已经快6岁了。

村小的工资微薄，为了让女儿过得更好，2012年，丈夫王国华辞掉了在江都的工作，远赴新疆打工赚钱，每年只能回家一两次，照顾小欣怡的只有顾晨葵年迈的婆婆。

"你们夫妻俩一个全心扑在学校，一个远在新疆，欣怡就像个留守儿童，你要多陪陪她。"有人好心劝她。

"自己身上掉下的肉，怎能不疼爱？只是，在万寿小学，还有更多的孩子需要我。"顾晨葵回答。

直到有一次，顾晨葵带着女儿和朋友一起去公园游玩。到了游乐场，朋友的孩子玩得不亦乐乎，小欣怡却只是躲在一边，不敢上前，已经上幼儿园中班的她，连旋转木马都不敢坐。小欣怡那怯怯的眼神刺痛了顾晨葵。"作为一个母亲，我太不合格了！"由于右腿做过手术，顾晨葵不能长时间弯腰或蹲着，从女儿出生至今，她从没给女儿洗过澡，甚至很少抱女儿。

前些天，婆婆有事回老家了，顾晨葵才不得不改变了自己上完课还要留在学校改作业、备课的习惯，早早回到家里。

看着妈妈洗菜做饭，小欣怡像只欢快的小鸟，在顾晨葵周围转来转去，一会儿唱歌，一会儿跳舞，一会儿又拿来水果，问妈妈吃不吃。

晚上睡觉时，小欣怡趴在妈妈耳边，小声说："妈妈，我有点喜欢你了。"顾晨葵心里咯噔一下，鼻子一酸，泪水像断了线的珍珠。

极力控制住自己的情绪，顾晨葵问女儿："那你以前不喜欢妈妈吗？"

"以前你都不陪我，这两天奶奶回老家了，我发现和你在一起也蛮好的。"女儿答道，顾晨葵紧紧地把女儿拥入怀中。

今年3月，顾晨葵以网络得票第一的成绩，被江苏省教育厅评为"最美江苏教育人"。

"你怎样评价自己？"记者问。

"我只是做了一名老师该做的事。我的爱好不多，只想尽可能多地把时间留给学生们。"

好人终有好报。去年9月底复查，顾晨葵原先手术部位填补的骨粉已经被吸收，新骨头也开始长出来了。医生告诉她，这样下去，复发的可能性很小。

顾晨葵把满满的爱留给了村小的学生，用实际行动诠释着对乡村教育事业的奉献和忠诚。

★ /半生流泪终不悔/ ★

90岁老教师王兰:"和学生在一起,我才会感到年轻和快乐"

《光明日报》(2014年06月04日09版)

王兰(左)在家中与记者畅谈(本报通讯员韩灵丽摄)

初见王兰,惊讶于她的美丽与精致——满头微卷的银发一丝不乱,一袭红裙搭着花罩衫,映衬着淡妆轻抹的脸庞,难以置信她已90岁高龄。退休30年来,这位全国著名特级教师,每天坚持到南京市长江路小学听课,回答学生的问题,指导年轻教师上课。她说:"我一辈子在这里工作,我的青春在这里完成,我的梦想在这里实现。和学生在一起,我才会感到年轻和快乐。"

一辈子教书
——"要让学生学得轻松一些,老师就得多辛苦一点。"

这是一堂幻灯片教学,内容是《小蝌蚪找妈妈》。年轻的教师站在讲台前,放着幻灯片。第一张:一群小蝌蚪与一条大鲤鱼带着的几条小鲤鱼迎面相遇,双方越游越近。

老师问:"小朋友看到了什么?"

一只小手高高举起:"小蝌蚪正在找妈妈,它们迎着鲤鱼妈妈游过去,问它知不知道蝌蚪妈妈在哪里。"

第二张:一只乌龟缓缓地在水中游,小蝌蚪们快速赶了上去。

老师问:"现在看到什么啦?"

又一只小手高高举起:"乌龟在前面游,小蝌蚪从后面追了上去。小蝌蚪弄错了,以为乌龟是它们的妈妈。"

"回答得对。现在我们就来学'迎'和'追'这两个生字。"

沉浸在动画的世界里,孩子们兴致盎然。

身边的王兰笑了,满意地点了点头。这堂课的设计者,正是王兰。

而每节课,王兰都是这样"精益求精"。为什么要花这么多精力研究课件?记者的问题,引发了这位老教师一段最刻骨铭心的回忆。

那是60年前,兰家庄小学,王兰教师生涯的第一节课,没想到竟"栽了大跟头"。第一次走上讲台,几十个小朋友眼睛直直地盯着她,王兰沉住气,按课前准备的,先把课文念一遍,再把课文的意思讲一遍,最后领着大家读一遍。糟了!时间怎么过得这么慢,还没下课,一篇课文就教完了。怎么办?王兰灵机一动,布置小朋友写生字。不一会儿,生字也写好了。"那、那就把作业本交上来吧。"

回到家,王兰倒在床上痛哭:"我这样教书,不是误人子弟吗?"

那次"失败"的课后,人们就经常见到这样的情景:教室外,窗户前,一个年轻女教师一手握着笔,一手拿着本子,认真听课。放学后,教室里没人了，又是这个女教师，在黑板上一笔一画地练粉笔字。在家里，王兰把课堂上要讲的每一句话都写下来反复琢磨，躺在床上想，连走在路上也在想……就这样，王兰的课越来越精彩。1955年，王兰被调入江苏当时唯一的重点实验小学——长江路小学。

是怎样的魔力，使王兰能把语文课变成艺术精品？一页泛黄的日记给出了答案："要让学生学得轻松一些，老师就得多辛苦一点。为了课堂的40分钟，课前要用多少个40分钟，我是无法计算的。"

两辈子育人
——"我必须要在有生之年把自己的教学经验传承下去。"

有人说，王兰是一辈子教书，两辈子育人。

30年前，60岁的王兰就不再讲课了，但心中对小学教育的那份挚爱，却从未忘却，她把所有时间和精力都用来指导青年教师，用生命的余晖，照亮一批青年人走的路。

宋建玲是王兰的第三代"徒弟"，在她的抽屉里，至今还留着一份教案，上面写满各色笔记，这份教案，王兰修改过7遍。

宋建玲回忆，刚工作时，学校安排她上一节公开课。上课前一天，宋建玲被王兰叫到办公室试讲，听完后，王兰铁青着脸说："肯定砸锅。"被严厉斥责的宋建玲在黑板前边哭边讲，汗水浸湿她的后背。"那晚我一夜没睡，仿佛经历了一个凤凰涅槃的过程，是王老师让我懂得要对学生负责、对教育负责。"

王兰或许没想到，在她看来最普通的一生里，影响了一批青年人的人生轨迹。

赵昌竹，长江路小学最年轻的教师之一。20年前，他还是长江路小学的学生。"书本上的内容在王老师的讲解下，一下子生动起来，学《马踏飞燕》那篇课文时，好像真的有匹烈马在我面前飞驰。"十多年后，赵昌竹毅然报考了南京晓庄师范学院。如今，他也成为长江路小学一名语文教师。

"我已经90岁了，我必须要在有生之年把自己的教学经验传下去。"这是王兰常说的话。

如果可以重新选择，王兰还会当小学老师吗？

"一定会！"王兰说，"从教60年，我还没做够。如果可以重新选择，我还要做一个教师，仍要教小学语文。"

一位大学校长的《远东来信》

《光明日报》（2014年12月11日03版）

他不是专职作家，但每一部作品都好评如潮；他事务缠身，却坚持每天"动笔"三四小时；他是一位儒雅的大学校长，却特别关注"小人物"的喜怒哀乐。他就是徐州工程学院院长张新科。最近，他历经18年精心创作的长篇小说《远东来信》获"紫金山文学奖"长篇小说第一名。

《远东来信》以一个"二战"时期漂泊中国的犹太孤儿的故事切入历史，勾勒出中华民族与犹太民族两个民族之间的关联。这部有着"中国版《辛德勒的名单》"美誉的小说已于今年5月出版，填补了我国文学领域这一题材的空白。

茅盾文学奖获奖作家毕飞宇对张新科说："每个作家都有一部'命运之作'，《推拿》是我的命运之作，《远东来信》是你的命运之作。"

一颗炽热滚烫的民族之心

这一天，张新科已经等待了18年。

在德国留学时，他经常与一帮来自不同国家的学生一起议论"二战"话题，"中国军民只是为自己而战""中国不是一个有大爱的民族"，这些论调让他耿耿于怀，却苦于找不到有力的证据去反驳。

机会终于来了。1995年，他无意间从一张德文报纸的夹缝中看到了一段往事。"二战"期间的中国上海收留近3万名犹太人的事实，在这个年轻的中国留学生心底激起了巨大浪花，他终于可以为自己的民族发声了。

可是由于时间久远，大量历史资料遗失等都对还原事件真相造成了困难。然而他没有退缩，反而快马加鞭地开始探寻之旅。理工科出身的他决定采用"文本分析,实地调研"的方法写作小说,这也意味着他将比别人付出更多的艰辛。

他几乎走遍了整个欧洲,造访了各地的"二战"纪念场馆、博物馆与集中营,收集和整理了大量的历史档案资料。出于对历史的敬畏,他在留德的7年里,虽然收集到了大量素材,却始终没敢动笔。回国后,他又多次去了上海,走遍了犹太人当年待过的码头、住地、教堂等,找到了当年与犹太人比邻而居的上海老人们。

"写这本书时,我只有一个想法,就是让全世界都知道,在'二战'期间,中国人民在自己遭受日本侵略者迫害和屠杀的时候,还在无私地庇护着大批的犹太难民。"张新科说。

一个知识分子的文化担当

作为我国较早取得国外博士学位的学者,150多万字的专业著作与论文、教育部先进工作者等成绩诉说着张新科在他"一亩三分地"里的骄傲。

可是,他觉得这些远远不够。他说,他的文学创作和大学校长的本职工作是一脉相承的。"大学校长应该承担大学围墙内外教育的两种职责。"

他尤其爱写小人物的故事,写他们的可爱、隐忍、仁义与坚守。说书艺人、农村"戏子"等都是他作品中的主人公。"小人物也有大生活。"这是他的创作观。2010年,他完成了小说处女作《天长夜短》,那是他跑了江苏、山东、安徽、河南采访了100多位电影放映员后写成的。《十月》编辑读后回信:"看后激动得在椅子上坐不住了,这样的东西远远不是小说。"

现在,这位大学校长又开始了新的忙碌,业余时间受雨花台纪念馆之托创作以革命烈士牺牲为背景的长篇小说。"我一定会写好这些为理想和信念而奉献出自己宝贵生命的先烈的故事,"顿了顿,他坚定地说,"这是我的使命!"

人生为一大事来

——记中国植物"活字典"、南京林业大学教授向其柏

《光明日报》（2014年12月24日01版）

向其柏工作照（南京林业大学供图）

他已80岁高龄，仍常深入山区，翻山越岭，用"脚底板"发现植物，识得满地草木，交得花草为友。

他通晓英、法、俄、拉丁语4种语言，一辈子几乎走过了中国所有省份，到过世界上大部分国家。

他60年如一日潜心研究植物分类学，是中国植物的"活字典"，大地上的植物，只有没见过的，没有他不认识的。

他被授权为木樨属（桂花属）植物栽培品种国际登录权威，全球范围内桂花属植物的命名由他权威认证。

他的名字被美、英、法等国植物学字典收录为一个词条，其论著在国内外植物文献中被大量引用。

他是著名植物学家、南京林业大学教授向其柏。

他的故事，是典型的"中国故事"，是所有人都能效法、人生"为一大事来"的范本。

为学无他，争千秋勿争一日

1951年，向其柏初中毕业，读不起普通高中，又不想放弃学业，于是报考了学费低廉又能勤工俭学的湖南安江农校。

"替河山装成锦绣，把国土绘成丹青，新中国的林人，也是新中国的艺人。"当老师提到著名林业教育家梁希的这段话时，向其柏心潮澎湃，自此与植物结缘。

1958年，向其柏在南京林学院毕业后留校任教，后读研师从著名植物学家、林学家郑万钧教授，恩师"求是"的精神感染了他，并潜移默化为他的人生信仰。

从意气风发的青年到满头银发的老者，60多年来，向其柏从事植物分类学教学和科研，对五加科、樟科、木樨科研究尤为精深。

他担任《中国植物志》五加科英文版和越南、老挝、柬埔寨五加科植物志法文版的主编，对五加科中许多的属进行跨国界洲际或世界性专志的研究，使中国及东南亚地区五加科的分类系统和科学性更强。植物学家吴征镒称他"在五加科领域已经成为世界级专家"。

他发表植物新种和新分类群100余个，建立1个新属，主持并参与编写《中国桂花品种图志》《中国植物志》《中国树木志》等论著。

向其柏总说："吾生有涯而知无涯。"如今，他坚持每天8点开始工作，到凌晨仍手不释卷，为写一篇论文工作到通宵达旦是常事。他从没有工作日和节假日之分，就连春节也常在办公室度过。尽管有时痛风发作，腿脚不大灵便，但每年总有1/3的时间在野外调研。

有人问："一大把年纪还不退休，成天搞这些研究有什么价值？""为学无他，争千秋勿争一日。"向其柏说，"基础科学不要怀疑它的价值，只要研究结果真实可靠，一定会有用处。"

一对伉俪，60年植物情缘

向其柏家里，有一张世界桂花分布图，全球桂树种类无一遗漏地呈现在地图上。这幅地图，也见证着向其柏和妻子刘玉莲的人生。

1959年，向其柏和同样从事植物研究的刘玉莲结为夫妻。不少人把他们称为"五同夫妻"：祖籍湖南，生于1935年，曾在湖南安江农校、长沙林校就读，现在南京林业大学工作，都对桂花情有独钟。

1980年，刘玉莲在一次学术年会上了解到，桂花虽贵为中国十大名花，但研究者少得可怜，研究成果寥寥无几，于是她便将桂花作为研究方向，并得到向其柏的支持。由此，一对研究桂花的伉俪在中国花卉界顶天立地。

一把枝剪、一副标本夹、一顶草帽、一个采集袋加上一架照相机，为获得第一手资料，夫妻俩翻山越岭是家常便饭。从险峻的高山到湍急的河流，再到幽深的密林，夫妻俩跑遍了世界上所有生长桂花的地方，确认了桂花原产于中国，仍有野生桂花分布在中国南方和西南山区，改变了国外植物分类界"中国已没有原生的野生桂花，现分布于南方的桂花均为栽培种"的观点，弄清了全球的桂花种类和分布，编写了国内外第一部桂花品种图志，推动了我国桂花产业化发展和城市园林化建设。

2004年，消息传来：向其柏获得木樨属（桂花属）植物栽培品种国际登录权威。这意味着，全球范围内木樨属植物的命名，都要由中国权威专家认证。夫妇俩激动得紧紧相拥。

生活中"精抠细算"的夫妻俩，对需要帮助的人却毫不吝啬——听说家乡要修路，二话不说捐出几万元积蓄；和学生筹集26万元，设立"向其柏树木学奖学金"，奖励在树木学研究领域的优秀学子。

有人说，正如他们的名字，这对中国植物界的学者伉俪，像松柏一样坚定做学问，像莲花一样干净做人。

求真，是教学生涯的坚定信仰

在南京林业大学，向其柏对学生的严格、严肃是出了名的。要想报考他的博士，有一条不成文的规定：必须保证每年花足够时间到野外考察；如果要发表论文，必须经他审阅同意，严禁投机取巧发"人情稿"。

一次，学报将一篇文章送给向其柏盲审，3个月都没回音。原来，这篇仅一页的文章写的是发现了某新物种。为了一个资料出处，向其柏用了一周时间跑校史资料馆，经反复研究和验证后，才断定不是新物种。后来向其柏得知文章作者是自己的学生，对其进行了严厉批评。

植物分类学是一门传统的学科，为激发学生的兴趣，将植物分类课程精髓渗透到学生内心，向其柏花了很多心思。他开设新课程，翻译50余万字外文资料，编写了4门课程讲稿。

读万卷书，行万里路，对于植物学研究缺一不可。为探索野生桂花群落，年逾古稀的向其柏带领研究生攀登海拔2200米的西岭雪山。极目苍茫，天寒地冻，途中向其柏痛风发作，行走不便，但他咬牙爬到了山顶，一路上还不忘为学生讲解。他告诫学生"无限风光在险峰"，从事植物研究必须有吃苦耐劳的精神，不能过多地依赖现代化设备，人脑的积淀才最可靠。

胸中有丘壑，润物细无声。从教50余年来，向其柏培养的学生数以千计，他对教育事业的满腔"钻劲"和"傻劲"激励着一批批青年师生。王贤荣，向其柏第一届博士研究生，同样痴迷于植物研究，在桂花、樱花研究领域颇有建树；陈昕，南京林业大学青年教师，以向其柏为镜，反复告诫自己教书育人和科学研究要戒骄戒躁。

许身孺子平生愿，三尺讲台写春秋。向其柏用"甘坐冷板凳"的扎实与躬身力行的执着，绽放出极为可贵的师德之花。

"牛虻"精神，决不随波逐流

"做学问容不得半点虚假，一个科学家最重要的就是实事求是。"这是向其柏常挂在嘴边的话。

2012年，安徽省祁门县称发现一片"滇楠"，电视台对此进行了报道。向其柏觉得不对劲，查阅文献后，更确定那不是"滇楠"，而是"浙江楠"。"不行，不能让他们错下去！"向其柏立即向当地负责人反映，但对方态度极差:"谁让你们多管闲事了?"

　　侧身走过悬在百米高空的铁桥,进入人迹罕至的深山老林,老两口不惧地势险恶,调查后确证为"浙江楠"。当地负责人向两位老人道歉,向其柏淡然一笑:"我就想凡事都要弄个清楚。"

　　不唯书、不唯上、只唯实,向其柏身上烙有不随波逐流的"牛虻"精神。2006年,南京发生"行道树树种之争",向其柏对市报记者直言南京不能再种法国梧桐了,因为每年春夏产生的大量"毛毛"妨碍市民出行、影响人体健康,而现有的技术水平无法根治这一"致命缺陷"。然而法国梧桐是南京标志性景观,南京人对其有很深的感情,对于向其柏的呼吁,不少市民针锋相对,舆论铺天盖地而来。向其柏据理力争,坚持以人为本,倡导南京种榉树、珊瑚林等,尽管生长慢,但寿命长,没有任何害处。

　　前些年,学术界有人就早有定论的"水杉发现"一事,多次发表文章炒作,混淆视听,贬低水杉科学发现者胡先骕和郑万钧的功绩。向其柏对此极为愤慨,不分白天黑夜地系统收集、整理和分析了所有关于"水杉发现"的文献,进一步对水杉发现过程进行了严肃的科学考证,后发表《水杉发现真相岂容混淆》一文,从植物分类学专业的角度对错误观点进行论证、批判和更正,有力抨击了学术界臆测武断的行为,呼吁维护科学尊严,坚守学术道德。文章的发布,使再次炒作"水杉发现"的事态得到平息。

　　被授予国际登录权威后,不少国内外单位登门拜访,想把向其柏"挖走",法国一家单位开出的月工资相当于向其柏在国内一年的收入,但被他一口拒绝了。他说:"像我这样一个穷山沟出来的孩子,要不是党的培养、国家的关怀,哪能有我的今天?"

　　吴征镒曾这样评价向其柏:"'君子谋道不谋食,君子忧道不忧贫'的科学精神是做基础研究的学者应该秉持的,在这急剧发展又浮躁的年代,我们更需要向其柏这样的科学家、教育家。"

　　立学与立人,如车之两轮,推动着向其柏去书写立体人生,去追寻梦想。

★ /半生流泪终不悔/ ★

坐拥书城为汉学

——追忆中国书史和文化史研究泰斗钱存训先生

《光明日报》(2015年04月28日07版)

《书于竹帛》书封

钱存训(资料图片)

春风和煦，却吹不散心中的哀伤。

北京时间4月10日凌晨，著名汉学家、中国书史和文化史研究泰斗钱存训先生在美国芝加哥因病辞世，享年105岁。

这位终生坐拥书城的老人，毕生致力于研究汉学对世界文明的贡献，是20世纪以来图书馆学宗师、美国东亚图书馆的奠基者和开拓者。

他在抗战期间冒着生命危险将珍贵的国粹善本秘密运往美国寄存，播下中外汉学交流的种子；

他一生笔耕不辍，写下无数有关中国书史的传世之作，《书于竹帛》与《纸和印刷》两部英文专著，以西方语言介绍中国文明，开国际学术界之先河；

他活了一个多世纪，把美国芝加哥大学发展为汉学研究重镇，所教的学生大都成了大师，自己却鲜有人识。

秘运善本，保存国粹精华

1910年，钱存训出生于江苏泰州一个书香世家。1928年就读金陵大学时，他主修历史，副修图书馆学，同时在金陵女子大学图书馆工作，刘国钧主讲的"中国书史"吸引了他。

1937年，钱存训应北平图书馆邀请，担任南京工程参考图书馆主任。后抗日战争爆发，被改派至北图上海办事处，保管北平南运的中文善本。不久，上海租界安全也无保障，北图馆长袁同礼、中国驻美大使胡适与美国国会图书馆协商，将存沪善本移存美国，并摄制微卷以供流传。

1941年珍珠港事件前夕，局势恶化，上海被严密封锁。钱存训不顾生命危险，想方设法躲过日军耳目，用两个月时间独自一人用手推车，分10次将3万册善本悄悄送上开往美国的轮船。次年6月，美国国会图书馆宣布北平图书馆古籍全部运抵。回忆起这段历史，钱存训晚年曾感慨："当年奉命参与抢救，冒险运美寄存，使这批国宝免遭战祸，倏忽已70余载，其间种种，仍历历在目。"

抗战胜利之后，钱存训受教育部委派拟赴华盛顿将这批善本接运回国，但因国内战争爆发，交通中断，未能成行。1947年，钱存训以交换学者名义赴美，从此再也没能回到祖国，这批善本成了他毕生无法释怀的牵挂。

"直到1965年，这批善本书被运往台北，暂由台北'中央'图书馆保存。"南京大学教授张志强说，两次拜访钱存训时谈及此事，他总是神色黯然，怅然若失，"善本能重回大陆是先生有生之年唯一的心愿，但直到逝世终未如愿。"

"中年来美短期访问,原想镀金回国,但未料到将长眠他乡。"这是钱存训晚年的遗憾。虽身处异乡,但钱存训心里始终装着中华文化的种子,他将对汉学的坚守和传承熔铸在血液里,为之倾尽一生而矢志不渝。

抱简劬书,学究古今之变

钱存训是为汉学而生的,他怀铅吮墨的一生都与汉学息息相关。

1947年起,钱存训在美国芝加哥大学图书馆学研究院进修,同时在芝大东亚图书馆工作。从此,他的人生轨迹发生了变化。

"这是在经过14年抗战的艰苦生活后,我一生中最能安静工作和读书的一个黄金时期。"在芝大,钱存训用10年完成近10万册古籍编目工作,还积极收藏当代资料,扩充馆藏,在他苦心孤诣的经营下,芝大东亚图书馆成为研究中国以至整个东亚地区的宝库。

"钱存训成名作《书于竹帛》也在此期间完成,该书对印刷发明前的中国文字记载进行了系统而深入的研究,中文译本仅164页,但著作虽薄,学问却不薄。"张志强说,这部由钱存训博士论文改名出版的著作,曾接连多次续印,并有日文、韩文等多种译本在多国增订出版,被英国剑桥大学李约瑟博士称完全能与卡特的名著《中国印刷术的发明和西传》媲美。"读完这本书,我越发领悟到学问要做深做厚,专著要写薄写透的治学精神。"

出于对《书于竹帛》的欣赏,李约瑟邀请钱存训参与巨著《中国科学技术史》的撰写。钱存训欣然应邀,用15年时间扎实研究中国书籍的演变史,完成30万字的《纸和印刷》,成为《中国科学技术史》第五卷第一分册。

序言中李约瑟写道:"我们说服关于这一专题世界最著名的权威学者之一钱存训教授来完成书中这一部分的写作任务,从钱书中,读者可纵观中国造纸和印刷术的整个历史,在欧洲对此一无所知之时,它们已在中国出现了许多世纪。"

"专题研究,枯燥无味,知音者寥寥。"这是钱存训的心声,几十年来,在图书馆学这个冷门领域,钱存训用甘坐冷板凳的精神潜心钻研,留下无数中国图书史研究领域的经典之作,扩大了汉学在海外的影响。凡此成就,不仅仅是一般的学术研究,更是为中华文化立言的不朽事业。

皓首穷经，桃李遍及天下

钱存训是高山仰止的汉学大家，但后辈眼中的他却只是一位谦顺和蔼的老师。

张志强于2004年前往芝加哥拜访钱存训，钱存训儒雅的风度让他至今记忆犹新。"钱老赠送我一本他写的《中美书缘》，扉页上写的是：'张志强先生惠正　钱存训敬赠　2004年初夏访问芝大纪念。'"张志强说，"'先生'二字让我无地自容。从年龄上讲，我是他的孙辈；从学术上讲，他更是我景仰的大师。或许，这就是大师的情怀。"让张志强印象深刻的是，当时钱存训已94岁高龄，但思路清晰，文笔遒劲，每天仍工作至深夜12点，这种活到老学到老的精神让他受益匪浅。

在美国国会图书馆博士潘铭燊的记忆里，恩师做人做学问严谨求实的态度影响了他一生。"如要引用别人先提出的资料，先生都在注释中详细交代，绝不掠美，所以《纸和印刷》中有极为繁复的注释系统。我的博士论文完成在这本书之前，先生也不吝引用。"潘铭燊说，先生一生以书为伴，他山高水远的风范，也如同一本底蕴深厚的文化大书。

著名史学家许倬云曾在芝加哥大学度过5年求学生涯，也承蒙钱存训关爱，他的回忆录里字字句句饱含对钱存训大爱之情怀的敬重与感恩："我在芝大读书时，曾做过5次骨科手术。其间，钱先生与师母给予我不啻亲人的呵护。钱先生不是偶一为之，而是每年数十次来医院接送上课，5年未曾间断。上下有积雪的台阶，他默默地搀扶，在我气力不足时，又适时扶助一把。"

钱存训一生教导了30多位硕士和博士，并开办图书馆学的研修班，培养出哈佛燕京图书馆馆长郑炯文、美国普林斯顿大学东亚图书馆馆长马泰来等图书馆学大家。直到晚年，他仍然不忘关怀后生，将私人藏书捐赠给母校南京大学，并设钱存训图书馆。他的侄子钱孝文在悼文中称：在家人眼中，先生不仅是民族英雄，是学术大师，还是一位慈爱的长辈，是后生学习的楷模。

先生已逝，音容宛在。钱存训走了，但他忠贞纯粹的人生永不落幕。中华民族博大精深的传统文化，将随着他整理著述的古籍名著在世界舞台上亘古闪耀。

★ /半生流泪终不悔/ ★

冯端：人生四境

《光明日报》(2015 年 07 月 30 日 10 版)

/ 育人楷模——坚守讲台因为爱 /

冯端耗时20年撰写的长达170万字的两卷本《凝聚态物理学》

1933年冯端与兄姐在苏州家中合影（左起分别为：大哥冯焕，姐姐冯慧，二哥冯康和冯端）

南京先锋书店为冯端夫妇60周年钻石婚庆典活动制作的展板

冯端

1923年6月11日生于苏州，祖籍浙江绍兴。1946年毕业于中央大学，并留校任教。1949年该校更名为南京大学后，历任物理系副教授、教授、固体物理研究所所长、固体微结构物理国家重点实验室主任。1980年当选为中国科学院院士。1993年当选为第三世界科学院院士。他是我国晶体缺陷研究的先驱者之一，在国际上领先开拓微结构调制的非线性光学晶体新领域。由于其杰出贡献，经国际小行星中心和国际小行星命名委员会批准，中国科学院紫金山天文台将国际编号为187709的小行星命名为"冯端星"。

傍晚的南秀村，深邃静谧，橙黄的光柱透过树层，零星洒向大地。一对老人相互搀扶，在古老的小巷依偎前行。

这是冯端和妻子陈廉方一天中最惬意的时刻。从南秀村一拐弯，就到了南京大学。岁入晚年，夫妻俩每天都会到校园里走一走。

冯端92岁，陈廉方88岁。这对相濡以沫的夫妻，已携手走过了60个春秋。

来到曾经工作过的东大楼前，冯端走走停停，凝眸沉思。这个留下他人生印痕的地方，带给他无尽的回忆。

沉潜：诗礼传家 一门四杰
"以有涯之生逐无涯之知，是人生中最有意义的事情。"

初次拜访冯端，恰逢江南梅雨季，被暴雨冲刷的城市一片喧嚣蒸腾。

走进先生家中，顿感清凉，一屋墨香，满眼尽是随意摊放的书和零散的纸片，冯端手捧书卷，寂静安然。

夫人陈廉方笑着说："这些书动不得，虽然乱，但冯先生心中自有章法，一动就找不到了。"

采访从童年聊起，冯端语调慢条斯理，眼睛盯着一摞书，仿佛进入另一个时空。

1923年，冯端生于苏州，一周后起名，适逢端午佳节，父亲冯祖培便为他取了这个简单的名字，冯端也就一辈子端端正正地做人。

冯祖培是"末代秀才"，擅诗词，工书法，但他不想将爱好强加于子女，鼓励他们自由读书，按照各自的意愿发挥潜能。而目不识丁的母亲却凭借惊人的记忆力，常背诵唐诗宋词给孩子听。宽松的家庭环境，在冯端心中播下文化的种子。

冯端读苏州中学时，就读于中央大学的大哥冯焕常买科普读物送给他，使他对科学产生了兴趣。受其启发，冯端还自制望远镜观察星体和星象，探索星座的名称和位置。随着阅读范围的拓展，他不再局限于自然科学，对文史哲等领域的书籍也如饥似渴。

"要允许他人有行动或判断的自由，耐心地、不带偏见地容忍不同于自己或已被普遍接受的行为和观点。"房龙所著《宽容》一书，带给冯端深刻的启迪。

宽容之精神，也成为冯端一生的信仰。他成长为兼具科学与人文双重素质的物理学大师，无不延续这一精神。

沉淀，是个人记忆，也刻着时代的印痕。

抗战爆发，为保存中国高等教育资源，延续民族文化血脉，面临战火威胁的大学纷纷迁往中国西南地区继续办学，培养中华民族的高级人才。这是中国近现代大学教育史上荡气回肠的一页！

冯家四兄妹都是这个时期的亲历者和见证者，也是大学精神的实践者。大哥冯焕随中央大学西迁重庆，姐姐冯慧随浙江大学西迁贵州，二哥冯康于1939年考入中央大学，单身由闽入川。冯端则于三年后侍母西行，万里跋涉，历经闽、赣、粤、湘、桂、黔、川七省，投奔重庆大哥处。这段"举家西迁"的经历，在冯端心中留下弥足珍贵的印记。

谁也不曾料想，颠沛流离的冯家四兄妹，竟创造出被科学界传为佳话的"冯氏传奇"——

长兄冯焕毕业于中央大学电机系，后留学美国，曾任通用电气公司研发中心高级工程师；长姐冯慧是中科院动物研究所研究员，与中科院院士、大气物理学家叶笃正结为夫妻；二哥冯康是中科院院士、著名数学家；冯端年纪最小，是中科院院士、著名物理学家。

1942年，冯端考入中央大学，因自幼喜爱自然科学，但对化学不感兴趣，又觉得数学太抽象，便最终选择物理学。吴有训、赵忠尧、施士元等学术大师皆汇聚于此，在恩师的谆谆教诲下，冯端系统学习物理知识，至此终生与物理学结缘。

大学期间，冯端还选修法语和德语，新中国成立后又学了俄语，加上之前掌握的英语，数门外语为他日后的科研与教学奠定了扎实基础。

在中央大学学物理，学业艰难，学成不易。入学时班上物理系的同学有十多个，最后坚持读完4年大学毕业的仅沙频之、赵文桐与冯端3人。

回忆起中大读书的日子，冯端眼神中多了几分神采。"我一介书生，这辈子所做的无非读书、教书、写书。"在他看来,生命之所以可贵,就在于以有涯逐无涯、以有限孕无限。

徜徉于知识的海洋,学生时代的冯端有企鹅的秉性,抗拒严寒,沉下去,潜入水中,聚精会神地积蓄力量。

凝聚:格物穷理　寻微探幽
"你对不可言说的进行探究,使你迷惘的生命终趋于成熟。"

1946年,冯端毕业于中央大学物理系,因成绩优异,系主任、核物理学家赵忠尧对他说:"你留下来吧。"

这一留,便是70载。

从最初的助教到院士,再到第三世界科学院院士,从教遍物理学各个分支,到开创我国晶体缺陷物理学先河,再到成为我国金属物理学和凝聚态物理学的奠基人之一,这位科学大师清晰的奋斗轨迹,让人敬仰。

20世纪60年代末,冯端以金属材料缺陷为主要研究对象,以国外涉足不多的钼、钨、铌等难熔金属为突破口,借鉴国际上刚问世的电子轰击熔炼技术,设计并研制出我国第一台电子束浮区区熔仪,制出钼、钨单晶体,为我国国防工业做出重要贡献。

标新立异、独辟蹊径,是冯端科研的基调。

没有电子显微镜等先进设备,冯端就因陋就简,创造性地发展浸蚀法和位错观察技术,在1966年召开的北京国际物理学会讨论会上获得一致好评,而他也是南京大学首位参加国际会议的青年科学家。

"文革"后,冯端认为科学研究不能故步自封,应开拓新的领域。于是,他将视野转向晶体缺陷研究领域,同时提出将南京大学金属物理教研组改建为晶体物理教研组,开展晶体生长、晶体结构与缺陷、晶体物理性能三方面研究。

"理论脱离实践""没有发展前景"……质疑、反对和不满席卷而来。冯端的学生李齐说,从未见过先生落泪,而那段时间,先生顶着巨大压力,偷偷掉了好几次眼泪。

然而,进一步,天地宽。

帷幕拉开,作为领唱者的冯端最终在逆境中坚持下来,他带领团队开展深入研究,阐明晶体缺陷在结构相变中的作用,开创了我国晶体缺陷物理学科新领域,跻身国际前沿。

"在科学的道路上没有平坦的大道，只有不畏劳苦沿着陡峭山路攀登的人，才有希望达到光辉的顶点。"在攀登科学顶峰的道路上，冯端的步履越发坚实。

20世纪80年代，冯端将目光聚集到凝聚态物理学与材料科学的汇合处，他通过实验论证了诺贝尔奖得主布洛姆伯根有关非线性光学晶体准位相匹配的设想，实现倍频增强效应，并进一步提出独创性设想，从研究自然界的微结构过渡到人工微结构。

20世纪90年代，冯端和严东生院士作为首席科学家主持"八五"国家攀登计划项目"纳米材料科学"，开创纳米科学技术领域国家级科研项目之先河。

……

独创性的研究成果，使冯端获得国家自然科学奖、国家科技进步奖、陈嘉庚数理科学奖等重大奖项。

谈到科研方向的选择，冯端身体坐得更正了，他轻轻按了按助听器："只有站在高处，向下搜索，才能认准目标。"他说，科学工作者要在科研中培养鉴别能力，把握世界科技发展的脉搏，不断地调整，努力使自己站在学科前沿地带。

"文章千古事，得失寸心知。"冯端始终相信"文以载道"，认为知识分子不仅要立德立功，还应立言，要将真知灼见形诸文字，传之于世。

冯端撰写的中国第一部《金属物理》专著，被誉为国内金属物理的"圣经"；他主持编撰的《材料科学导论》实现了从金属物理到材料科学的跨越；他主编的《固体物理学大辞典》确立了中国固体物理学词汇体系……

年事渐高，冯端仍笔耕不辍。他还有个心愿：将毕生科研与教学经验留给后辈。

"冯先生每天一睁眼就看书、写书，从清晨到黄昏，手不释卷。"陈廉方说，天色稍暗，她就悄悄走进屋里，为先生把灯打开。每次喊先生吃饭，等半天都不来，原来他是盯着过道里书架上的书舍不得离开。

在冯端91岁之际，耗时20年，长达170万字的两卷本《凝聚态物理学》问世了！

巨著实现了从固体物理学到凝聚态物理学的跨越。于渌院士评价道："凝聚态物理是一座迷宫，年轻学者最需要的是指引方向的路标，这本书勾画了一幅准确、详尽的地图。"

"你对不可言说的进行探究，使你迷惘的生命趋于成熟。"冯端最爱的奥地利诗人里尔克的诗句，是对他科学研究的生动注解。先生对未知领域的探索，不仅仅是有影响力的学术研究，更是为我国科学立言的不朽事业。

月华：教学相长 德厚流光
"冯端是月亮，周围呈现出美丽的光环——月华，更有新星相伴，交相辉映。"

2013年，冯端九十大寿之际，我国物理学界20多位院士、近百位青年精英齐聚南京，为这位凝聚态物理学宗师祝寿，堪称学界盛事。

教书育人这件事，冯端做到了极致。

"作为教师，必须终身学习。"冯端始终服膺胡适的"为学当如金字塔，要能博大要能高"，同时坚持陈寅恪所倡导的"独立之精神，自由之思想"。

为人师者，教法为要。从教近70年，冯端采用"分类教学"法，观察学生的不同兴趣，以启发为主，适当引导，注重培养学生独立思考和自学的能力。冯端也不赞同分科太细，而是要求学生进行交叉学科的学习，使科学素养和人文素养相互交融。

在学生眼中，这位高山仰止的物理学泰斗，是一位谦虚开明的老师。

学生李齐跟随冯端50多年，恩师诚朴治学的态度影响了他一生。李齐回忆，每回写论文或研究碰到难找的资料，他总是向冯先生请教。"恩师记忆力惊人，每次都准确告诉我图书馆某一层的某本杂志有参考价值，有时甚至精确到第几页。"李齐说，先生精湛的学识和深厚的功力，让他由衷敬佩。

更让李齐记忆深刻的是1982年，冯端的一项科学成果获得国家自然科学二等奖，奖项公布后，李齐发现自己的名字竟在获奖名单中。"当时我只是在读研究生，"再提往事，李齐感触颇深，"真没想到，先生居然把这个大奖与我分享。"

"青出于蓝而胜于蓝。"冯端常说，"当老师的责任是培养好年轻人，鼓励他们超过自己，如果老师带出来的研究生比自己差，社会的发展和科学的兴旺是不可能实现的。"

中科院院士、南京大学物理系教授闵乃本也是冯端的弟子。1982年，闵乃本撰写的《晶体生长的物理基础》获得国际学术界的一致好评。光环的背后，凝聚着冯端的点滴心血，从最初的书名确定、框架结构、章节顺序，到成稿后字斟句酌地润色凝练，冯端完全把它当成自己的书对待。后来，物理学前辈钱临照院士撰写书评时提道："此书成稿后，得到冯端教授仔细审阅，详加核定，更增添正确性和色彩。"但冯端本人绝口未提过自己的功劳。

还有郑有炓、都有为、王广厚、邢定钰……冯端门下走出了很多中国物理界领军人物，其中不乏这些声名卓著的院士。

在南京大学原校长蒋树声心中，冯端既是学术导师，更是人生良师。担任校长时，蒋树声在冯端所著《零篇集存》一书中作序："高瞻远瞩的科学视野、道器并重的治学方法、真诚热情的处世方略、文理通融的深厚涵养，是我们这辈人学之不尽的精神财富。如今我亦忝为人师，执掌一校，当我面对自己的学生，面对自己的工作，面对许多人和事的时候，我总是想到说说先生……"

当被问及一生培养了多少学生，冯端淡淡一笑，微微摇了摇头，嗫嚅道："记不得了，记不得了。"

1984年，国家重点实验室——南京大学固体微结构物理实验室正式建立。

作为实验室领军人物，冯端有多次出国进修的机会。但实验室尚在初创阶段，经费紧缺、工作繁重，他便分期分批将出国名额推荐给系里的年轻老师，并为他们指明国际上最前沿的科研方向，自己则一心扑到实验室的建设与发展上。

注重人员专业知识结构"互补效应"、突出实验室的"开放性"、创新"大师加团队"的合作机制……以冯端为核心，一批优秀的学科梯队呈辐射状向外拓展，科研成果层出不穷。早在1997年，实验室就被国际顶级期刊《自然》杂志列为"已接近世界级水平"的研究单位。时至今日，在历届国家重点实验室评估中，固体微结构物理实验室始终名列前茅。

此情此景，一如月亮周围所呈现出的美丽光环，故有人将其称为冯端的"月华效应"。

守恒：钻石伉俪　诗缘铸情
"天上的星，是我的名字；心中的星，是你的名字。"

2011年，经国际小行星中心和国际小行星命名委员会批准，中科院紫金山天文台将国际编号为187709的小行星正式命名为"冯端星"。

而冯端心中最亮的星，则是妻子陈廉方。

他92岁，她88岁。两人相守的日子已超过两万天。

身着深色长袍，戴着一副眼镜，温文尔雅。初见时先生的模样，陈廉方记忆犹新。那是1952年，南京大学和金陵大学青年教师联谊会，在南京三女中任教的陈廉方恰好去南大看望好友王亚宁，便被拉着参加了联谊会。

"新中国成立后，男士穿长袍的已经不多了，所以冯先生给我的印象很深刻。"结婚60年，陈廉方始终尊称丈夫为"冯先生"，话语中满是倾慕之情。

但那次两人没说一句话，连名字也没留下。

采访中，陈廉方一再强调，那只是相遇，还没有真正相识。

两年后，经王亚宁正式介绍，两人才真正开始交往。"冯先生一生钟爱诗词，相识之初就送我两本诗集，《青铜骑士》和《夜歌和白天的歌》。"陈廉方说，诗书情缘，让她和冯先生的婚姻始终充满浪漫气息。

一只红色长方形皮箱，珍藏着两位老人的爱情印记。

陈廉方是抱着皮箱从书房走进客厅的，她轻轻把箱子放在桌子正中央，小心翼翼地打开，有着仪式般的庄重，让记者心头为之一动。

打开箱子，里面整齐摆放着她和冯先生的"两地书"。60年来，不在妻子身边，冯端常常会半夜披衣而起，给妻子作诗写信。

最长的一封是1989年冯端从苏联寄回的，足足7页纸，还有的情诗有两三份手稿，用回形针扣着。陈廉方解释道："如果觉得写得不好，冯先生会一遍遍重写，挑最好的一首寄出。"

聊起爱情，本以为冯端也有说不尽的话，可他吐出来的是只言片语："她对我的照顾是无人能替代的！"

妻子陈廉方懂他。"冯先生貌不惊人、不擅辞令，但外拙内慧，不露锋芒。"陈廉方说，先生像一块璞，外表是粗糙的沙砾杂质，经雕琢剥离，呈现出的则是光芒四射、晶莹剔透的晶体。

20世纪50年代末，陈廉方主动从教师岗位退下来，挑起照顾全家七口人的重担，还当起冯端的"秘书"。冯端写书时，陈廉方便为他誊稿画图。先生论著严谨，往往一改再改，数易其稿，当时没有电脑，陈廉方也就一遍一遍地手抄笔绘。至于代写通知、回执及信件往复更是不在话下。

"你背诵，我笔录。"一本薄薄的笔记本上的6个字引起了记者的好奇心。原来，平日里两位老人为锻炼思维和记忆力，一人背诗，一人用笔写下来，崔颢的《黄鹤楼》、王维的《送元二使安西》……

不起眼的默契里，是守望相助的关爱。

冯端将这份真情都埋藏在动人的诗句里。

回想起1954年严冬同游玄武湖，冯端写下："休云后湖三尺雪，深情能融百丈冰。"

　　1990年结婚35周年纪念日之际，冯端从北京寄来相思："人海茫茫觅知音，欲寻佳丽结同心。甚喜卿卿具慧眼，能识璞玉藏纯晶。"

　　2005年春游天目湖，冯端即兴作《庆金婚》一首："长忆人间四月天，樱花垂柳记良缘。五十年后牵手游，皓首深情似当年。"

　　……

　　4月1日是夫妻俩的结婚纪念日，只要在南京，他们都会一同去观赏樱花。如果冯端出差，则会提前写好书信寄出，算准了妻子会在纪念日当天收到。

　　今年恰逢冯端夫妇60周年钻石婚。回想起携手走来的风风雨雨，夫妻俩觉得很不容易。冯端要给妻子买一枚钻戒，却被陈廉方拒绝了，她说，冯先生就是她心中最光彩夺目的钻石。

　　冯端一生爱书，总把南京先锋书店比作陶渊明笔下的桃花源，于是夫妻俩选择在书香四溢中庆祝钻石婚。陈廉方说，4月1日先锋书店来了很多人，认识的不认识的，欢声笑语，甚是难忘。夫妻俩还将合作的诗歌《钻石颂》朗诵给大家听——

　　　　平仓巷内偶邂逅，白雪冰晶后湖游。
　　　　秋赏红叶漫栖霞，翠鸟惊艳荷枝头。
　　　　更喜人间四月天，梁园酒家结良缘。
　　　　放眼太湖碧波淼，一树樱花照清涟。
　　　　六十春秋恩爱笃，双双执手难关渡。
　　　　而今白发同偕老，朝朝暮暮永相濡。

　　采访接近尾声，两位老人赠予记者一本合译的诗集画册《蝶影翩翩》。陈廉方说，他们于1955年从南京外文书店购得一本《蝶影翩翩》，经历世事动荡，一直陪伴在身边。2008年，在浙江西天目山避暑时，他们不时拿出诗集画册欣赏，西天目山风景优美，时时飞过翩翩彩蝶，触景生情，就有了合译此书的念头。

　　"凝视这生活斑驳的痕印，我们重温种种温暖的回忆，那一同眺望过的田野与湖泊，仿佛和我们的生命交融在一起。"

　　这是永恒的精神乐土！

/ 半生流泪终不悔 /

从"心"入党

《光明日报》(2016年05月25日01版)

徐川在五四青年节时演讲（资料图片）

编者按

为什么加入中国共产党？这个问题值得每一个党员认真思考和追问。不忘入党初心，积极践行入党誓言，才能成为合格党员。在"两学一做"学习教育广泛深入开展之际，本报从今日起开设"'两学一做'·我为什么入党"专栏，请不同年代、不同领域的优秀共产党员，回顾自己的入党经历，讲述入党的动因和感受，引导广大党员增强党性观念、坚定理想信念。首篇为南航教师徐川的入党心声。

口述人：南京航空航天大学能源与动力学院党委副书记　徐川

近日，我在"南航徐川"的微信公众号上撰写的《我为什么加入中国共产党》一文火了，陆续被300多家微信平台转载，阅读量迅速破10万次。

为什么要加入中国共产党？作为一名思想政治教育工作者，我通过微信公众号将自己内心的感悟分享给学生，为他们讲述党员应有的素质，没想到这篇文章会引起这么大的反响。我的初衷只是给学生一个答案，也为自己寻找一个答案，给自己的内心一个交代。

我为什么入党

在我看来，"为什么要入党"是一个值得深思的问题。

上大学的时候成绩太差，没有资格入党。我拼命提高成绩，到大三才符合条件。而符合条件只能说明我有资格入党，思想上入党还需要一个过程，我开始思考，为什么要加入中国共产党？

对我来说，虽然家里基本都是党员，但给我震撼最大的不是家人，而是本科就读学校所在学院的时任党委书记毕可友。

毕书记的亲侄女小毕在我们班读书，我们都特别羡慕她有个"书记亲戚"。后来，一直保持专业前三名的小毕参加学院保研面试。大家都说小毕成绩好，书记又是她亲戚，一定没问题。小毕却说你们不了解我大爷，他不会为任何人走后门。结果小毕竟然真的没有保上，那天她眼睛都哭肿了。

有一次采访毕书记，我提到了这个话题。毕书记说，升学考学对每个人来说都是天大的事情，小毕并没有特别傲人的成绩，而且，当个人利益和别人的利益发生冲突时，党员本来就要做出牺牲和让步，入党不是为了给自己获得更多的利益！

我当时就想，我愿意跟这样的人在一起。所以，我决定加入中国共产党。

把有意义的事情变得有意思

"南航徐川"微信公众号是我2015年1月1日开设的，在一次次回复学生的过程中，我发现他们的很多问题都很有代表性，比如说对入党、求职、考研的想法等。

一天，一个女生发来留言说自己迟迟没能走出失恋的阴影。我尝试在公众号中开了一期栏目回答有关失恋的问题，文章发出的第一天，浏览量就达到了3000次。

有了这次尝试，我开始集中解答学生的问题，随着公众号越来越受关注，回复的时间也从每天的10多分钟增加到现在的两小时。有很多学生会问同一个问题：为什么要入党？

这个问题我没有立刻回复，因为我一直没想明白怎样才能把它讲清楚、讲好。于是我决定去读党史，重新回到历史场景之中揣摩当事人的心情。我从党史中看到了一个个鲜活的、有血有肉的历史人物，看到他们如何克服千难万险聚到一起，看到他们为何心甘情愿抛头颅洒热血。

读党史后我才意识到，入党这件有意义的事其实也可以变得有意思。我将自身的经历和读后感写成《我为什么加入中国共产党》，统一回复学生们的问题。这种方式让他们有认同感，会尝试从心底去认识什么是党，什么是共产党人的信仰，为什么要入党。

思政教育要"川"流不息

从"八项规定"到"群众路线"，从"从严治党"到"三严三实"再到"两学一做"，党内教育持续开展。这些如何融入大学生思想政治教育？如何用学生喜爱的方式让思政教育魅力倍增，实现有效引领？从QQ到人人再到微博微信，在这条路上，我从不是孤军作战。

南航航天学院有一个"一分钟视频"团队，运用定格手绘漫画的形式，把党的历史、政策与思想用易记又有趣的方式展现出来，反响非常好。目前做出的20余部视频，在各大网络平台的点击量已经达200多万次。很多学生看完"两学一做"一分钟视频后说，对党章、党规、党史有了更为深入的了解,要用实际行动做一名合格的党员。

能源与动力学院的鲁广超前几天对我说他决定去新疆伊犁支教1年再回来读研。我问他为什么选择去支教,他说:"您说党员要在思想行动上入党,我现在虽然还只是预备党员,但在学校的各种志愿服务中,我体会到了奉献的乐趣,我愿意用自己学到的知识去为西部教育事业做贡献。"

听到鲁广超的话,我意识到党的教育、思政教育并不是落到我或者某个人身上的。转变意识,让"两学一做"变为一种习惯和常态,让思想政治工作在春风化雨中变生硬为柔软,是我们需要努力的目标和方向。

人物小传

徐川,男,中共党员,1982年7月生于山东济宁。2008年入职南京航空航天大学,现任南京航空航天大学能源与动力学院党委副书记,兼任团中央学校部特约评论员等。近5年来在全国百所高校开展讲座100余场,辅导学生逾20万人,发表诗歌、散文等200余篇。

2015年1月1日,"南航徐川"微信公众号正式开通,一年来回答学生提问10万余条,并持续高居全国高校辅导员微信号原创排行榜榜首。《一二·九里谈青年》《建军节里谈英雄》《青年节里谈中国》等节日系列文章,浏览量达1000多万次。

2016年4月27日,"南航徐川"微信公众号发表《我为什么加入中国共产党》,随后被300多家微信平台转载,阅读量突破10万次,引发社会良好反响。

★ /半生流泪终不悔/ ★

将青春与智慧献给祖国

——记南京大学教授王欣然

《光明日报》(2016 年 05 月 25 日 04 版)

王欣然教授正在做实验（郭红松绘）

近日，第20届"中国青年五四奖章"评选揭晓，作为全国青年的最高荣誉，共27人获此殊荣。南京大学电子科学与工程学院教授王欣然作为江苏唯一一位入选者跻身其中。

"中国青年五四奖章获得者"、全国最年轻的长江学者、"国家杰出青年基金获得者"——王欣然所获荣誉不胜枚举，他坦言："为祖国做事，我觉得踏实，为母校做事，我感到光荣。"

学成归国　毅然决然回母校

保送南大，留学斯坦福，归国回母校，王欣然的经历，让人羡慕，更让人钦佩。

在斯坦福深造的6年，王欣然不仅收获了专业知识，也学到了国外先进的科研和管理方法。在大洋彼岸，看着祖国蒸蒸日上的发展和科研人才的紧缺，王欣然回国奋斗的想法也越发强烈。2011年，已在美国整整7年的王欣然做出了人生中一个极为重要的决定：回国！回南大！

不少人感到诧异，因为在国外，王欣然有着光明的前途。而在王欣然看来，长期在国外，没有归属感，尽管国外的物质生活优越，但作为年轻人不能只看重生活上的安逸。"在祖国，我有更大的发展空间，祖国需要我，我更需要祖国。"那年，王欣然顺利入选中组部的"青年千人计划"。

对于选择回母校工作，在王欣然看来，更是无须什么理由。"在科研道路上，母校给了我无穷的动力。我的起点在母校，我的落脚点也在母校。"王欣然动情地说道。正是这样一份爱国情、爱校情，让王欣然没有任何犹豫地回到祖国，回到母校。

上下求索　致力原创性研究

石墨烯是一种理想的电子材料，具有极高的信息处理速度和优越的机械、化学性能，应用前景广泛。但它不是半导体，不具备逻辑运算功能，无法制成芯片。这在当时是一个国际难题。

在美国斯坦福读博时，王欣然经过反复的探索和实验，大胆提出用化学方法合成10纳米以下的石墨烯纳米带半导体，并在国际上首次制造出互补型、高开关比石墨烯纳米带场效应晶体管，首次证明了石墨烯可以制成半导体并应用于下一代集成电路。这一系列研究成果在国际上掀起了石墨烯纳米带研究的热潮。

回到母校后，王欣然带领研究组围绕电子科学的国际前沿领域"二维材料的信息器件"展开了研究。

"当时国外的学者基本是从无机材料着手进行研究，我想能不能另辟蹊径，从有机材料方向去构筑二维材料信息器件。"然而实验无数次地失败，学生们都泄了气，"越是原创性的实验失败的概率就越大"，王欣然鼓励着学生们。终于，一位学生在实验中意外地发现有机材料居然长出了高质量的薄膜，这让团队的干劲越来越大。

此后，王欣然带领团队在新开辟的方向上着力攻关，最终研制出高质量、层数可控的1~3层并五苯外延薄膜，用这种薄膜制备的场效应晶体管性能可与有机单晶场效应晶体管相媲美。在实验过程中，团队还开发出范德华外延技术，有望应用于更为复杂的有机半导体结构和器件，进一步推动有机电子学的发展。

桃李芬芳　教书育人勤耕耘

在学生们的眼中，亦师亦友是对王欣然最好的诠释。

"王老师在科研上对学生的要求可以说近乎'苛刻'。"博士后刘小龙苦笑道。一次组会上，刘小龙在实验报告上标错了一个坐标，王欣然当即拉下脸来，当着众多同学的面，严厉地批评了他。王欣然说在组会报告中出现问题还有弥补的可能，但是在实验中犯错是不可挽救的。"我们之所以能够在短时间内取得如此大的成绩，关键是王老师严谨的治学态度潜移默化地影响了大家。"刘小龙言辞中带着感激。

但生活中的王欣然在学生眼中却像朋友般亲密。"王老师喜欢打羽毛球，一有场地，就会通知我们打球，跟他相处，特别轻松。"二年级博士生于志浩说道。

为本科生和研究生讲授课程；指导学生在顶尖学术期刊上发表研究论文；受聘为"南京大学—金陵中学准博士培养站"导师，对中学生进行科普教育和科研训练……王欣然在专注科研的同时，还倾力于基础教学的第一线。

王欣然说，自己也有一个"中国梦"，他希望自己的研究能走在国际最前沿，为中国下一代信息技术做出贡献，并为国家培养出更多的创新人才。

★ /育人楷模——坚守讲台因为爱/ ★

南怀瑾：超越文化局限的人

《光明日报》（2012年10月13日04版）

南怀瑾（资料照片）

一位一生致力于弘扬和传播中国传统文化的学者走了；一位自嘲"一无所长，一无是处"的宗师，在海内外留下了大批"粉丝"后，闭上了双眼；一位一辈子开办了无数讲堂，致力于儒、释、道文化研究的大师，最终在距离他家乡不远的太湖大学堂永远止住了脚步……

然而，"南怀瑾"的名字却又一次引起了国人对传统文化的思考。

10月7日，"双节"长假的最后一天，记者驱车来到位于苏州的吴江七都镇庙港太湖大学堂。讲堂内摆着深红色仿古家具，桌椅、屏风，古色古香。左右两面墙上分别挂着曾国藩和孙文手书的名句："诗书好在家四壁，天人几何同一沤。""满堂花醉三千客，一剑霜寒四十州。"

学堂的相关负责人介绍说，目前大学堂完工使用的有行政主楼、客房楼及讲堂楼三栋。在他们的带领下，记者参观了讲堂楼，这是一栋二层小楼，一层是讲堂。""第二层为可容纳200多人的禅堂。"

随行人员介绍说，太湖大学堂建立后，吸引了正统高校的知名教授和政商两界的名流。除成人教学之外，学堂还有一个小学部。南怀瑾以行动践行对教育的理解。作为南怀瑾的"试验田"，这里不同于普通的民办教育，不涉及数理化，反而强调古文、武术、中医等传统教育，以诵读和释义为主。这在某种程度上，起到了传承文化的作用。

在解释创办太湖大学堂的原因时，吴江市委宣传部工作人员顾涌表示，南先生想运用认知科学、生命科学与传统文化结合的研究与传播，挽回这个时代所面临的危机，"只问耕耘，不问收获"。

南怀瑾与学堂

南怀瑾先生一生颇具传奇色彩。早年便涉猎经史子集，礼义具备，诗文皆精，以神童名闻乡里，并研学各派武术。待年纪稍长，遍阅佛学经典，云游四方，探访高人。1949年南怀瑾赴台湾讲学，在台三十几年的讲学以及《论语别裁》《老子他说》等著说的陆续面市，受到各界推崇，课堂几乎场场爆满。后南先生远赴美国、中国香港等地开学院、讲学，传承中国传统文化，受到海内外各方人士的推崇。历经几十年漂泊后，思念故土的南先生在阔别祖国半个世纪后，定居上海，后移居苏州吴江，创办太湖大学堂，继续为传播传统文化尽心尽力。

2000年，83岁高龄的南怀瑾先生为实现自己多年的理想，开始筹划建立"太湖大学堂"，最终将学堂的地址选在了吴江七都镇庙港。因为"人杰"方显"地灵"，这块处于上海和苏州之间的太湖之滨，由此成为南先生传道授业解惑的"风水宝地"。2006年7月，南先生在大学堂首次开学便吸引了各方人士，更有人从美国、东南亚远道而来，只为亲耳聆听先生教诲。

太湖大学堂是南先生毕生传承中华传统文化的最后一站。南先生在台湾期间，曾先后受聘于中华文化大学、辅仁大学和政治大学。除了日常讲学之外，面对传统文化的日渐式微，1969年南先生呼吁创立了"东西精华协会"，意欲为台港工商社会注入中华文化之清泉，并促进中西文化交流，服务于社会大众。

1985年，南先生应邀赴美，旅美期间在华盛顿又成立了"东西学院"，南先生希望借此便于东西方文化交流和沟通，弘扬中华固有的传统文化。

此后，"南怀瑾热"逐渐在大陆兴盛起来，越来越多的人被这位极具人格魅力的清瘦老人吸引，2000年，由南先生任理事长的香港国际文教基金会成立，在南先生的指引下，"儿童中华文化导读"活动向祖国大陆及华人世界全面推广。在各种弘扬传统文化和佛学的场合，都能见到这位白发苍苍的学者。

"凡事我但尽心，成功不必在我"，南先生以这样闲淡的姿态，同时也出于"这是最好的时代，也是最坏的时代"的忧虑，用自己一生的时间传承中国传统文化，讲授自己理解的孔孟之道，从未止步。

南怀瑾与大师

南先生已仙去，但对其"国学大师"的争议却远远没有止息。

南京师范大学教授王少磊认为，南怀瑾只是个畅销书作者，是市场的宠儿，至于他的文字境界，属于甜软俗之类，是拿捏众人心灵世界的高手；江苏教育学院常务副院长、文学学者周成平教授对南先生则推崇备至，认为他对中国传统文化阐释的广度和深度都不是一般国学大师所能企及的，南怀瑾的著作更是阐释中国传统文化的宝贵财富。

游离于正宗的学院派之外，被称为"野狐派"的代表，更因为其在代表作《论语别裁》中不准确的引用，对孔孟之道"叛经离道"式的个性解读，这些都构成了南怀瑾"国学大师"身份备受争议之所在。

南通大学哲学学者成云雷教授这样评价南怀瑾："南先生的学问不是从书本中来的，他的生活阅历复杂，其中有许多个人的生命感悟，这是他能打动人的原因。学术界对南先生颇具争议，张中行就曾经批评他不管语文规律。总的来说，南先生的思想是'我注六经'的成分较多，但并没有推动学术的实质发展，能不能成为国学大师还要考虑。"

"南先生更多地将儒家学派的一些思想当成宣传自己思想的工具，在传播过程中将自己的思想渗透其中。他的《论语别裁》完全是一家之言，离专家的解读甚远。虽然南先生的解读不一定是论语的本义，但这并没有错，从另一个角度对众人更有启发。不可否认的是，南先生在传统文化普及上做出的贡献是巨大的，是国内外无人可比的，他称得上文化大师，但国学大师的称谓还有待商榷。"南京大学佛学研究中心主任赖永海教授对南怀瑾做出了这样的评价。

南通大学副校长、文学学者周建忠教授认为，南先生对传统文化的创新，有更实际的指导意义，使得传统文化离经典更远，离现实更近。周建忠说："南怀瑾属于非学院派学者。在我看来，他与学院派有一定的差别，但这并不影响他成为国学大师。南先生将孔孟之道泛化，让更多的人知晓中国传统文化。他是在阐释传统文化的基础上表达自己的思想和主张，而他的许多观点对社会的作用和影响比学院派更大。对于这种跨学派跨学科的学者，我们对国学大师的定义可以更加宽泛一点。"

南怀瑾带来的思考

2000多年前，孔子驾车游说六国，随缘教化；如今，南先生怀揣着同样的理想，结合认知科学、生命科学和传统文化，致力于中国传统文化的传播。对于南怀瑾的去世，华中师大国学研究院院长唐翼明教授感叹，如今这样的前辈越来越少了，季羡林先生走了，周汝昌先生也走了。中国学术界的大师，越来越少了，令人不胜悲哀。

然而南先生的离去，至少给我们带来以下几点思考。

首先，南先生穷尽一生，致力于传统文化的传承。事实上，传统文化也只有传承开来，才能"活"起来，才能"动"起来，才能古为今用，启迪未来。

南先生常说："我们虽失望，但不能绝望，因为要靠我们这一代，才能使古人长存，使来者继起。"秉持这样的信念，南先生一生都致力于做中国传统文化的播种人，携带着火种在世界范围内传播，让古籍中的孔孟之道，用自身的阅历和方式，再次生发出活力，真正流动起来。

南怀瑾曾说，人有三个基本错误是不能犯的：一是德薄而位尊，二是智小而谋大，三是力小而任重！这看似普通的话语渗透了对文化的理解力，这来源于《周易·系辞下》，子曰："德薄而位尊，智小而谋大，力（小）而任重，鲜不及矣。"如今，这三个不能犯的基本错误成为当今许多官员床头案边的座右铭。

其次，只有独树一帜才有特色，有特色才会形成优势，有优势才会有市场。

南先生独树一帜的讲学特色，幽默风趣又不失哲理，他在佛学上的造诣让他更具禅意，是他的智慧使传统文化更具现实的指导意义和针对性。所以，他的"粉丝"遍及专家、学者、企业家，还有不少政界人士。

上海斯米克集团董事长李慈雄就读台大电机系二年级时，兴起对国学的浓厚兴趣，直接找南怀瑾想拜师学习，但无力交学费，南怀瑾要他"打工"代替，工作内容包括打扫厕所、擦地及倒茶等杂事。

"当时南老师很严格，会趴在马桶旁边看里面有没有刷干净。"当他倒茶泼到茶杯外，也不假辞色，当众指着他说："这是台大电机系的学生，茶都不会倒。"南怀瑾的测试，未让李慈雄打退堂鼓，持续半年后，南怀瑾开始教他第一篇文章：《史记·货殖列传》。说起南怀瑾对自己的教导，李慈雄永远记得，自己在离开美国前往上海的时候，恩师南怀瑾先生语重心长地说，世界上最厉害、最有效的东西就是诚实、信用，这是李慈雄在商场成功的秘诀。

最后，让不懂传统文化的人学文化，让深谙传统文化的人更有文化，是南先生的毕生追求。

在南先生的课堂上，听课的人大多是理工科背景，从事着和传统文化并不搭边的职业。"南老师对于传统文化的阐释，让我们重新认识到传统文化的宝贵之处，他的思想让我对现代社会有一种新的认识角度，带给我很大启迪，让我们这些'没有文化'的人也能深切地感受到传统文化的魅力。"李慈雄说。

学者林谷芳表示，南怀瑾的学问特殊之处在于他是个"通人"，但与其说他汇通儒、释、道三家，不如说他更接近于先秦时代九流十家的方士传统，"他的学问是走向源头，不是从末端汇流各家"。

因为他的作品常被视为治国宝典或企业管理之学，影响不只在文化界，更遍及政界、工商界、教育界，备受尊敬。

南先生让不懂传统文化的人学文化，让传统文化变得触手可及。南先生的市场在扩大，他的"粉丝"在渐增，这样良性循环，使得传统文化在原有的边际上继续扩延，让更多人从不同角度深入了解传统文化，让曾经了解传统文化的人对其产生更新的认识。

七都镇党委书记查旭东与南怀瑾交往了10多年。据其介绍，"他觉得老祖宗留下的优秀传统文化太多，自己要竭尽所能，留下多少是多少。他还常说，现在大家非常重视物欲的东西，忽略了文化的传承。一个民族，如果没有自己的文化，是走不远的，更难以立足世界民族之林"。

办太湖大学堂是南怀瑾晚年所做的最后一件大事。启动第一天，已被誉为"金温铁路催生者"的南怀瑾就以浓重的温州口音说："区区一条人间铁路算什么。现在这个地方，我想修一条'人道之路'。"

这个学堂自开办以来，气势和神秘度不输正宗高等学府，知名教授和政商两界名流接踵而至。也因为名气大，几乎每天都有因仰慕南怀瑾而远道赶来求见的客人，大学堂不得已在门前写上告知："工作繁剧，实无暇接待社会访客。"如今南先生走了，这块牌子或许在不久的将来就会被拆除，然而不管后人怎样评价南怀瑾，都掩盖不了他在文化上的光芒。

★ /育人楷模——坚守讲台因为爱/ ★

用一辈子去实现诺言

——记中国科学院院士赵淳生

《光明日报》(2016年09月01月01版)

他是一个孤儿,是党把他培养成了一名院士;他中年丧女,是科技报国的梦想重新点燃了他对生活的热情;他罹患癌症,对党的事业的眷恋之情将他从死亡线上拉了回来。他说,他要把自己的全部献给党。他是赵淳生,中国科学院院士、南京航空航天大学教授。

一句誓言 一生追随

"丁零、丁零……"清晨6点,熟悉的人知道,这是赵淳生骑着那辆陪伴他20年的"老爷车"来上班了。

1938年11月,赵淳生出生在湖南衡山。2岁时,父亲在革命战争中血染疆场,母亲也在他6岁那年病逝。赵淳生成了孤儿,党组织收养了他。"10岁那年,我立下誓言,要用一辈子报答党的恩情。"赵淳生说。

前30年,在振动理论和应用研究中孜孜不倦,后20多年潜心研究超声电机技术及其应用不知停歇,赵淳生是中国第一个研究激振器与超声电机的科学家。他荣获国家发明二等奖、国家科技进步二等奖等18项国家和省部级科技大奖,"嫦娥三号"上也装配了赵淳生研发的超声电机。

中年丧女 负痛前行

一次在法国举行的学术会议中,赵淳生眼见翻译员把"随机振动"译成了"随着飞机振动",决心自学法语。一年苦学,他熟练掌握了法语,获得赴法留学的机会。

可就在出发前不久,悲剧发生了。那是1981年,赵淳生带12岁的小女儿去游乐园。经过一段狭窄路面时,小女儿被身后一辆自行车撞倒,还没等爬起来,又被快速驶来的大卡车碾过,经抢救无效死亡。那段时间,赵淳生对事业的执着有些动摇。

"淳生,你去法国吧,家里有我。"妻子王凤英明白丈夫心中的痛,"你不是常说,要终生为强国奋斗吗?"妻子的话让他醒悟。赵淳生连夜收拾行囊,次日便登上了去法国的飞机。

病魔缠身 破釜沉舟

2000年11月,学校组织例行体检,10天后,赵淳生被确诊为肺癌。赵淳生显得很平静,他说:"如果我不在了,我希望同事们能继续为国为民做好事。"

12月5日,赵淳生做了手术,右肺被整体切除。手术之后,赵淳生笑着对妻子说:"你看,癌症不等于死亡。"谁料祸不单行,在术后4个月的一次复查中,赵淳生又被查出胃癌。

2001年4月6日,第二次手术开始,赵淳生2/3的胃被切除。此时的赵淳生虚弱到了极点,可他依然牵挂着超声电机的研发工作。妻子不让他碰任何与工作有关的事情,他就趁妻子打盹时,躲在被窝里偷偷地用手机核验数据;经常借着上厕所的时间看资料、批阅博士论文;身体稍微好一些,他就强烈要求出院,还把设备搬回家里进行实验。

2003年,赵淳生主持完成的"新型超声电机技术"项目获国防科技一等奖;2004年该项目又获国家技术发明二等奖;2005年年末,67岁的赵淳生当选中国科学院院士。

吕志涛：科研工作也要"文以载道"

《光明日报》（2017年04月10日16版）

吕志涛团队负责设计的苏通大桥创下了"最深基础、最高桥塔、最长拉索、最大主跨"四项世界纪录（资料图片）

述往

金陵九冬，悲歌击筑。一声声呼唤，一阵阵悲泣，划破这个寂静的冬晨。全国知名结构工程专家、来自世界各地的吕门弟子和东南大学师生代表等千余人，齐聚南京市殡仪馆，为安卧在鲜花翠柏丛中的吕志涛送行。

在通往殡仪馆的路上，自发前来送行的人们排成一条长龙。2017年1月11日，常年疾病缠身的吕志涛因肺纤维化，永远合上了双眼，走完了80年的人生路。临走前，他的手里仍紧紧攥着一支钢笔，枕边几张散落的稿纸上，凌乱地记录着对学生论文的修改意见和对学科建设的一些随想。

苦心孤诣

走进吕志涛家中，一屋墨香，满眼尽是随意摊放的书籍和零散的纸片。书堆中，女儿吕清芳正在整理父亲的遗物。"父亲生前把这些书稿当宝贝，谁都不准碰。书放在哪儿，只有他自己知道。"

演算草稿、论文批注、学术教材、研究感想、生活小记……一张张泛黄的纸稿似穿越时空，把吕志涛的一生逐渐展现开来。

1937年11月4日，吕志涛出生在位于南京澄潭镇芝田村的佃农家庭。

幼时的吕志涛家境贫寒，10岁的孩子，每天徒步走3里山路，到镇上求学，午饭永远只有米饭，偶尔有一块豆腐乳下饭。即便如此，他仍舍不得把整块豆腐乳吃完，总是吃一半留一半，把剩下的半块包好带回家，第二天继续吃。

天资聪颖再加上后天勤奋，少年时代的吕志涛颇受老师青睐，顺利考上县里的沃西中学。但好景不长，贫寒的家境让他不得不辍学去镇上打工，这一停就是一年半，直到校长张纲维亲自找上门。

"有什么困难，我来解决，学费我来出！"张纲维的一句承诺让吕志涛重回课堂，也因此改变了他一生的命运。就这样，他一步步走出小山村，直至考上大学。

"我决定不了自己的智力，但可以决定自己的努力。"吕志涛日记里的这句话诠释了他的一生。

在吕清芳的记忆里，"父亲"的形象是模糊的，唯一清晰的就是爸爸总是很忙。"他不是在实验室里带学生做实验，就是在工地现场，一周偶尔回来一两次，也总待在书房里看书习作。"有一次，她半夜起身喝水，发现书房的灯还亮着，父亲卧倒在桌前，手里握着一支钢笔，胳膊下压着写了一半的研究设想。

苦心人，天不负。1986年，吕志涛被国务院学位委员会审批为当时我国结构工程学最年轻的博士生导师，随即被评为教授，同时还获得了"国家级有突出贡献的中青年专家"的称号。生命中的"凯旋门"拔地而起，荣誉给了他新的压力和动力。

然而，幸福总是伴着磨难而生。1989年11月，吕志涛在去参加学术活动的路上，不慎被一辆从反道疾行的自行车撞到，导致股骨颈骨折。医生断言，他再也站不起来了。

刺骨的痛楚使吕志涛躺在床上一动也不能动，稍有动弹，就疼得钻心。然而，最令他觉得难熬的却不是疼痛，而是无法看书工作。"那段时间，每逢去医院探望先生，我们的话题都是绕着工作转。"吕门弟子、东南大学副校长吴刚说，即使躺在病床上，老师也时刻关心着学院的学科发展。

疼痛稍微轻一点，吕志涛便吩咐女儿将他的书和工作材料拿到病房，背着医生和妻子偷偷看。股骨颈骨折不是小伤，无法坐起，吕志涛就用手肘撑着半边身体侧卧，一手拿书，一手写字，经常痛得全身抽筋，衣裤全被汗水浸透。即便如此，他仍坚持看书写作，住院期间不仅指导了学生论文，还完成了国家自然科学基金重点项目的申报书。

三个月后，从医院回来的吕志涛被妻女"囚禁"在家里静养。妻子王凤英不准丈夫写东西，他便等她不在家的时候偷偷写，好不容易好转的伤口因此更加严重了。无奈之下，妻子把他所有的工作材料打包搬到阳台，挂在他够不到的地方，含泪哀求："你别再写了，你白天在家只要想不要动，晚上回来我帮你写。"这才使得吕志涛静下心来养身体。

迈入晚年，吕志涛仍然笔耕不辍。在他的床前，长期摆放着"三宝"：闹钟——提醒自己起床、吃药，纸笔——及时记录下突然迸发的学术灵感，小夜灯——方便晚上写东西。

"人要无止境地追求学问，而不是无止境地追求财富。"这是吕志涛教育学生的话，也是他一生的座右铭。

格物穷理

独辟蹊径、开拓创新，是吕志涛科研的基调。

"文革"的10年风暴过后，吕志涛认为，科学研究不能故步自封，而要向深处探索。于是，他将研究重点转向预应力技术应用领域，投身于结构改革。从20世纪70年代到90年代，吕志涛在预应力混凝土结构构件的基本受力性能及计算方法、预应力混凝土结构体系及设计方法、预应力混凝土结构的抗震性能及设计方法等方面不断创新，不仅完善和发展了混凝土结构理论和计算方法，还解决了现代预应力结构设计和应用中的关键难题，开拓了预应力技术应用的新领域。

"艰难险阻，玉汝于成。"独创性的研究成果，为我国推广应用预应力混凝土结构做出了重大贡献，也使吕志涛接连获得何梁何利基金科技奖、陈嘉庚数理科学奖、光华工程科技奖等重大奖项。

"烈士暮年，壮心不已。"即便到了晚年，吕志涛仍然不忘初心，躺在病床上继续他的科研事业。2014年，他主持的"现代预应力混凝土结构关键技术创新与应用"项目实现了预应力结构理论、抗震减灾、核电设施安全等领域的理论突破，打破了国际垄断，获得国家科技进步一等奖。这也是吕志涛学术生涯中最后的勋章。

"学以致用，以知识报国，方是学者的终极目的。"这是吕志涛的学术信仰，也是他不断探索科学真理的动力。为此，他每年有1/3的时间在工地奔波，为国家重点工程提供技术指导。上海色织四厂工程、南京状元楼工程、珠海拱北口岸工程、北京西客站工程、南京电视塔工程……无不烙刻着他的智慧。

"科研工作要躬身实践，也要辅以纸笔。"吕志涛始终相信文以载道，认为知识分子不仅要立德立功，还应立言，要将真知灼见形诸文字，传之于世。

"父亲得了空就会看书、写书，经常从清晨到黄昏，手不释卷，连我们叫他吃饭都听不见。"吕清芳说，尤其是骨折后，父亲更加专注于写作。

2010年，吕志涛编著的《现代预应力结构体系和设计方法》一书问世，这本耗时10年的科学巨著入选国家新闻出版总署"三个一百"原创图书出版工程，被誉为国内预应力学科的指明灯。

投身科研50载，吕志涛共发表学术论文200余篇，撰写学术专著9本，为预应力技术在工程上的应用提供了强大的理论支撑。但是，他总认为做得还很不够。"我这一辈子，桃李天下算是实现了，著作等身还差得远啊，迄今最大的遗憾就是没能将最近几年的学术成果和教学经验整理成册留给后辈。"弥留之际，病床上的吕志涛握着女儿的手缓缓地说，枕边的一沓纸上满是潦草的字迹。

路虽远，行者必至。

高情远致

2000年，吕志涛从国家领导人手中接过"何梁何利基金科学与技术进步奖"。20万港元的奖金，吕志涛没有留下一分钱，全部捐给了母校新昌澄潭中学、新昌中学和东南大学，以此表达对师恩的铭念。

在学生曾滨的记忆里，老师一生克己奉公，外出参加学术会议从不讲排场，吃穿住行，能省则省。20世纪90年代，他曾陪吕志涛到北京参加一个研讨会。因为路途遥远，校方建议他们坐飞机去，来回机票由学校报销，但执拗的吕志涛却坚决要坐火车去。在没有高铁的年代，从南京坐火车到北京要15小时，到站时两人的双腿都麻木得站不稳了。

"明明可以报销路费，何必这般折腾自己？"拖着疲惫的身体，曾滨满腹牢骚。然而当晚，躺在火车站附近小旅馆的木板床上，吕志涛的一句话让曾滨双颊臊得通红："人活于世，应追求学问和事业，而不是追求享乐。"

多年后，当高铁出行已成为常态，吕志涛仍坚持坐最便宜的绿皮火车。"我花得少一点，国家用于建设的开支就能多一点。"吕志涛经常把这句话挂在嘴边。

"先生一生清苦，这辈子最害怕的事情，就是给组织和他人添麻烦。"吕志涛的同事、东南大学土木工程学院前党委书记张星说。在他的印象中，吕志涛对物质生活要求极低，吃穿用住都是最简单的，60平方米的小房子一住就是几十年，从未抱怨。"就连生病，他也总是要求住最便宜的普通病房。有几次学校坚持给他特护病房，他就拒绝住院，直到更换了普通病房才罢休。"

近年来，吕志涛的身体每况愈下，上下楼梯时越发吃力，但是他仍然不肯让别人背，坚持靠自己的双手抓住楼梯扶手上下楼。两层的楼梯，吕志涛要用常人10倍的时间才能爬完，常常累得一身汗。参加会议时，为了不给别人添麻烦，他总会根据当天参加会议的时间长短，控制饮水量，保证在外半天不上厕所。

风雨沧桑50载，吕志涛用渊博的学识托起了一栋栋高楼大厦，也用独特的人格魅力筑起一座座道德丰碑。

铸就师魂

1965年，吕志涛研究生毕业，因品学兼优，当时系主任兼研究生导师徐百川建议他留校任教。

这一留，就是一辈子。

从最初的助教到讲师，再到教授，这位老教师把自己的半生光阴奉献给了三尺讲台，将教书育人这件事做到了极致。

"人生得此恩师，足矣！"孟少平跟随吕志涛35年，恩师诚朴严谨的治学态度影响了他的一生。孟少平说，读研时他的某项课题国内外研究很少，参考资料难寻，花了很长时间只查找到一位俄罗斯学者的文章，通篇俄文，他实在看不懂，只能前去请教恩师。"当时先生还在北京参加学术研讨会，本以为他只会告诉我文章的核心内容，没想到他却熬了两个通宵把论文翻译出来。"回忆起当时拿到翻译论文的情景，孟少平双目濡湿。如今，已身为博导的孟少平遇到难题时，还是会忍不住求助恩师，只是，那间熟悉的办公室里再无那个熟悉的身影。

在吕志涛心中，学生永远是第一位的。1989年意外骨折后，他因为放心不下学生，便把课堂搬到了家里。一米宽的过道里摆放着数十张小马扎，无法站立的吕志涛瘫坐在椅子上给学生上课，60厘米的小黑板总是写了再擦、擦了再写……

数十年后，羽翼已丰的学生们回来探望恩师，还是会坐在小马扎上，静静凝视那块小黑板，细心地聆听恩师的教诲，一如当年。

"先生几乎把所有的精力都放在教书育人上了。"宋业坛说，他投入恩师门下时，先生已年近80岁高龄。那段时间，吕志涛的病情一天天加重，行动日益艰难，但是为了及时指导学生，他仍然坚持每天去一次学院了解情况。从家到学院，常人10分钟的路程，吕志涛要拄着拐杖走30多分钟，中间至少停歇3次。

"每次听到石板路上的'笃、笃'声，我们就知道先生来了。"想起昔日恩师的悉心指导，宋业坛泣不成声。

躬耕于教，育万千桃李。如今，郑文忠、戴雅萍、冯健、曾滨等百余名吕门弟子分布世界各地，成为国内外建筑学界的顶梁柱。

学高为师，德高为范。在诸多学子心中，吕志涛既是学术导师，更是人生良师。

某次，一项工程中的一根大梁出现了裂纹，对于是否返工，设计部门和施工单位之间发生了争议。吕志涛查看和分析后，大胆提出了不用返工的意见。为此，施工单位十分感激，给他送去礼金，却被他断然拒绝。"以实事求是的科学态度做出结论，是一个科学工作者最起码的道德原则。"吕志涛的话掷地有声。

工作上严谨公正，生活中勤俭廉洁，是学生对恩师吕志涛的一贯评价。用了一面的纸他从来不扔，留着下次用。在他办公室的角落里，至今还存放着装订整齐的废纸稿和旧文件袋。

师者，传道也、授业也、育德也。投身杏坛半个世纪，吕志涛言传身教，为祖国的建筑事业输送了一批批德才兼备的人才。

老教授　新乡贤

——记助学扶困教化乡邻20年的方敬教授

《光明日报》（2017年05月31日01版）

一双布鞋、一领旧衣、一下巴稍显凌乱的白胡须……他叫方敬，原是华东师范大学的教授。从1978年开始，方敬每年都从上海回到父亲出生的地方——连云港赣榆任庄村捐资助学；1998年，他退休7年后，便彻底搬到了任庄村。20多年来，他捐献了200多万元的积蓄，资助任庄村260余名寒门学子上了大学。连续荣膺"中国好人""江苏好人""连云港市助人为乐模范"的方敬，感动着港城。

战火熏陶爱国心

1931年，方敬出生于上海，6年后，日军的铁骑踏碎了十里洋场的华灯。方敬随母亲逃难到租界，后来租界沦陷，一家人成了战争难民。15岁那年，方敬考入上海华东模范中学，就是在这里，方敬看到了救国救民的出路，加入了中国共产党。

1949年年初，方敬即将毕业，班主任胡景清将他叫到办公室，问他毕业后准备做什么。方敬回答："我要像您一样当老师！""说说理由。""因为只有教育强盛了，人才多了，国家才能强大，我愿做国富民强的基石！"胡景清满意地笑了。毕业后，方敬果真成了一名小学教师，因为才学人品俱佳，不到几年就升任校长。之后的几十年中，他当过中学校长、大学校长，还在科研院所当过领导，从一名小学教师干到了教授。

今年86岁的方敬，依然没有忘记当初的信念，教育是他毕生的追求。

也正因为不忘初心,才有了方敬后来助学扶困、教化乡邻的事迹。

助学扶困大情怀

走在港城街头,随便问一位路人:"你知道方敬吗?"得到的回答大半是:"知道,他是一个助学的老教授。"如果恰好这位还是方敬的乡邻,那他必定能指明去往景清书苑的路。助学扶困,成了方敬最鲜明的印记。

"方爷爷告诉我,我是个读书的料,不能放弃。"祁海燕说,高中时她是班里最有希望考上大学的孩子。老师的鼓励,同学的羡慕,却抵不过一穷二白的家境。高考前夕,海燕决定放弃考试,南下打工。"就在我走出校门的时候,我看见一位陌生的老人,他问我是不是叫祁海燕。"这是祁海燕第一次见到方敬。当方敬掏出一万块钱硬塞到她手里时,祁海燕简直不能相信一位素未谋面的老人竟愿意资助她上学,她怔住了,自尊而敏感的心灵被突如其来的善良感动,泪水顺着脸颊滚落下来。

2012年,方敬被查出患有前列腺癌,家人把他接回上海治疗,劝他留在上海休养。他去了几次,却不愿久居上海。"爷爷是放不下这里的贫苦学生。"祁宝宁也曾是一名受助者,他说,那段时间方爷爷加快了助学的脚步,甚至还在附近的中小学设立了奖学金。

做好事在哪里都能做,为什么要执意从上海回来呢?"这笔钱在上海不算什么,而在任庄村就能发挥大作用。它能改变一批孩子的命运,为国家和民族培养人才。"方敬的回答简短有力。

移风易俗改乡风

任庄村最出名的建筑,不是大楼房,也不是现代化工厂,而是一间小小的书院——景清书苑。在这3间简单朴素的平房里,方敬教人习字,分文不收。

"他是全村人的老师!"相恒柱是任庄村的老支书,方敬刚回村时就与他结识了。"他从上海回到村里,看到村里治安乱、环境差,很是着急。"相恒柱说,那段时间,方敬是他办公室的常客,常常坐下来一聊就是几小时。方敬并非空发议论的人,他和相恒柱一起制定了《党员治安保护条例》。此外,他还自掏腰包买工具,带领乡亲们整治村里环境。

"方老最大的作为,是涵育了村里的乡风。"宋悦是宋庄乡文化站站长,他告诉记者,方敬至少为村里带来三处变化:一是让村民摒弃了"上学不如上船,读书不如赚钱"的老观念,教育越来越受村里人重视;二是用行动教化乡邻,使村里的环境和治安得到了很大改善;三是仗义疏财,在村里营造了急公好义的好氛围。

对家乡,方敬有着深沉而又复杂的情感。"我爱这里的恬静景致,又清楚这里的落后贫瘠。"正是为了改造这里,方敬才会回来助学、教字。"我是一名共产党员,总要为社会做些好事。"

病床上撑起20年琅琅书声

——江苏盱眙残疾教师叶海涛义务辅导400名乡村孩子

《光明日报》（2018年05月07日01版）

洪泽湖畔，淮河北岸，5月的麦苗迎风抽穗。顺着麦地往北望，会看见一间仅有10平方米的小瓦屋。走进屋，瘫痪在床的叶海涛正拿着小学语文课本，给孩子们讲述物理学家霍金的故事。

6斤重的黑板，叶海涛一举就是一整天，一天下来头发、睫毛、胸前满是厚厚的粉笔灰。为了保证辅导效率，叶海涛强迫自己少喝水少排便，口太干就用水湿润一下，一天下来嘴角能揭下一层皮。曾5次试图轻生的他，想到第二天还要给孩子辅导二次函数和电功率，又重新振作起来。

瘫痪、强直性脊柱炎、股骨头坏死、重度关节炎、颈椎炎，全身仅有脖子和双手能简单活动……20年来，叶海涛凭着惊人的毅力和爱心，坚持义务辅导乡村孩子超过400个，而他手持教材卧在床上的姿势却始终没变。

从小心怀教师梦

"梓涵你先来读，梓涛你再跟着姐姐读一遍。"在叶海涛的爱心教室，一对孪生姐弟正和叶海涛预习语文课文。卧床20余年，眼前这个身材本该魁梧的汉子，下肢已经严重萎缩。

1993年，怀着对三尺讲台的梦想，17岁的叶海涛考入淮阴师范学院。次年，他被查出患有强直性脊柱炎。"病情恶化很快，导致我的股骨头已经坏死。"叶海涛说。花尽了全家的积蓄，性命保住了。但双下肢已经全部僵硬、失去知觉。起居、饮食、排便，这一切都要靠姐姐叶海燕照料。

白天暗自垂泪，夜晚用拐杖使劲砸向瘫痪的双腿，根本感觉不到疼痛的他，甚至把头往床沿磕，只有疼痛感才能短暂缓和他内心的绝望。"活着就是希望，姐姐嫁人也要把你带上！"叶海燕的话让他和姐姐抱头痛哭："我一定要活出个人样来！"

叶海涛从小心中就怀着教师梦。刚卧床那几年，乡亲们想起村里这个残疾大学生，纷纷让孩子过来请教功课，"日子久了，来的孩子越来越多"。1998年，叶海涛在病床前，办起了爱心教室，对孩子们进行集中义务辅导。这一年，梓涵、梓涛姐弟俩的父亲叶永瑞也来到了这里。

"我8岁去的叶老师那儿，跟了他3年。"叶永瑞回忆，当年自己的父母多次掏出学费给叶海涛，都被婉拒。如今，叶永瑞的两个孩子重复走着自己的求学路。

不能落下任何一个

在叶海涛床头，一沓厚厚的稿纸吸引了记者的注意。稿纸上写满了数学公式，还有整段整段的备课笔记。叶海涛说，这些字迹，都是他为一个叫小文的孩子辅导时留下的。

小文家住隔壁项魏村，在县城读高一的她每周都会到叶海涛家补习功课，两年来从未间断。要不是叶海涛的帮助，她也许早已辍学。2016年深秋的一个下午，叶海涛正在给孩子们辅导小学英语。窗外秋雨淅沥，小文第一次被拄着双拐的父亲领到了叶海涛床前。

"叶老师，我也是残疾人，求你把这孩子收下！"眼看小文的父亲就要跪在床前，叶海涛一把拉住他。叶海涛说，孩子父亲几乎没有劳动能力，母亲体弱多病，家庭极度贫困，父母劝说不动准备辍学外出、打工赚钱的小文。

懂事的孩子、哀求的父亲，叶海涛再也抑制不住眼中的泪水。他随即答应在不影响其他课程安排的情况下，每周日为小文单独辅导两小时。上午9点上课，下午6点下课，突然多出的两小时从哪儿来？叶海涛一咬牙把早上7点至9点留给了小文。长时间辍学在家，已经读初三的小文课业落下太多。为了跟上进度，叶海涛每晚都备课到深夜11点。寒冬腊月，往往天还没亮，叶海涛就拿起课本等着小文的到来。

苍天不负苦心人。短短半个学期，小文的成绩突飞猛进，2017年暑假，叶海涛如愿听到了小文被县城高中录取的消息。如今正在读高一的小文每周还会来叶海涛这儿，学习成绩在学校始终名列前茅。

面对小文家庭的实际状况，叶海涛还主动拿出自己的低保金为小文购置学习资料。"只有我最明白失学的痛苦，我哪舍得放弃任何一个孩子！"

2015年，在政府帮助下，叶海涛的爱心教室进行了修缮、翻新。2017年，叶海涛荣登中央文明办发布的"中国好人榜"，成为全社会学习的榜样。

对于这些，叶海涛并不在乎，他说："我只想在有限的生命里，多辅导一些孩子，让他们替我去外面的世界，多走走，多看看。"

济世医者

悬壶济世写人生

/ 半生流泪终不悔 /

黄土高坡的眷恋

——记爱洒延河27载的扬州医生陈宏如

《光明日报》(2010年12月01日01版)

陈宏如(左一)工作照

1968年,一位24岁的扬州小伙来到有14万人口的国家重点贫困县——延安市延长县,一待就是24个春秋;36年后,延长县卫生局副局长和县医院院长来到扬州,代表老百姓请已退休的他回延长看病;42年后,延长的农民走进延长县志办,强烈要求把他写进县志;今年3月《延长县志》收入了他的传记,至今,他的动人故事仍在当地广为传唱……

他就是爱洒延长27载的扬州医生陈宏如。

一个求生的眼神,让他把心留给了老区

1968年年底,年仅24岁的陈宏如从上海第一医学院一毕业就主动提出到革命老区。当时他并没想到自己要去的延长县雷赤公社是延安地区最边远、最贫困的地方,医疗条件的简陋更是让他震惊。"除了血压表、体温计,医院连挂水的皮条都没有,这怎么看病?"同事告诉他,这里只能开点去痛片,打打青霉素,乡亲们有病实在扛不住了,只能翻山越岭到县城去看。

山沟里狼嚎声此起彼伏,连续几个夜晚,躺在窑洞里的陈宏如辗转反侧,医疗条件太差了,自己在这里能有什么作为呢?

但一个求生的眼神,彻底改变了他的想法。1969年的一天,西沟山中年汉子崔步宪因急性肠梗阻被送诊,腹部剧痛的他头上大汗淋漓,眼睛里流露出对生的渴望:"求求你们,救救我!"病人必须开刀急救,可医院根本做不了,交通不便,病人又转不出去,所有的人只能眼睁睁看着病人呼吸一点一点微弱……冲出窑洞的陈宏如面对荒凉的高坡止不住流下了眼泪。"陕北老乡为中国的革命做出过巨大贡献,这里医疗条件这么落后,他们更需要好医生。"怀着对老区人民火一样的热情,陈宏如留下了。

这一留就是24年。在他回到老家扬州的日子里,延长百姓仍对他念念不忘。2004年年底,得知他退休的消息,延长县医院院长赵兴文与卫生局长立即带上全县百姓的重托来到扬州请他重返延长。人到晚年,再次背井离乡,他不是没有顾虑,但"陕北老乡需要你"的声音一直回荡在耳边。5天后,在家人的支持下,陈宏如和妻子登上了再回延长的道路,这一回又是3年。

苦练医术,他创造了诸多奇迹

在延长老百姓眼里,陈宏如就是扁鹊再世、华佗再生。他们不知道这背后浸透着他多少心血。

1970年，陈宏如被选到北京市中医院、同仁医院学习一年半，这段如饥似渴的学习经历为他成为老区人民需要的临床、医技样样通的全科医生奠定了坚实的基础。

由于条件简陋，很多基本的医疗设备、药物都不具备，医术再高明也难以施展。在深山简陋的窑洞里，陈宏如做起了全能的"发明家"，利用身边可用的所有材料制作替代物：没有标准血清，陈宏如和护士就一次次抽出自己的血制作血清；没有输液器，找来橡皮胶管和马菲斯管，自制挂水设备；没有氧气瓶，就人工造氧气……

借助这些土办法，小小的乡卫生院做起了胃修补术、剖宫产、前列腺手术、脾破裂手术。

延长县的高梅1岁时患了病毒性肝炎，在西安等多家医院都没看好，陈宏如用亚冬眠疗法将其治愈，省内专家称他很可能是亚冬眠疗法全国第一人；

一个肝癌病人，对家人提出的最后一个愿望是"见见陈大夫"。到延长县医院时是被扶着进来的，陈大夫给看完后，病人竟自己跳下了床，自己走出医院……

陈宏如说自己其实并非"神医"，不过是把病人的事很当回事，碰到难题，一有时间就研究，直到找到解决方案。每天不管多忙，他都把学到的新知识点以及特殊病案和验方记下来。他做的学习卡片有6000多张，摞起来一米多高。

心装百姓苦，他的付出换来温暖回应

"大医精诚"，是唐代医学家孙思邈对行医者提出的准则，陈宏如说这正是自己孜孜以求的从医境界，"精"就是医术精湛，"诚"就是对病人真诚、热诚，具有高尚的医德。

延长县卫生局做过统计，在全县医生里，陈宏如的处方最多，但单张方子平均费用最低。他说，医生的心里要算账，但不是算"回扣账"，而是替病人算笔"负担账"。

每次开药方时，陈宏如都要仔细掂量，怎样开一张最省钱又最有效的方子。一个女童患上了蛔虫性肠梗阻需要手术，了解到她家很贫困后，陈宏如苦苦搜寻尝试中医疗法，从直肠点滴红糖水，又口服了驱虫药等，虫团两三天就都排出来了。家长结账时拉住陈宏如的手千恩万谢。

陈宏如总随身带着自费买来的"三件宝"——快速心电检测仪、血氧饱和度监测仪和肺功能监测仪,借助这些简易设备为一些病人免去了检查费。

无私奉献换来的是村民的真挚情感。

一次陈宏如在南河沟乡出诊,一位呼家村病人的母亲听说后,连夜蒸了一碗面粉肥肉片,凌晨4点就蹲在公社院子里,等他去自家吃个早饭。

今年春节,延长县委书记杨宵给陈宏如发来短信:"谢谢您对延长及陕北人民的厚爱,您永远是延长人民心目中的大恩人!"

★ /半生流泪终不悔/ ★

33年，103本工作日记

——江苏省宿迁市疾控中心副主任沈谨的工作写照

《光明日报》(2013年05月14日07版)

沈谨在办公室展示自己的第103本工作笔记（新华社记者李芒茫摄）

工作33年，103本工作日记，这是江苏省宿迁市疾病预防控制中心副主任沈谨兢兢业业的工作写照。这位常年坚守在一线的医务工作者，在日记中记录了他在实地调查时发现的问题和解决方案，记录了他对工作的反思和感悟，更记录了他对人生道路的思考。一摞摞日记，不仅见证了这位基层疾控干部的成长历程，更吐露了这位老医生对疾病防控工作的浓浓深情。

"做医生，为乡亲们解除病痛"

"我要是个医生就好了。"当年在江苏宿迁果园厂插队时，17岁的沈谨就梦想行医扫除肆虐乡间的传染病，为老乡们解除病痛。41年过去了，当年插队下乡的年轻人已经成为宿迁市疾病预防控制中心的老主任，从"小沈"到"老沈"，他的足迹遍布了乡村的每一个角落。

谈起沈谨的防疫经历，还要从他被误解为"瘟神"的事儿说起。1986年，宿迁农村频发小儿麻痹症，时任宿迁卫生防疫站副站长沈谨与同事一道下乡给农村儿童打预防针，但不知情的村民误以为是"搞计划生育的"来给娃娃们打"绝育针"的。谣言传开，村民们只要看见穿白大褂的沈谨一行人，就立即把孩子藏到床底下、草垛里或者米缸中，跟他们打游击战。

对此，沈谨更多的是理解，他带着同事们挨家挨户地做工作："我们不是'管计划生育的'，是来给娃娃们打小儿麻痹预防针的。""现在国家有政策，免费打预防针，让娃不生病、不瘸腿。"终于，31个乡镇的农村娃全部打上了预防针。孩子们在保住了健康的同时，沈谨也得到了乡亲们的信任。

沈谨说，有时候梦想很近，七八十年代，在宿迁农村流行疟疾，经过他和同事们不间断地实地调查和送医送药，如今发病率只有5%；但梦想有时候又离他很远，因为传染病不可能完全根除，他能做的只有及时应对、见招拆招。

沈谨的动力来自这群可爱的人："乡亲们很善良，总是在工作中带给我慰藉与关怀，我选择当医生就是为了保护他们的生命健康，如果离开了农村、离开了乡亲们，我又该往哪里走呢？"他在日记中如是说。

奔赴一线，源于使命

"我不是一个勇敢无谓的英雄，我也有自己的担心、对家人的牵挂，但我有必须做的事情、有必须遵守的承诺。我想，这就是使命感。"翻开沈谨的工作日记,这段话下被重重地做了记号。

2008年5月13日,汶川地震第二天,沈谨拨通省疾控中心的电话,申请进入汶川从事抗震防病工作。5月17日,年逾半百的他背着几十斤重的大背包上了飞机,开始了大半个月的援川任务。

灾区饮用水紧张,沈谨领着救灾队员们沿着原有的供水管寻找安全卫生的水源。一次,在采集水样的途中,突发余震,沈谨扭头对随行的两名年轻队员大喊:"快躲,地震了!"自己整个人却滚下山崖,幸好在跌落的过程中抱住了长在半山腰的一棵大树。"没有那树,我肯定回不来了。"现在回想起来,沈谨仍然心有余悸:"怕,当时真是一身冷汗!但大灾之后防大疫,我和同事们让那么多人免受瘟疫之灾,就是冒再大危险我也觉得值!"

今年3月31日,江苏省疾控中心通知宿迁市疾控中心协查在南京某医院住院的宿迁市沭阳县一例重症肺炎病例。"可能是H7N9!"职业的敏感让沈谨意识到事态的严重。他当即奔赴沭阳,8小时内跑遍了患者商某所有的接触点,重点勘查了商某家的家禽栅栏和猪圈,并连夜完成调查报告。

"你还去检查病患家的鸡鸭?"沈谨的同事张以春对沈谨的举动极为惊讶,他十分清楚,即使穿戴好全部防疫装备,面对这种未知病毒,只要有一点疏漏,沈主任也极有可能感染死亡。"要真感染了,我也坦然面对,但你们一定要记得及时从我身上获取第一手资料。"沈谨沉甸甸的责任心让张以春很感动。

村医黄洪海的41年行医路

《光明日报》（2013年07月15日03版）

黄洪海在给村民量血压（资料照片）

6月26日，大雨。急促的敲门声在江苏省句容县张庙村村医黄洪海家门外响起，滕村两位上了年纪的妇女冒雨赶来求医。黄洪海已经好几天没合眼了，此时的他眼球泛黄，已说不出话来，只见泪水顺着黑瘦的脸颊无声滑落。"不能再给大家看病了，他心里难过！"儿子黄昌辉已泣不成声。

两天后，62岁的黄洪海走了。屋外的石子路上挤满了从滕村、许巷、后村赶来为他送行的村民。这条连接张庙和许巷的5里石子路，黄洪海走了41年，从年轻小伙走成了鬓染霜雪的老人，直到生命尽头。

油菜地里钻研医书的赤脚医生

1972年5月10日，黄洪海经过大队推荐和公社医院培训成为村里的一名赤脚医生。穿上白大褂的他，感到的是肩上沉甸甸的责任。妻子杨先梅劝他："赤脚医生能治个头疼脑热就够了，你还有啥不满足呢。"黄洪海却不认这个理儿："赤脚医生也是医生，是医生就不能放着乡亲们的病不管！"

为了治更多的病，黄洪海买来医学方面的书摞在床头，一有时间就抓紧阅读。"每天早上3点他就起来了。"杨先梅说，黄洪海一早下地干农活，家里的12亩地都是他在打理，"让他多睡会儿，他不肯，说早点起，干完活还能看会儿书。"

黄洪海对医书的"钻"劲儿也让儿子黄昌辉佩服不已。"有年春天家里装修，屋里吵得人待不下去。午觉起来没寻见父亲，等到太阳下山了我和妹妹才发现，原来他一直蹲在油菜地里，捧着本医书读得入了迷。"

潜心钻研医学知识让黄洪海在乡里每年组织的村医考核中名列前茅。但黄洪海并不满足，为了缩小自己和大医院医生的差距，他向村民借来他们去县里、市里医院看病的病例，研究县、市里医生看病用药的剂量。张庙村村医李金安提起这个同行，连连感慨："一个村医对自己的医术这么较真儿，我打心眼儿里佩服他！"

村民离不开的好大夫

在许巷村党委副书记王兆兵的印象中，每次他们家吃晚饭时，卫生室的灯还亮着。"他怕关门早了，回来迟的村民看病没处去。"后来，村卫生室的门上多了张白色的字条，上面写着"黄洪海，139×××0376"。王兆兵说："他的手机24小时开机，就怕大家有个急事找不到他。"

对黄洪海来说，半夜出诊也是常有的事儿。"什么时候叫他，他就什么时候来卫生室，有时一天过来好几趟，甚至凌晨3点、5点叫他，他从来都没有嫌烦过。"一提起黄洪海，村民吴万根，这个七尺的汉子就禁不住抹泪。

20年前，在句容电信局打工的吴万根被查出乙肝，在市医院待了两天就花掉了上千元。高额的治疗费让他犯了难，只好简单地配些中药回家静养，在家一待就是3年，工作也丢了。由于乙肝有传染性，他不敢到卫生所治疗。黄洪海知道后，连续3个月每天早上8点准时到吴万根家帮他挂水。"上门费、手续费他都没有收，知道我拿不出钱来，他就跟我讲：'药费没关系，到年底再说。'"在吴万根家的墙上，黄洪海的号码被描了又描，他说："这个号码是要记一辈子的。"

把黄洪海记在心里的村民太多了，冠心病发作的吴常英老人，扭伤了腰的王华英阿婆，误食农药的曲家妹子……黄洪海把大部分的时间留给村民，留给自己的时间却少得可怜，除了每年大年初一的短暂歇息，他从来没有休息过。

一辈子不求人的老村医开了口

端午节前夕，这位一辈子不求人的老村医开了口。

"他来找我帮忙打些粽叶，我把粽叶送过去的时候，他还硬塞了两包糖给我。"73岁的耿荣芳有些诧异。"他找我细细地问起土地流转的事，说想把家里的12亩地流转一部分出去。"村党委书记吴烈进当时就觉得奇怪。

村里人发现，黄洪海不再骑着那辆老旧的电瓶车出诊了，儿媳潘学萍每天两趟开车接送他。也有人发现黄医生瘦了，问怎么回事，他却说自己就是个瘦子。只有黄洪海的家人知道怎么回事。原先黄洪海的肚子一直痛，他一直拖着，称自己没时间检查。今年年初，家人逼着他做了个核磁共振成像，竟查出了胰腺癌伴肝转移，晚期。然而在生命气若游丝的时刻，他竟拒绝了医院化疗的建议，拒绝了儿子陪他去北京治疗的安排。"我病了，但不能影响乡亲们看病。"大家都极力劝他，他急得跺着脚，径直往医院外走。拗不过他，家人只好随了他。他又反复叮嘱，回到村子，谁都不许把他的病说出去。

第二天，黄洪海照常去村卫生室上班，没有人知道癌细胞正在他的体内扩散。他夜里疼得睡不着觉，白天靠左胳膊上的止痛贴和每天一颗的止痛药把一天的问诊支撑下来，不在村民们面前透露一丝一毫的痛苦。

直到6月12日,卫生所的门锁了一天。这时的黄洪海已经完全不能下床,双腿开始大面积浮肿,黄洪海得了癌症的秘密一下子传遍整个村子:"这病要能治好,我们每家每户都愿意出钱给他治疗!""求钱求官难求这么好的大夫呀!"

　　一个人做一件好事不难,难的是一辈子做好事。在黄洪海看来,医好村民的病就是他此生最大的心愿。这些年来,经他之手诊治的病人累计超过10万人次。黄洪海用41年守护了村民们14965个日日夜夜,用仁心仁德兑现了一名农村基层医务工作者走向大地的实践。

纪凤银"赤脚"47年

《光明日报》(2013年12月21日04版)

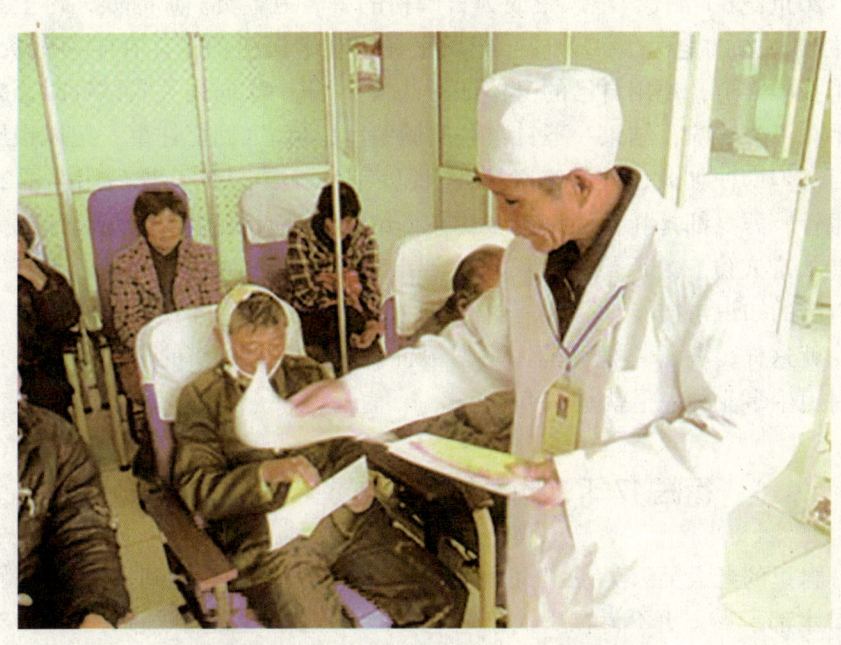

纪凤银正在巡视患者病情(资料照片)

纪凤银，65岁，江苏睢宁县姚集镇石碑村卫生室室长。见到他时，他正在给一位乡亲输液。配完药水后，他灌了个热水袋，裹上毛巾，垫在乡亲手腕下。纪凤银说："医生就要以患者的伤痛为第一关切，对待病人要比自己亲人还亲。"他是这么说的，也是这么做的。

为了治病救人，他以身试针

在石碑村，一提起纪凤银，老乡们竖起大拇指说："纪医生医术好，尤其是扎针，特别准。"一个初中毕业、没有系统学习过医学的农民，为何会有如此高超的医术？"边学边拿自己做实验呗。"在纪凤银看来，勤能补拙，只要肯下功夫，就一定能学好。

20世纪60年代，纪凤银成为石碑村的一名卫生员。那时候，村里只有一位80多岁的老医生武为珍，纪凤银便拜在老医生门下。在学习针灸时，为了找准穴道，他用自己的身体练习认穴。"第一次向内关穴试针时，施针的手止不住哆嗦，结果一下针整条胳膊瞬间酥麻。"回忆往事，纪凤银历历在目。但即便如此，他始终坚持在自己身上试针、认穴，先后用坏了20多套银针，浑身都是扎针的痕迹。现在，纪凤银给人看病时，只要轻轻一摸，就能找准穴位。之后纪凤银又多次到市里和县里参加医学培训，丰富、提高自己的知识与技能。

就这样，凭着一把草药，一根银针，一颗救死扶伤的心，纪凤银投身乡村卫生事业，一干就是47年。

行医47年，他为村民垫付了15万元医药费

村里的老人吴云英说："几十年来，纪凤银都是随叫随到，看完病就走，连口水都不喝，更不肯在病人家里吃饭，一点都不愿意麻烦别人。"乡亲们清楚，纪凤银为他们解决了太多麻烦。每次行医时碰上家里有困难的乡亲，纪凤银都会主动为他们垫付医药费，村卫生室的账本上粗略记着，47年来，纪凤银已为村民们垫付医药费超过15万元。

年龄的增长加上长年的劳累奔走，纪凤银也会体力不支。2010年除夕，刚刚抢救完一名病患的他，由于操劳过度晕倒在了卫生室门前。第二天，村民们纷纷赶到10多里外的镇卫生院看望他，直到他转危为安。

如今，纪凤银给全村500多户、2000多人建立了医疗档案，谁家的老人

身体不好,谁家的小孩儿出水痘,他都能一一道来。谈起纪凤银,村民们有说不完的感激和信任。

村卫生室是他一生坚守的阵地

47年来,纪凤银从未离开过那间小小的卫生室,一颗心全都挂在村民身上:他按时按点给孤、寡、危、重的病人送药上门;他挨家挨户给留守儿童发放接种通知单;谁家如果有病人要输液,纪凤银也是寸步不离地守在那里,常常在大半夜一守就是好几小时。

为了保证24小时随时应诊,纪凤银长期一个人睡在卫生室里,只有吃饭的时候才回趟家。有人为他抱不平,因为和他一起长大的伙伴,有的当了官,有的做生意发了财,只有他从没挪过窝。可是,纪凤银心里清楚:干一件事就要干好,这样人活着才有价值。也正因为如此,镇卫生院的老院长多次想把纪凤银调到卫生院来,都被他一口回绝,他说:"村卫生室是我一生坚守的阵地。"

如果说医生是病人心中的希望,那么,纪凤银正为这希望炽热而灿烂地燃烧。

/ 半生流泪终不悔 /

他踏访了全国500所麻风村

——记"国际甘地奖"获得者、麻风防治专家张国成

《光明日报》（2014年02月20日01版）

张国成为麻风病人讲解防治知识

（本报通讯员许琳摄）

印度总统慕克吉（左二）为
张国成颁发"国际甘地奖"
（资料照片）

2月15日，印度首都新德里，世界麻风病防治最高奖"国际甘地奖"颁奖典礼在这里举行。印度总统慕克吉亲手将金光闪闪的奖牌戴在两名获奖者身上，其中一名是中国麻风防治协会会长张国成教授。该奖项自1986年设立至今，全球仅20多人获奖，张国成是继1987年华籍黎巴嫩人马海德之后第二位获此殊荣的中国专家。

　　行医40多年，张国成踏访了全国617所麻风村中的500多所，也踏访了印度、泰国、菲律宾等有麻风病的国家，为麻风病患者进行康复手术近3.6万例，治愈患者数万名。在以张国成为首的一批麻风病防治专家的努力下，我国麻风病防治成果显著。目前，我国现有22万名麻风病治愈者，其中20万名已回归社会。世界卫生组织规定，麻风患病率低于万分之一就已达基本消灭标准，而我国的麻风病患病率低至十万分之一。

一生践行的诺言

　　去印度领奖前一天，张国成说，他要去趟青龙山麻风村，村子就在南京，不过在地图上，却找不到这个地方。

　　噼里啪啦！噼里啪啦！鞭炮声突然响起来，绚烂的烟花在空中绽放。得知张国成要来，大伙儿自发准备了鞭炮、烟花。一时间，麻风村一片欢乐，比过年还热闹。

　　见到张国成，村民一拥而上，将他围在中间，手脚健全的争着和他握手，没有胳膊的用肩膀和他拥抱，坐在轮椅上的大声向他问好……看到这一幕，记者很惊讶：村民见到他为什么如此兴奋？

　　"张教授，你跟我来。"村民许真会急急忙忙拉着张国成往自己屋里走，他的哥哥许真瑞卧床不起，脚部溃疡化脓、疼痛不止。初次来到麻风村的记者一行不由得想背过身，张国成却一把抱过许真瑞的脚，仔细观察，然后从医药箱里拿出药品，耐心地为他处理伤口。

　　"张教授救了我们全村子人的命。有时候我甚至觉得，是不是老天看我们可怜，特意把张教授送到这里，救治我们，陪伴我们。"76岁的王兴邦说，30年前，张国成给他做手术救了他一命。

　　"我也告诉你们一个好消息，张教授获了国际上麻风防治的大奖，要出国领奖啦。"记者说。顿时，人群欢呼、沸腾起来："我们能在电视上看到他吗？""领了奖还回咱中国吧？"

　　离开麻风村时，村民们纷纷聚在村口，默不作声。村主任施迎春向张国成说起麻风村的困难:"张教授,护理人员总是来了又走,我们这里缺少志愿者。"

"我知道,我会想办法解决。"张国成眉头紧锁。

随着我们的离开,身后的麻风村陷入沉寂。或许,只有张国成才能点燃这里的热情,给麻风病人带来生的希望,而这正是张国成用一生践行的诺言。

人生路上的抉择

1952年6月21日,张国成出生在江苏泰兴的一间茅草房里。在他的童年记忆里,麻风是一种极度恐怖的疾病。目睹麻风病人所遭受的痛苦,年幼的他产生了一个懵懂的念头:做医生。

17岁那年,张国成走进了黄桥卫生学校。1972年,20岁的他领到了毕业证书,半年后与20多位同学被分配到泰兴的一所麻风院工作。

未经磨炼的心灵,难以接受残酷的现实。张国成回忆道,亲睹麻风病人畸形的外貌与当地简陋的生活条件,同学们落下泪来,有人甚至当场呕吐。张国成也暗暗抱怨命运的不公,害怕传染而不敢和麻风病人接触。"上班时,我们都戴着口罩,穿上厚厚的防护服,现在想想,觉得特别对不住病人。"

随着专业知识的增加,张国成知道麻风病经过治疗就不会传染,病人们畸形的外表、孤独的心灵、遭受的歧视刺痛了他的心。"当我融入这个群体,我最大的感受就是,他们也是鲜活的生命,是需要关怀的,同样行医治病,如何才能为他们多做一些?"

事实上,毕业前,张国成本想继续求学,但启蒙恩师郑逖生教授却"阻断"了他的求学道路。"要是一心想为麻风病人工作,实践恐怕是你最好的课堂。"恩师的话他谨记在心,岁月的洗礼让这一训诫越发厚重。

离开课堂,张国成将麻风病人的需要当教科书念,一念就是40余年,蜕变成麻风防控战线上的勇士。当年的同学中,只有张国成坚持了下来。张国成坦言,他也曾不止一次地想要放弃,但麻风病人的惨痛境遇一次次触动了他。他跑了全国500多所麻风村,与病人同吃同住;手术常常一做十几小时,中间不吃不喝;别的医院不愿接收的麻风病人,他亲自手术;他还应邀去东南亚等麻风病流行的国家讲学,给世界麻风病人带去福音。"一年365天,张教授有300多天在外工作。"和张国成共事30多年的严良斌,常常惊叹张国成惊人的体力。

"力量不是来自身体,而是来自不屈不挠的精神。"在"国际甘地奖"颁奖典礼上,张国成说,"我选择成为一名麻风病医生,就是选择成为一名战士,为麻风病人的福祉去探索、奋斗。"

向前一步的态度

"我的病人们正饱受煎熬,而我却无能为力,我恨自己不是太阳,无法普照四方……"张国成在日记里写道。纸页上的褶皱,分明是斑斑泪痕。

麻风病不同于普通疾病,其导致的面部畸形会让病人一辈子无法摆脱。

"向前一步,再向前一步!不能仅仅满足于治好他们的病,还要让他们有一张漂亮的面孔!"他埋头于实验室、停尸房,不断解剖、分析人的面部结构;他翻阅浩繁的历史资料,从中找出点点滴滴线索;他无数次住进麻风村,询问面瘫麻风病人关于面部整形的需求……苍天不负苦心人,30多年的心血铸成了"动力法悬吊整容术",通过给麻风病人筋肉做调整手术,达到整形美容的效果。

百尺竿头,更进一步,张国成继续摸索,3年后,"动力法悬吊术"被移植到了畸形肢体矫正手术上,让上万名面瘫麻风病人回归社会、重拾自尊,他也因此被授予国家科学技术进步二等奖。

新中国成立后,进行了麻风病大普查,并对所有患者进行物理隔离,有效控制了疫情。"这批麻风病人做出了牺牲,他们的贡献应当被铭记。"张国成始终挂念着这群人,并3次上书中央,中央高度重视,划拨2.1亿元整修了麻风院。

一次到云南一个麻风院看望病人,张国成看到,在一个透风漏雨的茅草屋里,一位身患麻风病的老人衣着褴褛、满身污垢,双目失明的她正用手在锅里炒饭,满手是泡。而在10米之外,是为了"面子"修建一新、不通水电的新病房。张国成又是心痛又是气愤,对一旁的地方官员吼道:"如果她是你们的母亲,你们做何感想?"

这个病人得救了,但还有多少这样的病人呢?张国成深知,要消除社会对麻风病人的歧视,光靠治好几个病人是不行的,关键还在于知识的普及。同事们发现,一向低调的张国成变得高调起来:他将马海德提出的"麻风病可防、可治、不可怕"的科学论断不断推广,到各个地方做演讲,接受报纸、电视台的采访,举办各种活动。"麻风病菌离开人体后不易生存，传染性很小；经过药物治疗后，麻风菌就会失去活力，丧失传染性。"在接受记者采访时，张国成反复说着这句话，这也是他讲座中想要给全世界的结论。

张国成给自己留下了什么？

在一个不起眼的角落，记者发现了一沓厚厚的证书。国家科技进步二等奖、中国首届青年科技奖、卫生部科技进步一等奖……纷至沓来的荣誉，在时光流转里见证了他40年的奔波与付出。"患者活下去，而且是更好地活下去，是对我最大的嘉奖。"张国成说。

麻风病防治是一项公益事业，病人不掏一分钱，那么，钱从哪里来？从事麻风病防治40年，张国成不仅没收一分钱，而且几乎将自己的工资全部用到了病人身上。借助在国际上的影响，张国成还为全国132个市、县争取麻风康复项目经费3400多万元，使2.8万多名麻风病人获得防护鞋，6000多名麻风病人获得假肢，1000多名老弱残麻风病人获得每月40元生活补贴。

40年的从医路，张国成一步一步向前，把病人的需求当作书本，用一生去阅读。

记者手记

张国成的班，要有年轻人接

"时间都去哪儿了，还没好好感受年轻就老了……"

听到这首《时间都去哪儿了》，张国成的泪水在眼眶打转。谈起父母妻儿，他百感交集，"我亏欠他们的实在太多了"。

张国成已记不清是哪一年，身患肝硬化的父亲被送往医院抢救，生命危在旦夕，而彼时的他，正带着医疗队在医疗一线奋战。忍着泪水继续工作，在他回来的时候，父亲的坟头已长出茵茵绿草。跪在父亲坟前，张国成连磕3个响头，久久不愿起身。他哽咽着告诉记者，麻风病人长期生活在穷乡僻壤，没有收入来源，有的甚至双目失明，也无法交谈，他们用下跪、磕头这种最原始的礼节，表达感恩之情。在父亲坟前，他也只有用这种原始的礼节，叩响身为人子的愧疚之意。

"多少年了，国成和家人一起过春节的承诺总是落空。"妻子陈本凤说，"国成一年到头不着家，儿子还小的时候，见到出差回来的他常喊'叔叔'，前年80多岁的老母亲结肠癌住院，他也不在身边。"

爱，是人类最美丽的语言。然而在张国成心中，对麻风病人的爱却沉重到揪心。

"3万多次手术，我截下了无数肢体，我对不起病人啊！"年逾耳顺之年的张国成，常念叨自己有一笔无法还清的"债"。"医生是建设者，而我却一次次扮演破坏者的角色，经常从噩梦中惊醒。"

当被问及何时退休，张国成拿出他一手策划制定的《全国消除麻风病危害规划》，规划明确分析了我国麻风病的现状、防治效果等。"到2020年，全国麻风病人控制在500名以内"是规划的总体目标。"我干了40年，已经62岁了，难盼下一个40年，我想亲眼看着2020年目标实现之后，再退休。只是最让我遗憾的是，没有年轻人接替我，继续做下去。"

人心是一架天平，挂念别人的时候多了，想着自己的时候就会少。张国成舍小家，顾大家，用医者的大爱仁心，擎起了麻风病人生命的希望，完成了特殊的生命接力。

★ /半生流泪终不悔/ ★

一位至淡至真的老人走了

——追忆现代中医肛肠学科奠基人丁泽民

《光明日报》（2014年07月14日06版）

丁泽民（丁曙晴供图）

7月9日晚10点25分,全国中医肛肠学科泰斗——现代中医肛肠学科奠基人和开拓者丁泽民在家中离世。这位95岁的世纪老人走完了他卓越的一生。

"不设灵堂、不开追悼会,连最亲密的战友也没有通知,丧事只一天半就结束了。遵照遗愿,我们从简送了父亲最后一程。"丁泽民的大儿子丁义山说。

"丁老永远地离开了我们,要是能见他最后一面多好,哪怕在他老人家床前站一站也好。"时隔50多年,上海电路厂退休职工翟稚松对丁泽民的恩情依旧难忘。

20世纪60年代,翟稚松身患外科疑难病——高位复杂性肛瘘,四处寻医无果后慕名来到南京,找到了丁泽民。"丁老不仅医术高超,治好了我20多年的病,他还时刻将病人冷暖挂在心上。那时是冬天,丁老和夫人经常给我送来热乎乎的鸡汤。"说到这儿,翟稚松已是老泪纵横。

丁泽民出身中医世家,16岁时就随父亲丁辅庭行医,是"丁氏痔科"第8代传人。1956年,南京市政府集中丁泽民等名中医,成立了南京市中医院。丁泽民捐方报国,将延续数百年的祖传秘方、器械无偿捐献给了国家,创建了南京市中医院痔科——这是南京市中医院全国肛肠医疗中心的雏形。

恪守"业必专而后有成"的祖训,在70多年的临床实践中,丁泽民创立了"温阳透热,健脾泄浊""气药灌肠""扶阳固本,升清降浊"等肛肠疾病治疗方法,攻克了克隆恩病肛瘘等世界性医学难题,使我国的肛肠疾病诊疗水平在国际上处于领先地位。

丁泽民不仅医术高超,他还是"爱伤"观点和"无痛"理念的倡导者。

"爷爷常对我们说,病人无美丑、高低之分。对病人好,病人能记住一辈子。""丁氏痔科"第10代传人,全国肛肠中心副主任、南京市中医院肛肠科丁曙晴博士说。

在给肛肠病人换药时,多数医生直接用镊子夹上棉球清理疮口,由于腔隙小,病人常疼得直冒汗。丁泽民就做了各种规格的细棉签,整个换药过程中病人几乎感觉不到疼痛。最忙时,丁泽民一天要接诊100多个病人,对每一个病人他都是既细心又耐心。

丁泽民对民营医院的发展也做出了突出贡献。他常常对子孙们说:"肛肠科的发展,不是关乎你们个人的事业,而是关乎整个中医的前途和命运。"1999年年底,他毅然让大儿子丁义山从部队正师级待遇退下来,成立了南京首家肛肠专科医院——南京丁义山肛肠专科医院。86岁时,丁泽民还每个星期抽出三天时间，亲自门诊、手术、查房、会诊，从换药等小细节入手，手把手指导医生。目前，该院"齿形分段结扎疗法"科研成果已广泛应用于治疗环状混合痔，该院的肛瘘治愈率也达到了100%。

自丁泽民起，丁家4个儿子、儿媳及多数孙子辈都继承家业，4代人有14人从医，被称为"金陵医学第一家"。

"生活中，父亲是个开明而宽厚的人。"丁义山说，"我女儿自幼喜爱画画，父亲就说，做医生是人命关天的事，不要勉强人做医生。看见孙子孙女穿着带破洞的裤子，父亲就半开玩笑地说，要不要爷爷帮你们买新的啊。在父亲那里，没有应该是什么，不应该是什么，后代跟爷爷的关系都很好。"

如今，这位至淡至真的老人走了，用他一生的勤勉和进取在中国肛肠科医学史上占据了自己的位置。桃李不言，下自成蹊，如今，丁泽民遍布全国各地的学生，正继续着他未完成的事业，这恰恰是对他最大的告慰。

一个值得托付生命的人

——记晕倒在手术台上的好医生胡远超

《光明日报》(2014年09月09日15版)

"好医生"胡远超醒过来了!

江苏省徐州市中心医院的病房里,已经深度昏迷15天的胡远超缓缓睁开了双眼。病房外,挤满了从四面八方赶来探望的人,顺着人们的呼喊声,胡远超慢慢地转过头。

人们难以忘记8月11日下午5点40分,徐州市中心医院主任医师胡远超,在顺利完成了一台持续近4小时的直肠癌手术之后,突发脑干出血晕倒在手术台上。一时间,所有人慌了神,立即手忙脚乱地给胡远超戴上呼吸机,送往重症监护室。

这时,忙了一天的同事们才突然想起,在手术室里,豆大的汗珠从胡远超的额头上滚滚落下,脸色蜡黄,手术的动作也渐渐慢了下来。晕倒的前一秒,他对麻醉师说:"我真的不行了!"看着安静地躺在病床上的胡远超,周围的人一个个泣不成声。

"老胡晕倒在手术台上,这或许是一个偶然,但偶然的背后有必然,老胡从医24年来,呕心沥血地为每一位病人着想,在他眼里,病人是天,病人的命比他自己的命还重要。"徐州市中心医院副院长袁庆密哽咽着说。

一本满是褶皱的笔记本,是胡远超的贴身宝贝。本子上,密密麻麻地记着每一位患者的病情、每一例手术的注意事项,或许是因为翻看得太频繁了,本子变得又厚又黄。

肿瘤外科的手术风险高、难度大,胡远超每次都要在手术前和病人沟通,与助手反复研究手术方案,刀口从哪里下,切多深多长。他常说:"病人以生命相托，医生每一刀都要为病人着想。"

去年，80岁的梁永栋找到胡远超。他不仅患有结肠癌，还有严重的心脏病，加上年迈体弱，梁永栋觉得自己肯定挺不过这关。

"胡主任告诉我，对待病人他有个原则，即三个不考虑和一个必须考虑。"梁永栋说，"三个不考虑是指不考虑病人职业，不考虑病人是否有钱，不考虑医生自己有什么风险，一个必须考虑是如何在保证病人安全的情况下给病人治好病！"这让梁永栋特别感动。次日，梁永栋平静地接受了手术，手术非常成功。

袁庆密告诉记者，作为一名经验丰富的医生，没有人比胡远超更了解自己的病情，但他仍然每天全身心地扑在工作上。每天早上，胡远超总是7点准时到医院；手术前，他会提前到手术室等候病人；手术时，他亲自操刀，缝下的每一针都是悉心研究过的；手术后，他又变成了"护士"，悉心护理病人。

这些看上去不起眼的细节，胡远超却坚持了整整24年。自从他生病住院以来，天天都有很多人来病房探望，专程从江西赶来的吴秀慧哭红了眼说："胡医生是一个可以托付生命的人，好人有好报，他一定能很快康复。"

手术台上的抉择

——记晕倒在手术台上的好医生胡方斌

《光明日报》（2015年07月30日03版）

好医生胡方斌醒过来了！

7月7日，江苏南京鼓楼医院的病房里，已深度昏迷3天的胡方斌缓缓睁开双眼，苍白的脸上露出一丝疲惫，缝合线从胸口延伸到腹部。病房外挤满了从四面八方赶来探望的人。

3天前，江苏省靖江市人民医院心内科副主任医师胡方斌在给病人做手术时，胸口突然疼痛难忍，豆大的汗珠滚落下来，他双手死死撑在手术台上，近乎强迫地让助手打了超过身体剂量的镇痛剂吗啡，强忍"撕心"的疼痛挽救了病人的生命。手术刀还没放下，他却晕倒在手术台上。

回忆起那天的场景，胡方斌的助手钱一新哽咽了："清晨6点，医院送来一位急性心梗患者，亟须手术，我就给胡主任打了电话。"钱一新清楚地记得，胡方斌是跑着进手术室的，从病人确诊到开始手术只用了10分钟。

正当手术有条不紊地进行时，胡方斌突然感到严重的胸闷、胸痛，仿佛整个人要被撕裂似的。但此时手术到了最关键的时刻，病人的血压降了、心跳慢了，如果停止手术，病人就会死在手术台上。

医护人员见胡方斌脸色煞白、手术的动作也渐渐慢了下来，都劝他回去休息，换一名医生继续手术。"我不能离开，病人还在手术台上，我离开，他的生命就有危险。"没有一丝犹豫，胡方斌咬咬牙，当即决定先救病人！

"小钱，给我打一支吗啡。"

"吗啡？"助手困惑不解。

"听不到吗？给我打吗啡！"胡方斌近乎嘶吼着说。此时，他浑身颤抖，手术刀几乎要从手中掉落下来，助手知道情况不妙，便按照胡方斌的意思，给他注射了吗啡。

手术完成得很圆满，但硬撑着的那口气松下来以后，胡方斌瘫倒在手术室，再也爬不起来了。撕心裂肺的疼痛让他近于休克，出现了晕晕沉沉的感觉，他努力让自己保持清醒，让助手再次注射了吗啡。

经诊断，胡方斌心脏主动脉撕裂，这种病死亡率高达80%！

当天晚上，胡方斌被紧急送往南京鼓楼医院，经过整整12小时的奋战，医生切除了他破裂的20多厘米的心脏主动脉，为他换上人工血管，终于把他从死亡线上拉了回来，但由于大强度的手术，胡方斌陷入了深深的昏迷。

那天是他49岁生日，家人本想为他庆祝，岂料这个生日竟差点成为诀别。

这段时间，妻子赵杰是一秒一秒掐着度过的。"我不停地叫他的名字，掐他的脸。"赵杰泪眼婆娑，"我甚至想过，他要变成植物人了。"

但善良的人总会得到命运的眷顾。手术后第3天，胡方斌醒过来了！

住院期间，主治医生王东进告诉胡方斌，这个病是长期的紧张与压力郁结所致，不建议再回原先的工作岗位。胡方斌却笑笑说："病好了就回去，我是医生，在与死神的搏斗中，不能当逃兵。"

很多人问胡方斌："为什么要如此拼命，连自己的性命都不顾？"

"我是医生，不能辜负患者与家属的信任。"这就是他的回答。

用生命传递光明

——眼科教授陈瑛仁爱济世的故事

《光明日报》（2015年08月03日06版）

近日，南通大学附属医院眼科教授陈瑛终生致力于医学教育、逝世捐献眼角膜的感人事迹被编排成诗朗诵《你看见了吗》搬上舞台，南通大学向全体教职工和附属医院医护人员发出号召，要学习陈瑛爱岗敬业的品格和仁爱济世的医德医风。

提起陈瑛，她的学生、南通大学附院眼科专家管怀进久久不能释怀：那天夜晚，陈瑛离开人世。依照她所立下的"死后捐献眼角膜"的遗嘱，管怀进强忍着悲痛走进手术室，疲惫的神色下是一双噙着泪水的眼睛。那是他一天中第29台手术，也是最忐忑不安的一台，令他终身难忘。

这一次，他亲手取下的，是教会自己为患者传递光明的老师陈瑛的眼角膜。

"从操作手术到如今躺在手术台上，她用另一种方式，将传递光明的使命与责任延续。"管怀进知道，把更多患者从黑暗中解救出来，是恩师毕生的追求与梦想。

丈夫陈种不会忘记，有一次，陈瑛因病气管切开不能说话，她挣扎着在写字板上写下一行歪歪扭扭的字迹，难以辨认。陈种贴在她耳边轻声问："你是想死后捐献角膜？"尚有意识的陈瑛吃力地点了点头，眉宇间露出丝丝笑意。

没有更多的言语，两颗心彼此相连相通。

丈夫懂她。"陈瑛50年代起就开始为患者做角膜移植手术，她曾多次告诉我，眼角膜的来源极度匮乏，以后一定要把自己的捐献出来。"陈种抑制不住内心的悲痛和崇敬,"如今她的愿望终于实现了。"

时间就是生命,移植手术必须在12至24小时内完成。

怀揣着对光明的期盼,两名患者第一时间赶到南通大学附院。74岁的陈桂英左眼疼痛、畏光、流泪,几近失明,47岁的姚新民因为一场车祸右眼失明。

手术室比平日更加安静,所有医务人员屏息凝神,面色凝重。同样的灯光下,他们已无法统计陈瑛曾多少次为患者带来光明,也记不清她曾多少次不厌其烦地为学生讲解演示。

但这一刻,却是她最后一次在手术室停留。

显微镜下,移植后的角膜清亮透明,密密的16针均匀一致,呈放射状围成一圈,将陈瑛的角膜与患者的角膜紧密缝合、融为一体。

两天后,缠绕在患者眼睛上的纱布被缓缓揭开。"看见了,看见了,我能看到窗户了,远处的松树也看到了。"陈桂英激动得泪流满面。姚新民也不能自已:"我等了好多年,在无数家医院做了登记,没想到,竟然是一位眼科教授为我送来光明和希望。"

两双久违光明的眼睛里,交织着难掩的惊喜和感激。

草根医生的"金牌匾"

——记盐城工学院校医沈慰平的行医路

《光明日报》(2016年06月05日04版)

他是一名普通的校园医生,却凭借高超的医术享誉全城;他只读到中专毕业,却正在将手中的3项国家发明专利推向全国。他叫沈慰平,是江苏省盐城工学院的一名校医。

沈慰平自创的"烧伤再生膏""抗过敏烧伤膏""超薄皮移植技术"成为他行医的"金牌匾"。37年来,靠着这些"金牌匾",沈慰平救治了近5万名病人,为他们节省了上亿元治疗费用。

从校医到烧烫伤专家

15岁那年,沈慰平到了盐城卫校求学。毕业后,几经辗转,沈慰平成为盐城工学院的一名校医。盐城天寒,每至冬日,沈慰平的双手总会生满冻疮。"我就是学医的,为何不自己研究一种冻疮药呢?"于是,他找来中草药方面的医书,经过几个月的反复试验,由9味中药调制而成的冻疮膏成功问世。

沈慰平并没有满足于"小打小闹",他把目光瞄准了烧烫伤治疗领域。1979年,他向校领导申请开设了医务室烧伤科,从此,10平方米的小实验室便成了沈慰平的家。1985年,历经6年研究的"慰平烧伤再生膏"诞生了。之后,他又自创"烧伤膏+超薄皮移植技术"的治疗方法,疗效快、不留疤,更避免了二次手术,而治疗费用只有原先的30%。

草根医生辛酸救人

盐城人口口相传的"神医"沈慰平，实际只有中专学历，难免会被不了解他的人扣上"江湖郎中"的帽子。

一次，一名男生在浴室不慎误入开水池中，全身60%的皮肤被深度烫伤，血流不止。沈慰平心想：若是送到医院，孩子不但要承担十几万元的医疗费，还会留下满身疤痕甚至终身残疾。思前想后，他决定自己为男孩治疗。

时任校长得知情况后，找来沈慰平，拍着桌子道："胡闹！孩子伤得这么重，治不好你担得起责任吗？"面对近乎暴怒的校长，沈慰平立下军令状："治不好就开除我！"

时值盛夏，沈慰平在病床上支起蚊帐，与男孩同吃同住，一天换10次药。12天过去了，男孩恢复良好，孩子的家长专程从外地赶来致谢，沈慰平却谦虚地说："我一个土郎中，只知道治病救人。"

让"金牌匾"挂遍全国

沈慰平的膏药与技术被许多患者称为他的"金牌匾"。25年前，当时的外资跨国企业西安杨森愿意出15万元买断沈慰平烧烫伤膏与治疗技术的专利加以推广。想着大企业的生产流水线能让自己的专利产品治愈更多病人，他心里乐开了花。可就在要签合同时，一条款项让沈慰平勃然大怒：烧烫伤膏的发明单位需注明是西安杨森。"中药是中国人的东西！就算出再多的钱，我也不能把专利拱手让给外资企业！"沈慰平说。

通过企业推广专利的想法破灭了，但沈慰平却一直没有放弃自己的梦想。"没有大规模地推广，我一步一个脚印也能带出徒弟，带领他们治愈更多的患者！"

37年来，从医士到主治医师再到中西医结合副主任医师，沈慰平带领着同事们，解决了一道道临床难题。"我下一步的计划就是联系医药厂商，将'金牌匾'推向全国，让它为全国的患者带去福音！"沈慰平说，只要自己还有力，就会在这条从医路上一直走下去。

84岁老人的义诊"长征路"

《光明日报》(2012年08月04日02版)

在江苏省镇江丹阳市，有一位耄耋老人，每天背着药箱奔走于大街小巷，为老年病人免费把脉问诊，一走就是12年。12年来，他日均步行3公里，日均免费问诊10多名病人，最多的时候一天问诊25名，当地人亲切地称他是社区"啄木鸟"。

他就是江苏省镇江市丹阳棉纺厂退休老厂医陈弘毅。

"每当想到社区里呻吟的年老病人，义务奉献的责任感就像一把铁锤重重地敲打我的心。"这是老人发自肺腑的话语。

行走在社区的"啄木鸟"

7月7日下午，天气燥热，记者来到了陈弘毅的家。看到老人，头发稀疏，体形偏瘦，虽然老人今年已84岁，但精神矍铄。

还没来得及采访，老人的手机突然响了。接听后，老人说了一句"不要急，我马上来"，随后迅速拿起放在桌角的旧药箱，三步并作两步往外奔，记者也跟随老人冲出门外。

路上，老人才意识到还有采访，连连表示歉意。老人说，刚才打电话的是云阳镇贺家弄的黄琴芳老人的家属。"黄琴芳是我15年的老病号了！"因为着急赶路，老人没有多说什么，烈日下，汗珠顺着老人的脸颊往下流。

一进黄琴芳的家，陈弘毅大跨步走到黄琴芳床边，为其翻身拍背、按摩，十多分钟的抢救后，病人终于清醒过来。看到病人缓缓睁开双眼，老人松了一口气。

对陈弘毅来说，看病救人是医生的天职。陈弘毅毕业于南京中央大学医学院，1999年以镇江市丹阳棉纺厂厂医的身份退休，老人认为，"身退，但心不能退"，于是，他当起了社区医生。

　　与众不同的是，他是一位行走在社区的医生。"哪家有病人来电话找我，我就去；只要我知道哪家有病人，我就去。"这样一个简单的想法，支撑着老人在社区奔走了12年。12年来，他的双脚从没有停止过奔跑，他的双手也从未停止过"把脉问诊"，他的手机号码成了社区居民的"120"。

"80岁的人，18岁的心"

　　平日里，陈弘毅总是笑呵呵的，人也显得年轻，人们都说他是"80岁的人，18岁的心"。

　　陈弘毅用这颗18岁的心，在丹阳市18个社区自设了近30个"把脉问诊"点，每个点上少则有6个病人，多则有13名病人。

　　这样的随机医疗点不挂牌子、不收任何费用。"为了方便老年病人，我在丹阳城区每个社区的疾病最重的老人家里设立一个'点'，我每到一个'点'，其他病人相约前来，很方便！"陈弘毅老人对自设的"问诊点"很是自豪。

　　有人给老人算过这样一个数字：12年来，他每天走3公里路，算下来，就是26280里，堪比红军的长征路。其实，这12年的风风雨雨，何尝不是这名老医师的"长征路"？

　　陈弘毅所在社区的居委会主任张二青多次劝他把"把脉问诊"点集中驻在社区居委会，他总是摇头拒绝。"这样，不方便病人看病，我作为一名共产党员，就应该竭尽全力服务群众，容不得半点偷懒。"

　　作为医师，他有"医者父母心"的职业道德；作为共产党员，他用12年的坚持践行"全心全意为人民服务"。

"帮助他人，快乐自己"

　　"医生与病人的关系，不能单纯地只看病，更要看病人，关心他们。"陈弘毅告诉记者。

　　"陈老人很好，有一段时间我心情很差，他经常到我家找我谈心，我有什么烦恼也只想找他说。"谈及陈弘毅，曾经到陈弘毅"把脉问诊"点就诊的林德普老人赞不绝口。

"陈医师，真是病人的贴心人啊。"这是记者在采访期间听到最多的话。

"这些年，我越来越能理解助人为乐的含义，助人为乐，其实就是帮助他人并快乐自己。"陈弘毅感慨。

1999年，与陈弘毅相濡以沫大半辈子的老伴去世了，老人悲痛至极，夜深人静的时候，他常常捧着老伴的遗像喃喃自语。

然而就是靠就诊中结识的朋友，他从失去至爱的痛楚中走了出来。

"帮助他人，快乐自己"，老人告诉记者，在他心里，没有什么比那些老年病人的健康更重要。看到他的病人们能开心地笑、能每天快乐地活着，他觉得很踏实，很快乐。

让患者放心的医生

——记南京市社区医生续广军

《光明日报》(2011年02月14日03版)

2月初,"感动南京"人物揭晓。名单中,一个耳熟能详的名字再次勾起大家对他的思念。南京市白下区居民们说:那是一位让患者放心的医生,虽然他的人生只走过短短的28年,但他却永远活在大家的心中。他就是被南京市白下区石门坎社区三千居民爱戴的社区医生——续广军。

他与居民医患情深

2010年11月19日,续广军在给患者看病时突然冲进来一个精神病人。看到精神病人挥舞着砍刀,续广军下意识地挡在那位患者身上。最终,续广军身中两刀,抢救10天后不治身亡。11月29日,他生前诊治过的3000多名居民自发前往灵堂吊唁。追悼会当天,居民们更是冒着寒风,守在灵车驶过的道路旁:"我们需要他时,续医生一直陪着我们;现在,我们也想陪他走完最后一程!"

"续医生真是个好医生,他对病人很细心,很贴心,自从3年前他来到石门坎社区医院,我生病就不再往大医院跑了。看到续医生,我就像吃了颗定心丸!"家住银龙小区的周大妈说。周大妈告诉记者,在石门坎社区医院,每天都有很多老人找续广军看病,老人们听力普遍不好,续广军就一遍遍耐心地告诉他们该吃什么药,一天吃几次。

在南京市石门坎社区医院,记者发现,虽然续广军已经去世3个多月,但前来就医的居民仍会不自觉地走到续广军生前的办公室。"哦,他已经不在了！"70多岁的陈老汉喃喃自语，"这么好的一个医生可惜了。"陈老汉告诉记者，他从没见续医生吃过一顿安稳的午饭。才吃两口，有人来量血压了，他便放下碗筷；刚端碗，有人来开药，他又放下了饭碗。

在续广军生前的办公室里，一沓厚厚的居民健康档案引起了记者的注意。续广军生前同事李医生告诉记者，续广军生前每天下班后，就抱着这些健康档案，挨家挨户到居民家中，细心问询他们的健康状况，及时更新健康档案。

好医生带动了好团队

2月10日晚，记者在石门坎社区医院楼梯口看到，一位张姓护士正在小心翼翼地搀扶一位70多岁的老人下轮椅："您慢点，靠着这边楼梯！"之后，张护士告诉记者，在社区医院，续广军的事迹早已深深地影响了其他医务人员。平时就医时，如果看到有老人在排队，续医生总会和居民们商量，先让老人就诊；看到有人下楼梯，续医生也会细心地提醒："慢点，别滑倒了！"病人挂点滴时，续医生总会冲个暖水袋，让病人把手放在上面。张护士说："续医生平常做的小事，我们看着看着也就跟着做了。"

石门坎社区医院谭院长告诉记者，开展向续广军学习活动后，社区医院里的100多位社区医务人员，比平时更细心、更深入、更贴心了。医院党委徐书记说，医患矛盾在任何时候都不可能完全消失，但对于整个医疗系统来说，续广军的事迹给了我们一个启示，就是只要医生甘于贴心服务，医患和谐就不难实现了。

续广军牺牲后，他的事迹迅速传遍了全省。江苏省卫生厅专门下发了《关于在全省卫生系统开展向续广军同志学习活动的决定》，南京市社区卫生服务工作领导小组还追认续广军为"南京市社区卫生服务先进工作者""南京市优秀全科医师"，续广军生前所在的全科团队也被命名为"南京市优秀全科团队"。

★ /半生流泪终不悔/ ★

管怀进：为3万名患者带来光明

《光明日报》（2013年02月28日13版）

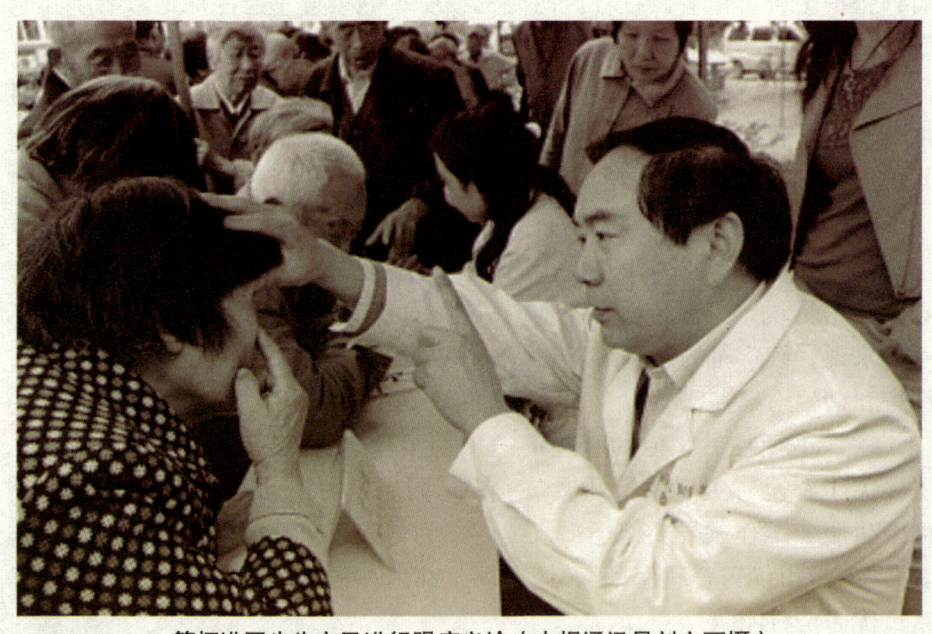

管怀进医生为市民进行眼病义诊（本报通讯员刘文丽摄）

初见管怀进，他刚走出眼科手术室，擦拭着额上的汗珠。这是他一天中的第42台白内障复明手术，但对于管怀进来说，这并不是庞大的工程，他曾创下一天58台手术的最高纪录。

在他的办公桌上，摆放着几本泛黄的古代医学论集和管仲思想研究专著。很难想象，眼前这位谈吐低调、博文通史的医者是集诸多荣誉于一身的全国眼科专家，获得"亚太眼科防盲杰出成就奖""中国眼科医师奖""全国五一劳动奖章"。面对荣誉，管怀进淡淡地说："我只是一个全心治眼的普通眼科医生。"

一双妙手　擦亮病人眼睛

在南通大学附属医院的眼科楼里，这样的情景很常见：几近失明的白内障患者拄着盲杖或在家人的搀扶下，颤颤巍巍地走进手术室，短短十几分钟后，病人就能自己走出手术室，走到翘首等待的家人面前！每双睽违光明已久的眼睛里，交织着无法言喻的惊喜、激动和感激。

一张张欣喜的面孔背后是管怀进疲倦的神色，走出手术室，他望着病人，笑了，同时轻呼一口气。

南通大学附属医院党委书记张涛说："老管是一个医术扎实、为人朴实的人，他对眼科工作执着、严谨，近乎痴迷。"

1962年，管怀进出生在江苏南通海安县一个农民家庭，在村子里，由于医疗卫生条件落后，很多村民罹患眼疾却无法医治最终导致失明，村里也常有外乡盲人来卖艺、乞讨，那一双双混浊不清、没有神采的眼睛在年幼的管怀进心中挥之不去，他常常想："我能治好他们的眼睛就好了……"1979年，管怀进考入原南通医学院医学专业，进入大学后，偶然听到的一句话再次震撼了他——"小眼科，大社会"，"没有哪个学科能像眼科一样与社会走得如此之近"。管怀进告诉记者："从事眼科，一直是我的理想！"1984年，大学一毕业他就考取了国内眼科实力首屈一指的中山医科大学，攻读眼科学专业硕士。

研究生毕业后，管怀进果断放弃了留在中山从事眼科病理学研究的工作，回到原南通医学院附属医院。从此，管怀进把根扎在了医院，26年如一日站在手术台上，至今已完成白内障复明手术3万余例。2008年以来，每年的手术量都保持在3000例以上。眼科中心年轻的季敏医生忍不住掰手指算起来："每台白内障复明手术的时间是5~15分钟，管主任目前的最高手术纪录是一天58台，以每台10分钟计算的话总时长就是近10小时，每一例手术的效果都特别好！"一旁的管怀进听了，动情地说："复明手术能带给病人第二次生命，虽然有的手术只能恢复患者一定程度的视力，却能带给他们无尽的希望和光明，仅此一点，我要做更多台手术，做好每一台手术！"

　　管怀进还把精湛的医术带到基层，他几乎走遍了南通市所有乡镇，在基层医院为当地白内障、青光眼等眼病患者看诊、手术，同时开展眼病流行病调查。20多年的基层行医生涯中，管怀进永远忘不了那些因失明丧失劳动和自理能力的人；看到边远地区的盲人被家人用绳子拴住，生活在脏乱狭小的空间内，他泪流满面；听闻一些病人因无法接受失明而自杀，他痛心疾首。"眼睛是心灵的窗户，只要患者能重见光明，我再苦再累都值。"如今，他已是一位杰出的白内障防盲治盲、青光眼防治及疑难眼病诊治专家，用一双妙手擦亮了数万双眼睛。

　　管怀进精湛的医术吸引了全国各地眼病患者。在眼科大楼第二病区，记者见到了83岁高龄的李静文老师，李老师曾在南通医学院执教多年，是管怀进的恩师，现在和儿子一家定居北京，这次是专程从北京赶来治疗白内障的。李老师娓娓道来，最初是在北京同仁医院就医，负责诊治的专家听闻她的南通口音后告诉她："南通有个白内障专家叫管怀进，医术精湛。"这让李老师心里起了谜，这是不是自己当年所教的学生？带着谜，李老师来到了南通大学附属医院，发现自己的学生已成为眼科专业鼎鼎有名的教授。已经恢复视力、即将出院的李老师感慨道："看到当年的学生如今医术精湛、享誉眼科学专业，我打心眼儿里高兴、自豪。"

　　20余年来，管怀进拓展眼病研究的高度和深度。他勉励自己："患者明亮有神的眼睛，是对我最好的奖励，我希望研发出更有效的治疗方法，治好更多患者，将我国眼科学推向国际高端水平。"

　　从1998年开始，他带领同事与苏州医疗器械总厂合作，终于在2002年开发出达到国际水平的人工晶体，经过不断改良，可以有效抑制白内障再生；2003年建立了眼科分子生物学研究室，研究出的两步聚合酶链反应法，能够快速诊断出感染性眼病病因进而对症下药；2009年率先在国内进行眼病发病率的研究，开展眼科流行病学和分子生物学相结合的分子流行病学研究，填补了我国在此领域的空白。2013年1月，他带领的白内障分子流行病课题组就有5篇文章被《英国眼科杂志》《眼科与视觉科学杂志》等国外著名期刊刊发。

一颗仁心　和谐医患关系

"如果哪一天我走了，再不能为眼病患者带来光明，那么，我希望用最后的努力为患者换来光明。"2011年5月12日，管怀进在《身后无偿捐献眼角膜志愿申请书》上郑重地签下了自己的名字，这句朴实无华的话语感动了身边的同事，大家自觉跟随他一同在申请书上签下姓名。

"管教授常把'小眼科，大社会'这句话挂在嘴上，他说眼科手术虽小，造福的却是患者的人生和整个社会。"南通大学医学院眼科学研究生王慧芬说。

78岁的沈奶奶曾在10多年前患了白内障，视力下降到0.1，她告诉记者，当初只能勉强看清视力表最上面那行，经管医生手术后，现在能看到第9行，对于管医生精湛的医术、高尚的医德她印象深刻。这个月，她52岁的女儿也被确诊为白内障，因此再次找来，陪同女儿看诊结束时，沈奶奶说起自己的眼睛最近不大舒服，管医生立刻请她坐到仪器旁，认真检查了一番，这让她心头热乎乎的。

细微之处有大爱，护士长徐丽丽说："管主任对病人的尽职尽责、无私关爱，在全院是出了名的！"前来就诊的病人来自全国各地，管怀进的语言总是不停地在当地方言和普通话之间切换，听不懂的就让病人家属充当"翻译员"。对于这些，管怀进有自己的看法，他说："构建和谐医患关系，对于病人的恢复和医护人员的成长都大有裨益，这就需要医生多一些努力，护士多一份耐心、细心，病人多一份信任和配合。"

为减轻患者的经济负担，管怀进与苏州医疗器械总厂合作研发了质优价廉的国产晶体，彻底打破了人工晶体依赖进口的局面。以往一枚人工晶体需要2000~8000元，令经济困难的患者望而却步，不敢做手术，现在只需80~500元，眼病患者可以毫不犹豫地前来诊疗。对此，管怀进说，还远远不够，还在努力。

"他心里装满了病人、同事、防盲治盲，唯独没有自己！"管怀进的妻子张丽华略带抱怨的语气中，充满了心疼。

2004年的一个夏夜，忙完《眼保健与眼病预防》的编写和出版事宜后，连续熬了十几天的管怀进回到居住小区，在平时轻轻松松拾级而上的楼梯前，他竟然抬不动脚了，最后是妻子和女儿下来把他搀扶到6楼的家里。他太累了，之后的3天里，疲惫至极的他几乎不能动弹。

记者忍不住问道:"在大多数人看来,您的付出与回报很不成比例,您自己有没有想过得到的太少?"管怀进爽朗一笑,他说:"时代和社会需要英雄,但更需要千万个默默无闻、坚守岗位的人,只要能让我在这个工作岗位上做下去,发挥所长,实现我的理想,就足矣。"

一声呼唤 健全防盲治盲网络

在第17个"爱眼日"到来前,管怀进早早筹备了"老年眼病的防治"爱眼公益活动,还组织同事到南通市新桥社区开办防治白内障的讲座和义诊,闻讯赶来的民众将他们围得水泄不通。

管怀进介绍说,经过几代眼科人的努力,我国的防盲治盲工作体系从无到有,已经形成了国家、省、地区(市)、县、乡、村的6级眼保健组织。然而全国仍有1300万视力残疾人,其中白内障致盲患者500万左右;眼科基础建设还不够完善,尤其是农村"老、少、边、穷"地区的患者缺乏就医条件;人们眼保健的意识极为薄弱等,这一切防盲治盲的困难现状让管怀进忧心忡忡,他说:"作为一名医生,我希望全国人民都能'病有所医'。"

1988年,管怀进担任南通市防盲办公室主任,他决心从南通农村迈出防盲治盲的第一步。他和同事们提着药箱走进农家,数年如一日,风雨无阻。

他带领同事、学生建立了4个眼病流行病学调查基地,对5万余人进行了致盲眼病调查;定期到基层举办各级培训班1000余期,为每县培养了3~8名掌握基本眼科手术技能的医生;他还到乡镇开办各种形式的眼科宣传,以简单朴实的方式推广基本的眼保健方法和爱眼卫生知识。经过10年的努力,南通市搭建起了包括市、县、区、乡、村的5级眼保健与防盲治盲网络。2012年,反映眼保健水平的百万人口白内障手术量南通市高居江苏13个市的榜首。

管怀进知道,南通取得的成效固然可喜,但相对于全国防盲治盲的严峻形势只是九牛一毛。机会总是留给有准备的人:1997年,正当管怀进苦于如何将防盲治盲网络铺向全国时,我国卫生部、残联与国际狮子会联合开展了为期5年的"视觉第一 中国行动"大型防盲治盲项目,并邀请管怀进加入由6名中国知名眼科专家组成的中方顾问委员会。

听闻喜讯的管怀进激动不已,埋在心底几十年的梦想终于有机会实现了,他兴奋得两眼发光,暗自握紧拳头在心中呐喊:"全国眼病患者的光明就要到来了!"在2002年和2012年分别开始的二期、三期项目中,管怀进连任中方顾问，成为防盲治盲国家项目中唯一连任3届的专家。

一个又一个5年，他奋斗在防盲治盲项目的第一线，十多次作为国家医疗队队长或国家防盲专家，带领国家和江苏省医疗队，远赴广西、海南、西藏、青海、内蒙古、安徽、湖北、湖南、河南、四川、新疆、福建、浙江等省，以及宿迁、淮安、盐城、泰州等省辖市区，开展防盲检查、评估、验收及白内障复明手术，为我国防盲治盲工作做出了有力贡献。

结合多年的眼病诊治和调查经验，管怀进参与制定了《全国眼病调查方案》《县医院眼科建立与验收标准》，主编了《初级眼保健》《眼视光公共卫生学》《眼保健与眼病预防》等专著，参与审定了国际防盲组织、国际狮子会防盲专用教材《白内障人工晶体植入术》，并结合多年手术经验编写了指导性极强的《眼科手术操作技术》。

管怀进意识到，健全防盲治盲系统，还需要壮大眼科医护人员队伍。在他的努力下，南通大学附属医院眼科作为江苏省白内障手术复明培训基地，已经为全省培养了200多名白内障手术医生、近300名眼科护士。另外，他每年还指导10余名研究生。在他的办公室隔壁有一间研究生专属的"学术讨论室"，研二的王勇和王慧芬、研三的李菲正在里面忙碌。

王勇告诉记者："管教授对不同年级的学生设置了不同的要求，研一必须牢记所有基础的课本知识，研二必须在实验和论文上有所创新，研三必须实际参与手术，管教授将我们从理论到实践'武装'得很严实。"

"每周一是管教授的门诊时间，只要遇到典型的或者比较罕见的病例，他都会叫我们过去，进行现场讲解，既不影响患者治疗，又能让我们在实践教学中受益良多。"李菲说，"他还非常支持学生做实验做科研，总是让我们使用最好的试剂，确保得出最好最准确的结果。"

健全防盲治盲网络，需要全民参与。2012年6月，中国眼科博物馆在南通大学附属医院建成，作为筹建人，管怀进苦心奔波达8年之久，他说："这是我国第一个医学专业博物馆，它的功能就是保存眼科的历史和文化，宣传防盲、眼保健知识，让更多的人更加重视、爱护眼睛。"

这就是管怀进，一个用毕生精力做好防盲治盲工作的人，一个全心全意爱护我们眼睛的人。

平民英雄

一点点烛光，点燃希望

★ /半生流泪终不悔/ ★

城市因她们而美好

——记江苏盐城市环卫女工韦青、陈红拾金不昧的事迹

《光明日报》(2011年02月21日10版)

捡钱当天，民警在清点钞票数额，左一为陈红，左三为韦青（勇峰 小川摄）

失主（右一）给环卫女工（左一）送来锦旗（勇峰 小川摄）

"这是小事,应该的!"面对记者,这两位看上去纯朴的中年妇女,显得羞涩、紧张和不善于表达——她们就是拾到两万元,大雪中等待失主3小时的盐城市环卫女工韦青和陈红。

而今,盐城人谈起她俩的事迹,都会说:"她们的美好心灵,让我们的城市更美好!"

风雪等失主,婉拒答谢钱

2011年2月10日,盐城下起了大雪。凌晨5点多,韦青、陈红便来到市区太平桥清扫积雪。扫到桥中间时,韦青看到了一个环保袋落在雪地里,袋口简单地扣着,可以看到里面的衣服。由于忙于扫雪,她捡起环保袋让一起扫雪的陈红放到一旁的工具车上。

6点多,韦青的铁锹因长时间铲雪铲坏了,到工具车上准备换一把新的铁锹。这时,她才想起捡到的那个环保袋,就顺手打开了。在几件有些残破的衣服下面,她发现了成捆的人民币。来不及点清钱的数额,她们就急急地向环卫所所长报告了此事。

考虑到失主可能正在寻找自己的财物,征得所长同意后,韦青和陈红停下手中工作,一起守在大桥上等待失主前来认领。

"当时我们看到,包里的衣服很破旧,想必他们条件也不好,丢了这么多钱一定很着急。"韦青告诉记者。于是,在风雪交加中,她们守在桥上等待失主。风雪中,这一等就是3小时,可失主仍未出现,她们只好报警。民警到达现场,对袋里财物进行了清点,共有现金20350元,数额相当于韦青、陈红一年的工资。

次日,经过警方多方寻找和核实,终于找到了失主王寿刚夫妇。认领现场,老王夫妇硬要塞给韦青、陈红1000元作为答谢,却被她们婉言拒绝。

事后,王寿刚夫妇又到韦青家中酬谢,再次被婉拒:"我们捡钱还钱是应该的,这1000元不能要。"

获奖两千元,捐赠患病女

韦青、陈红拾金不昧的事迹被当地媒体报道后,受到了社会各界的关注。2月12日,盐城市文明办领导和市城管局领导专程到韦青、陈红的工作场所,对她们拾金不昧的行为予以高度肯定并分别给予1000元的奖励。

失主的酬谢金她们不肯要,政府的奖励金她们同样不接受,而是捐赠给需要的人。2月14日,韦青、陈红找到《盐城晚报》记者,表示希望将市领导奖励的2000元捐赠给更需要的人。记者本想劝说两位家庭本不宽裕的环卫女工收下这钱,但最终还是拗不过她俩。经过一番联系,记者为她们找到了一位患脑膜瘤而没有钱治疗的19岁少女王晶晶,她俩将奖励金悉数捐出。"我们有稳定的工作,有固定工资,这些钱我们还是要给更需要的人,这样才能够心安理得。尽管这些钱对王晶晶来说不算多,但还是希望这些钱能够帮到她,让她早日康复。"陈红希望自己能够给王晶晶带来康复的希望。

偶然的"拾金",必然的"不昧"

韦青和陈红,两个普普通通的盐城市城管局环卫工人,月薪不过1000,之前都是下岗工人,而家中都有正在上中学的子女,家庭经济比较拮据。为何两万余元面前,她们能够不为所动,一心等失主?

在后来的采访中,记者才发现:偶然的是"拾金",必然的是"不昧"。在工作中,她们勤勤恳恳,用简单的环卫工作装扮着这座城市,就在2010年10月,韦青被市环卫处授予"优秀城市美容师"的荣誉称号。生活中她们也一样心灵美好,韦青的邻居张英大妈告诉记者:"她是个好人、实在人,看到我年纪大了,腿脚不方便,常常主动到我家帮我晾衣服、烧饭。"

正是一颗长期积淀美德的心,造就了今日的拾金不昧。记者问她们捡到两万元时的想法,她们说:"当时什么都没想,就是觉得钱不是自己的,当然不能拿。"在世人的称赞声中,她们再次说起那句熟悉的话:"这是小事,应该的。"

韦青、陈红用工作装扮着城市街道,同时用她们的美好心灵影响着周围,正是类似这样的美好心灵,让盐城城管局环卫部门仅去年就涌现出19例拾金不昧的事迹,而各种各样的好人好事更是在各处发生着。"我们要让这样的风气继续下去,从城管局延伸到整个社会,形成一种纯洁美好的道德风尚。"盐城市文明办副主任高平期望着这股美好的风气能够传承下来,传播开去。

"我这样老去,才有价值"

——南通修车老汉热衷慈善14年捐10.6万元

《光明日报》(2013年05月01日03版)

"老胡走了。"消息一传开,大街小巷,人们感叹唏嘘,无不动容。"还差一点就又凑齐一万了。"这是老人的临终遗言。

在江苏南通有这么个"慈善家",名气不小。倒不是因为他能"一掷千金"、有多大手笔,而是因为他是个地地道道"修车的"!

14年前,刚退休的胡汉生萌生了一个念头:做慈善。他说:"老牛也要在耕地、拉磨中老去。"于是他摆起了修车摊,这一摆就是14年,加上顺带捡废品、卖废铁、做盆景,老胡枯瘦的身体里,每一分力气都在为做慈善而努力。

日行一善,善行一生

每天早上6点,胡汉生都会到港闸区风机厂边准时开摊儿。找他修过车的人都知道,老胡的技术没得说。

"我对老胡过意不去啊!"谈起胡汉生,龙潭村村民陆会心撩起衣袖一个劲抹眼泪。"那年下大雪,我下班的时候发现车胎瘪了,就想到老胡,他收摊最晚。"来到摊前,陆会心才发现已经有两三个人等在一边了。老胡戴着旧草帽忙碌着,手上的冻疮红得发紫。"我看修车人多,打了声招呼就走了。"可当陆会心刚把车推到家,老胡就带着工具赶了过来。"他细细地把胎里的玻璃碴子挑出来,再把车胎补好后,就匆匆走了,说是还要赶去下一家。"

别人修车为了糊口,老胡修车却为了行善。补胎只收一块钱,配个零部件只收工本费,遇到困难点的,就直接免费。一年下来,好不容易有了点结余,老胡就琢磨着为大家做点什么。他所在的龙潭村没有直通镇上的大路,一到下雨天就成了"水泥路"。2000年,胡汉生拿出退休金,凑上2.7万元,亲自铺出了一条300多米长的水泥路。"路人人都要走,我这是一为私,二为公。"老胡如是说。

2005年11月,胡汉生修车攒了3年终于凑足了第一个一万元,一大早他就去南通市慈善总会把钱给捐了。"他就是这样,车,一辆一辆地修;钱,一元一元地攒;款,一万一万地捐,14年他捐了10.6万元。"儿子胡振华说,"'德为本,财为末',是爸爸这辈子说得最多的话。"

桃李不言,下自成蹊

骑自行车穿街走巷的磨刀师傅吴锦泉是胡汉生修车摊的常客。"他老跟我念叨那些贫苦的人,说咱还能自己赚钱,有能力的时候,也得多帮帮这些人。"吴锦泉回忆说,那天,胡汉生捐款回来,得到了一枚捐款纪念章。"当时我就想,他能做好事,我也能。"于是,"5·12"地震时,吴锦泉就拿出磨刀攒下的1000元积蓄送到南通市红十字会。从那以后,"做好事"成了胡汉生和吴景泉心照不宣的共同行动,他俩也赢得了一个雅号:慈善双雄。

桃李不言,下自成蹊。在龙潭,"做好事"已经不再是胡汉生一个人的事。胡汉生车摊旁边的理发店老板卜志华,看着胡汉生做好事,他把理发价格降到全村最低。2011年6月24日,龙潭村村民自发成立了"汉生爱心互助协会",在胡汉生的带领下,协会募得爱心捐款405000余元,爱心惠及800多名困难群众和贫困学生。

"老胡的善事做得朴实真诚,但恰恰就是这种简单的善行更有感染力,让我们都想跟着他做。"胡汉生的老朋友陆善洪说。

积善成德,德行天下

"老牛不耕地、不拉磨,一样会老去,我这样老去,才有价值。"收拾遗物时,胡振华在老人练字的废纸中意外地发现了他生前写下的《修车小结》,白纸已经泛黄,但工整的字迹依旧遒劲有力。

4月12日,胡汉生因突发心脏病离世。"还差一点就又凑齐一万了"竟成了他的临终遗言。当晚,前来胡老家中吊唁的人将灵堂挤得满满当当,龙潭村家家户户点起白烛，为86岁的胡老送行。

老胡就这样，在修车做慈善中度过了自己的晚年。没有感天动地的丰功伟绩，也没有名留青史的千秋大业，他14年风雨无阻，用一点一滴的善言善行唤醒了人们骨子里最本真的仁厚善德。

胡汉生走了，但是他留给人们的精神财富却是一辈子的，"汉生爱心互助协会"也会一直办下去。胡振华说："爸爸把爱留在这里，把他的爱传下去，爸爸就永远不会离开我们。"

★ /半生流泪终不悔/ ★

赵小亭事迹后续报道

你走了,但不会孤单

《光明日报》(2010年07月29日02版)

赵小亭父母带着女儿的骨灰回家

江城悲痛，雉水呜咽。今天下午6点30分，当赵小亭母亲手捧女儿遗像、父亲端着女儿的骨灰盒，满面倦容和悲伤地从灵车上下来时，赵小亭，这个如花儿般美丽女孩的灵魂终于回到了她魂牵梦绕的故里。

从7月21日惊闻噩耗，如城镇邵庄村村民们就烦躁不安，他们噙着眼泪度过了一个又一个不眠之夜。他们一天几次赶到赵小亭家，感叹着，唏嘘着，一次次地用手抹着眼泪。

而更让他们揪心的是赵小亭79岁的老奶奶。这几天，乡亲们每日都自发地来到赵小亭家。"老人年龄都这么大了，要是再有个三长两短的，可怎么办呢？"

站在奶奶旁边的赵小亭的姑姑哭着说："去年，小亭的爷爷去世，为了让奶奶心情好一点，小亭只要在家的日子，早晚都要给奶奶捶背，还讲笑话给奶奶听，可现在她再也不能做这些事了，想想怎不让人难过！"

"小亭从小就懂事，读小学时，只要放学回来，她就洗衣做饭，等父母从地里劳作回来，桌子上已经摆上了她自己烧的饭菜。""小亭家原来有不少地，她还经常下地帮父母干活，却从来不说累，每次见到我们都笑呵呵的，只要我们有事情需要她帮忙，她甜甜地应一声就跑过来。"大妈大婶你一言我一语地数起赵小亭的事情。

下午5点40分，灵车缓缓停在了给赵小亭留下美好青春记忆的如皋中学。迎接她的是她亲爱的校友们。赵小亭的照片被贴在每个人的左膀上，上面还写着一行字："亭子，一路走好。"

赵小亭小学时的好伙伴结伴而来。提到赵小亭，他们沉默了。好久，一个女生才用沙哑的声音说："小亭人很活泼，下了课就和我们一起跳皮筋；但只要一上课，就变得异常严肃。"

许映娟与赵小亭从小学到初中都是同班同学和好姐妹。今天，她特意带着几根蜡烛来了，面对着赵小亭微笑着的遗像，她的眼泪止不住地往下流。"小学时，每次放暑假，我们大伙都要到她家做作业，因为她成绩好，还乐于助人，尤其对成绩差的同学，她更乐于和他们结对子。"许映娟最后一次见到赵小亭，是在小亭高考结束后的暑假。"一次，我们在路上遇到了，她当时很兴奋的样子，说自己考上梦寐以求的武汉大学了，接下来就要军训了什么的，我当时很为她高兴。但后来就一直没见着她，因为她读大学后暑假就没回来过，直到出事。说真的，我怎么都不敢相信，还老觉得她很快就能回来。"许映娟哽咽得说不出话来。

和她高中读书同一届的王美虹对赵小亭的离去万分惋惜。"我们不是一个班,也不是很熟,但小亭每次见面老远都和我打招呼。后来读大学了,我们就在网上交流,她的网名叫'向阳的蛋'。她是个很乐观的女孩,她常常说的一句话是'人活着就是要快乐'。现在她走了,她的音容笑貌却如在眼前。平时,我们要是能多聚聚多好!"

下午2点,如皋市沿江高速东陈出口处,离小亭魂归的时间还早,自发前来迎赵小亭的队伍已排成一条长龙,弯弯的,一眼望不到边。烈日当空,人们静静地等待。放眼望去,挽幛如云——"接如皋的好女儿小亭回家""小亭,家乡的师生接你来了""小亭,你是天堂最美的向日葵""小亭,你不在江湖,江湖留下你的传说"……

时间在静静地流淌着,35℃的高温挡不住江城人对小亭的热心,人群一直很安静。

下午5点30分,灵车终于缓缓驶来,等待许久的人们情绪激动起来,有的人手里打开了横幅,有的人不停地向灵车挥手致意,女人们掩面而泣,男人们眼里噙满了热泪。灵车渐渐远去,人群久久不愿散去。

下午6点左右,灵车来到了赵小亭母亲所在的厂门口,一排排戴着白花的人们肃然静穆。他们无声地向小亭的灵车致哀。灵车继续行驶,所到之处,人们无不悲痛凝重。

十里八乡的老百姓来了,满头银发的老者来了,素昧平生的社会企业家也来了,他们献上花圈,深深地鞠着躬;越来越多的人来了,熟悉的,陌生的,他们眼含泪水,只是为了最后看一眼赵小亭……

小亭,你走了,但你不会孤单。因为你的身后有成千上万的人陪伴着你,跟随着你。在你的追思现场,如皋市委、市政府授予你为"如皋爱心大使"。我知道你想说你并不看中名誉,但我告诉你这不只是名誉,还是一面旗帜。此后,你身后的13万江海志愿者都会向你学习,他们会把你的精神撒播到全国各地。

小亭,你走了,但你可以放心。你看社会各界都在为你的父母捐款,他们的养老问题你不用再牵挂。

小亭,你走了,但你的芬芳却永远留了下来。你这棵山路边的小草虽然平凡,虽然短暂,却如此辉煌。

你听,江城大地在为你悲痛!雉水古城在为你呜咽!天堂的路,你不会孤单!

苦日子锻造"真孩子"

——家乡人们追忆90后支教大学生赵小亭

《光明日报》（2010年07月28日03版）

写在前面的话

暑假，她没有选择回家，而是和同学们一起来到云贵高原支教。本来一个月的支教期，她却再也没有走出来，20岁的生命，永远长眠在大山深处。她就是武汉大学的赵小亭。生命易碎，因显宝贵，但赵小亭和"长江人链"一起，已铸成时代丰碑，记录着人性的高度，更将激励更多年轻人传承时代精神，前行不止！如今，她家乡的父老乡亲们正在深情地追忆着她。

连日来，悲痛一直笼罩着江苏如皋这座小小的县城。

7月21日，一个名叫赵小亭的如皋女孩在贵州支教中被山石击中，永远闭上了双眼。

20岁，这是一个女孩多么美好的年龄，然而，爱笑、爱美的女孩却把自己如花的生命永远定格在了布依族苗族山寨崎岖的山路上。

小亭，你的笑容如此美丽

赵小亭是个普通的女孩，但接触过她的每一个人都被她美丽的笑容感染着。

小亭高中时的班主任孙福平至今还对这个长着一双大眼睛、特别爱笑的女孩印象深刻。"她是一个聪明伶俐、成绩优秀又有上进心的学生，虽然身材瘦小，但她每年都带头报名参加运动会。"说到这儿，孙福平流泪了，他说高中学生往往更注重学习，但赵小亭当时就喜欢参加各种志愿活动，而这个习惯一直延续到了大学。

"小亭特别尊敬老人，见人一脸笑！"67岁的陶学芳是赵家的老邻居，这么多年来一路看着小亭从襁褓中的小婴儿出落成亭亭玉立的大姑娘。如今，那脆生生的一句"奶奶"还在耳边，却已是阴阳两隔，老人想到这些便无限悲伤。

听闻噩耗，如皋中学陈海霞老师双眼含泪，她怎么都无法想象这个写得一手好字、喜欢唱歌的女孩会真的离人们而去。"她呀，比赛项目肯定是要报的，啦啦队也肯定是要组织的，只要她鼓动一下，同学们都跟着她报名了。"

而赵小亭的父母泪已流尽，如今略显平静。"小亭短暂的20年，几乎都是笑着过来的。大一暑假，小亭在湖南新邵支教，她电话告诉我，那儿没有地方洗澡，吃住都在教室，温度高得吓人，还没电扇，只能靠人手一本的作业本驱散炎热，还要忍受泛滥的蚊虫叮咬。我当时觉得特别揪心，可小亭却不以为然。她还笑着劝我要宽心，说自己哪有那么娇气！"小亭母亲说。

这个女孩面对困难与苦难似乎有着极为乐观的心态。她所支教的贵州黔南布依族苗族自治州贵定县马场河乡中心小学是一所留守农民工子女学校，7月13日，赵小亭与武汉大学的18个队友来到这里支教。学校在大山深处，条件艰苦，同学们在两间教室里，用课桌拼起了床铺。从没在贫穷大山里生活过的赵小亭乐观地鼓励同伴："我们既然来了，就要做好吃苦的准备……"

"都说90后的人不能吃苦，可赵小亭改变了人们对我们的这个印象，这个爱笑的女孩不仅在山区传播知识，更用她美丽的笑容传播了爱。"一位名为"一叶秋"的网友说。

小亭，你的懂事让人心碎

赵小亭是个非常懂事的孩子。在家乡，流传着很多关于她的感人事情。

"小亭啊，我的小亭！"赵小亭的外婆拿着外孙女的照片一遍一遍地抚摸，一声一声地呼唤，像是要把她的心头肉喊回来。"小亭啊，才这么高的时候就知道心疼人、孝顺人了！"外婆照着一张板凳比画着，"我身体不好，有糖尿病。小亭那时才这么丁点儿大啊，就知道对我说：'外婆，您有糖尿病，吃东西可不能乱吃哦，等我上了大学，挣了钱，一定好好孝敬您！'你们说说看,哪有那么懂事的孩子啊!"

对待亲人如此,对待不熟悉的孤寡老人,赵小亭同样如此。读高中时每逢节假日,赵小亭就喜欢到离家不远的外婆家走亲戚,外婆也不记得从什么时候开始,懂事的外孙女悄悄地给住在前面的一名五保老人当起了"保姆"。每当赵小亭到外婆家,总是要抽时间到这位五保老人家帮助打扫卫生、收拾床被等。直到两年前,老人安然离世。在自己的村里,同样有一位五保户,也时常得到赵小亭的悉心照顾。不仅如此,她还注重发动群众的力量帮助无依无靠的老人。她利用课余时间带领队员们到村里的老人院,帮助那些老人打扫卫生,陪他们聊天,为他们表演文艺节目,给老人们带去了久违的欢笑。每次离开,老人们都会掉下不舍的眼泪。

赵小亭的父亲是普通的水电工,平时靠给别人做点零活赚钱,母亲在一家太阳能厂做临时工,工资微薄,小亭还有79岁的奶奶和68岁的外婆。小亭家虽然是个二层小楼,却是14年前盖的,如今房子已有些漏雨。小亭的房间就在二楼,不大的房间里只有一张小床,一张桌子,一个衣橱,家境虽然贫寒,但小亭的人格却超乎寻常的"富有"。

"我们很宠她,但从来不娇惯她。"赵小亭的父亲说。在得知女儿再一次申请去山区支教时,父亲并不是很赞成,他还曾劝阻女儿,但小亭执意要去,做父亲的只能支持。"我给她汇了1400元生活费,到现在卡里还有400多块钱没用完,孩子心疼我们,舍不得花钱……"

"一次,我看到她在路上帮一个老太太推板车,一车重物,她就这样帮老太太推回了家。"小亭的亲戚说。

小亭,我们因你而前行

赵小亭永远长眠在了大山深处。家乡的人们说,事故是偶然的,但是小亭的事迹绝非偶然。"小亭去支教,是与她的性格相符的,她本身就是一个乐于助人的孩子,她骨子里就有去帮助别人的愿望。"小亭高中化学老师石炽红说。

一朵朵山状的白云遮住了大半的天空,淡淡的阳光时隐时现。小亭走了,给家乡的人们留下的是永恒的思念。

在她就读过的如皋中学,人们正以各种方式纪念她。"这孩子走得真可惜,我们连张照片都找不到。"蒋晶老师叹着气说。她找来一份刊登了小亭照片的报纸,贴在了曾经无数次写过板书的黑板上。

"小亭,一路走好。"一位扎着马尾辫的女生走到黑板前,用手指轻轻勾勒黑板上的字。她默默念叨着:"师姐,我没有见过你,但你一定是最美的!"

很多人都说,90后是最不让人省心的一代,他们总是与娇生惯养等联系在一起。然而,小亭却让我们看到了90后的另一张面孔:开朗、善良、有社会责任感、吃苦耐劳、孝顺长辈、敢于担当……

赵小亭最后教给学生们这样一首歌:

谁在最需要的时候轻轻拍着我肩膀

谁在最快乐的时候愿意和我分享

日子那么长,我在你身旁

见证你成长,让我感到充满力量

……

我和你一样一样的善良

一样为需要的人打造一个天堂

歌声是翅膀唱出了希望

所有的付出只因爱的力量

火海中定格的生命姿态

《光明日报》（2012年07月07日01版）

近日的南通，阴雨绵绵，似乎是上天为了又一位年轻生命的消逝而呜咽。

周江疆，江苏南通人，他绚烂的生命之花在28岁绽放出了最后一抹红。"没有江疆，我们肯定全没了，他是我们的救命恩人！"回想起几天前那场惊心动魄的火灾，包建忠哽咽难语。

时间定格在7月2日凌晨。位于山东烟台开发区的通州建筑公司烟台分公司宿舍楼突发火灾。发现火情，住在3楼的公司总经理周江疆一跃而起冲下楼。突然，他想到宿舍内还有熟睡的同事们，便立即返回3楼，冲进火海，挨个敲打房门，大声呼叫："着火啦，快起来！老包、老三快跑……"睡梦中被惊醒的同事们纷纷逃生。

"要不是江疆第2次冲上来喊我，再晚十几秒，我的命就没了。"仇彩萍，周江疆救下的第10名员工。周江疆在火场撕心裂肺的呼喊声终于惊醒了熟睡中的仇彩萍，她逃到阳台外的平台上，成功脱险，可楼道里却再没传来周江疆的声音。

火海中，周江疆生命最后的姿态，是手拼命伸向一旁已按下报警号码的手机。人们发现，生命的姿态原来可以这样美！

7月2日傍晚，当载着周江疆遗体的汽车缓缓驶入他的家乡南通海门时，道路两旁早已站满了前来送行的人：有周江疆的朋友、亲戚和乡邻，也有素未谋面的普通市民。霎时间，天空中电闪雷鸣，大雨倾盆，苍天为之垂泪！

夜深人静的时候，父亲一遍又一遍用力捶打着水晶棺，撕心裂肺地"痛责"儿子："你现在躺在这儿成英雄了，可是你把我的心都撕碎了！"

周江疆不顾生死救人，或许是偶然的，但偶然背后是必然。

在南通，有勇斗歹徒血染街头的蔡荣捷，也有临危救火被严重烧伤的

"好支书"沈井冲。

2011年7月23日,周胜兵和陈利驾驶的旅游大巴在陕西潼关县突遇泥石流,湍急的水流夹杂着树木、石块以及从民房里卷出的家具将大巴卷入1米多深的泥潭。危急关头,两人毅然做出决定:打开车门,以身为桥,让乘客到高处避难。30名乘客踩着两名驾驶员的身体陆续到达高地,而已被雨水冲刷得浑身冰冷的周胜兵、陈利做出了一个举动:留在车里守住乘客的包裹。当两人被救援人员救起时,他们掷下一句滚烫的话:"救人是我们的本能。"

从此,这句话便深深印在了南通人的心里,也传遍了江苏大地。当救人已成为全城人的本能,奉献也随之成为南通人的一种习惯。

如今,说起"莫文隋",很多人都能想到它是"莫问谁"的谐音,但在当时却给南通人留下了很长时间的困惑。1995年3月起,有人不断以"莫文隋"的名义资助南通工学院的特困生。一段时间里,人们以为"莫文隋"就是一个普通人的名字,后来才恍然大悟,这是热心人做好事不留姓名。

道德模范的力量如同汪洋大海,滋润了这座海滨之城;备受恩泽的南通人,做出的举动往往令人震撼。

前往贵州支教的南通女孩儿赵小亭,不幸被突然滚落的山石击中,当场身亡,这枝"支教玫瑰"将自己的最美年华留在了山区。

南通启东的郭建兵,曾多次冒着10级大风出海搜救遇险者,5次从大海中救回近20人,拖回损坏的船只20余艘,为渔民兄弟挽回损失数百万元,这位普通的渔民被称为出海人的"守护神"……

总有一些人让人感动,总有一种爱让人动容。如果一座城市有自己的档案,那么在南通的档案里,大爱必定占据着重要席位。从"莫文隋"、江海志愿者、爱心邮路到远赴云南宁蒗支教的教师群体、两入火场救员工的周江疆,南通用一个个鲜活的事例诠释着一座大爱之城、奉献之城的美丽。

周江疆：青年的榜样

《光明日报》（2012年08月08日03版）

周江疆，一名28岁的青年，他两入火海救出10名员工，自己却被大火吞噬的事迹传遍江海大地，感动了千千万万的人。近日，记者来到周江疆的家乡南通海门，追寻他成长的轨迹。

孝顺：亲人因他而更幸福

周江疆的离世，对于他79岁的外婆来说，是撕心裂肺的痛！

"江疆，一定很孝顺吧？"记者问。老人缓缓抬起头，盯着记者，用力点头。

在周江疆家人眼中，他们是因为有了周江疆而更加幸福。

"江疆去年过年给了妈妈很多钱，反复交代让她多买些好吃的，不要不舍得，用完了他再给。"周江疆的姐姐周杨告诉记者，父母离婚后，周江疆跟着父亲生活，但他心里一直惦记着母亲，只要有一点空，就会回来陪母亲。

放弃理想，或许并不值得推崇，然而当放弃是为了尽一份孝心，这样的"舍得"让人们对周江疆再度肃然起敬。

从上大学起，周江疆就梦想能自己创业，做连锁经营管理，所以，他特意选择了金融管理专业，但他的父亲杨国兴却一直期望他能子承父业。反对、抵触……起初，周江疆像不少年轻人一样要坚持追寻自己的理想，然而当江疆看到父亲日渐憔悴的身影时，他心痛了。

"儿子虽然嘴里不说，但我能看出来，他做的每一件事都是在体谅我。其实，他完全可以丢下我这边，做自己想做的事，但这个孩子从小就孝顺，他不忍心看见我操劳。"面对媒体，杨国兴并不拒绝，他把接受采访看作对儿子的告慰。

勤奋：一步一个脚印

周江疆的办公室如今已成为一片废墟，大火烧掉了曾陪伴他度过漫漫长夜的一摞摞书，却抹不去人们对他刻苦钻研的记忆。

"江疆很勤奋，但大学专业是金融管理，因此对于工程，他并不熟悉。为了弥补不足，江疆找来一堆工程、建筑等相关方面的书，白天干活，晚上看书，遇到不明白的，还会捧着书问我。"曾与周江疆在工地同住一屋的周祥回忆道。

"你家那么有钱，何必跟着大家一起吃苦，直接让家里派辆车来把你送到宿营地算了。"回想起昔日对周江疆的调侃，战友满脸惭愧。

那是一个寒风呼啸，大雪纷飞的冬天，周江疆作为一名预备役军人和战友们开始了野外拉练。几十公里的路，徒步负重的周江疆是在用脚步丈量大地，用热汗抵挡严寒，队友不止一次地劝他，撑不住就算了，没人怪他。

但他一声不吭，一步不落地跟着战友们，到达宿营地后，脱下鞋袜，血泡遍布脚底。

这就是周江疆，再艰难的路途，他也会用他那颗勤奋的心，一步一个脚印，阔步向前！

奉献：童年起他就把爱心广为传播

一个月前，痛别周江疆的人们猛地发现，他的名字就是他短暂人生的真实写照：江海儿女，大爱无疆。然而鲜为人知的是，大爱无疆的背后，伫立着一名从童年起，就把爱心广为传播的好青年。

周江疆出殡的那天，灵车沿着那条精心设计的路线，缓缓驶过见证江疆成长的江滨国兴中心小学，早已退休的老校长姜学球驻足在校门前，失声痛哭。

姜学球与周江疆，不是爷孙胜似爷孙。因为母亲白天上班来不及赶回家烧饭，所以从小学三年级开始，周江疆就在姜学球家里吃饭。一天，姜学球估摸着江疆快放学了，便像往常一样随便烧几个小菜等他回来，可是直到饭菜都凉掉了，江疆还没回来，看着屋外的瓢泼大雨，姜学球着急了。

"他看到值日生的家长来接他们，不想让叔叔阿姨们久等，于是就让值日生先走，自己把整个教室的卫生都包了……"姜学球细细地回忆，他说，从那时候起，他就觉得这个孩子不简单。

周江疆走了，人们痛心地感慨，社会少了个好青年，同时，人们又期望，周江疆，这颗璀璨的流星能在划过夜空的同时照亮更多青年前行的路。

★ /半生流泪终不悔/ ★

"既然捡回了,就没想要抛弃"

——拾荒老人严兆彩15年艰辛抚养巧巧的故事

《光明日报》(2012年10月06日01版)

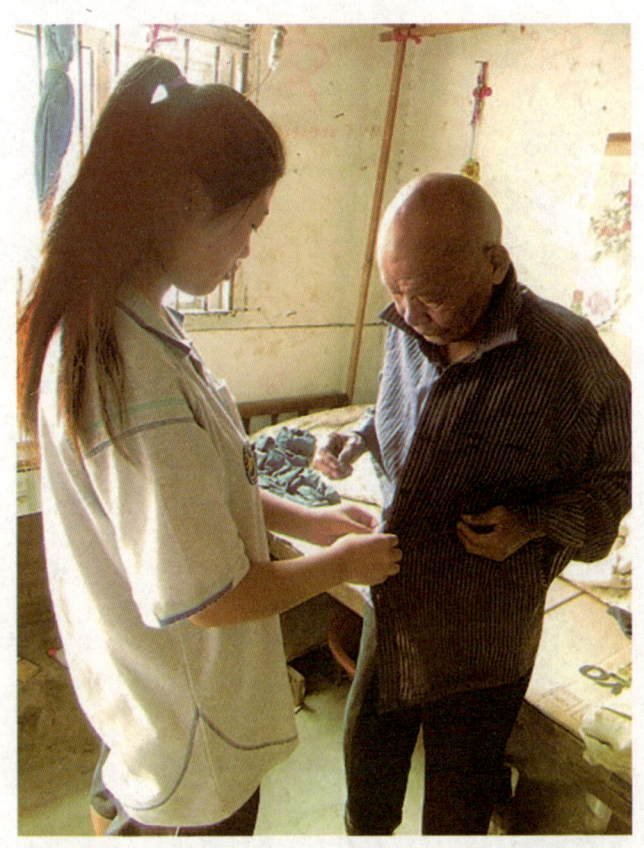

巧巧看爷爷摸着扣子,扣了几回都没扣上,赶紧过来帮他一个一个地扣好(本报通讯员张金凤摄)

他叫严兆彩,今年68岁,安徽泗县人,在南京市六合区大厂街道十村以拾荒为生。

15年前,在六合葛塘的立交桥下,他捡到一个刚出生的"兔唇"女婴,孩子身上只裹着一张薄薄的床单。老人心生怜悯,把孩子抱回了家。左邻右舍纷纷质疑:"你一个拾荒的,连自己都难养活,怎么养得了一个孩子呢?"严老汉说:"我豁出去了,只要我活着,就有她一口饭吃。"

"我离不开她,她也离不开我"

打了一辈子光棍的严兆彩,自从抱回女婴,生活也有了牵挂,他给孩子取名为"巧巧"。

"既然捡回了巧巧,就从没想过再抛弃她。"因为这句话,拾荒老人严兆彩付出了15年的汗水与辛酸,15年的不离不弃彰显了这个拾荒老人的责任与担当。

老严一改以往"一人吃饱全家不饿"的状况,每天都想着弄些好吃的给巧巧。孩子没有奶水,他就订鲜牛奶,用奶瓶一点点地喂,巧巧大了,能吃点米粥,他天不亮就起床炖米汤。

迫于生计,严兆彩必须每天出门拾荒,可嗷嗷待哺的巧巧离不了人。万般无奈下,老严只好把巧巧送回了安徽老家,让亲戚代养。巧巧走了没几天,严兆彩就跟丢了魂儿似的,饭吃不下,觉睡不着。过不多久,严兆彩就把巧巧接回南京,他到哪儿拾荒,就把巧巧带到哪儿,祖孙俩寸步不离。严兆彩说:"巧巧就是我的亲孙女,我跟巧巧谁也不离开谁!"

有爷爷的孩子是个宝

"自己活着是为了让别人活得更好,这样不但有益于别人,自己的生命也因之而更加丰满。"68岁的严兆彩几乎倾其所有,为巧巧撑起了一片天。

巧巧5岁那年,得了急性肠炎,拉肚子拉到脱水。严兆彩撂下手上的活儿就往老家赶。严兆彩老家离医院很远,途中都是崎岖的山路,老人蹬着借来的破三轮车,磕磕碰碰几小时总算把巧巧送到医院。把巧巧安顿好后,严兆彩察觉腰上火辣辣地疼,撩开衣服一看,原来因为一路颠簸,背后竟给磕掉了两根手指粗的肉,而当时只顾着给孩子治病,竟一点都没发觉。

看着巧巧难过的样子,严老汉就下定决心,宁可自己饿着,也绝不亏待了巧巧。

一次，严兆彩没收到破烂儿，恰逢巧巧开学要交学费，严老汉愁得多喝了两口酒，醉了就直接躺在地上。巧巧抬他不动，又担心他着凉，就直接抱了被褥垫在老汉身下。等他酒醒后，她心疼地说："你醉成那样，自己不也受罪吗？"看着面临辍学的巧巧，严兆彩满脸愧疚："爷爷没用啊，连你上学的钱都挣不着。""爷爷，你跟我没有血缘关系，你是好人，把我养大不容易，你心疼我，我也心疼你呀！"祖孙俩哭着抱在了一起。

"宁可苦了自己，也不愿麻烦别人"

严老汉身体不好，左眼失明，右眼患白内障，为了省钱给孩子用，愣是拖着不去医院。老乡吕士俭看不过去了："你再不去让医生瞧瞧，我看你以后瞎了讨饭都找不着人！"说着，他硬拽着严老汉去了医院。医生说手术开刀至少要5000块，严老汉一听，转身就走："不用治，我扛得住！"

老吕把严老汉的情况告诉了医生，说："我们就筹了2000元，实在是没钱。"医生说："我给你治，但你得去街道办事处开个证明，这样也好给你减免医药费。"也就是这张证明，大厂街道办事处才得知严老汉的境遇竟是这样的艰难。

记者问："为什么之前不找政府请求帮助？"严兆彩说："我自己有手有脚，靠自己养活自己就好，真的不愿意再麻烦别人。"老吕拍拍严兆彩的背："你别看他小老头一个，脾气倔得很，宁可穷死都不愿麻烦政府！"

得知情况后，大厂街道办事处关心下一代工作委员会组织社会力量，向严兆彩祖孙俩伸出援助之手。

南京江扬顺运输贸易有限公司老总陈骏武主动承担了严巧巧在南化三小读书时的借读费，每个季度都去看望他们祖孙俩，送上几千块钱的生活补贴；

南京妇幼所李主任的爱人带着孩子捐了2000元的零花钱，并表示准备跟爱人商量给巧巧免费治"兔唇"；

……

"开学了，社会上的好心人给我送来了钱和物资，街道居委会焦书记也给我换了一张大的写字台。我真心感谢他们。"巧巧开心地说。

看着又能上学的巧巧，严兆彩哭了："原本，我想着自己能供她上完初中就好了，现在有政府和社会的关心，巧巧以后上学有希望了呢。"

八旬老人的生命坚守

——张悍华老人16年义务守护烈士陵

《光明日报》（2011年11月29日01版）

张悍华老人义务守护了16年的烈士陵距江苏沛县县城22公里，当记者一路风尘赶到时，时针已指向下午4点。

一条长约60米的青石坡道直通烈士纪念碑，两侧松柏掩映，站在最高点向周边望去，西面紧邻着一所中学，东面是看不到边际的田野。

陪同人员介绍，这个陵园原名为鸳楼烈士陵园，是为纪念在1941年1月22日张堤口战斗中英勇牺牲的八路军72名指战员而建的。

陵园旁边的办公室里，张悍华老人正端坐桌前盯着一台检测仪。"你们看看，这个机器得修一下，有些地方看不到动静了。"老人探起身，要给我们倒水。烟灰色大衣、时尚的鸭舌帽，怎么看都不像是82岁的人。

"这辈子我没什么大追求，最放心不下两件事，一个是教育，一个就是在这里安歇的烈士们。"

与老人对话，是一种享受。老人说话慢条斯理，平实的语言中浸透着一股沧桑感。

老人搞了一辈子的教育。1958年，老人从现在的南京师范大学毕业后回到张寨中学任教，第3年就当上了副校长，之后又担任校长。此后虽辗转几所学校，但都没离开教师岗位，直到退休。退休后的老人回到村里种起了地。

老人与烈士墓真正结缘，是在1995年。一个偶然的机会，老人得知烈士陵园缺人管理，就主动请缨，愿意义务守护英灵。"当时镇里说给我一天3块钱买烟抽，但我哪能要呢。"张悍华说自己家与陵园只有两里多路，来看看烈士们并不是多大的事。

开始，很多人都在质疑老人，包括老人的家属与孩子。"一个体体面面的退休校长，为啥去给人家看陵？""整天守着那些墓碑，是犯忌的事。"但做事一向谦和的张悍华在这件事上却毫不相让："烈士们一个个鲜活的生命都没了，今天我为他们服务，有什么不可以呢？这是最光荣的事。"

"没有先烈们抛头颅洒热血哪有咱们今天安稳的日子，我们永远不能忘记长眠在这块土地上的英雄。"张悍华感慨地说。

因为老人一直教书育人，烈士陵园的讲解任务，也一直由他承担，老人认为责无旁贷。"孩子们，你们看这里的英雄，他们比你们大不了几岁，现在就安歇在这里。没人知道他们的姓名，也不知道他们家在何处，但是他们的英名却与世长存。想想你们今天的日子是多么幸福啊……"张悍华每每讲到此处，都会哽咽。而站在墓碑边一队队学生的脸色，也会变得异常凝重，平日里再调皮的孩子也会垂头默哀。遇到一些老年人来陵园，已过八旬却身体硬朗的张悍华，就会骑着自己那辆金捷牌小型电动车，绕着偌大的陵园一点点详细讲解。

"我很热爱这个工作，每天来到这里，我的心情就会出奇的安静。"张悍华说。16年来，老人每天保持着一个习惯，8点之前赶到烈士陵园，打扫卫生，管理花草，干一些力所能及的活儿。遇到清明节之类的特殊日子，老人就会早早赶来，向烈士纪念碑三鞠躬："我来看你们了，你们都好吧！"

张悍华说，为烈士守陵是自己这辈子的信念。为了这，他婉拒了河南民办中学邀请他去做校长给予高薪的邀请；为了这，在每个月只拿200多元工资的20世纪90年代，他一年要为烈士墓花去近千元。

"我会把这个墓一直守到我走不动的那一天。"采访最后，老人坚定地说。

扛起孩子的未来

——农民工颜展红14年扛煤气罐攒钱助学

《光明日报》(2016年02月20日03版)

　　脚踏破胶鞋、身着黄工装、肩扛煤气罐,在外人眼里,颜展红只是一个再普通不过的农民工:送煤气、修水电、看大门,靠每月3000元的收入维持全家人的生计。但就是这样一个生活艰辛的人,不仅将自己的女儿送入大学,还帮60多名失学的孩子重回课堂,他设立了"展红爱心基金",吸引众多好心人的加入,更荣获我国扶贫最高奖——中国消除贫困奖。

　　1992年,颜展红一家从江苏省扬州市江都区周西乡的农村老家来到市区打工,只读过4年书的颜展红吃够了没文化的苦,进城第一件事就是琢磨着送女儿进城里的小学读书。可东拼西凑,女儿的借读费还差500元,难道爱读书的女儿就要失学了吗?颜展红夫妻俩急得直抹眼泪。万般无奈,颜展红敲开了校长办公室的门,校长在了解情况后,大手一挥:"借读费免了,你让孩子来上学吧!"

　　"滴水之恩涌泉相报。我至今都感谢那位校长,他让我的孩子能上学,我要把这份情意回报给社会。"颜展红回忆道。就是在那个时候,这个汉子心中萌发了助学梦。

　　颜展红是扬州市江都信用联社维修水电的临时工,起初每月收入只有四五百元,这样的经济条件,想助学谈何容易。2001年,偶然的一次机会,颜展红在电视上看到了"每卖一瓶矿泉水捐出一分钱"的创意,这给了他启发。"我去扛煤气罐,每扛一瓶就捐5角钱,一天扛10瓶,那一个月就能攒下100多元,一年就能帮助两个贫苦孩子上学!"

　　打那以后,每天干完活回家,颜展红的第一件事就是先把扛煤气赚来的一枚枚硬币投进储蓄罐。两个月后，他联系到两名特困学生，把钱送到了学校，他告诉孩子们，只要颜叔叔在，今后就不用为学费发愁。为了能资助更多孩子，颜展红打了3份工：早上6点到8点，骑三轮车收空煤气罐；8点30分到下午5点30分上班，中午抽空给煤气罐充气；下午5点30分到晚上9点，送煤气罐；晚上9点以后，到证券公司看门……14年里，颜展红几乎每一天都这样争分夺秒，用一滴滴汗水换回贫困学子重返课堂的希望。

14年来，颜展红陆续资助了60余名贫困孩子，每年用于助学的钱款达6000多元。这笔钱虽然不多，却是他扛煤气罐一点一滴积攒而来。渐渐地，颜展红资助的孩子多了起来，他怕忙起来忘记，就在信用联社开了个户头，请储蓄员定期把钱汇出。尽管颜展红的举动从来没有向人提过，但他定期汇款的事还是让细心的同事们发现了。信用联社的几位职工悄悄约定，每次领工资时将零头放进颜展红的户头，帮他资助更多的学生。在颜展红的影响下，江都城区很多市民自发地加入资助贫困生的行列中，有个体老板、退休教师，也有下岗工人……吸引了越来越多的爱心人士。

虽然获得了全国扶贫最高奖，但颜展红自己就很需要"扶"：租住在8平方米的小房子里；全家生活刚够得上温饱；衣服补了又补，鞋子开了口还舍不得扔……但颜展红又是富有的，在他携带的腰包里，装着受助孩子的来信和成绩单，那是颜展红的动力所在：吴堡小学的小刘以优秀的成绩考取了大学；周西中学的小景以635分的高分考取省重点高中……很多学生都想见一见颜展红，但都被他回绝了。颜展红在电话里对孩子们说："你们能读书，能进步，对我来说就是最大的快乐。我不要任何回报，如果你们将来有能力了，就回报社会吧！"

现在，颜展红依旧骑着三轮车在扬州的大街小巷穿梭，仍在为一个个"5角钱"奔波。那几条颜展红经常去的街巷的住户已经听惯了他三轮车的铃声，他们说，那是为失学孩子叩响未来的敲门声。

让残疾人拥有美丽人生

——走近江苏省残联系统先进工作者王范永

《光明日报》（2011年03月20日04版）

在江苏睢宁，有一位远近闻名的"王善人"。10年来，他充分发扬"不怕看脸色，不怕跑断腿，不怕磨破嘴"的"三不怕精神"，让睢宁残联从一个背负重债、无人问津的烂摊子，发展成中国残联专项彩票公益金残疾人康复项目先进单位；他还引资600多万元创办了一家康复医院、开展"千名残疾人免费技能培训"等，让残疾人在生活中重新站了起来。

他，就是江苏省残联系统先进工作者王范永。

康复是尊严生活的基础

在睢宁，每一位白内障复明患者都会记住这家康复医院，在这里他们不仅能够享受到免费的手术救助，还能够得到专业医护人员的悉心照顾。而这是王范永一手打造的工程。

10年前，正任乡长的王范永突然接到一纸调令，担任睢宁县残联理事长。上任伊始，遇到的一件事就让他几天茶饭不思。那是一个下午，一位衣衫褴褛的老太太佝偻着腰，拄着拐杖，在12岁孙子夏小东的搀扶下来到残联求助。原来，祖孙俩都患有白内障，当时做一例康复手术需要1000多元，政府只能补贴一半，他们这样的家庭实在掏不起另一半钱。王范永把老太太扶进屋里，"先做复明手术，资金的事由残联帮助想办法"。夏小东祖孙俩"扑通"一声跪在残联门口，不断地嗫嚅着："感谢政府、感谢王理事长。"

这件事让王范永陷入了深深的思索，康复是残疾人尊严生活的基础，怎样才能让更多的人得到及时救助？他跑遍全县16个乡镇，摸清了全县残疾人的底数，建起了各类残疾人档案。2001年夏天，王范永带着2000多名白内障患者的第一手档案资料找到省残联。被他的热忱所打动，省残联当年就调剂了600个名额指标给睢宁。"白内障复明救助工程"正式启动。

看着长长的队伍，王范永又冒出了一个大胆的想法：利用单位拥有的土地和房产，招商引资600多万元创建康复医院。该医院自2002年投入使用以来，每年免费为白内障患者做600多台手术。不仅如此，医院还专门成立了残疾人医疗救助基金会，从2009年2月开始每年拿出100万元，对残疾人进行全年持续救助。这样一来，全县所有的白内障患者和60岁以上的偏瘫病人都得到了免费救助。

送钱不如送技术

由于身体原因，残疾人往往面临生存窘迫。但在睢宁当了10年理事长的王范永却从没有为他们搞过一分钱的捐助。"给他们捐钱、捐物，会被很快用光，但如果能让他们多学点手艺，挣点钱贴补家用，一家人的生活就有保障了。"王范永说。

2005年，王范永创建了"睢宁县残疾人白山羊养殖基地"，免费为特困残疾人家庭送羊，从此200多户衣食无忧。他还建立了残疾人就业服务体系，实施就业扶助工程，6800多名残疾人掌握了一技之长，走上了自强、自立、致富之路。

提起王范永，聋哑人赵昱夫妻俩就抑制不住激动。为保障残疾人的就业权，王范永提出企事业单位要按一定比例安排残疾人就业。2004年，赵昱进入睢宁县房管局档案室从事档案管理，而赵昱的妻子宋雪梅也在王范永的帮助下走进睢宁特教中心成为一名舞蹈老师。2008年，宋雪梅还参加了北京残奥会的开闭幕式演出。

10年里，睢宁有6800多名残疾人掌握了一技之长，800多名残疾人得以按比例安置就业，1100多名残疾人得到扶持从事个体经营。

扬起信念的风帆

"既然已经瘫了，就要勇敢面对现实。身体瘫了，还有健全的头脑，你可以试着写点什么。"这话是王范永鼓励高位瘫痪的老人马凤鹏所说的。

今年59岁的马凤鹏,32岁时因意外事故从车上摔下来,颈椎骨折,全身瘫痪丧失生活自理能力。在这样的打击之下,他多次产生轻生的念头,而他全身无法动弹,最终选择"绝食"。得知这个消息,王范永立刻跑到马凤鹏家,他给马凤鹏讲了张海迪的故事,鼓励他写点东西。

在他的鼓励下,马凤鹏由刚开始写些顺口溜、打油诗来打发时间,到现在已经出了一本27万字的《中山狼》。写作不仅让老人找到了生活的乐趣,更找到了生活的"底气"。以前每当马凤鹏说自己是残疾人时都会抬不起头,但现在他却理直气壮地告诉大家:"我是残疾人,可我心不残。"

和残疾人打了十来年交道,王范永对残疾人的生活有了更多的感悟。他说,残疾人最大的障碍并非残疾本身,而是心理的自卑和不自信。"教会他们勇敢地去面对现实,是让他们精神重新站起来的关键。"

2002年,王范永建立了镇残疾人体系,2005年又成立了村残疾人协会,专职委员全部由残疾人担任,"这样一来基层的事有人做,残疾人自己当职,更容易理解残疾人所需"。目前,睢宁县16个镇、1个经济开发区、404个村都配有专职委员。

谢芳丽：残体走出亮丽人生

《光明日报》（2015年05月16日01版）

谢芳丽一家人（谢芳丽供图）

18年前,一场突如其来的事故让正值青春年华的她失去双腿和左臂,从此,她的人生轨迹发生剧变;

18年中,她抑制悲痛重拾生活的勇气,艰辛地办文印店、开淘宝店、做微商、投身公益,用一只手撑起人生一片天;

18年后,她已是连云港知名商标"芳丽水晶"实体店和淘宝店店主,年收入上百万元。她遭遇命运的打击,却用如铁的意志走出了不凡的人生路。

她叫谢芳丽,是江苏省、市、县三级"自强自立模范"。

2011年7月18日,《光明日报》刊发通讯《心强志坚,折翼也可飞翔——记江苏省市两级"自强自立模范"谢芳丽》,报道了她身残志坚、艰难创业的故事。时隔4年,记者再次踏上这片挥洒她泪水与汗水的土地,发现她的自强不息不仅绽放了自己,也让无数人受到心灵的震撼与精神的洗礼。

"我要从精神上站起来,与命运抗争到底"

生活,总在不经意间给人致命一击。

1997年,18岁的谢芳丽坐火车回沭阳老家过年,上车时被涌动的人潮挤下站台,车轮先后碾压她三次,让她一下子失去知觉。

一周后,全身麻木的她从昏迷中苏醒,以为自己只是受了点小伤,像平日一样,对家人露出灿烂的微笑。

"我的双腿和左臂呢?"第二天护士更换床单时,谢芳丽发现盖在被子下的双肢,竟是两个布娃娃。

那一瞬,她觉得天塌了。自那以后,她不止一次想结束残缺的生命。

可看到家人奔波操劳的身影,她的内心第一次想要坚强起来。

然而,命运却似一双魔爪,紧抓着她不放。

住院近一年时,铁路方中断提供医疗费。一贫如洗的谢芳丽不得不回到沭阳老家,一躺就是4年。"活动范围是不足一米宽的单人床,我的世界也只有窗口那巴掌大的天空。"谢芳丽说,4年的每一天,几乎都是同一天。

在最彷徨困顿的时候,谢芳丽不得不寻求法律援助。在律师和好心人的帮助下,她与铁路方对簿公堂,终于为自己讨回公道。

那天,谢芳丽在日记里写道:"劫后余生让我更懂得生的美好与爱的可贵,我要勇敢地活下去。"

2001年,谢芳丽做出令人惊讶的选择:去"水晶之都"东海县创业。

创业第一步,是让自己坐起来。

"医生断言我一辈子不能坐了,可我就是不信。"谢芳丽在床前绑上麻绳,强忍着疼痛,用仅有的一只手攥紧绳子,把沉重的身躯缓缓拉起。

一次,两次……手掌被粗糙的麻绳磨得生疼,大腿根部、臀部磨出的鲜血湿透了床单,她还是咬牙坚持着。苦苦挣扎到第69天,谢芳丽终于坐起来了。

在姐姐的帮助下,她经营起一家文印店,虽然艰难,但以诚相待的服务理念让文印店越做越大,不仅在县政府办公用品采购中连续5年中标,还被评为连云港"双优诚信企业"。

残联和好心人要给她帮助,谢芳丽谢绝了,她说:"我失去了双腿,已经无法支持身体做出站立的姿态,但我要从精神上站起来,与命运抗争到底!"

"再苦再难也要坚强,只为那些期待眼神"

2007年,正值文印店经营得风生水起时,谢芳丽又以电商发展为契机,利用东海丰富的水晶资源,注册"芳丽水晶淘宝店",尝试做网店生意销售水晶。

凌晨5点,谢芳丽就赶到东海的水晶大集,挑选优质产品。然后拍图、传图、发货、沟通……常常熬至夜里12点,饭都顾不上吃。为了延长工作时间,她不得不严格控制喝水,连一个水果都不敢吃,嘴唇上常常干裂出一道道血口。她只想用真诚让每位顾客满意。

但并非所有真心都能换来公正的评价。一次,一个蛮不讲理的客户将佩戴两个月的水晶退回,并要求全额退款,还讽刺她是残疾人。谢芳丽只能偷偷掉泪。此后,她更加拼命了。

付出总有回报。渐渐地,淘宝店规模越来越大,并获得了"五钻"百分之百好评。谢芳丽还在东海水晶城开了一家实体店,同时做起微商生意,将"芳丽水晶"销往全国各地。

2014年,"芳丽水晶"正式注册为连云港知名商标。谢芳丽也接连获得江苏、省、市县三级"自强自立模范""十佳创业标兵""轮椅上的水晶公主"等荣誉与称号。

对于谢芳丽而言,荣誉只是新的起点。

她决心将爱和力量传递出去:将淘宝店和爱心公益基金联合,每卖出一件商品就捐出一笔爱心基金;将实体店和东海县妇联合作,每出售一个水晶,就捐出10元善款;她还主动联系电视台和江苏省残联,持续给山区贫困孩子捐款。

"我不能随波浮沉,为了我挚爱的亲人,再苦再难也要坚强,只为那些期待眼神……"轮椅上的谢芳丽,最爱哼唱这首《从头再来》,虽然无法起身,她却早已站立在所有人面前。

"她纵然不是完美无瑕,却折射出耀眼的光和亮"

就在创业之初,爱情也轻轻叩响她的心门。

2002年,谢芳丽的故事在央视"讲述"栏目播出后,如今已是她丈夫的李晶被她自强不息的事迹感动,提出"要做她的双腿和臂膀"。

2004年,李晶辞去北京的工作只身来到东海,与谢芳丽结为夫妻,帮助她一起创业。很多人觉得不可思议,一个健康的小伙子,在北京有份不错的工作,怎么会跑到东海和一个残疾姑娘结婚?

"我就是被她身上的那种执着打动了,她值得我用一辈子照顾。"这就是李晶的答案。

李晶从没觉得谢芳丽是残疾人,他要让妻子像常人一样快乐。一次,李晶推着轮椅上的谢芳丽去爬花果山。他两手紧紧扶起轮椅,用脚费力地往上抵,一级一级往上挪。谢芳丽说,当时看不到丈夫的表情,只看到他小腿肌肉紧绷、青筋暴露,手臂上勒出红红的印痕,汗珠一滴一滴掉在石阶上。4000多级的台阶,正常人两个多小时就能爬完,夫妻俩却用了整整5小时。

为表达对丈夫的爱,谢芳丽不顾医生反对,坚持要孩子。熬过孕期,医生对手术台上等待剖宫产的她说,全身麻醉可能会影响孩子智力。"不,坚决不要给我打麻药,我已经不健康了,不能让孩子也不健康。"就这样,谢芳丽忍受剖宫之痛,生下女儿桐桐。如今,健康漂亮的桐桐6岁了,问她长大了干什么,她说做医生;问她做医生干什么,她说给妈妈治腿。

总有一份感动直抵人心,总有一种力量令人奋进。如今,谢芳丽的故事走进越来越多人心中,有人说:"她就像水晶,纵然不是完美无瑕,却折射出耀眼的光和亮。"

心强志坚，折翼也可飞翔

——记江苏省、市两级"自强自立模范"谢芳丽

《光明日报》（2011年07月18日03版）

办文印店，开淘宝店，慈善捐款，这在常人身上不足为奇，但在她身上，却让人心生敬意。

点滴创业，收获爱情，幸福生活，这在常人身上不足为奇，但在她身上却让人心生感动。

她叫谢芳丽，14年前不幸因车祸失去了双腿和左臂，但她并未就此放弃对人生、对事业的期望，心强志坚的事迹感动了无数人，被评为江苏省、市两级"自强自立模范"。

一只手撑起人生的一片天

见到谢芳丽时，风尘仆仆的她刚刚跟丈夫李晶从广州进货回来。"这次坐的是飞机，只用了3个多小时。第一次坐火车去，上厕所不方便，二十个小时我愣是没喝一口水，实在渴了就用点儿水蘸一下嘴唇。"

这个只剩一条右臂的女人，几年前在淘宝上开了一家水晶饰品店，如今年销售额已超百万元。从去年起，她跟丈夫一年分两次去广州进货，一去一周。

连云港东海县新建了一座水晶商城，谢芳丽从广州回来的第一件事，就是联系实体店的租赁事宜。吃过早饭，丈夫小心翼翼地将她从轮椅上抱入车中，把轮椅折起来放到后备厢；到了商城，再把轮椅取出来，把她从车上抱下来轻轻放在轮椅上。等两人冒着仲夏的酷热上到三楼，却联系不

上人。下午夫妇俩再到商城，往返奔波一直到4点多，终于租下了铺面。

"开实体店是我最大的梦想，真要感谢这位好心的老板，只见过一次面，人家就答应给我留一间。"对于这种奔波劳累之苦，在她看来根本算不了什么。"起步的时候，比现在难多了。"说起往日的艰辛，谢芳丽眼角不由得湿润了。刚开网店时，晚上12点睡觉，早晨5点30分就得起床，一个人坐电动轮椅到离家5里外的早市进货，酷热严寒，风雨无阻。

付出总有回报。早在2007年3月芳丽水晶淘宝店开业不到一周，就成了百分之百好评的五钻卖家。"很多顾客都是让我直接推荐，先发货后给钱是常有的事儿。"靠诚信积累起来的买家资源，让谢芳丽很自豪，"我女儿到现在穿的衣服，都是一些老顾客寄给我们的，北京、上海、广州，各地都有。"

在事业红火的同时，她不忘回报社会。2008年汶川特大地震后，她在网上义卖，一个星期晚睡早起，所有货品收入加上自己出的快递费，总共给灾区捐去5000多块钱。

悲伤与彷徨后的自强不息

1997年农历春节，18岁的谢芳丽在连云港新浦火车站的站台上候车，期盼着回家过年。火车进站时，没有及时疏导的旅客慌乱不堪，她被挤下了站台。经过十几天的抢救，苏醒过来的她在护士更换床单时才发现，自己的左臂和双腿没了……

令人羡慕的高挑身材还剩不足一米，浑身上下缠满了厚厚的纱布，以前纤巧的双手如今形单影只，正值妙龄的谢芳丽号啕大哭："火车为什么不把我轧死呢？这个样子活着还有什么意义？真希望这只是一场噩梦，醒来后我依然是健全的……"

住院一年内，谢芳丽先后做了3次大手术、无数次小手术。然而，肉体的痛苦还在其次，车站方中断了医药费。家里早已一贫如洗，谢芳丽不得不提前出院，回到了沭阳农村老家，在一张不足一米宽的单人床上，一躺就是4年。

这4年中，有过悲苦，有过彷徨，甚至有过轻生的念头。

一个偶然的机会，谢芳丽收听广播节目，知道了法律援助。在几位律师和热心人士的帮助下，她与铁路方对簿公堂。官司历时4年，谢芳丽最终为自己讨了一个"说法"。

2001年元旦，谢芳丽来到东海，在姐姐的帮助下经营起了一家文印店。

"一开始出门,感觉别人都用异样的目光看我,甚至跟着我走出老远,那时我只敢晚上出门。"谢芳丽觉得自己当初的行为有些可笑。"有次给顾客打错了字,姐姐严厉地批评了我,我才意识到他们没有把我当残疾人。"从此,她大大方方地坐轮椅出门,在文印店里忙这忙那。

她经营的办公用品店在县政府采购中连续5年中标,成为小有名气的企业。在店里,她相继指导了20多人学习电脑操作,解决了他们的就业问题。残联要给她残疾补助,谢芳丽善意地拒绝了,她说自己能自食其力,补助可以给别人。

"一切都是幸福的模样"

一盘肉末土豆丁,一盆炖豆腐,一个西红柿鸡蛋汤,两菜一汤在一个长条饭桌上一边一份,这样谁的筷子都够得着。"平时吃饭都是大姐做,邻居都羡慕我们,说我们一大家子这么多年了还是这么和睦。"谢芳丽脸上洋溢出幸福,父亲母亲,大姐一家四口,自己一家三口,组成了一个大家庭。

2002年,谢芳丽受邀去北京参加"讲述"栏目时,如今已是她丈夫的李晶被她自强不息的事迹感动了,提出"要做她的双腿和臂膀"。谢芳丽开始时不肯接受,然而李晶却没有因为她的拒绝而停止自己的追求。2004年,李晶辞去北京星牌集团营销总监的工作只身来到东海,与谢芳丽结为夫妻。许多人都很奇怪,一个好胳膊好腿儿的小伙子,在北京有份不错的工作,人又长得不差,怎么偏偏跑到东海和一个残疾姑娘结婚,是何居心?李晶的想法很简单:"我就是被她身上的那种执着打动了,她这样的人,我想照顾,也值得我照顾。从没觉得我们家芳丽是个残疾人,相反,她的优点比一些健全人还要多。"

谢芳丽的淘宝店开张一年后,李晶辞掉了连云港一家合资企业的工作,开始做她的"助手"。夫妻俩"妇唱夫随",十分默契。

"女儿本来就跟爸爸亲,她爸爸照顾得多一点,就更亲了。"谢芳丽笑呵呵地说。2岁多的女儿漂亮而乖巧,问她长大了干什么,她说做医生,问她做医生干什么,她说给妈妈治腿。

/ 平民英雄——一点点烛光，点燃希望 /

行进中国·精彩故事·30年赡养105位老人 为64位老人送终

一位敬老院院长的孝与忠

《光明日报》（2015年02月14日01版）

李银江陪五保老人聊天（桂五敬老院供图）

30年前，他在野草丛生的荒地上一手建起敬老院，确定了人生价值的坐标。

30年里，敬老院共赡养105位五保老人，64位老人离世，他64次披麻戴孝——在他身上，尽孝早已超越了血缘和职责。

他就是江苏省淮安市盱眙县桂五镇敬老院院长李银江。

"我是一名共产党员，对老人尽孝，就是对社会尽责，对党和人民尽忠。"深受电影《烈火中永生》影响的李银江，立志要像老一辈革命家一样，为国家和人民奉献自己全部的力量。

"人间有大爱，床前有孝子"

记者来到桂五镇敬老院时，87岁的陈广英老人正悠闲地纳着鞋垫，每双鞋垫上的图案都不一样。老人说，要将眼下的幸福生活"一针一线地纳入鞋底"。

寒冬时节，敬老院里却温暖如春，老人有的下象棋，有的晒太阳，有的听淮剧。

1986年，李银江受命建立桂五镇敬老院并担任院长。运沙石、扛木材、砌砖头……在煤无一锹、柴无一捆的情况下，他亲手盖起敬老院，做起孤寡老人的"儿子"。

30年，从20多岁的小伙子到年近花甲，李银江的每道皱纹里，都有一个至孝的故事。

陈克华一辈子也不会忘记，他的命是李银江"抢"回来的。

7年前的夏天，正插秧的陈克华栽进田里，不省人事。路过的李银江见状，顾不上脱鞋，深一脚浅一脚，背起满身泥水的老人直奔医院。三天三夜后，老人醒来，看见床头满眼血丝、胡子拉碴的李银江，潸然泪下。

得知陈克华老无所依，李银江便把他接到了敬老院。10年来，体弱多病的老人每年有1/4的时间在医院度过。不管多忙，李银江都会把一日三餐送到医院，为老人擦洗身体、端屎端尿，还做起老人的"手杖"，搀着他散步晒太阳。"我们吃、穿、住都由小李一手操办。"陈克华哽咽了。

都说"久病床前无孝子"，李银江却用点滴行动和真情诠释了"孝"的深意，证明"人间有大爱，床前有孝子"。

冬至，百岁老人陆永忠的儿子来接他回家吃团圆饭，老人一手拉着李银江，一手死死拽着轮椅，说什么也不愿回去："敬老院就是我的家。"

"逢年过节小李总陪着我们，除夕还和我们一起包饺子、吃团圆饭，看春节联欢晚会。"老人张德进闪着泪花，"有他才叫过年啊。"

"小李还是月老，我们敬老院9对夫妻都是他牵的线。"老人谢盲拉着老伴的手，一脸幸福。

"知道我们闲不下来，小李还办起了'农疗园'，平时我们种种菜养养鱼。"退伍军人耿志友告诉记者，目前全院的蔬菜和鱼已经能够自给自足。

30年，敬老院赡养了105名五保老人，年龄最大的100岁。

30年，64位老人先后离世，李银江当了64次孝子，亲手为每位老人擦洗身体，穿上寿衣，守灵办丧。

送走的老人多了，李银江常常心神不宁。"晚上最害怕电话铃响，一响我就提心吊胆，十有八九是老人出事儿了！"长时间的操劳和失眠，让李银江显得很憔悴。

3年前的一天深夜，老人张树仁突发胃穿孔走了。殡仪现场通知"张树仁家属"时，李银江站起来，接过骨灰盒，手不住地颤抖，泪水奔涌而出："如果早些发现就好了……"

这件事深深刺痛了李银江。从此，这位汉子更加留心，询问每个老人的排便情况，关心老人的饭量，定期为老人体检。

"他把照护老人的每个细节都做到了极致。"桂五镇党委书记王士元说，"把'小事'做好，就是基层工作最大的事。"

百善孝为先，孝为德之本。李银江至真至诚的大孝，打动着每一颗崇孝尚善的心。

敬爱无亲疏，孝老成风尚

老吾老以及人之老，李银江将桂五镇所有老人都视为父母。

"全镇有5752位老人，41位是五保户，21位在乡村。"李银江对桂五镇老人的情况了如指掌，"孝道，是亘古不变的责任和道义。"

为了守护这份责任和道义，李银江几十年如一日走乡串户探望全镇老人，屋顶越低、条件越差的地方越引起他的注意。

"丁零零……"每次听到车铃声，老人们就知道，是李银江来了。那辆坐垫裹满层层花布的老凤凰牌自行车，载着他访遍了镇里每一位老人。

对不孝的子女，李银江是出了名的严厉。

85岁老人方余东患有白内障，几近失明。老人有两个儿子和四个女儿，子女每月轮流给独居的老人送粮食和烧锅草。二儿媳史丛美和老人向来不和睦,轮到她时,只送口粮不送草,老人只能拿着麻绳去二儿子家捆草。

方余东找到了李银江。了解情况后,李银江把史丛美叫到办公室,从法律和情感角度对她进行教育,并下了最后通牒:"你今晚连夜挑两捆草到你公公家!"知错的史丛美,再也不对公公不敬,还常把刚出锅的饭菜送到老人面前。

现在老人已分不清人了,唯独见到李银江,就念叨"小李"。

老人口中的"小李",其实已经58岁了,但敬老爱老之心始终如初。

农村有人去世兴奢华大葬,丧葬用品价格居高不下,为了遏制殡葬市场乱象,李银江依托敬老院以进价出售殡葬用品,并新建了4个公益性公墓和两栋安息堂,对优抚对象和困难户一律免费。

"子欲养而亲不待,还是要在人活着时多孝敬。"在李银江的劝说下,桂五镇丧葬风气好转,每年节省墓穴用地数十亩,节约费用20多万元。

芝兰馨香,美德流芳。在李银江的带动下,桂五镇尊老爱老已然成风。

因埋怨分家不公而拒绝赡养老人的张氏三兄弟,在李银江情、理、法的教育下,放下嫌隙,轮流照顾老人;

逢年过节,到敬老院送米送油的单位络绎不绝,更有志愿者挨家挨户走进老人家里,陪老人拉家常;

桂五镇为所有老人发一张理发卡,替老人免费理发……

李银江对孝道超越血缘的坚守和传承,像沙砾般细碎,却是一剂社会道德的良药。这种最朴素的力量,撑起了人世间的大爱。

"大家好了,小家的日子才能好"

"都说国很大,其实一个家。一心装满国,一手撑起家。家是最小国,国是千万家……"这首《国家》,是李银江的妻子韩素珍最喜欢的一首歌。

作为李银江的贤内助,韩素珍是敬老院的"内务官"。

"一进家门,我首先要看卫生间和厨房干不干净。"

"你说这是家?"记者心头一动。

"可不是吗,老人都是我家人,年纪大些的就和父母一样,年纪稍小些的就是大哥大姐。"

一旁的李银江咧着嘴笑了:"如果给我打80分,那么60分是素珍的功劳。"

35年前，李银江和韩素珍结婚了。为捡烧锅草，白天忙工作的夫妻俩只能摸黑出门，到5公里外的山头捡草挑回家。第一天，韩素珍磨了一脚泡，她忍痛给家人烧饭做菜。第二天出门挑草时，全是泡的脚，像踩在针板上，疼得钻心。韩素珍故意走在丈夫后面，不想让他发现。

多年后，妻子不经意和丈夫提起这事，李银江怪自己没照顾好她，连连保证以后一定不再让她和儿子吃苦。但李银江却一次次食言了。

有一次韩素珍生病，晕了3天。当时恰逢一位老人去世，李银江把妻子送到医院转身就走了。韩素珍说，嫁给老李近40年，吃过一箩筐苦，但那是头一次打心眼儿里感到委屈。"医院里每天都有人去世，万一我也突然走了，都不能见他最后一眼……"

李银江笑妻子傻："好人有好报，上天咋会不眷顾你？"

"你说得对。"40年里，这是韩素珍对丈夫说得最多的一句话。

有人问过李银江："你对家人有愧疚吗？"

"社会是个大家，在大家和小家之间，我先选大家，大家好了，小家的日子才能好。"这就是他的答案。

让李银江欣慰的是，如今越来越多的人加入了敬老院的大家庭中。

两个月前，护工韩叔煤带着铺盖踏进了敬老院的大门。老人夜间睡不着，她就陪他们唠家常；老人中风，晚上要去五六趟厕所，她一趟趟地搀扶，眉头都没皱一下："谁没有老的时候呢？"

更值得高兴的是，最近敬老院还来了一位年轻人，叫孙春燕。25岁的她，大专护理专业毕业，志愿用专业与爱心照顾好每一位老人。

在大家和小家之间，李银江和无数像他一样的人舍小家、顾大家，将"孝"字熔铸在血液里，从孝老之爱中升华出爱人之仁，以平凡的人生实践传递美好的道德和人性，彰显出对党的忠诚，对国家和人民的热爱。

一位图书馆馆员的大情怀

《光明日报》（2012年06月27日01版）

20年前，她患上了重病，每天顽强地与时间赛跑；20年间，她省吃俭用，好事做不停；临终前，她毅然捐款30万元资助贫困学子，这30万元里，包含了她的死亡抚慰金……

"老乔，我亏欠家里太多，但我还是想把学校的抚慰金等都捐出来，在母校设立一个励志奖学金，帮助那些优秀贫困的家乡孩子。"5月10日上午11点左右，在镇江一院抢救室内，一字一顿说这话的是江苏镇江船艇学院45岁的图书馆馆员杨粉娣，她口中的母校是江苏省溧阳市别桥中学。看到丈夫乔华章郑重地点头，杨粉娣缓缓地闭上了双眼……

老乔和一旁的儿子泪如雨下。

"她就是个工作狂"

日前，乔华章在镇江船艇学院与别桥中学签订了总额为30万元的励志奖学金协议，这30万元中包括杨粉娣的死亡抚慰金，老乔将连续10年每年拿出3万元。

1989年，杨粉娣从南京大学图书情报系毕业后参军入伍，3年退伍后在镇江船艇学院图书馆馆员的岗位上一干就是20年。在校内她和老乔相识、相爱到结婚。

然而，平静的生活就在1992年儿子出生的那一刻被打破了。

25岁的杨粉娣被告知患有骨髓异常增生综合征，这是一种除骨髓移植外几乎没有根治可能的血液病，杨粉娣就此被宣判为"终生病号"，老乔永远记得医生的那句叮嘱，哪怕是一场伤风感冒，都有可能要了杨粉娣的命。

20年来，杨粉娣饱受重症折磨，却从不低头。船艇学院图书馆馆长丁新华告诉记者，按照规定杨粉娣可以申请回家休养，但她主动提出要在一线工作，20年来，杨粉娣从没有因为病情耽误工作。

对于杨粉娣来说，她每天都在和时间赛跑。作为资深馆员，她主动挑起了馆内新人"传帮带"的担子。年轻同事袁彤彤和万春蓉深深记得，每天早上，杨粉娣都会提前一小时到办公室。而她的解释让身边的同事为之动容："我这毛病，早上精神状态是最好的，到下午就没有什么力气了，我是和时间赛跑的病人，要充分利用每一点时间。"

由于一直带病上班，杨粉娣的病情越来越重，经常上班期间出现不适，她不得不放下手中的活，到校卫生所输液，输完液后，她又回到图书馆继续埋头苦干。虽然身边的人一直劝她好好休养几天，可她总是笑笑："太浪费时间了！"

"她就是个工作狂。经常一坐一上午，甚至晚上、双休日、节假日都来加班！"丁新华说，血液病非常忌讳接触电脑、打印机、复印机这些有辐射的设备，但因为工作需要，杨粉娣从没有主动离开过。

"她是只会奉献的'大姐大'"

5月1日，在镇江一院接受化疗的杨粉娣已经极度虚弱，而此时，母校别桥中学正在举行20年校友会，前往母校聚会的正是杨粉娣那一届校友。

同学们没有看到昔日的"大姐大"，都觉得非常意外，追问校领导后才得知她重病在身。聚会之后，一帮同学追到镇江，面对已经连说话都困难的"大姐大"，他们泪如泉涌，对于杨粉娣捐款30万元的做法，同学们并没有惊讶："我们知道她会这么做。"

在同学眼中，杨粉娣是一个只会奉献的人。上学期间，班上有谁生病都是"大姐大"冲在前面照顾；学校组织捐款帮助山区孩子，"大姐大"速度最快，捐得最多……

"一次同学聚会，大家在讨论母校因为地处农村，还有不少品学兼优的贫困学子时，杨粉娣当即表态，要尽己所能帮助孩子们。"一位同学回忆说。

老乔说，平时夫妻俩看电视报纸时，都十分留意那些贫困学生，并且一直寻找赞助学生的方法。那次同学聚会后，杨粉娣就找到老乔商量，最后决定在母校设立励志奖学金。

30万元不是小数目，尤其对于一所乡镇中学而言，这不仅是奖学金，更是杨粉娣20年来一分一分积攒来的。"我们要保证把钱一分不落地全部用在孩子身上！"别桥中学校长宋达说，首笔3万元的励志奖学基金上个月学校已收到，学校将分上下学期两次，奖励100名左右优秀的学生。

"对他人大方，对家人抠"

在外人看来，杨粉娣是一个出手大方的人，但在丈夫眼里，她却很抠。

杨粉娣与丈夫都出生在农村，从小饥一顿饱一顿的艰辛生活使夫妻俩养成了节俭的习惯。虽然夫妻两人都是工薪阶层，但父母年老多病，需要他们赡养，儿子正在读大一，正是用钱的时候。而且，20年来，杨粉娣的医疗费更是家里一笔庞大的开销。

贫困的家庭生活，没有减少杨粉娣的奉献热情。老乔告诉记者，汶川大地震，她偷偷从家里拿走好几床新被子捐给灾区，回家后又鼓动丈夫捐款。

在杨粉娣家，老乔翻箱倒柜只找到杨粉娣生前的两张生活照。"为了省钱，我们全家很少拍照片。"老乔淡淡地说。

杨粉娣把全家人从牙缝挤出来的30万元，一股脑捐给了母校。她不仅跟老乔反复商量，同时也毫不隐瞒地告知了儿子乔杨奇。"不管有多大困难，我都会不折不扣地帮助父亲，一起完成母亲的遗愿！"儿子乔杨奇坚定地说。

"我孝顺娘，孩子孝顺我"

——全国道德模范张公兰的新生活

《光明日报》(2014年01月29日03版)

张公兰，第二届全国道德模范孝老爱亲模范、第三届全国孝亲敬老之星。她和百岁婆婆的故事早已传遍全国。记者曾多次采访她，与她算是老相识。但这一次，有些不一样，这是两年前张公兰的婆婆去世后，记者再次踏进她家。两年了，张公兰身体如何？她的孩子们是否像她孝顺婆婆那样孝顺她？

老人住在大儿子家，一进屋，她便热情地招待我们坐下，忙着张罗着倒热水，打开取暖器，腿脚麻利得让人很难想到眼前的老人已是84岁高龄。

张公兰告诉记者，婆婆去世时已是108岁，100多岁的老人在十里八乡都是不多见的。谈及婆婆，张公兰的眼角滑落一滴泪水，她说婆婆走了两年了，自己没事的时候就拿出婆婆的照片看看，边说边从枕头边翻出一本相册，一页一页地翻给记者看。"这是俺娘100岁的时候拍的，你看，多精神！"老人指着一张照片说道。在交谈过程中，记者听到张公兰说得最多的一个词就是"俺娘"，她说，16岁嫁给丈夫唐金城，从入门的第一天起，她就管婆婆叫娘。

如今婆婆走了，张公兰有空就会去年轻时和婆婆常去的地方走走看看。她说，以前忙着照顾婆婆，没有留心村里的变化，如今细细想来，村里每年都有新气象，几十年来更是变得翻天覆地。以前村里吃水要靠挖水井；下雨天一出门脚就陷在泥潭里；冬天天稍晚，村里就乌黑一片。而今，家家都有自来水，讲究的年轻人家里，还喝起了纯净水，条条水泥路又宽敞又干净，村里的路灯，一到晚上，就灯火通明。"这么好的环境，我每天早上都要沿着门口的公路走上二里地,有时候还能骑三轮车到集上去转转。就是孩子们老是不让去。"

"你那么大年纪不能到处乱跑了。"孙子唐传攀打断奶奶的讲话,话语中透出对老人的关心。

说到孩子,张公兰更是欣慰。她告诉记者,这是大儿子家的孩子,在县里的饲料厂上班,每个星期都回家陪自己,可懂事了。张公兰指着墙上挂着的一米见方的一块十字绣接着说:"这是孙女送给我的生日礼物。"

如今,张公兰已是四世同堂,家里老老少少十几口人对她百般孝顺,这让她感到很满意,"我孝顺娘,孩子孝顺我,这是我最大的幸福"。

在采访即将结束的时候,记者注意到张公兰一身红衣,特别喜庆。张公兰告诉记者,再过几天就是农历新年了,自己属马,穿得鲜亮点儿过个红红火火的本命年。

与百岁婆婆的"世纪情缘"

——记全国孝老爱亲模范、江苏沛县大屯镇村民张公兰

《光明日报》（2010年10月14日06版）

硕果累累的石榴树，摇曳着枝丫守候着恬静的小院。小院的主人就是八旬儿媳张公兰和她的百岁婆婆唐伊氏。

大家都说正是张公兰的乐观和孝心，带领整个家庭走过了命运多舛的65年。

16岁那年，张公兰嫁进唐家。虽说日子过得清贫，却也其乐融融。然而，天有不测风云。1953年，张公兰22岁的小叔子唐金松染病身亡，撇下弟媳和3个年幼的侄儿。一时间，一家10口老小的生活重担，全都落在了张公兰的身上。谁知，屋漏偏逢连阴雨。1977年春节刚过，张公兰丈夫唐金成因胃癌不幸去世。4年后，婆婆又遭遇车祸失去了右腿。接二连三的打击让张公兰几乎回不过神来。

痛苦一次次把她推向死亡的边缘，然而，责任一次次把她拉回到家人的身边。为了养家糊口，张公兰破冰捞鱼、割苇子、织布纺线、摆小摊，能干的活她全都干了，还不忘抽出时间陪着婆婆、开导弟媳。

2002年，98岁的婆婆下身瘫痪，生活完全不能自理。这对年近八旬的张公兰来说更是雪上加霜，可她坚持亲自为婆婆做饭、洗衣、擦身，比以前更加细心。

婆婆常含着泪说："公兰啊，我真的不能再这样活下去了，让你跟在我后面，遭罪呀。"张公兰给婆婆捋一捋头发："娘，有您这样的百岁老人是唐家的福分！您和俺，这辈子做婆媳，相处几十年，那是缘分！"

如今，张公兰一家已是五世同堂18口人，孙子孙女都上了班，还有3

个毕了业的大学生。26岁的孙女唐莹在镇上上班,几乎每天都要回家看奶奶和老奶奶。一进小院,唐莹就会喊着"老奶奶!奶奶!"跑到老奶奶床前,和她顶顶鼻子顶顶头,逗得老人家眉开眼笑。每次回来,唐莹都为老奶奶带上她最喜欢的爽歪歪和棒棒糖。唐莹告诉记者,因为奶奶孝顺老奶奶,全家人没有一个不孝顺的,一大家子人更是从来没红过脸。

/ 平民英雄——一点点烛光,点燃希望 /

希望妈妈能拉着我的手出去玩

——江苏东海县11岁男孩胡继汕照顾瘫痪母亲6年

《光明日报》(2011年06月05日01版)

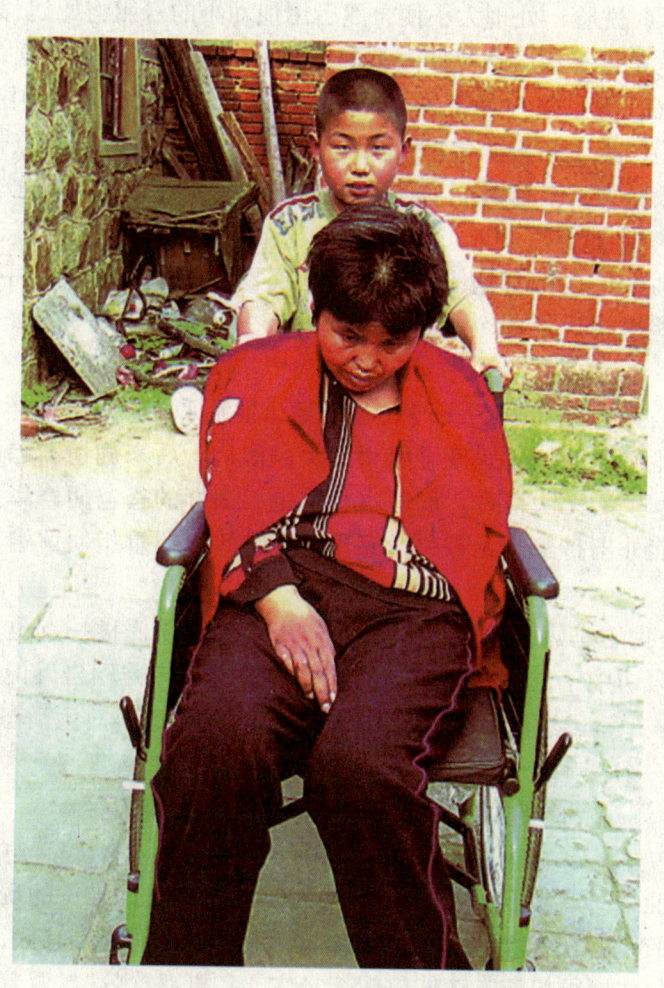

当同龄的孩子睡梦正酣时，他在洗菜，做饭；
当同龄的孩子游戏玩耍时，他在扫地，洗衣；
当同龄的孩子躺在母亲怀里撒娇时，他在一口口地给母亲喂饭。
他是胡继汕，一个11岁却已照顾瘫痪母亲6年的孩子。

"照顾好妈妈是我的责任，我一点也不觉得苦"

夏季天亮得比较早，胡继汕说他喜欢这个时节，因为"这个时候不用摸黑"。

5点多，胡继汕就起床了，从此开始他忙碌的一天。而第一件事就是帮妈妈刷牙，洗脸，处理大小便，然后用他幼小的身躯将妈妈移到轮椅上。接下来，就是做早饭，或是买一些包子回来，一口口喂妈妈吃，还要不时为妈妈擦嘴。等家里一切都安顿好了，才一路小跑到学校。中午放学后，匆匆忙忙跑回家，给妈妈做些必要的擦洗后，询问妈妈想吃点什么，开始做饭，喂饭。为了节省时间，他往往和妈妈一起用一个大碗吃饭，吃饭时候喂妈妈一口自己吃一口，喂妈妈一口自己再吃一口……这样，一大碗饭吃完了，两个人也就都饱了。晚上，他还要再重复着早上、中午的事情。等做完这些事情后就搬个凳子在妈妈轮椅旁写作业，写完陪妈妈聊聊天，继而睡觉。

这就是胡继汕的一天——从5岁开始，他几乎全在这种循环中度过。在胡继汕出生后不久，妈妈庞金娥得了类风湿病，后来病情渐趋加重，直至瘫痪在床，生活无法自理。而原本身体也不太好的爸爸胡修华为了给妻子看病，只能外出打工，无暇顾及家里，照顾妈妈的重担便留给了年幼的胡继汕。

"那是我的妈妈，照顾妈妈是每个儿子的责任，我一点也不觉得苦。"胡继汕在采访中一直面带微笑。胡继汕的班主任徐秀珍告诉记者，他是个很阳光的孩子，虽然生活艰苦，但是一直积极、健康，对生活态度乐观。

"最大的愿望就是把妈妈的病治好"

胡继汕给记者展示了他亲手做的"武器"，也是他唯一的玩具，将两根木头用黑胶带缠在一起，呈十字架状。胡继汕说，他很爱练武，"平时在家干活，不仅能照顾妈妈，还能够锻炼身体，我挺喜欢的"。看着他摆出的姿势，倒真是有模有样的。

虽然瘫痪多年，但庞金娥全身上下总是干干净净的，这全是胡继汕的功劳。除了每天给妈妈擦洗外，胡继汕在周末还会给妈妈剪指甲、洗头等。

胡继汕很少看电视，晚上写完作业后他最爱做的事就是和妈妈聊天，给妈妈讲一些有趣的事情，逗妈妈开心。由于长期瘫痪，庞金娥的声音越来越模糊，一般人已经听不懂她说的话，但胡继汕却很明白。"和妈妈聊天是我每天最开心的事，因为只有那时候我才能看到妈妈微笑。"

"西红柿炒鸡蛋、豆芽青菜、青菜香菇，我做得可好吃了。"胡继汕得意地告诉记者几个他拿手的菜，还没等记者多问，他却话锋一转，"我特想吃妈妈做的菜，听爸爸说，妈妈做的菜是最好吃的。"眼泪在他充满童真的眼睛中打转。

"我最大的愿望就是能够把妈妈的病治好，希望有一天她能拉着我的手出去玩，给我做好吃的菜。"如果不留心，记者差点忘了，眼前这个早早担起家庭重担的"男子汉"，其实还只是个孩子。

"好心人真多，我一定要好好学习，报答他们"

"现在的生活虽然还是很苦，但是在那么多人的帮助下，已经稍微好点了。"胡修华说。

江苏东海县牛山镇中心校每学期捐助1000元给胡继汕一家，胡继汕所在的徐海路小学更是为胡继汕制订了帮扶方案，每学期捐助300元，并免除了胡继汕上学的所有费用。

而经过媒体报道，更多的人知道胡继汕的事情后，越来越多的人给胡继汕家捐款捐物，有医院还承诺尝试对庞金娥进行治疗。

"学校的老师和同学都很关心我，现在还经常有一些爷爷奶奶、叔叔阿姨给我们家捐款。"胡继汕说，"好心人真多，我一定要好好学习，报答他们。"

"胡继汕很刻苦，当别的同学课间出去玩耍的时候，胡继汕总是静静地趴在桌子上做功课。虽然用了大量时间来照顾母亲，但胡继汕一直以来成绩都很优秀。"校长韩磊说。据了解，胡继汕几乎每年都是"三好学生"。他是老师眼中的好孩子、同学眼中的好榜样，曾被评为东海县2009年度精神文明建设"十佳新人新事""连云港市百佳小公民"，还在去年入选了中央文明办的"中国好人榜"。

"匠心"点亮信号灯

——记上海铁路局徐州电务段高铁技师祁超

《光明日报》（2016年05月19日07版）

14个年头，他将人生最美好的年华奉献给了铁路；1400公里，为了确保乘客安全无虞，每一寸铁轨他都了然于胸；1700道技术难题，他将一名技工的工作做到了极致。他就是上海铁路局徐州电务段的80后高级技师祁超。

初见祁超是在铁轨上，双眼布满血丝的他正仔细地检查着轨道电路安全，黑黢黢的脸、粗糙的手掌，俨然一名普通护路工。然而就是这个貌不惊人的年轻人，却多次摘得铁路系统职业技能竞赛桂冠，被铁路总公司授予"全路技术能手"称号。

子承父业

全长361公里、从郑州至徐州的客运专线，是国家"四纵四横"之一的徐兰高速铁路的重要组成部分。33岁的祁超就是这条专线信号施工配合组的领军人。

1983年，祁超出生在徐州一个名叫朱庄乡的村庄，他的家离铁路只有50米，父亲在铁路上干了一辈子，每天"呜呜"的火车声是祁超童年记忆中最清晰的声音。用祁超的话说，他就是一个在铁路边长大的"铁二代"。

也许是受到父亲的影响，祁超自幼就与铁路结下了不解之缘。10岁那年，刚上小学的祁超用压岁钱买下一个梦寐以求的火车模型，自己动手拼装。"看到亲手制作的模型火车开动的一刹那，我激动得差点哭出来。"祁超回忆说，"那天，我对爸爸说，以后也要像他一样在铁路上工作！"

在父亲的鼓励下，祁超如愿考上徐州技师学院铁道信号专业。2002年从学校毕业后，祁超来到上海铁路局徐州电务段，开启了自己的铁路生涯。

"铁路罗刹"

"我可能一辈子就是一名技师，但我要做到极致。"祁超对记者说，凡他经手的工程都要质量过硬。

2015年5月，徐州电务段承担的郑州至徐州客运专线信号工程建设开始施工，祁超受命赶往萧县北信号区，负责该区域的信号设备接管维修工作。

祁超对工作的严格是出了名的，也因此被同事们戏称为"铁路罗刹"。一次，施工单位擅自提前半小时开工，等祁超赶到现场时，一部分电缆已被掩埋完毕。"把电缆挖出来，我要检查电缆质量！"祁超当场提出要将电缆沟重新挖开验收。面对祁超的坚持，施工方只能将电缆重新挖出检查，结果发现有一处电缆钢管防护不严密，极易导致后期故障。那天，祁超在工地上待了整整一天，直到施工方全部整改达标才罢休。

凭着这股精神，祁超做出了就连许多工程师都羡慕的成绩：能够在5秒内判断设备故障原因、连续两年摘得铁路技术大赛桂冠、累计攻克1700多道技术难题……一点一滴，无不浸透着这名技术工人的汗水与心血。

痴迷工作

"他就像铁打的似的，工作起来不'断电'，而且永远冲在最前列。"徐州高铁车间副主任李怀君如此描述祁超。在同事眼里，祁超对工作的痴迷甚至显得有些令人费解。

2010年4月，京沪高铁出了一次紧急故障，祁超与施工队连续加班抢修。在回家的路上，疲惫的祁超竟骑着车睡着了，经过巷口时，祁超连人带车重重地撞在围墙上，被连夜送往医院做开颅手术。可牵挂着工作的祁超只在医院里躺了6个月，脑袋里的钢片尚未取出，就又扑回工作中。"真搞不懂他这股'痴劲儿'打哪儿来的。"李怀君说。

为了保证铁路运行安全，祁超养成了定期检查路段信号设备工作情况的习惯，即使酷暑严冬，祁超每天也至少要走30公里的路程。日复一日，祁超的胶鞋也被磨掉了底儿。在他宿舍的床下，堆放着6双破烂的胶鞋，每一双都有一个特别的故事。"这双是在萧县北站的信号工程检查路段时磨破的。那两双是挖沟赶工时,-14℃的天,鞋帮硬生生被冻掉了……"祁超笑着给记者展示自己的"战果",回忆着一段段往事。

"我希望有一天,铁路能成为中国人的骄傲,我要为那一天的早日到来而奋斗!"祁超说。

一名"环保行者"的碧海蓝天梦

《光明日报》（2015年06月03日04版）

20世纪80年代，一到阴雨天，南京长江南岸上空就弥漫着刺鼻的异味，居民饱受工厂排出的废气废水之苦。如今，这里发生了翻天覆地的变化：空气清新，树木葱茏，鸟语花香。这一切都离不开"环保斗士"陆鹏宇。

黝黑的皮肤，憨厚的笑容，一身沾满油污的蓝色工装，这是记者对金陵石化安全环保副总监陆鹏宇的第一印象。"不是企业治理污染，就是污染消灭企业！"25年来，陆鹏宇一直走在企业环保的长征路上，被评为"感动石化"十大人物之一。

把环保当成"命根子"

1990年，陆鹏宇来到金陵石化公司，成为一名普通技术员。3年后，公司发生"油罐失火重大事故"，对长江水质以及大气造成严重污染，这让他认识到"企业安全环保工作是头等大事"。

从那以后，陆鹏宇把环保当成了"命根子"。

他设计出100多个环保方案，并制作成能够实施环保数据监测的"环保地图"，陆鹏宇告诉记者："有了'环保地图'，在手机上就可以查询到每个动态环保数据，稍有异常就会发出'命令'。"

"去年夏天，一场瓢泼大雨让长江边罐区呼吸气发生泄漏，接收到'环保地图'的警报，陆鹏宇第一时间赶到现场。"同事汪康回忆，他一步一步挪向罐区，拿起扳钳拧紧呼吸阀，浑身上下都被雨水浸透，"多亏他及时赶到，避免了大范围的污染。"

"100多个环保方案，是100多本写满敬业精神的书。日复一日，扶犁深耕。每一个脚印，就是一句誓言。"正如"感动石化"给予陆鹏宇的颁奖词："他用一瓶水的清澈，引出了一江水的甘甜。呵护长江，就是呵护百姓。他怀揣碧水蓝天梦，他行动在路上。"

舍小家顾大家

2008年，金陵石化启动1800万吨／年油品质量升级改造项目，这是转型升级发展的重大战略项目，关乎企业前途和数千职工的命运。陆鹏宇主动扛起重任，带领团队赴上海没日没夜地开展项目环评。

然而，最让陆鹏宇放心不下的，是家中从小就患有脑瘤的儿子。"儿子的病一直是他心头的痛。"妻子董萍告诉记者，丈夫在上海时，儿子病情恶化送往北京治疗，为了不影响工作，他在上海、北京、南京三地来回跑。

祸不单行。2008年，妻子被诊断患上肠癌，送进了北京协和医院重症监护室。"这是我第一次体味到与亲人生死一线的绝望和恐惧。"说到这里，陆鹏宇的眼泪落了下来，那段时间奔波于妻子和儿子所处的两家医院，陪伴他的是一张行军床。每次离开时，他都紧紧握着儿子或妻子的手，不舍得松开。

这时，离环评申报最后的日期也越来越近了，陆鹏宇忍痛将妻儿托付给亲友，再次投入工作中。

经过一年的奋斗，陆鹏宇带领团队完成了几十万字的环评报告。在项目审查会上，专家组认为数据可靠、分析严谨，结论可信，一致认可了这个项目。

第二天，传来噩耗：儿子走了。

油品升级成功了，江苏长江沿线因绿色汽油实现了大气减排。但陆鹏宇的心中却五味杂陈："我多想把这个好消息告诉儿子，可他却没能再等一等。"

从一个人的奋斗到一群人的坚守

陆鹏宇的环保理念和奉献精神，从一个人传递到一群人。金陵石化职工仲萍芳告诉记者："陆鹏宇近两年撰写的宣讲材料达60多份，每份有70多页，仅PPT就做了50多个版本，他的这份执着令人敬佩。"

长江沿岸一批小化工厂经常乱排乱放，还将责任推给金陵石化。为了洗清"冤屈"，陆鹏宇和同事"蹲点"梳理排查，汇总制作《金陵石化公司及周边大气环境情况》的册子,并将这份材料上报市环保局。南京市环境综合整治中,将周边这些企业列入限期整改与关停的行列。

每当暴风雨来临时,金陵石化的员工都争着往外跑,检查清污分流和含油污水井封堵情况,更有环保人员几天几夜不回家,值守现场。

从一个人的奋斗到一群人的坚守,"绿色环保"的理念已经根植于每个企业员工心中。如今,金陵石化已成为江苏省的"环保示范企业",陆鹏宇的碧海蓝天梦也呈现出清晰的轮廓。

★ /半生流泪终不悔/ ★

周春雷：用书香点亮一座城

《光明日报》(2017年08月07日07版)

江苏省常州市溧阳市是一座有着2200多年悠久历史的江南古城，山清水秀，人杰地灵，百姓以山水怡情，以读书为乐。在文脉传承中积淀形成的溧阳读书台，塑造了独特的文化空间，涵养了这座山水古城好读、善读、乐读的新风尚。

人们未必知道，这个读书台的创办者是一位严重烧伤的二级残疾人。他叫周春雷，今年54岁。

在两次厄运中挺立不倒

1990年，27岁的周春雷已是溧阳市一家化工企业的技术骨干。勤勉好学的他每个月都把一半的薪水用来买书订报。

天有不测风云。那一年中秋前夕，由他带领团队研究的项目进入实验阶段，但突然现场发生爆炸。为了不让火势蔓延，周春雷直奔电闸方向，拉下电闸的瞬间被火舌席卷全身。

这场突如其来的大火，不仅烧伤了周春雷的身体，更焚化了他孕育多年的化工梦。他五指黏连、面目全非，被大火烧成了二级伤残，烧伤面积深Ⅱ度达63%。

躺在病床上，无法动弹的周春雷不敢相信自己从此就要变成一个残疾人。"医生对我说以后生活能自理就是万幸了，我却偏偏不信。"就是这句"不信"，周春雷在不能使用麻醉剂的情况下，前后进行了大大小小19次整容、整形手术。他每天坚持下床走路，但每一步都像走在刀尖上，几十米的距离像半个地球般遥远。在每天坚持康复训练之余，他都要让妻子去报亭买些书报，读书看报成为他身体逐步康复的精神良药。

两年后，周春雷基本能像正常人一样吃饭、穿衣、行走。然而，厄运又一次降临到他头上。1992年，29岁的妻子生病住院，一周后撇下他和两岁的女儿，离开了人世。

他没有怨天尤人，向书问道，向书求教，开始了新的人生。

命运的齿轮因书逆转

女儿需要抚养，生活还得继续，重建信念的周春雷决定走出家门、走出伤痛。

1992年元旦，他在溧阳城唐家村的一条小巷里，租了一个小报摊，摆上几份报纸、几本杂志，摸索着走上了创业之路。"这个报摊对当时的我来说就像一个'心灵窗口'，我希望通过它与外界多接触，让自己尽快走出阴霾。"他说。

但是由于小巷位置偏僻，人流量非常少，偶尔有人路过报摊，看到他烧伤的脸庞时，都纷纷回避，连续多少天，一份报纸都没能卖出去。尽管如此，周春雷每天都会守着报摊，将所有的报刊都仔细看一遍，精神食粮的不断汲取让他更加坚定了与命运抗争的信念。

时间久了，人们渐渐被他身上的骨气、尊严和踏实所感动。越来越多的人愿意到他的报摊坐一坐，和他聊聊天；越来越多爱读书看报的人，去他的报摊买报借书。

女儿周律君一直很钦佩自己的父亲："父亲用心维护着他的小报摊，真诚对待每个读者。即使他们不买，父亲也总是微笑相待。借书换书退书，不管有多麻烦，他总是尽量满足。当有人急需一本教材时，他就尽全力帮忙。"

在周春雷的真情打理、不懈努力下，小报摊的生意逐步好转，读者也渐渐多了起来。一条深巷里的小小报摊变成了一家小书店。

周春雷一直说："书是我人生中最美好的缘分。"也正因为与书有缘，他的命运开始逆转，事业的天地也由此打开。

梦想背后的责任与使命

小书摊变成了小书屋，周春雷的生活也随之忙碌起来。他跑遍长三角地区的书市选书、淘书，创业的艰辛对于一个二级残疾人来说更为突显。

1995年冬天,他在南京采办一大批读物后,一辆途经溧阳的浙江车捎上了他和几百公斤重的书籍。不愿意多耽搁别人的时间,周春雷坚持让车开到溧阳城郊就将他和书撂下,漆黑寒冷的夜晚,他用扁担挑着书,将一包包书搬回书店。整整一夜的辛劳后,他虚脱地瘫坐在地。

　　年复一年,日复一日。他一头牵系着读者,一头联系着书市,把书店这个"雪球"越滚越大。1996年,周春雷的文教书店正式挂牌。1998年,他租下200多平方米的店面开设了溧阳第二大图书门市。

　　生意红火的背后是周春雷数十年如一日的良心与苦心交织的经营。

　　"书店是一个很特殊的业态,读者对书店有很高的期待,必须承担知识的正向传播和思想层面心灵深处的引导,实体书店既有文化属性又具备商业属性,不仅仅是卖书的场所,更是传播文化、引领文化风向、构建文化生态的窗口和平台。"周春雷说,"不卖低俗书、盗版书是我坚守的底线。"

　　20多年来,周春雷始终坚持着这个底线。对他来说,书店不仅是他的个人梦想,也是一份社会责任和使命、一种文化的传承与担当。

　　周春雷将当初的小报摊发展成18家直营店和22家加盟店,遍布溧阳城区各乡镇和周边城市。2015年,他投资3200万元用于溧阳市区的总店建设,建造了溧阳人的"读书台"这种实体书店综合体,用书香回馈社会。周春雷先后被授予"江苏省道德模范提名奖""常州市道德模范""常州好人""最美常州人"和"龙城先锋"称号。

一爿书店点亮一座城

　　"书店是一个公共空间,我希望这里能成为一个集聚读者感情、共享生命丰盛的空间。"如今,周春雷的初衷变成现实。

　　2016年7月,占地1000多平方米的"溧阳读书台"建成。由读书讲堂、图书展示厅、家庭书房和阅读休闲区四部分组成的读书台藏书8万余册,同时可容纳400余人进行阅读,它既是免费的大众图书馆,也是溧阳人的公共家庭书房。

　　为推动全民阅读,周春雷还先后邀请专家、教授、学者及中国好人、常州好人、溧阳文化名人等举办各类公益讲座,分享读书的乐趣。

　　周春雷认为,感恩和报答社会是自己义不容辞的责任。目前,他安置了50多名下岗工人就业,扶持21名下岗工人自主创业、开加盟书店。为减少贫困学生的读书困难,他捐出了价值数十万元的图书;汶川大地震后,他带头捐款并组织全体员工捐款……

一爿书店点亮一座城,周春雷用自己的雄心、恒心和善心做到了。

读书台还开展书香进校园、进乡村、进企业、进军营、进监狱等"书香八进"活动。流动图书车开进溧阳的乡村小学,帮助全市农村建起了农民书屋,帮助社区创建起了社区书屋。2017年7月,周春雷经营的金谷文教书店赢得了第四届"江苏最美书店"称号。

溧阳读书台为小城增添了经久不衰的亮色,周春雷正是书香溧阳的"摆渡人"。他的坚强意志和顽强毅力,以及他用书香回馈社会的善心善举,正感动着溧阳这座既古老又年轻的城市。